COLLECTION FOLIO

Michel Canesi
Jamil Rahmani

Alger sans Mozart

Gallimard

Michel Canesi est dermatologue, d'origine corse. Jamil Rahmani est anesthésiste, d'origine algérienne. Ils ont commencé l'écriture à quatre mains à la fin des années 1990 et ont écrit ensemble six ouvrages (dont cinq sont des romans). Ils témoignent de leur expérience du sida en tant que médecins avec *Le Syndrome de Lazare*, qui a été adapté au cinéma (*Les Témoins*, 2007, récompensé par le César du meilleur second rôle masculin en 2008). Dans *Alger sans Mozart*, ils s'attachent à reconstituer le puzzle si complexe de l'Histoire commune à leurs deux pays.

À Sam

Les événements politiques qui nous ont fait horreur et ont failli nous entraîner dans leur ressac se succèdent et s'annulent comme les brisants sur une plage. On finit par se rendre compte qu'on a affaire au rythme des choses.

MARGUERITE YOURCENAR
Quoi ? L'Éternité

Louise

La tragédie de ma vie s'est jouée dans un décor somptueux.

Une ville si blanche qu'elle éblouit dans le soleil, si blanche qu'elle brûle les yeux de ses murs immaculés en procession immobile vers la mer, si blanche qu'elle boit, les jours de pluie, tout le ciel et sa lumière.

Des montagnes au loin encerclent la baie et ses collines, bleu sombre au printemps, enneigées l'hiver, obscurcies par les incendies d'été, elles sont frontières ; au-delà, le bled : terres arabes ou berbères, étendues hostiles et meurtrières. La mer, autre frontière, enchâssée dans une baie en cercle parfait, s'évanouit loin vers le nord. Tous les jours, je guette les bateaux qui nous lient à Marseille, à cette France étrangère et lointaine, à ce pays qui s'éloigne chaque jour un peu plus, oubliant qu'autrefois son cœur battait ici.

Face à ma fenêtre, je me souviens…

Des femmes voilées de blanc, assises à même le sol, près de l'église Saint-Charles, main droite recroquevillée, extraite de *haïks* sales et déchirés, honteuse de quémander.

Fatma – mais s'appelait-elle vraiment Fatma ? – la vendeuse de *dioul*, accroupie sur une marche d'escalier, de ceux qui descendent très raides du boulevard Saint-Saëns à la rue Michelet, ses feuilles de brick posées sur un linge impeccable, séparées en douzaines d'un bout de papier rectangulaire et pelucheux.

Un douro, elles valaient à peine un douro, une misère !

Maman, pourquoi ne portes-tu pas de voile ?

Rue Michelet, sur la faïence bleue de La Princière – ma pâtisserie préférée – le saint-bernard des chocolats Suchard, son tonnelet de rhum autour du cou, guettait les rescapés. Je tirais maman par la manche et la suppliait d'acheter un roulé au citron, génoise fourrée d'une onctueuse crème acidulée ; du sucre glace l'enrobait, j'aspirais la poudre blanche les yeux fermés et toussais comme une tuberculeuse, ravie d'inquiéter mes parents.

La Princière a cédé la place à un magasin de fripes et le saint-bernard de la façade bleu azur fracassée par les barbares ne sauvera plus personne. D'horribles panneaux de plexiglas aux couleurs criardes ont remplacé la porcelaine.

Les statues de Jeanne d'Arc, du maréchal Bugeaud, du duc d'Orléans qui ponctuaient nos promenades dominicales, le monument aux morts du plateau des Glières, les noms des places et des rues : Michelet, Burdeau, Clauzel, Dumont d'Urville, les terrasses de café où filles et garçons se mêlaient, les magasins opulents et parfumés, tout a disparu.

Mort.

La nuit, les bruits du port parviennent toujours, lourdes masses tombant sur les quais, chaînes d'acier raclant le béton, sirènes de navires, cris de dockers. Leur écho s'estompe dans l'air humide des collines. Sur le balcon, dans les bras de mon père, je regardais les lumières tremblées de l'été, sa peau était moite, légèrement citronnée. Le phare du cap Matifou tournait dans le noir. « Compte jusqu'à cinq, il reviendra », disait papa, et s'il ne revenait pas, il fallait aller jusqu'à vingt.

L'invasion de sauterelles...

Elles obscurcissaient le ciel, s'abattaient sur les trottoirs et les pavés, sur les arbres qu'elles dévoraient jusqu'à l'écorce. Leur abdomen gavé éclatait en purée verte sous les pieds des passants, les roues des carrioles ou les pneus des voitures. Les Arabes les mangeaient grillées, disait-on. Un frisson de dégoût me hérissait. Ces hommes bruns, maigres, sales et malodorants pour la plupart, étaient-ils vraiment des hommes ?

Des chimères sans doute, mi-bêtes sauvages mi-êtres humains.

J'en avais peur ; adolescente, dans les rues désertes, je traversais pour ne pas les croiser. En 1945, du côté de Sétif, ils étaient sortis des gourbis, armés de longs couteaux et avaient égorgé des colons dans leur lit. Une terrible répression s'était abattue, aveugle, indigne.

Cet été 1954, dernier été de paix, je refusai d'accompagner mes parents à Vichy ; chaque année, ils prenaient les eaux. Ma mère eut beau supplier, menacer, je demeurai inflexible : le lycée Fromentin et son pensionnat en octobre ne m'effrayaient pas.

Aujourd'hui encore, je hais les villes d'eaux : une chape d'ennui les écrase. Dès les premières heures, leurs rues sont envahies de curistes pâles et ventrus, gobelet au poing et gourde à la ceinture, hordes de cadavres en gestation.

Les soleils ternes, le froid en plein juillet, les rues propres, les fleurs trop sages m'angoissaient, je ne voulais pas quitter l'Algérie, ma France de lumière. Après d'interminables discussions, ma mère céda enfin et je partis chez ma sœur à Bougie.

Le jour de mon arrivée, le sirocco soufflait.

Une torpeur provinciale assoupissait tout, l'agitation d'Alger n'était qu'un souvenir lointain. La vie s'était soudain ralentie, je m'étirais paresseuse et les longs mois qui s'offraient à moi semblaient une éternité de bonheur.

L'air buvait toute humidité, l'eau avait déserté la ville.

Des bouteilles emplies de liquide trouble et saumâtre peuplaient salles de bains, cuisine et toilettes à la turque. Des relents de tuyauterie mal rincée, de javel et de crésyl flottaient, je versais de temps à autre de l'eau de Cologne sur les faïences orange et brunes de ma chambre, elle s'évaporait aussitôt libérant des essences fugaces de bergamote et de citron ; persistait sur les carreaux une tache irisée, fantôme éphémère du parfum évanoui. Une poussière orangée couvrait le sol et les murs. Le sable roux du Sahara charrié par les vents infiltrait tout, il crissait sous les dents et rougissait nos yeux.

Un samedi particulièrement brûlant, le thermomètre de la terrasse, enchâssé dans un chalet suisse, afficha quarante-deux degrés. Mon beau-frère et ma sœur Christine proposèrent une balade à Ima Gouraya, la montagne sacrée qui domine la ville. Nous montâmes dans la traction avant noire au volant ivoire dont Gérard était si fier. Je m'affalai sur la banquette arrière au cuir glissant, sombre et frais. Paul, mon neveu, s'assit face à moi sur le petit strapontin accroché au dos du siège avant.

Un chemin empierré et cahoteux, les cigales chauffées à blanc, des buissons de lentisques épars et odorants. Là-haut, il faisait un peu moins chaud. Un paysage immense, vertigineux, au bord de l'horizon.

La ville, à nos pieds, dévalait jusqu'à la mer ; la rade, bleu profond, à peine ridée par la brise, hypnotisait les rares promeneurs. Au loin, les montagnes grises, nimbées de lumières teintées par les sables du désert…

Près du marabout immaculé, des femmes noires accroupies ; l'une d'elles frappe un tambourin, une jeune fille se lève et danse. Les mains claquent la peau de chèvre, les pieds de la danseuse heurtent le sol, lentement puis de plus en plus vite. Soudain, son corps se cabre. Elle jette les bras de droite à gauche, le torse d'avant en arrière, arrache le foulard jaune qui enserre ses cheveux crépus et tourne sa tête de gorgone. Ses yeux se révulsent, on n'en voit plus que le blanc, une mousse sort de sa bouche ; elle hurle, tombe, se débat sur la terre craquelée. Quatre matrones se lèvent, saisissent violemment ses pieds, ses mains et, en sueur, la maîtrisent. Un nuage de poussière, des cris s'élèvent du sol. Un nègre enturbanné s'approche, un couteau dans la main droite, une poule noire dans l'autre et tranche le cou du volatile au-dessus de la possédée. Le sang gicle, des gouttes écarlates éclaboussent la peau noire et la djellaba verte de la jeune femme ; sitôt à terre, elles coagulent.

L'envoûtée tremble, convulse puis s'apaise.

Le corps de l'oiseau s'agite, bat le sol de ses ailes déployées et danse à son tour une sarabande sanglante et désespérée.

Échange démoniaque !

L'ensorcelée se redresse, hagarde, marche vers nous, prend ma main, celle de Christine et nous entraîne au bord du précipice. Elle parle un mauvais français mêlé de kabyle et d'arabe :

— Ton enfant, là-bas, dit-elle à ma sœur, il est trop beau… Il ne vivra pas. Mais, *Inch Allah*, tu en auras un autre pour le remplacer, il sera riche et célèbre. Tu ne resteras pas à Bejaia, tu iras d'abord dans la grande ville blanche, après tu prendras la mer pour toujours…

Ma sœur, soudain pâle, se dégage d'un geste sec et méprisant de l'emprise de la jeune femme et s'éloigne. Alors, la Cassandre noire se tourne vers moi et poursuit de sa voix rauque :

— Toi, grâce à Dieu, tu vas rester là, tu vas te marier ici, tu seras heureuse et puis malheureuse, très malheureuse, plus que tout le monde, mais tu ne pourras jamais partir, sauf pour mourir. Cette terre, ta vie lui appartient !

Puis elle court vers ma sœur, sort de son corsage un carré de tissu mauve, le lui tend et dit :

— Prends cette amulette, défais la couture, coupe une boucle de cheveux à ton fils, mets-la dedans puis recouds. Dans un an, un vendredi, à l'heure de la grande prière, jette-la à la mer et, *Inch Allah*, ton fils sera protégé : une vague emportera le malheur avec elle. Surtout, n'oublie pas !

Christine refusa de prendre la *herza*. Je m'en saisis et la glissai dans mon sac. La jeune Noire m'agrippa et murmura :

— C'est elle qui doit la jeter à la mer…

Je lui donnai une pièce de cent francs et m'éloignai.

Je n'oublierai jamais la nuit d'après, la chaleur implacable, le nez, les yeux desséchés par le sirocco, la gorge douloureuse.

Face à moi, la chaîne des Babors enflammée par les incendies. Des cendres charriées par le vent s'effritaient en poussière ténue sur le carrelage. Je suais. Ma chemise de nuit, les draps, le matelas collaient à ma peau. Je me tournais et me retournais sans cesse, je ne trouvais pas le sommeil, la séance d'exorcisme et les prédictions de la jeune Noire m'obsédaient, comme le bruit entêtant des vagues après une journée de plage. Le vent du désert soufflait en salves brutales, claquant portes et persiennes, brisant vitres et carreaux, emportant vers le large des linges impudiques oubliés sur les fils d'acier tordus des terrasses. Je suffoquais, j'aurais voulu être nue, allongée sur le carrelage à peine frais, mais j'avais peur de Gérard, le beau-frère redouté qui en permanence me vrillait du regard. S'il avait forcé ma porte, je n'aurais eu que les bras pour me protéger, alors cette chemise de nuit plaquée au corps, je m'y résignais. Sur le balcon, face aux lumières vacillantes de la ville, l'illusion qu'un damné avait entrebâillé les portes de l'enfer. L'horizon rougeoyait et battait comme un cœur : les indigènes flambaient les forêts. L'hiver venu, des pâturages remplaceraient les chênes carbonisés. Ainsi, ils pourraient nourrir leurs bêtes.

— Les salauds, s'indignait ma sœur.

Je répondais dédaigneuse :

— Si on n'avait pas volé leurs terres, ils n'en seraient pas réduits à ça.

Gérard était au bout du balcon, torse nu ; sa panse couverte de poils dépassait la balustrade. Ses yeux troubles me donnèrent la nausée. J'allais fuir quand une fenêtre s'ouvrit, salvatrice. C'était Paul. Le *beau* Gérard rejoignit précipitamment sa chambre. Grincements de sommier, gémissements. Amusée, je pensai : grâce à moi, il honore ma sœur. Paul s'approcha, bras et jambes nus. Il était de quarante, moi de trente-huit ; c'était un enfant dans un corps d'homme. J'avais seize ans et j'étais une femme. Christine, sa mère, s'était mariée à dix-sept ans ; « Mariage d'amour », prétendait-elle, j'avais peine à le croire, Gérard n'inspirait que du dégoût. Insatiable, il terrorisait même les bonnes kabyles ; elles détalaient à son approche. Dieu merci, son fils ne lui ressemblait pas.

— Tu n'as pas sommeil, Louise ?

— Je crains que les incendies ne gagnent la ville...

Il caressa mon épaule, je posai ma tête sur la sienne. La nuit était magnifique, le ciel embrasé par les fumées laquées de rouge. Quelques étoiles, les plus brillantes, peinaient à scintiller. La mer reflétait les lueurs incertaines du port, seule impression de fraîcheur dans la fournaise. Des chiens hurlaient à la mort. Une odeur âcre : bois carbonisé, sueur. Dans les bras de Paul, je m'apaisai. Me revinrent soudain les sinistres prédictions de la jeune Noire ; me serrant très fort contre lui, je l'embrassai. Il murmura :

— Ne t'inquiète pas, ce soir nous ne risquons rien, le feu est loin.

Je me dégageai de son étreinte et, fixant ses yeux verts, répondis sans réfléchir :

— Ce soir peut-être... mais un jour, si nous n'y prenons garde, nous pourrions fuir chassés par les flammes.

Le lendemain, après le petit déjeuner, je descendis avec lui dans le jardin déjà brûlant, les herbes grillées par le soleil craquaient sous nos pieds, nous nous assîmes sous le citronnier chargé de fruits jaunes et verts, l'arbre dégageait un fort parfum d'agrumes. Les feuilles et l'écorce des citrons étaient piquetées de parasites noirs. Des mouches entêtantes zézayaient autour de nous et collaient à la peau. Je sortis d'une de mes poches une paire de fins ciseaux dorés.

— J'aimerais, dis-je à Paul, avoir une boucle de tes cheveux.

Il recula en fronçant les sourcils.

— Pourquoi ? Tu veux m'ensorceler ?

Les bonnes kabyles racontaient tous les soirs des histoires d'envoûtements, de mauvais sorts et de génies malfaisants. Paul et moi étions les seuls dans la maison à comprendre le kabyle. Gérard et Christine s'étaient toujours refusés à l'apprendre. Les femmes de ménage trouvaient en nous un public attentif, elles prenaient plaisir à nous terroriser :

— Surtout, recommandaient-elles, ne laissez jamais traîner vos rognures d'ongles, vos cheveux coupés. Des gens malintentionnés pourraient s'en emparer et vous faire du mal. Brûlez-les ou jetez-les à l'eau.

Notre enfance avait été bercée de maléfices sulfureux, d'accidents étranges, de morts inattendues. Telle ou tel avait oublié des ongles, des poils ou des cheveux dans une salle de bains, sur le rebord d'une fenêtre ou dans un hammam et l'avait payé de sa vie. Quand une femme allaitante avait trop de lait, on l'obligeait à verser l'excès au pied d'un arbre.

— Imbécile, répliquai-je à mon neveu, je veux juste avoir un souvenir de toi, le souvenir de tes cheveux blonds car, au cas où tu ne le saurais pas, dans dix ans tes cheveux auront foncé et tu seras brun comme ton père, ta mère ou moi. Quand tu seras vieux et chauve, tu seras content de montrer à ta femme et tes enfants les jolis cheveux d'ange que tu avais à quatorze ans !

— Tu racontes n'importe quoi, j'ai toujours été blond et je le serai encore et toujours et puis, dans la famille, personne n'est chauve. Mais si ça te fait plaisir, coupe, fais un gros trou. Comme ça, quand tu ne seras plus là, je penserai à toi, le temps que ça repousse.

Il m'offrit sa tête et la posa sur mes genoux.

Je n'ai pas oublié le crissement léger des lames d'acier sur la chevelure de Paul.

— Tu vois, dis-je en montrant la *herza* de la jeune négresse, je mettrai tes cheveux dans ce carré de tissu mauve, ils seront bien protégés.

Je montai dans ma salle de bains, liai autour de la mèche un petit ruban blanc imprégné du parfum de Paul et cousis l'amulette d'un fil aubergine.

Ma sœur était seule dans sa chambre, elle écrivait à ma mère dans une demi-pénombre sur son secrétaire de bois de rose. Une symphonie de Mozart s'échappait d'un gros poste de radio à l'œil vert oscillant. Christine était belle, ses longs cheveux noirs s'éparpillaient sur un déshabillé de dentelle bleu nuit.

Belle mais glacée.

Je n'avais jamais pour elle aucun élan même si nous avions été séparées plusieurs mois, jamais aucune complicité. Nos conversations ne dépassaient pas le cadre du formel. Elle avait deviné très tôt mon aversion pour Gérard. Elle maintenait une froide distance afin que je n'ose jamais la moindre critique, la moindre allusion, la moindre confidence. Elle se protégeait.

La musique de Mozart donnait à la scène une intensité inattendue. Je toussotai, elle tourna la tête et haussa un sourcil inquisiteur à la Vivian Leigh :

— Tu as besoin de quelque chose ?

Je montrai l'amulette mauve cousue de fil aubergine.

— Qu'est-ce ? interrogea-t-elle d'une voix faussement indifférente.

Elle avait reconnu la *herza*.

— Tu te souviens, la possédée d'Ima Gouraya te l'a donnée et tu as refusé de la prendre, je l'ai récupérée.

— Jette-moi cette saloperie !

— Ce n'est pas une saloperie. Je t'en prie, fais ce qu'elle a dit. Dans un an tu devras la jeter à la mer, un vendredi à l'heure de la grande prière. Tu n'auras que cela à faire. J'ai mis une mèche de cheveux de Paul à l'intérieur et je l'ai cousue.

— Tu as coupé les cheveux de mon fils !

— Une toute petite mèche, en haut de la nuque. Ça ne se voit pas.

— Ces folles misent sur la crédulité des gens, elles vivent de ça. Elles effraient pour mieux arnaquer. Cent vingt années de présence française n'auront pas réussi à extirper l'obscurantisme de ce pays, c'est à désespérer. Pire encore, ma sœur s'est laissé contaminer !

— Je t'en supplie Christine, même si tu n'y crois pas, fais-le pour moi, fais-le pour Paul. Je ne t'ai jamais rien demandé, mais là, je sens que c'est important. Je l'aurais bien jetée moi-même à la mer, mais elle a insisté, c'est à toi, sa mère, de le faire. Je t'en prie, ma Christine.

Et je me mis à pleurer.

Elle prit l'amulette, la regarda, incrédule, puis la rangea dans son secrétaire.

— D'accord, répondit-elle, dans un an, à la mer, un vendredi, à l'heure de la grande prière... laisse-moi maintenant.

« *Der Hans Trapp kommt*, Hans Trapp arrive ! »

À la moindre de nos bêtises, Adélaïde, la mère de Gérard, mon beau-frère, invoquait Hans Trapp, le croquemitaine alsacien et, terrorisés, nous courions, Paul et moi, nous réfugier derrière le canapé du salon.

Comme elle nous manquait, cette menace !

La vieille femme était morte d'une pneumonie l'hiver d'avant. Tous les soirs, pour nous endormir, elle contait une histoire d'une voix rocailleuse. Des personnages en haillons hantaient les brouillards du nord et leurs pas s'enfonçaient dans la neige de lointains pays glacés. Le souffle froid des vents d'hiver s'insinuait jusque sous nos draps d'été.

Certains jours, elle racontait la saga de sa famille, de ses ancêtres prussiens chassés de leur terre par la famine de 1846. Le long voyage de Berlin à Paris puis de Paris à Dunkerque pour embarquer vers l'Amérique : New York !

Et le bateau qui n'arrivait pas et leur maigre pécule qui fondait.

— Il y en a bien un qui part demain, leur avait-on dit, mais c'est pour l'Algérie, décidez-vous vite !

On leur présenta ce pays comme le nouvel Eldorado, ils recevraient des terres là-bas, de l'argent. Comme ils n'avaient plus rien, l'arrière-grand-père paternel, l'arrière-grand-mère et leurs six enfants embarquèrent à contrecœur pour Alger la blanche. Des frères, des sœurs, des voisins étaient du voyage.

En tout, vingt-quatre hommes, femmes et enfants.

J'imaginais le long voyage en diligence de Königsberg à Berlin, les brumes de la Prusse-Orientale, les routes détrempées et boueuses, les fondrières, les roues, les essieux brisés sur la route de l'exil et la foi immense de ces gueux jetés dans une aventure sans retour. Ils rêvaient d'Amérique, de New York, des plaines sans fin couvertes de blé et de cet or qui jaillirait de leurs mains en quelques mois.

Après l'exténuant voyage, les pluies de Dunkerque et l'atroce déconvenue, pas de bateau pour l'Amérique !

Algérie… jamais ils n'avaient entendu ce nom.

L'Afrique ?

Ils frémirent : lions, tigres, éléphants, nègres agressifs sagaies à bout de bras s'agitaient dans leurs têtes. « Mais non », expliqua un bon Lorrain en partance pour Alger, « ce n'est pas du tout ça ! » Il décrivit les maisons blanches, les coupoles, les collines bleutées, les arbres couverts de fruits incroyables, la lumière éblouissante et les terres en friche qui ne demandaient qu'à produire.

La France, grande et généreuse, en faisait don.

Alors ils partirent, inquiets malgré tout.

Ils débarquèrent à Alger. On leur attribua des terres à l'ouest de la ville, au sud de Tipasa. Ils vécurent deux ans sous des tentes à grelotter l'hiver et brûler l'été. Les assassinats, le paludisme, le choléra, la typhoïde, le typhus décimèrent la petite colonie. Dix ans plus tard, les seuls survivants étaient le grand-père d'Adélaïde âgé de douze ans et un oncle célibataire. L'oncle était marchand ambulant. Il sillonnait la Mitidja en compagnie de son neveu à bord d'une carriole tirée par un mulet et vendait tissus, quincaillerie, savons et parfums. Quand l'oncle mourut, le grand-père hérita de la carriole, épousa une Alsacienne et s'établit à Zurich, un village de colonisation près de Marengo. Il abandonna les routes et ouvrit une échoppe. Il était pauvre, aussi pauvre que les Arabes et les petits Blancs qui se fournissaient chez lui. Avec sa femme, il cultiva un lopin et vendit les légumes de son jardin. Ils eurent huit enfants, quatre survécurent aux mauvaises fièvres. Le père d'Adélaïde reprit la boutique, se mit en cheville avec un producteur de vins et devint négociant en vins et spiritueux. Il travaillait dix-huit heures par jour et tous les jours de la semaine. Il ouvrit des succursales dans quatre villes d'Algérie et mit à leur tête ses enfants. Adélaïde et son mari, Georges Sylvaner, un Strasbourgeois, héritèrent de celle de Bougie.

La famille d'Adélaïde ne connut vraiment l'aisance qu'à la cinquième génération, celle de Gérard. Elle l'avait payé cher, cette aisance, très cher : le prix de la sueur, du sang et des larmes.

Cette terre, elle l'avait méritée. Elle n'avait ni spolié ni tué.

Elle avait autant de droits sur l'Algérie que les indigènes.

Les ancêtres avaient échoué là, l'histoire leur

avait joué un mauvais tour, l'Amérique eût sans doute été meilleure mère !

Adélaïde racontait souvent l'histoire des siens, elle l'agrémentait de détails inédits, d'anecdotes qui soudain lui revenaient en mémoire. Nous ne nous lassions jamais. Un monde impitoyable s'animait. Si lointain, si étranger au nôtre. Il ressemblait à celui des westerns qui, chaque samedi, faisaient nos délices dans le petit cinéma de la place Gueydon à Bougie.

Invariablement, Adélaïde concluait en martelant le sol de sa canne comme pour exorciser une impensable menace :

— Cette terre est la nôtre. Nous ne partirons jamais, même si Hans Trapp arrivait et voulait nous en chasser !

Marc (Paris)

Une lettre de Sandra est arrivée ce matin, Michele est mort du sida, dimanche 28 septembre 2007, à l'Ospedale San Carlo de Rome.

« *… Il a beaucoup souffert, on l'enterre dans trois jours, il parlait souvent de toi, Bacci.* »

Michele… j'ai effacé ce prénom et censuré les souvenirs qui gravitaient autour. Pourquoi renaît-il le jour de son enterrement ?

Je l'avais rencontré en juillet 1978 à Moretti, une plage à trente kilomètres d'Alger. Il était allongé près d'une fille aussi belle qu'il était beau. Moi, je creusais le sable et, de temps à autre, l'air de rien, levais la tête pour le regarder. Je n'avais jamais vu un mec pareil, sauf au cinéma. Il était le sosie de Jeffrey Hunter dans *Le Roi des Rois*.

J'étais en sixième, au cours Bossuet, quand, après le catéchisme, le père Henri nous avait projeté le film. Je me savais différent des autres garçons mais, pour la première fois, je fus ému par un homme. C'était juste avant Pâques, j'aimais le Christ, mon carême avait été exemplaire, les prêtres étaient ravis. Je priais à même le sol glacé, les genoux endoloris, sous le regard incroyablement bleu du Jésus d'Hollywood.

La fille veillait à tout, elle couvrait son ami d'ambre solaire au parfum de caramel. Quand il pointait du doigt le thermos, elle se levait, secouait ses longs cheveux blonds pour les mettre en place, tournait le gros bouchon noir – une fine vapeur d'air froid s'échappait de la bouteille – et versait l'eau teintée d'Antésite dans un gobelet translucide qui, très vite, se couvrait de buée.

Je ne voyais pas encore ses yeux, il portait des lunettes de soleil, mais j'étais sûr qu'ils étaient très bleus. Savait-il que je le regardais, de plus en plus, de plus en plus longtemps ?

Ils arrivaient tous les jours à onze heures, couraient de la route à la mer à cause du sable brûlant, trempaient leurs pieds dans l'eau froide et s'étendaient à six mètres de moi, toujours à la même place. Ils écoutaient les tubes de l'été sur un vieux transistor Pygmy, *A Single Man* d'Elton John, *Last Dance* de Donna Summer, *Macho Man* des Village People...

Tous deux parlaient italien et, quand un jour enfin il enleva ses lunettes, ses yeux évidemment très bleus m'évitèrent. Parfois, nos regards se croisaient et je recevais un grand coup dans la poitrine. Je rêvais de lui toutes les nuits. Jour après jour, je m'inventais une histoire d'amour. Il était constamment avec moi, plus encore quand il n'était pas là, je pouvais alors le posséder, le soumettre à mes fantasmes purs d'adolescent.

Je lui parlais, je racontais ma vie en pension à Paris, le ciel gris, la pluie qui tombait des semaines entières. Mon seul réconfort, dans la nuit glacée du dortoir, c'était la Méditerranée, l'Algérie, la villa de Louise et Kader, cette plage aux dunes qui sentent le maquis et, l'hiver prochain, le souvenir de cet été, le souvenir de lui, des Benson and Hedges en paquet doré qu'il fume avec lenteur, soufflant un nuage bleuté du coin des lèvres.

Un matin, la jeune fille arriva seule, elle fit un signe de la main en guise de bonjour. J'étais déçu, ils s'étaient peut-être disputés, peut-être ne viendrait-il plus jamais... Elle me sourit :

— Il fait chaud aujourd'hui, vous ne trouvez pas... un peu d'Antésite ?

Sans attendre ma réponse, elle tendit le verre glacé.

— Nous nous sommes couchés très tard hier soir, il y avait une réception à l'ambassade. Michele dort encore, moi j'aime trop le soleil pour rater une journée de plage.

— Il ne viendra pas ?

Elle inclina la tête, étonnée :

— Je ne sais pas... si, sûrement... *Come ti chiami ?*

— Marc, et toi ?

— Sandra. Tu vis ici ?

— Non, je suis en vacances.

— Nous aussi, nous habitons Rome. Papa est diplomate, il est en poste à Alger. Nous sommes venus passer l'été avec lui.

Je demandai, le cœur battant :

— Tu es l'amie de Michele ?

— Mais non, je suis sa sœur...

Et mon été s'illumina enfin.

Louise

Je n'ai pas quitté l'Algérie, je ne la quitterai jamais. J'ai épousé Kader pour me lier à elle, irrémédiablement, j'en suis maintenant convaincue. Le divorce n'a pas rompu le lien. Cet amour pour lui, c'était ma passion pour elle.

Un jour, comme je m'inquiétais de son interminable veuvage, une vieille tante répondit : « Quand les corps vieillissent ensemble, on s'habitue, on s'attendrit. Je ne pourrais pas supporter le corps flasque et ridé d'un inconnu dans mon lit. »

Alger s'enfonce chaque jour dans la déchéance, si je l'avais connue aujourd'hui, je la haïrais. Mais je l'ai vue vivante et belle.

Ses jours me font horreur, alors je vis la nuit, seulement la nuit, je ne veux pas voir les façades décrépies, hérissées de paraboles et d'oripeaux, les terrasses converties en habitations de parpaings et de tôles ondulées, les citernes gris zinc sur les balcons, les câbles blancs des antennes à l'assaut des murs, les hordes de pigeons qui fientent frénétiquement, les ordures qui s'amoncellent dans les cours d'immeubles.

Quand le soleil se couche, l'obscurité gomme

les plaies, Alger d'avant renaît, fardée, travestie de souvenirs. Je pose un disque de Mozart sur le plateau du vieil électrophone, allume une cigarette et m'accoude au balcon. La balustrade est encore chaude, les martinets piaillent dans leurs nids, la ville s'apaise.

Face à moi, les montagnes de l'Atlas parsemées d'incendies.

Les paysans n'enflamment plus les forêts, c'est l'armée algérienne qui débusque les terroristes. Mes yeux descendent lentement sur la ville : les lumières du cap Matifou à gauche, à droite celles de la route Moutonnière, orangées…

Alors, attisés par la musique, les souvenirs affluent.

Maudite route Moutonnière !

Marc

Le soleil déclinait, nos ombres étaient plus grandes sur le sable, la lumière plus douce et la mer d'un bleu presque gris. La joie du matin s'était muée en tristesse : il ne viendrait pas, il n'avait que faire d'un gamin boutonneux. Je faisais partie du paysage comme cette mouette ou ce chien qui s'ébrouait dans l'eau ; quand Michele quittait la plage, je n'existais plus.

Il arriva enfin, silhouette incertaine sur le goudron amolli, tel Jésus sur un lac de macadam en fusion. Il descendit vers nous à pas lents, le soleil était très bas, une brise légère irisait la mer.

Me voyant près de sa sœur, il sourit.

— Michele, je te présente Marc, dit-elle.

Un fin brouillard issu des eaux estompa le port de Sidi Ferruch, les villas de Moretti, puis celles du Club des Pins. Les dunes s'évanouirent. Un coton pâle et brumeux grignota peu à peu toute la plage. Le monde bientôt se résuma à nous.

Michele tendit son poing fermé, Sandra l'interrogea, inquiète :

— Qu'est-ce que c'est ?

Elle se tourna vers moi :

— Il adore faire des farces. Hier, il a attrapé un gros scarabée noir, il me l'a jeté à la figure, j'ai eu la peur de ma vie. Je déteste les insectes.

— Je suis capable du pire comme du meilleur, mais cette fois tu te trompes, petite sœur, regarde !

Il était debout dans le couchant, auréolé de vapeurs dorées. Il ouvrit doucement la main, libérant des fleurs de jasmin.

— C'est fou comme il sent fort, dit-il en me fixant, je ne sais pas ce qu'a cette terre... En Italie, il n'a pas le même parfum. J'en ai cueilli pour me faire pardonner.

Il en avait rempli une pleine sacoche, il la vida au-dessus de nos têtes, une pluie d'étoiles blanches tomba sur nous.

Louise

Les souvenirs sont des tableaux accrochés sans ordre ni raison sur les murs lézardés de la mémoire. Ils surgissent juxtaposés et peuplent le vide de nos vies presque achevées.

Paul ? Une suite d'estampes estivales et lumineuses et deux monochromes : l'un blanc, l'autre rouge.

J'avais deux ans, il hurlait dans un berceau de bois, poupée de chair emmaillotée de coton immaculé, j'aidais ma sœur à le langer.

« Pour qu'il se taise, disait-elle, quelques tapes sur le dos. »

Seize ans, l'été 1954 : Bougie, Ima Gouraya, les incendies de forêt, ma tête sur son épaule, les sinistres prédictions de la jeune Noire. Quelques jours plus tard, sur la plage des Aiguades, nous plongions dans l'eau translucide. Il n'y avait que le ciel et la mer, les dieux avaient gommé le paysage, le monde était d'un bleu désert.

Image puissante, hyperréaliste, elle éclabousse ma vie.

J'embrassai son cou, effleurai son dos du bout des doigts. Il acceptait docile, ronronnant comme un chat. Soudain, son regard changea, il saisit mes poignets, m'attira vers lui et plaqua son corps contre le mien.

— Tu es fou, que fais-tu ?

— Je veux t'embrasser... sur la bouche.

Il sortait de l'enfance, désormais nous étions dans la même cour, je n'étais plus maîtresse du jeu. Je le repoussai, il tomba à l'eau. J'entends encore le bruit mouillé de sa chute.

— Tu m'embrasses bien, toi !

— Ce n'est pas pareil.

Rien n'était plus pareil, je me suis écartée, je ne pouvais pas l'aimer.

Nous étions si proches...

Enfants, cela n'inquiétait personne, nous étions fusionnels et nos jeux anodins. L'adolescence changea tout : la nature de nos rapports, le regard des adultes.

Je le touchais sans arrêt.

La première à s'inquiéter fut ma mère. Un jour, je vis ses yeux s'effarer, je me fis plus discrète.

Nous avions passé notre enfance côte à côte. Paisibles.

Je découvrais soudain sa chaleur, son parfum. Les enfants n'ont pas d'odeur, savon tout au plus, eau de Cologne au sortir du bain. Sa peau, colorée par les premiers duvets, sentait la sueur. Je posais la tête sur son épaule et respirais profondément. Nous étions décalés, il n'en avait pas conscience. Inoffensif et confiant, il se laissait caresser entre chair et tissu, embrasser. Je n'ai jamais retrouvé la sensualité de ces premiers émois.

Était-ce de l'amour, la nostalgie d'une enfance qui s'achevait ?

Quand Paul bascula dans l'adolescence, je m'éloignai. J'ai dans un tiroir des paquets de lettres à l'écriture enfantine et malhabile qui clament un amour insatiable et déçu.

Je ne peux pas les relire.

Il attendit longtemps puis, encouragé par son père, découvrit la vie facile et les filles. Il sortit tous les soirs, dormit jusqu'à midi et n'alla plus à la fac.

Quand je lui reprochais sa conduite, il répondait invariablement :

— Tant que tu ne voudras pas de moi, je ferai n'importe quoi. Tu n'as qu'un mot à dire.

Ce mot qui aurait changé nos vies, je n'ai jamais osé le prononcer.

Maudite route Moutonnière !

El-Biar, les hauteurs d'Alger, juin 1958.

Christine et Gérard avaient quitté Bougie un an plus tôt.

Je tenais compagnie à ma sœur. Son mari, négociant en vins, était en métropole. Bientôt l'heure du couvre-feu. Christine s'inquiétait, Paul n'était toujours pas rentré. J'essayais de la distraire en racontant mes dernières mésaventures à la fac, ce maudit Kant auquel je ne comprenais rien et l'exposé lamentable sur sa *Critique de la raison pure* qui m'avait valu les sarcasmes apitoyés du prof de philo agrémentés d'un deux sur vingt. Mais elle n'écoutait pas, elle ne tenait pas en place.

— Ce n'est pas possible, il est arrivé quelque chose...

— Il est resté dormir chez ses amis.

— Il aurait téléphoné.

— Ils n'ont peut-être pas le téléphone...

Elle haussa les épaules et partit guetter sur la loggia.

— Je sais qu'il est arrivé quelque chose, dit-elle en fixant la mer au loin.

Le téléphone sonna enfin, elle ne voulut pas répondre, je décrochai.

— Madame Sylvaner ?

— Non… sa sœur, qui êtes-vous ?

— Une infirmière des urgences de l'hôpital Mustapha, Paul a eu un accident sur la route Moutonnière. Son amie conduisait très vite à cause du couvre-feu, ils ont percuté un câble entre deux wagons, elle est morte sur le coup.

— Et Paul ?

— Il a eu le bras arraché.

— Comment va-t-il ?

— Nous n'avons rien pu faire.

Dernières images de lui : deux monochromes. Ses habits maculés de sang et le lange blanc de la morgue dont je l'ai recouvert.

Quand Christine et moi sortîmes de la morgue, le préposé nous remit un grand sac de papier kraft marron. *Paul Sylvaner* était inscrit en lettres capitales. De retour à El-Biar, Christine, étouffée par le chagrin, entreprit de le vider. Je ne dis rien, je ne pleurai pas, je regardai pétrifiée les misérables vestiges d'une vie qui sortaient un à un du sac froissé : une ceinture de cuir beige, un pantalon de toile à revers, un caleçon gris, une paire de chaussettes et des chaussures neuves de cuir marron. Les vêtements avaient été lavés, repassés et pliés. Seules manquaient la veste et la chemise.

Au fond du sac, gisait le portefeuille en crocodile noir que j'avais offert à Paul pour ses dix-sept ans. Ma sœur l'ouvrit et en sortit trois billets de cinq mille francs, ma photo sur la plage des Aiguades, une mèche de cheveux blonds nouée par un petit ruban blanc et un carré de tissu mauve surpiqué de fil aubergine, dont un des côtés avait été décousu ; un parfum discret s'en échappait.

J'étouffai un cri.

Christine évita mon regard et saisit mon bras :

— Laisse-moi, s'il te plaît, laisse-moi seule !

Marc

Louise me trouvait changé.

Taciturne ou exalté, j'alternais mutisme et babillage. Sandra, Michele, nous passions nos journées ensemble. Il fallait le séduire à tout prix. Le pari était difficile, il avait dix-neuf ans, moi à peine seize. Il était d'une beauté surnaturelle, j'étais mignon mais mon corps était trop maigre et l'acné me désespérait ; je la dissimulais tant bien que mal à l'aide de crèmes teintées dérobées dans la salle de bains de ma tante.

Pour attirer l'attention, je nageais le plus loin possible. Il s'inquiétait, gesticulait sur le sable avec Sandra. J'étais heureux, je rêvais que je sombrais et qu'il me sauvait.

Le matin, avant leur arrivée, je m'exerçais à plonger. Mes plongeons devaient être parfaits, mes gestes impeccables.

Je le provoquais dans l'eau, il m'attrapait à bras-le-corps.

La nuit, après dîner, nous nous promenions entre les villas, seuls, l'air sentait le géranium, le jasmin et le galant de nuit. J'étais devenu bavard, moi qui d'ordinaire parlais si peu. Je rattrapais toutes les années de solitude, il savait tout de ma courte vie. Je croyais qu'il s'attachait, tous mes efforts ne pouvaient pas le laisser indifférent.

— Tu viendras à Rome, disait-il me prenant par le cou, je t'emmènerai sur la plage d'Ostie, nous marcherons sur le sable une mouette à la main et nous regarderons sous son aile pour comprendre le vent. Puis nous irons à Ostia Antica sur les mosaïques noires et blanches, sous les pins parasols et, *pierres parmi les pierres*, le vent nous comprendra. Tu verras…

Je pensais alors qu'une vie réussie était un rêve d'adolescent réalisé.

La veille de mon départ pour Paris, il m'annonça triomphant :

— Papa vient d'être nommé à l'ONU, nous partons vivre à New York, en octobre. C'est génial ! J'en ai assez de la vieille Europe, je m'emmerde à Rome, les gens sont tellement étriqués dans cette ville poussiéreuse. Là-bas, c'est le Nouveau Monde, la liberté, tout est possible, tu peux vivre comme bon te semble, faire ce que tu veux sans que personne ne trouve à redire.

— Alors, on ne sera jamais plus ensemble ?

— Mais si, Marco, tu viendras en Amérique… au lieu d'aller à Ostie, on ira à Long Island.

Nous marchâmes jusqu'à la mer, son bras sur mes épaules.

Ostia Antica s'engloutit pour la seconde fois.

Les vagues scintillaient dans la nuit.

— Tu sais pourquoi elles brillent ? dis-je.

— Non.

— C'est le phosphore des os des morts qui éclaire l'eau.

J'étais triste, cette liberté qu'il partait chercher de l'autre côté de l'Atlantique n'était pas la mienne.

— Michele, quand on est amoureux, on est libre à un point que tu n'imagines pas.

— Je ne sais pas, répondit-il.

— Libre et protégé.

Il caressa ma joue et m'embrassa très vite :

— Ciao, Marco.

Il m'abandonna seul face à la mer, je faillis plonger pour nager vers le large comme un fou. Mais à quoi bon, la nuit était sans lune ; si j'avais sombré, il ne l'aurait pas vu. Si je m'étais noyé, il ne m'aurait pas sauvé.

Louise

Maudite route Moutonnière !

Et pourtant, la route Moutonnière n'a pas toujours été le symbole du malheur. Avec le temps, j'ai occulté les bons souvenirs, ceux des temps heureux où la mort n'avait pas encore frappé.

Ma vie se résume aujourd'hui à une pièce macabre dont je suis l'unique personnage. La troupe que je dirigeais naguère s'est étiolée au fil des ans ; je règne désormais sur des fantômes convoqués au gré de mes humeurs.

Quand j'étais petite fille, cette route qui mène au cap Matifou était ma préférée. Certains dimanches, nous passions la journée à Surcouf dans la maison de tante Jeanne. Le parc en pente douce couvert de lentisques, d'oliviers, de palmiers et de jacarandas gagnait la plage. Je me baignais par tous les temps, même en hiver. « Cette petite est folle, disait maman, elle va nous faire une pleurésie. » La tuberculose terrorisait tant la génération de mes parents que nul n'osait la nommer ; voile, point de côté, tache, eau dans les poumons en étaient les pudiques synonymes.

J'aimais le contact douloureux de l'eau glacée, les algues qui s'accrochaient à mes chevilles, le doux ballet des anémones de mer dans le ressac. Et quand, tremblante de froid, je me roulais dans le sable à peine chaud, les grains sur mon corps mouillé formaient une deuxième peau. Je fixais le soleil couchant, puis détournais brusquement les yeux sur le sombre de la mer. Alors s'imprimait à la surface des flots un autre disque lumineux. La rétine est douée de mémoire, je ne le savais pas encore. Je pensais disposer de pouvoirs surnaturels.

L'été, Mohamed, le marchand d'oublies, arpentait les plages. Il agitait une crécelle et criait : « Zoublies, zoublies, zoublies ya ! » Il sortait un cornet gaufré de pâte croustillante et dorée d'un cylindre de fer-blanc et, selon son humeur, demandait cent sous ou un douro, c'est-à-dire cinq francs. Je lui tendais la grosse pièce d'aluminium à l'effigie de Marianne glissée au petit matin dans la poche de mon slip de bain et croquais le biscuit avec lenteur.

Mon père pêchait au fusil, il sortait de l'eau, triomphant dans sa combinaison de caoutchouc noir luisant, un pauvre poisson frétillant au bout du harpon. Parfois c'était un poulpe. La bonne le faisait cuire des heures avec, pour attendrir les chairs, un bouchon de liège qui s'agitait comme un ludion dans le bouillonnement gris et mousseux de l'eau de cuisson.

Papa déposait à mes pieds ses trophées, tendait dangereusement sur son ventre l'épais élastique noir cerclé de métal afin d'armer le harpon, puis replongeait à l'assaut des monstres marins. Je jouais à me faire peur, imaginant mon père le pied prisonnier entre deux rochers, déchiqueté par l'hélice d'un bateau ou attaqué par des murènes en furie. Mon cœur alors s'emballait et je me levais pour guetter le bout du tuba bagué de rouge à la surface de la mer.

Quand le vent soufflait, je m'allongeais sur un rocher et laissais le sable cingler ma peau de millions de piqûres microscopiques. Il s'insinuait partout, dans mes oreilles, mes narines, mon nombril et quand, les jours suivants, j'en trouvais caché dans quelques plis du corps, me revenait la volupté des jours de mer.

Le dimanche soir, sur la route qui menait à Alger, nous nous arrêtions à Fort-de-l'Eau manger des brochettes. Les fumées des grills montaient dans la lueur blafarde des néons multicolores, noyant dans un brouillard odorant et fantomatique les maisons en surplomb. J'aimais tirer avec mes incisives les morceaux de viande enfilés sur un bois de roseau à demi calciné et tremper du pain mahonnais semé de grains d'anis dans le bol de harissa, sous les regards furieux de maman :

— Une vraie petite Arabe ! ironisait-elle.

Je me gavais de foie, de cœur, de merguez et de Selecto – une limonade fameuse parfumée à la pomme – puis, repue, m'endormais la tête sur les genoux de papa.

Ces jours d'avant sont peuplés de silhouettes bienveillantes et nombreuses : oncles, tantes, cousins, amis. Quand je plonge dans ce passé, un sentiment d'absolue sécurité m'envahit : parents, grands-parents, famille dressaient un rempart protecteur.

La mort était irréelle, tout semblait éternel.

Marc

L'été 1979, je ne revins pas à Alger.

L'adolescent au cœur pur voulut garder intacte la magie du dernier été. Moretti sans Michele m'eût été insupportable.

J'aurais entendu sa voix, son rire, j'aurais senti son bras sur mes épaules et j'aurais été vide. Et Louise aurait perçu ce vide, elle m'aurait assailli, torturé et, cédant à son insistance, cédant à la douceur des souvenirs, j'aurais, en une heureuse défaite, trahi mon secret.

J'aurais évoqué les yeux d'un bleu irréel et ce trouble qui me gagnait quand il croisait mon regard.

J'aurais voulu partager cet amour puissant, j'aurais voulu parler des heures et des nuits de mon émoi, pensant, dans mon exaltation, que la beauté du sentiment ferait chavirer l'âme la plus austère.

Mais, au fond de moi, je savais que Louise ne comprendrait pas. Elle aurait sali cet amour, l'aurait qualifié de pervers, de contre nature et de tous les vocables blessants du milieu dont nous étions issus.

Elle eut beau supplier, pleurer, je ne cédai pas, je partis pour une autre Méditerranée. Heureuse et douloureuse, l'Algérie s'éloigna.

Louise

Quand Paul mourut, le monde sombra, des flots opaques m'engloutirent. Une tristesse infinie, paralysante, que mes parents n'osaient qualifier de dépression, s'empara de moi. Je restais des heures sur le balcon à interroger la Méditerranée, déesse antique implacable qui, frustrée de ses offrandes, avait arraché son dû. Immanquablement, mes yeux obliquaient vers la route maudite et le film de la nuit tragique se déroulait, impitoyable. La voiture percutait à vive allure un filin d'acier tendu entre deux wagons, Paul tendait un bras pour protéger son visage, le sang de sa compagne l'éclaboussait, et leurs sangs se mêlaient…

Leurs cris tourmentaient mes nuits, je ne dormais plus.

Je rêvais d'un sommeil sans éveil.

Je décidai de vivre la mort de Paul et ses tourments.

J'avalai tous les cachets prescrits par le médecin de famille et d'autres encore dans l'armoire à pharmacie. Je plongeai dans l'oubli tant espéré.

Deux jours plus tard, que du blanc, le blanc des murs de la clinique psychiatrique. Seules taches de couleur, les pilules que j'ingurgitais ; les mêmes qui avaient voulu me tuer.

Réveils lourds et semblables. Une peine, toujours la même ; vissée au cœur, elle s'enfonçait comme un poignard au fil des heures. Le sommeil chimique pour seul refuge. Des larmes coulaient sans raison : un oiseau qui sautillait sur la balustrade, une branche d'arbre dans un rayon de soleil, une stupide chanson d'amour échappée de la bouche d'une infirmière.

Un matin, Kader entra dans ma chambre.

Sa voix chaude riait à chaque phrase et bouleversait mon silence. Je ne voyais que sa voix et ses mots qui dévoilaient l'enfance, la Grande Kabylie, son village ceinturé de montagnes enneigées, le froid et la faim. Son père garde champêtre, raide comme un bâton. Sa mère, qui cuisinait des glands et des racines quand l'hiver était trop dur. Ses jeux d'enfant pauvre avec cornes de bouc, noyaux d'abricot et lanières de pneu.

Ses mains me touchaient avec douceur, elles étaient sûres et rassurantes. Elles massaient mon dos, mes talons. Elles caressaient mes joues.

— Si vous ne vous levez pas, Louise, vous risquez des escarres !

Mais je ne voulais pas me lever, je ne voulais pas voir le ciel, je ne voulais pas voir la mer, je ne voulais rien de ce qui attise les souvenirs.

Seul le plafond immaculé m'était supportable.

— C'est douloureux, les escarres ?

— Très !

— Alors, Kader, je les veux ! Et qu'une nouvelle douleur se substitue à l'ancienne.

— Louise, le temps de la douleur est révolu, répondit-il.

Et il me massa le bas du dos.

Alors je vis ses mains : elles étaient mates, sensuelles et belles.

Expertes, elles changeaient les flacons de perfusion, elles m'infusaient la vie.

Un autre jour, je vis sa bouche, ses lèvres pleines et rouges, ses dents éclatantes, il racontait la découverte d'Alger, la splendide Babylone, leur appartement du Champ de Manœuvre, l'eau courante, l'électricité, le luxe ! C'était un peu petit, quatre pièces, cinq frères et six sœurs, ils étaient treize avec les parents... mais tellement mieux que Fort national, l'austère village de Grande Kabylie, ils n'avaient plus jamais froid. Son père avait trouvé un emploi aux PTT, ils n'avaient plus jamais faim, enfin presque... Il ne voulait pas de la vie de son père, alors il travaillait comme un dingue, *il se faisait suer le burnous*.

Son rêve ? Cardiologue !

Il finissait sa troisième année de médecine, les livres coûtaient cher, son père n'avait pas les moyens, alors il était aide-soignant dans cette clinique. Il racontait la fac, le racisme ordinaire, les profs qui, lors de l'appel, omettaient systématiquement le nom des indigènes.

— Pour eux, on n'existe pas ! Mais on s'en fout, on les emmerde.

Pour la première fois, je vis son visage.

On frappa à la porte.

Il entra sans attendre.

J'étais dans un demi-sommeil : la soupe des antidépresseurs. Il était seul, pas rasé, cravate de travers, il avait bu, sa chemise blanche tachée bouffait sur le ventre. Il me regardait sans pouvoir parler et sa mâchoire tremblait.

Tout me revint d'un coup. L'attente à El-Biar, la voix anonyme au téléphone, de celles qui esquintent une vie. Le retour de la morgue, inexorable, chaque pas s'enfonçait dans le malheur. Le sac en papier kraft à l'horrible couleur... Je sanglotai. Il me fixa sans rien dire, tétanisé. Il se tourna vers le mur. Il pleura sans doute aussi, sans bruit. Des larmes coulèrent sans doute sur la popeline de sa chemise. Elles l'auréolèrent peut-être.

— Il t'aimait tellement...

Pourquoi éprouva-t-il le besoin d'asséner cette évidence insupportable ?

Il ne put continuer, il s'affala sur mon lit, le visage toujours braqué vers le mur. Je me redressai et passai les bras autour de mes jambes. Il perçut ma défiance :

— Tu ne m'as jamais compris, Louise. Tu penses que je suis un monstre. Je maltraite tout le monde, ta sœur, mes employés, les indigènes… c'est un fait… Paul et toi faites exception ; Paul et Louise, le marchand de sel et sa mule, comme disent les Arabes. Maintenant c'est fini, il est mort. La mule est veuve. Nous sommes orphelins tous les deux… Je suis dur, Louise, j'ai mes raisons. Tu connais l'histoire de ma famille, ma mère te l'a racontée cent fois. Elle explique tout.

Pour la première fois, Gérard me parla vraiment.

Il me regarda enfin, ses yeux étaient rouges, la détresse le rendit presque beau :

— Hier, je me suis disputé avec ta sœur, elle ne veut plus rester en Algérie. Ce n'est pas nouveau. Depuis notre mariage, elle me pousse au départ. J'ai toujours résisté. Christine me reproche la mort de Paul, rien ne serait arrivé si je l'avais écoutée. Pour elle, ce pays est maudit, il nous hait et se débarrassera de nous un jour ou l'autre. Jamais je ne quitterai l'Algérie, Louise, jamais ! J'aurais l'impression de les trahir tous. Tous ces hommes, toutes ces femmes qui se sont battus pour une vie meilleure, pour que je vive mieux qu'eux. J'étais leur espoir, leur raison de vivre, je ne peux pas les laisser tomber… Je ne peux pas abandonner mes grands-parents, je ne peux pas laisser ma mère, mon fils, je ne peux pas abandonner la terre dans laquelle ils dorment. Je ne partirai jamais, tu entends, jamais ! Je me battrai jusqu'au bout.

Et dans un pauvre sourire, il ajouta :

— Même si Hans Trapp arrivait !

Marc

Deux heures du matin, le téléphone :

— Allô, Marc... mon amour... c'est Patricia.

Je m'endormais péniblement, après deux whiskies et un Rohypnol ! J'étais mort. La veille, tournage jusque tard dans la nuit.

— Tu es malade, tu as vu l'heure ?

Elle se mit à pleurer.

— Qu'est-ce qui t'arrive encore ?

— Je suis une salope !

Je soupirai, excédé :

— Et c'est un dimanche, à deux heures du matin, que tu t'en rends compte ?

— J'ai tout gâché. Pour une fois qu'un type était amoureux de moi.

— De qui parles-tu ?

— De John.

Elle m'avait présenté ce John à Paris, début 2007, un acteur anglais négligé de partout, plutôt belle gueule mais très con : en dehors de *Hi* et *Nice to meet you*, rien à dire. Ils s'étaient rencontrés six mois plus tôt sur un tournage. John n'avait pas reconnu la nouvelle star du cinéma français tellement il était allumé.

— Tu te rends compte, il m'a prise pour une scripte !

Ça l'avait séduite. Tout de suite le grand amour. Il sortait d'une cure de désintoxication.

— Héro, alcool ou coke ?

— Les trois et même la colle, à ce qu'il paraît.

Sa femme venait de le larguer, alors il s'était accroché.

Les derniers mois, Patricia s'ennuyait : il n'avait plus rien à raconter. Il biberonnait des canettes dès qu'il était seul, le sol de son appartement en était jonché.

Et puis au lit, tellement rapide…

Il devait être le nouveau James Bond, mais un autre l'avait doublé. Ça l'avait condamné, il resterait à jamais un acteur de série B. Entre eux, ça ne pouvait plus coller, trop décalés. Une star et un minable, impossible !

Question image, elle ne transigeait jamais.

Alors, voilà trois semaines, elle l'avait quitté.

Ce soir, seule à New York, Patricia avait le blues. Elle s'était souvenue des bons moments, avait décroché son téléphone et déclaré à son ex qu'elle l'aimait peut-être encore. Il avait grogné d'une voix avinée qu'elle l'avait trop fait souffrir et, fou d'amour pour ses canettes, avait raccroché.

— Le salaud, l'ordure, l'enculé !

Patricia cria si fort que j'éloignai le combiné de mon oreille. Soudain, elle se tut. Puis, de cette voix enjôleuse et fausse dont elle a le secret, susurra :

— Attends mon chéri, on frappe. « *Yes, come in. Oh, thanks a lot, it's very kind of you, yes put it here,* merci *beau-coup.* » Tu es toujours là, mon amour ? C'était le *room service*. Qu'est-ce qu'on disait ? Ah oui...

Elle hurla de nouveau :

— Il m'aimait comme tu n'as pas idée, je suis vraiment une merde ! Maintenant, je sais que je tiens à lui. Mais pourquoi, pourquoi tout le monde me fuit ? Pourquoi tout le monde me déteste ? Pourquoi suis-je folle, alors que toi, tu es normal ?

— Si tu pensais moins à tes fesses et plus à celles des autres, ça irait sûrement mieux.

Elle gloussa :

— En parlant de fesses, j'ai acheté une robe géniale chez Dona Karan, elle me fait un super cul.

— Tu es sûre de l'aimer ?

— John ? Bof, après tout, j'en sais rien, ce soir j'avais le cafard, je voulais parler à quelqu'un. Alors, lui ou un autre.

— Tu rentres quand à Paris ?

Elle l'ignorait, elle était invitée tous les soirs et, le surlendemain, rencontrait Jude Law chez un producteur. « On ne sait jamais », avait-elle ajouté d'une voix pleine de sous-entendus.

Je lui manquais vraiment.

— Mon chéri, on devrait se voir plus souvent, les enfants te réclament.

Avant de partir en vacances, ils avaient énuméré ce qu'ils aimaient le plus. J'étais quatrième sur la liste, après leur père qui est au ciel, le chien et leur mère adorée. Après tonton Marc, ils avaient écrit : faire des bulles dans le chocolat du matin.

Quand j'annonçai à Patricia mon arrivée à New York, quarante-huit heures plus tard, elle répondit froidement :

— Ça va être dur de se voir, je ne suis pas sûre

d'être libre. Appelle toujours, on verra. En tout cas, ça m'a fait du bien de te parler, je me sens beaucoup mieux. Au revoir, mon amour, je t'aime très très fort.

Elle raccrocha sans me laisser le temps de répondre.

La garce avait pris une demi-heure de mon temps, déversé ses angoisses, vampirisé mon énergie et gâché ma nuit. J'étais un pauvre type largué, inassouvi, à trois heures du matin. Putain de métier qui nous force à côtoyer les acteurs. On ne devrait jamais les sortir de la toile.

En prime, plus de cigarettes.

J'eus beau chercher, retourner les poches, les tiroirs, les poubelles, pas le moindre mégot.

Et cette envie de fumer qui enflait comme un abcès.

Louise

Kader prit ma main et me guida vers la lumière.

Nous marchions dans les rues d'Alger sous les regards inquisiteurs : une Française habillée à la dernière mode et un Arabe déguenillé, pantalon trop court, chaussures éculées. Incongru.

Il n'avait pas d'argent et refusait que je paye pour lui dans les cafés, alors nous discutions des heures entières sur les bancs publics.

Je découvrais l'autre Algérie, celle des gueux et des exclus.

Il avait des paroles très dures sur la colonisation, ce mal absolu.

— Mais, Kader, regarde cette ville, ces immeubles, les gares, les aéroports.

— Vous en profitez, pas nous ! Vous avez pris nos meilleures terres, confisqué nos richesses, vous nous avez massacrés, relégués…

— Je n'ai rien fait, Kader, je ne suis pas responsable des exactions de mes ancêtres, c'est le cours de l'histoire.

— Justement, il faut le changer !

— Avec des fusils et des bombes ? En assassinant des innocents ?

— Quel autre choix ? Vous ne comprenez que la force. Une Algérie libérée avec les mêmes droits pour tous, voilà ce que nous voulons construire.

— Nous ?

Il m'avoua son appartenance au FLN.

Malgré tout, son discours me culpabilisa, je me sentis confusément responsable de sa pauvreté, de la souffrance des siens. Il ouvrit mes yeux, je vis autour de moi l'injustice, l'arrogance. Les discours de ma famille sur les bienfaits de la colonisation, sur l'inaptitude congénitale des indigènes à l'indépendance m'excédaient.

— L'Algérie n'existe pas, répétaient-ils à l'envi, c'est nous qui l'avons créée et maintenant ils la voudraient pour eux !

Je ne partageais guère plus les jugements manichéens de Kader. Néanmoins, chaque soir, fièrement, j'opposais ses arguments à ceux de mes proches.

Ainsi naquit la schizophrénie qui guida toute ma vie.

Je ne supportais pas de voir Kader dévorer les vitrines de la rue Michelet.

— Le gâteau est trop petit, disait-il, nous sommes affamés, si vous le partagez avec nous, il ne vous restera que des miettes.

Ainsi résumait-il la question algérienne : pour accéder au gâteau, il fallait nous chasser ! Je n'acceptais pas ses propos d'un anticolonialisme primaire.

— Je veux bien admettre que la colonisation est intrinsèquement mauvaise, il n'en demeure pas moins que nous sommes là et qu'il faudra faire avec nous. Nous ne sommes pas tous d'horribles colonisateurs. La majorité des pieds-noirs travaille avec le même dévouement, la même ferveur pour le bien de tous, indigènes et Européens.

— Nous voulons la liberté et l'honneur, Louise.

Je pris ses mains :

— Pourquoi t'attaches-tu à moi ?

— Je ne sais pas… tu es belle et puis quelque chose en toi m'émeut.

— Je suis belle comme la France et je t'émeus comme la France ! Malgré tout, Kader, tu es fasciné par elle et tu veux t'en approcher à travers moi. Ce serait tellement plus simple pour toi d'aimer une musulmane, sans ambiguïté.

Comme tous les Algériens, il avait pour la puissance coloniale des sentiments partagés : il oscillait entre haine et admiration, attirance et rejet. La France avait écrasé les siens et inculqué aux autochtones un profond sentiment d'infériorité, le fameux complexe du colonisé qui tortura des générations de musulmans.

Comment aimer une nation tortionnaire ?

Comment haïr le pays des Lumières ?

Debussy, Manet, Renoir, Rousseau, Voltaire, Molière et Camus ne rachetaient-ils pas toutes les avanies ?

Après l'indépendance, certains Algériens eurent une telle rancœur qu'ils refusèrent d'assumer leur schizophrénie. Ils tentèrent d'extirper tout ce qui rappelait la présence française et sa créativité, allant jusqu'à amputer les seins des cariatides sur les immeubles du front de mer d'Alger.

Le Kader des années cinquante n'était pas extrémiste. Il voulait s'affranchir de la pauvreté par tous les moyens, l'autodétermination en était un. Dans sa stratégie, j'étais un élément important :

l'indépendance était lointaine et chimérique, mon amour lui ouvrait les portes de la citadelle coloniale.

De cette ambivalence, je n'avais pas conscience.

Je souffrais du complexe du colonisateur et voulais racheter l'honneur des miens. Il n'avait, m'assurait-il, aucune activité terroriste. Il collectait des médicaments, des pansements pour le maquis, il me demanda de l'aider. J'emplissais mon sac de plage d'alcool, de pénicilline, de coton, de gaze et partais livrer ma cargaison aux quatre coins d'Alger.

On ne me fouillait pas, on ne fouillait pas les Européennes.

Je m'attachais à lui et, à travers lui, à l'Algérie rebelle. Je pensais à lui, à elle sans cesse : chez moi, dans le bus, à la fac où j'écoutais d'une oreille distraite les cours de socio ou de philo. J'attendais impatiemment l'heure de nos rendez-vous.

J'aimais ce garçon ombrageux, fier, sans concession. Son visage dur aux yeux très noirs s'adoucissait quand j'apparaissais. Il était mince, on voyait saillir les muscles sous les chemises étriquées qu'il portait. Elles appartenaient à son père, avouait-il en rougissant. Il n'avait pas les moyens d'en acheter à sa taille. Sa fragilité me bouleversait, sa vie valait si peu dans l'Algérie d'alors. Il était à la merci de n'importe quel pied-noir, n'importe quel soldat français, n'importe quel policier. Je le suppliais de prendre garde à lui, je caressais ses cheveux ras et, quand je le quittais, j'effleurais son cou de mes lèvres, trois fois, pour conjurer le sort. Quand il s'éloignait, je le suivais longtemps du regard, attendrie par le pantalon à la taille trop large, la ceinture bouclée au dernier cran et les chaussettes mauves à petits carreaux. Quand il disparaissait, je n'étais jamais sûre de le retrouver le lendemain.

L'atmosphère devenait irrespirable.

L'OAS faisait des ravages, les musulmans évitaient le centre-ville car ils risquaient la mort. Un après-midi de printemps, alors que je sortais de la fac, du haut des escaliers qui descendent vers la rue Michelet, j'entendis le crépitement d'une mitraillette, cinq Arabes s'écroulèrent dans la douceur de mai.

Je suppliai Kader de ne plus venir dans la ville européenne. Nous nous rencontrions au Ruisseau, à Kouba, dans ces quartiers périphériques à forte proportion d'Algériens. Néanmoins, il refusait de sécher les travaux pratiques. Trois absences étaient éliminatoires.

— Ne t'inquiète pas, disait-il, on me prend pour un Espagnol ou un Maltais.

Un jour, il ne vint pas au rendez-vous. Je rentrai chez moi en pleurant, certaine que le pire était arrivé. Mes parents étant absents pour quelques jours, je n'eus pas à justifier mes larmes. Une de ses sœurs téléphona en fin de journée :

— Kader m'a demandé de vous appeler, il faut absolument que je vous voie, puis-je venir chez vous ?

Fadila arriva en début de soirée, une petite valise à la main, elle était d'une pâleur extrême :

— On a essayé de tuer Kader.

Je blêmis à mon tour :

— Est-il blessé ?

— Non, grâce à Dieu, il n'a rien. Deux étudiants de sa promotion ont tiré sur lui dans le souterrain des facultés. Le revolver s'est enrayé, Kader a pu s'échapper et se réfugier chez des amis. Il partira bientôt pour la France, il vous tiendra au courant. Gardez cette valise, vous recevrez bientôt un courrier vous informant où, quand et à qui la remettre.

Marc

J'enfilai mes fringues et sortis dans le froid parisien à la recherche d'un tabac ouvert. Tous les bars du onzième étaient fermés, j'allais rebrousser chemin quand je me souvins du Keller, une boîte homo *hard* à quelques rues d'ici. Dieu merci, j'avais un blouson de cuir sur le dos, l'indispensable sésame. L'endroit me rappellerait sûrement les sales moments passés avec Michele mais qu'importe, l'envie de fumer était trop forte. Peut-être y trouverai-je l'inspiration, qui sait ?

Dans un film d'Ozon, un jeune homme très laid se fait *manipuler* sur un air d'opéra, les yeux pleins de désespérance. J'ai immédiatement pensé au *Saint-Sébastien* de Mantegna, l'acteur a la même expression, la bouche au bord des larmes, le regard rivé au ciel et les sourcils douloureusement froncés. Bravo, François ! La rédemption par le latex et non les flèches, il fallait y penser...

Mon premier écœurement, je l'ai eu au Mineshaft à New York, en 1980. Michele m'y avait conduit le lendemain de mon arrivée. Mes illusions étaient intactes, je croyais au grand amour.

J'avais tellement rêvé de ces retrouvailles !

— Marco, avait-il dit, il faut voir le Mineshaft au moins une fois dans sa vie... tu vas devenir accro. Cette ville est géniale, je l'adore, tout est possible.

Je ne comprenais pas bien ce que tout cela signifiait.

On avait marché longtemps dans le quartier des bouchers ; seuls, dans un décor d'épouvante. Des chaînes, couvertes de crochets, grinçaient dans le vent, des papiers gras tourbillonnaient. Une lumière oblique, jaune et glauque, sinistre.

Nous arrivâmes enfin, une maison isolée aux fenêtres condamnées, un escalier, une porte et cette pancarte : « Ici pas de parfums, pas de Gucci, pas de Ralf Lauren, pas de Lacoste, pas de... » En bref, soyez crades sinon vous n'entrez pas.

Me revint alors de cette phrase de l'*Enfer* de Dante : « Abandonnez toute espérance, vous qui franchissez ce seuil. » Je la déclamai en italien pour Michele :

— *Lasciate ogni speranza, voi ch'entrate...*

Il me fixa quelques secondes, étonné, puis ricana.

J'avais un banal T-shirt sur le dos, le portier m'apostropha :

— Tu l'enlèves ou tu restes dehors.

Et me voilà, torse nu, dans l'antre du diable, spectateur involontaire d'un film porno infect, partagé entre l'envie de vomir et celle de pleurer. Michele, saoul, me caressa :

— Alors Marco, ça te plaît ?

Je le repoussai violemment et courus vers la sortie.

Michele avait raison, New York était la ville de

tous les possibles. Elle l'avait tué une première fois, elle avait tué à jamais la mouette d'Ostie.

Vingt-cinq ans après, comment serait la madeleine ?

Deux barbus, crânes rasés, sortaient du Keller, emportant avec eux des effluves de sueur et de poppers.

Une envie de chialer, la même qu'au Mineshaft.

Je rebroussai chemin.

Pas de cigarettes, pas de madeleine !

Je rentrai bredouille.

Lionel était dans sa chambre, un rai de lumière filtrait sous la porte. Il revenait d'un voyage en province. Ce n'était pas plus mal, j'en avais assez d'être seul, sans lui la vie était moins facile. Et, joie suprême, nous fumions tous deux des Peter Stuyvesant.

Quand mon chemin croisa le sien, il y a cinq ans, sur un tournage, j'imaginai immédiatement une histoire torturée. Vingt-deux ans, blond, une dégaine de petite frappe, tour à tour séducteur et violent, il emplissait nos verres et nos assiettes, ce n'était qu'un homme de ménage pompeusement rebaptisé assistant. Mon intérêt pour lui le flattait : moi, Marc Sylvaner, un des plus grands réalisateurs français !

Lorsqu'il sentit mon regard s'alourdir, il lança comme un défi :

— Je vous préviens, je ne suis pas homo, je n'aime que les nanas.

Je répondis, agacé :

— Que veux-tu que ça me foute ?

En fait, ça me foutait. Je n'avais qu'une envie, construire pour une fois un vrai décor. Un décor autour de lui, autour de moi et jouer un scénario inventé au fil des jours, oubliant qu'à seize ans j'avais échafaudé un conte de fées qui avait tourné au désastre.

J'en prends conscience aujourd'hui, ma passion du cinéma vient de loin. J'ai toujours aimé manœuvrer les êtres, les guider vers ma toile et les prendre au piège. Enfant, je fus fasciné par *La Mort aux trousses* de Hitchcock. Je croyais, à l'époque, cette fascination purement esthétique. La beauté des images, le charisme de Cary Grant, l'érotisme froid d'Eva Mary Saint, la suggestivité de la scène du wagon-restaurant me marquèrent à jamais. Quand, plus tard, je revis ce film, je compris pourquoi j'avais été séduit : Hitchcock manipulait magistralement ses acteurs. Les scènes les plus puissantes n'étaient pas celles dont j'avais gardé le souvenir mais celles où le réalisateur brisait la destinée des personnages d'un simple signe de la main.

Le réalisateur était un dieu !

Ainsi, à seize ans, j'avais tourné mon premier film. Michele en était le héros mais, inexpérimenté, je n'avais pas su le diriger.

Je tentai un nouveau film avec Lionel.

Je m'intéressai à son passé : une mère divorcée, remariée à un Turc qui le terrorisait. Son beau-père abusait de lui, j'en étais sûr. Et quand le gamin résistait, il le battait. Un jour, il lui cassa le pied droit, Lionel en garda une légère boiterie.

— Pourquoi es-tu resté ?

— Quand il ne me battait pas, il était gentil.

J'ai donc été gentil, très gentil. Fringues, montres,

restos, voyages, je me suis rendu indispensable à son confort quotidien. La bonne à tout faire devint assistant réalisateur. Mauvais assistant : borné et confus, il rend compliquées les choses les plus simples, au grand désespoir des acteurs et des producteurs. Lionel a l'arrogance des sots, il est unanimement détesté. Il jette à la figure des gens ce que je n'ose pas leur dire. J'adore.

Il habitait une chambre de bonne sordide, dans une banlieue pourrie. Je proposai de partager mon appartement, il refusa tout d'abord puis vint y dormir de plus en plus souvent. Pour finir, il s'installa dans la chambre d'amis. Je fus pris à mon propre jeu, il devint vite indispensable : les courses, la bouffe, les cigarettes, sa présence.

Un soir, je me glissai dans son lit, il se leva furieux, prêt à me tabasser. Il partit en claquant la porte, je ne le revis pas quinze jours et puis il revint comme si de rien n'était. Échapper à la vie de banlieue valait bien quelques concessions. Le soir même, je retournai me coller à lui, il feignit le sommeil et je pus le toucher. Un peu plus chaque nuit. Tous les jours, je pensais aux nuits à venir, échafaudant des scénarios incandescents.

Parfois, il découchait, trois, quatre nuits d'affilée. Sur les plateaux, j'étais odieux avec lui ; alors il revenait, je redevenais amical et nous reprenions nos jeux. Nous ne parlions jamais de nos rapports nocturnes. Une relation fondée sur le non-dit survit grâce au silence.

Il disait parfois que j'étais le père ou le grand frère qu'il avait toujours souhaité avoir. Je refusais violemment cette filiation. Lionel recherchait sincèrement un père. Il pensait l'avoir trouvé mais je n'avais pas écrit cette partition et, pour ne pas me perdre, il acceptait à contrecœur de jouer la mienne.

Au fil des mois, il prit sa place réelle d'homme à tout faire. Il avait le confort et ma notoriété le comblait, chacun y trouvait son compte.

Somme toute, un bon arrangement.

Louise

Trois semaines sans nouvelles. Une inquiétude épouvantable. Après le deuil de Paul faudrait-il affronter celui de Kader ?

Il devait passer en France. De toute évidence, son appartenance au FLN était connue : il risquait la mort. Une vie d'Arabe ne représentait rien. Si la police portuaire le démasquait, elle le ferait disparaître. Je ne mangeais plus, ma mère s'inquiéta de nouveau. Elle délaissa mon père pour me donner un peu de son temps. Quand elle apprit la raison de mon mal-être, elle fut à peine étonnée :

— Amoureuse d'un musulman, toi aussi ? À vingt ans, j'ai rencontré un instituteur indigène. Ali était exotique, moi un peu fofolle, il dansait le tango à merveille. Nous avons bien failli nous marier mais sa famille ne voulait pas d'une Française, quant à la mienne n'en parlons pas. Ils avaient tous raison, il faut rester en cohérence avec son milieu. J'ai connu ton père peu après, tu connais la suite. Ne t'inquiète pas, dans quinze jours tu l'auras oublié.

Je ne l'oubliai pas.

Un soir, je reçus un coup de fil :

— Louise, c'est Kader, tout va bien, je suis à Paris, mais je ne peux pas rester en France, je suis recherché. Je t'ai envoyé une lettre, lis-la très attentivement, je t'embrasse.

Quelques jours plus tard, un certain Mourad m'appela, il me fixa rendez-vous au jardin d'Essai près du premier bassin.

Le bus de la RSTA avait roulé à toute allure, j'étais en avance d'une demi-heure. Il faisait doux, le ciel était d'un bleu laiteux, quelques promeneurs paressaient sous les arbres. J'allai jusqu'au plan d'eau, l'immense allée bordée de washingtonias démesurés me donna, comme toujours, le vertige. Je m'assis, étourdie ; le ciel se reflétait sur l'eau, quelques nuages pommelés traversèrent le bassin, des mouettes venues de la mer toute proche voletaient, désordonnées.

La guerre n'existait plus, le bonheur était là, je vis mon reflet sourire…

Mourad m'aborda, il portait un jean, un pull rouge et des lunettes de soleil.

Nous marchâmes côte à côte sans rien dire jusqu'à l'allée des dragonniers. Il faisait sombre, il n'y avait personne devant nous, Mourad se retourna, personne derrière. Je lui remis la valise, il sortit une lettre de sa poche, une lettre de Kader.

« Paris, le… … …

Ma chère Louisa,

Ne m'en veux pas d'être parti comme un voleur, mais j'étais en grand danger. À l'hôpital, la surveillante du service de chirurgie où je suis externe a compris que je subtilisais des médicaments, des pansements et du petit matériel. Elle en a parlé à deux étudiants de ma promo, activistes OAS. Un soir, à la fin du TP d'anatomie, ils m'ont suivi puis tiré dessus dans le souterrain des facs. Par miracle, ils m'ont raté. Je crois que je n'ai jamais couru aussi vite de ma vie. Je me suis réfugié chez des amis. Bien m'en a pris car la police est allée chez mes parents le soir même, elle a perquisitionné mais n'a rien trouvé. Comme tu le sais, j'avais pris la peine de téléphoner. Merci pour ce que tu as fait, nous t'en sommes très reconnaissants.

Je ne pouvais plus rester en Algérie. L'oncle d'un copain travaille à l'OFAMO, tu sais, cet organisme chargé de recruter des travailleurs algériens et de les envoyer en France. Il a proposé de m'aider si j'arrivais à me procurer de faux papiers. Les frères du FLN m'ont fourni les papiers en question et j'ai pu embarquer sur le Ville d'Alger au bout de quelques jours. Tu ne peux pas savoir combien j'étais malheureux de n'avoir pas pu te parler pour te rassurer, te tenir au courant, mais j'avais ordre de ne contacter personne et de ne pas sortir.

Pendant le voyage, il y a eu plein de contrôles de police, les vingt heures de traversée m'ont paru interminables, j'avais peur de mourir jeté par-dessus bord comme un chien, peur de ne plus jamais te revoir, de ne plus jamais te parler, de ne plus jamais t'embrasser. Nous étions entassés sur le pont les uns sur les autres, les policiers étaient odieux, surtout ceux d'Algérie. Ils se comportaient avec nous comme si nous étions du bétail. Tu ne m'aurais pas reconnu, j'avais laissé pousser ma barbe et j'étais habillé en ouvrier. Dieu merci, les papiers étaient des faux parfaits, ils n'y ont vu que du feu. En arrivant, j'ai passé une nuit à Marseille chez un cousin, puis j'ai pris le train pour Paris où les frères m'ont pris en charge. Ils m'ont dit que je ne pouvais pas rester en France, qu'il fallait continuer mes études. Une fois l'indépendance acquise, notre pays aura besoin d'ingénieurs, de médecins, d'intellectuels. Ils m'ont proposé d'aller en Suisse ou en Belgique. Je me suis souvenu que tu aimes la neige et la montagne, alors j'ai choisi la Suisse...

L'Algérie nouvelle aura besoin de tous ses enfants, elle aura besoin de toi, comme moi j'ai besoin de toi. Une fois installé à Genève ou à Lausanne, j'aimerais que tu me rejoignes. Tu nous as beaucoup aidés, le FLN te donnera une bourse, tu pourras terminer ta sociologie. Et, si tu veux bien de moi, nous pourrons peut-être nous marier.

Inch Allah.

Prends bien soin de toi, je t'aime.

Kader »

Marc

Cinq jours à New York pour des interviews.

Comme je m'y attendais, Patricia est injoignable. Central Park baigne dans la lumière grise du petit matin, je marche seul et mes pieds s'enfoncent dans la neige, je ne sens pas le froid. Les écureuils jouent à cache-cache entre les arbres, comme avant. Je remonte le temps et revois le passé. Images superposées. C'est si loin…

Michele était près de moi, deux écureuils nous regardaient intrigués, étaient-ils heureux comme nous, amoureux ? La lumière était plus claire, les bruits plus aigus, les parfums plus violents. Personne ne fait plus battre mon cœur. Le monde est délavé, sans émotions, le disque dur saturé.

Allez, Marc, vide cette tête qui a trop vécu !

Jette à la poubelle tous ces souvenirs, toutes ces blessures qui aveuglent et assourdissent !

J'ai essayé cent fois, je n'y parviens jamais.

Peut-on faire l'amour avec un corps qui ne s'émeut plus ?

Peut-on extirper quelques sentiments, un peu de chaleur de chairs à demi mortes ?

Malgré tout, quelques bribes franchissent la

barrière de l'indifférence. Des bribes tristes : le parfum, la voix, le visage d'ange de Michele, ses mains sur moi au Mineshaft, et tout qui s'écroule. Les matins plus ternes, le rire désabusé, les yeux moins brillants.

Espérience, maman inventa ce mot quand je revins de mon premier voyage à New York. Inquiète de ma déprime, elle avait dit :

— J'ai mixé expérience et espérance, que la première ne détruise jamais la seconde, sinon tu es mort.

Je ne suivis pas son conseil et pourtant je vis encore.

Un couple s'embrasse contre un arbre.

Les cons, ils n'ont pas d'autre endroit ?

Leur bonheur est une baffe !

D'illusions d'amour en désillusions, j'ai franchi le seuil du détachement. Seuls persistent les mauvais sentiments : jalousie, colère, mépris.

Mes derniers bons sentiments ?

Lionel, peut-être.

Il voulait m'accompagner à New York mais j'ai refusé, je voulais être seul. Je reviens dans cette ville en pèlerin, je ne peux rien partager sur les terres du premier amour. Je marche jusqu'au Strawberry Fields Memorial, face au Dakota. Yoko Ono a dépensé un million de dollars pour une mosaïque prétentieuse composée de tesselles noires et blanches, les mêmes qu'à Ostia Antica. Le dessinateur s'est inspiré d'une mosaïque romaine de Méduse. Les motifs qui encadrent le médaillon central sont identiques mais la tête de Gorgone a été remplacée par *Imagine*.

Michele était un fanatique d'histoire ancienne,

il savait tout de la Rome antique. Il m'a communiqué sa passion lors d'interminables promenades sur la plage de Moretti. J'étais loin de me douter que l'ange poétique et cultivé me plongerait quelques années plus tard dans les bas-fonds dérisoires du sexe, j'étais loin d'imaginer qu'il n'y avait pas de paradis.

« *Imagine there's no heaven...* »

Imagine, ce mot a guidé toute ma vie.

Incapable de m'ancrer dans le réel, j'invente des histoires, je crée des images, j'imagine...

Il neige sur Central Park. Les flocons ont effacé la première et l'avant-dernière lettre d'*Imagine*, « magie » s'inscrit désormais au centre de la mosaïque. Dans imagine, il y a image et magie : l'exacte définition du cinéma !

Un homme mûr et une toute jeune femme passent devant moi puis s'enfoncent dans le blanc, main dans la main, j'ai envie de leur crier :

— *There's no heaven !*

Louise

L'Algérie s'éloignait avec Kader, Alger perdait sa blancheur, Alger se maculait de rouge.

Le jeune homme sensuel et brun qui, chaque jour, s'asseyait près de moi n'était plus là. Il ne racontait plus l'autre terre, celle qui vivait près de nous, dans notre indifférence. J'avais la nostalgie sans l'exil.

— Si nous n'étions pas là, disait Kader, vous n'aimeriez pas autant ce pays. Vous nous aimez à travers lui, vous ne vous en rendez pas compte. Un jour, vous le regretterez mais il sera trop tard.

Marie-Lise, amie d'enfance et camarade de promotion de Kader, passait me voir parfois, elle racontait les brimades incessantes.

Au bal de l'internat, consigne avait été donnée aux Françaises de souche de ne pas danser avec les Juifs et les Arabes. Pendant le bal, les filles refusèrent systématiquement leurs invitations. Ils étaient alignés au fond de la salle, tristes et penauds. Marie-Lise, écœurée, abandonna Pierre, le fils d'un colon de la Mitidja, qui l'accaparait depuis le début de la soirée et invita David Guedj, un des parias. Tous les couples quittèrent la piste, ils dansèrent dans un silence glacial. Le lundi d'après, au TP d'anatomie, elle se retrouva seule à la table de dissection, boycottée par les filles et les garçons de son groupe. Depuis, personne ne lui adressait plus la parole, on la traitait de pute à youtres et à bougnoules.

Des concerts de casseroles rythmaient nos soirées.

Maman scandait, à s'en déboîter l'épaule, « Algérie française » sur la lessiveuse de la loggia.

L'OAS veillait, l'OAS frappait.

Strounga !

Posées par les hommes de l'organisation terroriste, les *strounga* explosaient. L'importance d'une cible se mesurait aux kilos d'explosifs utilisés. Les magasins ou les appartements des sympathisants à la cause algérienne ou supposés tels étaient systématiquement plastiqués. Quand les vitrines voisines volaient en éclats, leurs propriétaires se disculpaient en affichant « Victimes du souffle » sur une pancarte.

Nous étions tous victimes du souffle !

Maman, enrôlée dans les rangs de l'armée secrète, était informée des futures victimes par Gérard, mon beau-frère, chef de commando. Quand une personne connue d'elle était sur la liste, elle la prévenait quelques heures avant l'explosion pour épargner sa vie. Un soir, elle avertit le Mozabite du coin de la rue qu'une bombe serait posée devant son échoppe la nuit même. Il haussa les épaules : « Si c'est la volonté de Dieu... »

Maman savait qu'il dormait dans son épicerie, elle le supplia de s'en aller mais il n'avait pas d'autre endroit. « Et puis, ajouta-t-il, si on casse ma boutique, je vais mourir de faim, alors mourir tout de suite ou dans trois mois... »

Ma mère aimait ce petit *moutchou* en blouse et saroual gris qui la servait depuis quinze ans. Il avait, affirmait-elle, les meilleures variantes d'Alger, ces légumes pimentés marinés dans le vinaigre, servis le soir avec l'anisette. Petite, j'étais fascinée par les jarres pleines d'olives, de semoule, d'épices, de lupins, de pois chiches alignées à l'entrée du magasin. Hamou enveloppait les denrées dans un épais papier blanc et les pesait sur une balance Roberval à plateaux de cuivre. Une forte odeur, mélange de vinaigre, de cumin, de poivre et de cannelle imprégnait l'endroit. Il y faisait aussi sombre que dans une caverne et quand l'épicier s'occupait d'autres clients, je chipais dans la pénombre olives ou cacahuètes. Mon tour venait, je commandais la bouche pleine, rouge de confusion, et Hamou souriait sans rien dire.

Il faisait partie de notre vie.

Quand maman lui proposa de passer la nuit chez nous, il rit :

— Mais alors, c'est chez toi qu'ils vont la poser cette bombe, Madame !

Elle implora Gérard d'épargner le vieux Mozabite. Il fut inflexible, Hamou donnait de l'argent aux fellouzes, il en avait la preuve.

Le lendemain, on le retrouva mort sous les gravats.

Zahia, la femme de ménage, n'osait plus venir chez nous, les plus folles rumeurs circulaient sur ces salopes de bonnes arabes qui faisaient frire les bébés français à l'huile d'olive.

L'horreur était banale : des corps sur les trottoirs baignés de sang qu'on enjambait presque, mes copains de fac musulmans abattus. Rue d'Isly, une femme voilée avait été exécutée sous mes yeux d'une balle dans la tête à bout portant par un gamin de vingt ans. Il avait couru dans la foule et, malgré mes hurlements, nul ne l'avait arrêté. L'image de cette femme s'affaissant sur le sol comme une poupée de chiffons dans l'indifférence des passants, le voile blanc maculé de sang, ne me quitte jamais.

Gérard avait justifié ce crime :

— Elle n'avait rien à foutre là. Les crouilles et les mouquères ont tous été prévenus. On ne peut pas aller dans leurs quartiers, ils n'ont rien à faire dans les nôtres !

Il avait poursuivi :

— On est plus d'un million, ils sont neuf. Si chacun de nous en tue huit, il n'y a plus de problème...

Je le traitai d'ordure, il me traita de conne.

Pour moi, il mourut ce jour-là.

Papa n'avait rien dit, il détestait Gérard et ses idées extrémistes. Il avait sur l'Algérie des idées particulières. Pour lui, les vrais héritiers de la Rome antique et de Byzance étaient les Arabes et les Turcs. Ils avaient perpétué les traditions urbaines, culinaires, vestimentaires des deux villes phares et transmis leur héritage culturel au monde. Ainsi ils appartenaient de plein droit à la culture occidentale. Seule la révolution industrielle avait séparé l'Orient de l'Occident, les scientifiques du siècle dernier ne s'y étaient pas trompés. Découvrant la Régence d'Alger, ils s'étaient écriés : « Mais c'est l'Antiquité vivante ! »

— Si seulement nous avions eu un peu plus de temps nous aurions fait de cette terre un grand pays, confiait-il. Le FLN, l'OAS et les politiques ont tout gâché.

Le racisme, les camps de regroupement, les tortures, les assassinats étaient notre quotidien. Décidément, nous n'avions rien appris de l'Allemagne nazie, nous n'avions rien à lui envier. J'avais honte, profondément.

Pourtant, le 13 mai 1958 avait suscité un immense espoir : pieds-noirs, français musulmans avaient dans un même élan réclamé la sauvegarde de l'Algérie française. L'allocution du général Salan aux Algérois avait été un grand moment. J'avais marché avec maman du Telemly jusqu'au Gouvernement général, des milliers de personnes en liesse s'étaient massées sur le forum : des pieds-noirs, des militaires, des Arabes portant des banderoles où s'étalaient : « Algérie française », « La Casbah répond présent »... Une fraternité incroyable ! Le soleil éclaboussait la ville, un bonheur insensé gagnait les cœurs. L'espoir que tout pourrait recommencer, que la paix reviendrait très vite nous exaltait. Salan, au terme de son discours, s'écria : « Vive la France, Vive l'Algérie française, Vive de Gaulle. » Une énorme clameur lui répondit et maman embrassa les deux femmes voilées qui se tenaient près d'elle.

Quand de Gaulle accéda au pouvoir, nous fûmes persuadés que l'Algérie resterait française encore longtemps : il nous avait compris !

Comme l'immense majorité des pieds-noirs, Challe, Jouhaud, Salan et Zeller s'estimèrent trahis.

Ils décidèrent de renverser de Gaulle le 23 avril 1961.

Leur putsch échoua lamentablement.

La France en avait plus qu'assez de l'Algérie et de ses drames, sa jeunesse voulait exulter. Un joyeux quatuor venu de Liverpool balaierait bientôt ce triste « quarteron de généraux à la retraite ».

Chaque semaine, je recevais une lettre de Kader.

Il parlait de sa nouvelle vie à Lausanne, calme et tranquille. Il ne craignait plus de se faire abattre à chaque coin de rue. Oublié le racisme ordinaire : on le jugeait pour ce qu'il était et non pour ses origines. Son professeur était satisfait de son travail, il lui avait promis un poste d'assistant. Il vivait dans une chambre de la cité universitaire, il m'attendait pour louer un studio, un studio avec vue sur le lac et les montagnes ; ainsi, je ne serais pas dépaysée : en me levant le matin, j'aurais toujours l'impression d'être à Alger.

« *Tu ne peux pas savoir comme la vie est douce et triste aussi. Je me sens tellement seul. J'aimerais tellement la partager avec toi, mais je ne veux pas te forcer, je sais combien tu es attachée à ta famille et à Alger, tout comme moi.*

Je suis rivé à mon poste de radio. La nuit, j'écoute les flashs d'information. Toutes ces bombes, tous ces morts ! J'ai tellement peur pour ceux que j'aime. Sois prudente, s'il te plaît, ne va ni dans les cafés ni dans les grands magasins, sors le moins possible. Je ne veux pas qu'il t'arrive malheur. Parfois, je perds courage : je me dis que si cette saloperie de guerre dure encore, tu vas m'oublier.

Toi qui adores les mille-feuilles, ils en vendent au mètre à la Placette, tu ne peux pas savoir comme ils sont bons ! Quand tu viendras, j'en achèterai un kilomètre. Je t'aime mon amour. »

Marc

Central Park West, j'ai marché jusqu'au musée d'histoire naturelle. J'y étais venu enfant, il y a plus de trente ans. Je devais avoir dix ans. La démesure de l'Amérique s'étalait dans l'énorme bâtisse, une accumulation insensée de cristaux : diamants, émeraudes, obsidiennes, aigues-marines, rubis, lapis-lazulis. William, mon beau-père, traduisait mais son français limité préservait le mystère d'innombrables pierres. Des métaux rares aux noms exotiques, iridium, germanium, rhénium, gallium, indium, tantale, s'exposaient dans d'interminables vitrines. Les salles peuplées d'animaux préhistoriques me fascinèrent. Dinosaures, brontosaures, ichtyosaures et autres monstres exhibaient, impudiques, leurs ossements gigantesques. Des squelettes d'oiseaux grimaçants planaient au-dessus de nos têtes. Ils me terrifièrent infiniment plus que les pâles ersatz de plastique de Jurassic Park. Je plongeai la tête dans la fourrure de maman et, les nuits qui suivirent, des chimères aux dents acérées déchiquetèrent mon sommeil.

J'ai rendez-vous à neuf heures avec un journaliste. À deux blocs. Je n'aime pas recevoir la presse dans ma chambre, j'ai toujours peur des regards à l'affût de tout. La semaine passée, un ami paparazzo a rencontré Joe Kendall dans ses bureaux de San Francisco. Ils étaient seuls dans les locaux. Pendant l'interview, le journaliste s'est éclipsé, a fouillé la chambre où le réalisateur se repose entre les prises, ouvert les tiroirs et volé une lettre dans la table de nuit.

Je ne supporte pas qu'on viole mon intimité.

Je suis attendu au neuvième étage. L'immeuble est désert.

L'ascenseur démarre. Soudain un claquement, quelque chose frappe violemment le toit de la cabine. Elle s'arrête une fraction de seconde puis entame une folle descente. Le câble, putain, le câble s'est rompu, je vais m'écraser !

Cinq étages défilent.

Peur panique : l'estomac dans le thorax, les yeux exorbités, les sphincters qui s'ouvrent, la bouche qui hurle. Un bruit latéral épouvantable, un choc, plus de lumière : le sol et la mort.

Clap de fin.

Réveil allongé dans le noir. Sensation bizarre, le slip colle à ma peau, mon pantalon est trempé. Mal à la tête, je palpe mon crâne, rien. Je ne sais plus où je suis. Dans mon parking, assommé par un voleur ? Non, dans un avion, un avion qui s'est s'écrasé… je suis vivant, je me lève. Des boutons sur la droite… je suis dans un ascenseur en panne. Ma plus grande angoisse depuis que je suis gamin.

— Au secours !

Une voix lointaine parlant français avec l'accent américain :

— Dieu merci vous êtes vivant, nous allons vous libérer, monsieur Sylvaner. Mais ça va prendre du temps, ce n'est pas une panne habituelle : le câble de l'ascenseur s'est rompu, désolé.

Je hurle :

— Vite s'il vous plaît, je suis claustrophobe.

— Calmez-vous, calmez-vous, vous ne risquez rien.

La pire expérience de ma vie : cinq heures dans deux mètres carrés, dans le noir, la chaleur et la puanteur, cinq heures à hurler, pleurer et tambouriner.

Et, sous les flashs carnassiers des journalistes, au bras d'un pompier dégoûté, l'extraction d'un des plus grands réalisateurs français, caricature couverte d'excréments.

Louise

Deux heures sur le balcon à ressasser le passé. Seuls les bruits du port troublent la nuit, des rouleaux de brume estompent les bateaux. Quelques chiens aboient, des coqs abusés par les réverbères chantent, ils rendaient fou Kader quand il vivait là.

Je n'aurais pas dû répondre à ses appels, à ses lettres, nos vies auraient divergé et je vivrais à Paris ou en province. J'aurais un mari, des enfants, des petits-enfants peut-être. Je ne serais pas seule dans cet appartement trop grand, dans cette ville surpeuplée. Seule avec des souvenirs que je ne peux plus partager. Alger, ville de spectres : les maisons, les immeubles qui abritaient ma famille, mes amis sont désormais vides. Mon regard navigue de gauche à droite et revit le passé. Ma première surprise-partie chez Marie-Lise, rue Lafayette, en contrebas. Près de chez elle, une villa cubique assez laide au jardin exigu et mal entretenu, des militaires venus de métropole l'occupaient, nous discutions avec eux de temps à autre. L'un d'eux, Jean-Louis, me fit la cour, il était mignon, des yeux vert d'eau. Il portait bien la tenue. J'étais fière de marcher à son bras dans les rues d'Alger.

La mort de Paul brisa l'idylle naissante.

Malchance ? Non, *maktoub* !

En face, le Lafayette, imposante bâtisse de quinze étages qui gâche la vue. Ma tante Jacqueline y habitait avec ses deux filles. L'une d'elles, Ginette, mongolienne, posait la même question dès qu'elle me voyait : « Comment tu t'appelles ? » Elle s'approchait tout près de moi et penchait la tête sur le côté, comme une poule, en attendant ma réponse.

Boulevard Saint-Saëns... Enfant, j'écrivais voluptueusement boulevard Cinq-Sens sur les cartes postales que j'envoyais à mon amie Françoise et, malgré tout, elles arrivaient.

L'avenue a été rebaptisée boulevard Mohamed V.

Mohamed V, le roi du Maroc.

Je me souviens de la date de sa mort, le 26 février 1961, c'était l'anniversaire de papa. Sa disparition bouleversa les musulmans d'Algérie qui le vénéraient. Les pieds-noirs le détestaient car il aidait la rébellion et accueillait dans son pays les combattants du FLN. À l'annonce de sa mort, notre femme de ménage fondit en larmes. Furieuse, maman la pria de rentrer chez elle *cuver* son chagrin. Les mois qui suivirent, Zahia fredonna, comme tous les Algériens, une chanson écrite pour la plus jeune des filles du sultan : « Que Dieu te donne de la patience (*sabar*) *ya* Lalla Amina... »

Mais patience est une traduction approximative du mot arabe *sabar* qui signifie tout à la fois patience et résignation.

Les Algériens, brisés par la guerre, avaient perdu

un père, un protecteur et, comme Lalla Amina, ils durent se résigner et patienter. Comme pour ajouter à leur malheur, l'OAS, créée le 11 février 1961, entra en guerre quelques semaines plus tard.

Ce peuple digne et désespéré me bouleversait ; nous avions transformé ces hommes et ces femmes en ombres furtives et ces ombres, l'armée secrète voulait les gommer.

Des immeubles, des rues, des noms tourbillonnent dans ma mémoire, un monde disparu, effacé par l'histoire. Rires, repas de famille, immenses tablées, cousins, cousines, où êtes-vous ?

Je parle kabyle et arabe, j'ai la nationalité algérienne mais je me sens étrangère. Je n'ai rien de commun avec les nouveaux habitants de la ville. Après l'indépendance, ils se sont emparés des villas et des appartements abandonnés par les pieds-noirs. Ils n'avaient pas de tradition urbaine, pas de sens civique et pas d'argent, ils ont ruiné Alger. Les Algériens d'aujourd'hui ne sont plus ceux de 1961, ils ont perdu le ciment qui les soudait face à l'adversité, ils ont perdu la fierté farouche face à la sujétion, ils ont perdu la fraternité, ils ont perdu l'humanité.

Je suis fatiguée, mes raisonnements deviennent simplistes…

Un vent frais se lève à l'est, je rajuste mon châle et gagne ma chambre. Il y a quelques années, ses murs ont été fissurés par un tremblement de terre. La plus grande frayeur de ma vie. Je rêvais : j'étais avec Marc sur une barque ballottée par les vagues un soir d'orage, une immense lame allait s'écraser sur nous, je me suis éveillée en sueur. Mon lit tanguait de droite à gauche, j'étais couverte de poussière. Un bout de béton se détacha du plafond blessant ma jambe droite. Je passai la nuit à prier, immobile parmi les gravats.

Si Sofiane n'avait pas sonné le lendemain, je n'aurais pas quitté le lit.

Marc

Je suis en pèlerinage sur les bords de l'Hudson.

Assis sur le même banc de bois humide, je me souviens.

Après le Mineshaft, j'avais marché toute la nuit dans les rues de Manhattan, sans but. Au petit matin, à Brooklyn, le fleuve s'écoulait terne et gris, les oiseaux griffaient vagues et nuages, zébraient un horizon de béton aux frontières incertaines. Les images, les sons, les couleurs blessaient comme des couteaux, je saignais.

C'était donc ça, l'amour fêlé ?

Les souvenirs heureux qui vous cramaient rien qu'à l'idée, ce visage adulé qu'on vomissait brusquement. Le bonheur avait pris le train fantôme et un squelette factice passait la main dans mes cheveux.

Donner le plus cher de soi, aimer sans réserve et, pour finir, crever de solitude. Et en prime, ce putain de cœur qui battait comme volaient ces oiseaux : inutile.

Je n'avais rien vu venir. Je l'avais aimé de toutes mes forces pour qu'il m'aime en retour ; je l'avais lissé, façonné, rendu conforme à mes rêves d'enfant. Mes fantasmes d'adolescent avaient composé une caricature.

Je m'étais aveuglé.

Dans la boîte de nuit, des ventilateurs pulsaient un air brûlant pour contraindre à la nudité et pousser à tout consommer. Des hommes, fesses à l'air, s'agitaient ; des barbus, des moustachus laids comme des macaques copulaient. Dix monstres arrosaient un gamin allongé dans une baignoire.

L'usine de mort a depuis longtemps disparu mais sa nuit est toujours en moi, infecte. Depuis, je n'ai plus aimé pareil. L'allant et la fraîcheur : perdus. Les sentiments des autres glissent sans m'atteindre. Comme ils tournent autour de moi, ces hommes, ces femmes !

Je les regarde, amusé, je jouis de leur abandon et de leurs corps flattés, sans jamais me lier.

Le cinéma m'a sans doute sauvé, la machine à fabriquer les rêves a pris la place de ma vie ; je ne vis plus l'amour qu'au travers de mes images. Je me suis attaché à Lionel comme on s'attache à un chien, à une pute régulière. Il disparaîtrait demain, je serais ennuyé pour les courses, la présence, les étreintes furtives. Mais sans désespoir.

C'est ça que j'ai perdu : le désespoir ! L'expérience a tué le désespoir. Je me l'étais juré sur ce banc : jamais, plus jamais on ne me ferait souffrir.

J'y suis enfin parvenu. Hélas !

Des mouettes piaillent sur l'eau, le soleil embrase les tours de Manhattan, du rose orangé coule sur les baies vitrées. Un trou dans le tableau : les Twin ont laissé place au vide. Le vide, seul témoin des blessures. Une poignée de minutes et New York a perdu sa jeunesse, son orgueil insolent ; la ville exubérante frappée par le feu s'est recroquevillée sur sa plaie. Insensible désormais, les cris des victimes de sa vengeance ne l'atteignent pas. J'ai aussi vieilli très vite ; en quelques heures, j'ai appris l'indifférence.

Sur le pont de Brooklyn, un assourdissant vacarme ; sous mes pieds, les voitures filent en trombe. Des bouquets de gratte-ciel émergent au fil des pas, sans jamais effacer le trou béant. Les gens déambulent, hagards et pressés ; parfois, leurs yeux scrutent le ciel, inquiets.

Ils n'ont pas oublié, je n'ai pas oublié.

Sur l'autre rive, trois clochards flambent de vieux papiers en chantant *Born in the USA*. Des paquets de fumée compacte s'élèvent dans le bleu du ciel. La même fumée grimpait à l'assaut du soleil, le 11 septembre. Patricia était là, évidemment ; dans toute la ville, raconte-t-elle, une odeur épouvantable de chair grillée.

Le vent se lève et rabat toute la fumée sur moi.

Curieux, je ne sens rien.

Absolument rien !

Louise

Quand nous nous séparâmes Kader et moi, je me retrouvai seule, complètement seule. Sa famille, ses amis se détournèrent. J'existais parce que j'étais sa femme, lui parti je redevins l'étrangère. Le téléphone se tut, plus de visites, plus de courrier. Morte.

Je pris conscience de l'inconsistance des liens qui me liaient à eux. En quelques heures, j'appris le dédain.

L'indépendance les avait enrichis, ils avaient l'arrogance de certains pieds-noirs, le sentiment d'appartenir à une classe supérieure. Leurs qualités exceptionnelles expliquaient leur réussite, ils en étaient persuadés. Quand je faisais remarquer qu'ils avaient été puissamment aidés par l'histoire, ils s'offusquaient.

J'ai été témoin de leur misère, j'en paye le prix.

Au Champ de Manœuvre, ils vivaient dans le dénuement.

À ma première visite chez eux, j'avais été frappée par la nudité des murs, les violentes odeurs de cuisine, la promiscuité, les chambres envahies de matelas.

Quatre pièces pour treize personnes !

— Kader, comment faites-vous pour dormir ?

— Il y a une chambre pour mes parents et la petite dernière, une pour les garçons et une autre pour les filles.

— Vous n'avez pas de lits ?

— Comment veux-tu faire tenir douze lits dans quatre-vingt mètres carrés ? On dort par terre sur des matelas et le matin on les empile pour faire de la place. On est mieux qu'en Kabylie, je t'assure. Là-bas on dormait sur des nattes, il n'y avait pas d'eau courante, pas de toilettes et on devait aller dans la nature…

J'avais rougi, honteuse de nos deux cent cinquante mètres carrés, de mon immense chambre, des tableaux, des bronzes, des fleurs que maman changeait chaque jour.

Dans leur séjour, de pauvres œillets poussiéreux en plastique garnissaient un verre à moutarde recouvert d'une décalcomanie de Pluto. Près d'une fenêtre, une vieille machine à coudre Singer à pédalier, superbe et décalée.

— Comme elle est belle ! Vous vous en servez ?

— Bien sûr, sinon elle ne serait pas là. C'est ma mère qui nous habille.

Aujourd'hui, *maman* habite une grande villa sur les hauteurs d'Alger, les frères et sœurs des appartements dans les beaux quartiers et la machine à coudre a été offerte à une femme de ménage.

Après le divorce et ma deuxième tentative de suicide, je passai mes journées sur le balcon à guetter : il allait revenir, il ne pourrait pas tirer un trait sur trente-cinq années de vie commune. Il passerait au moins récupérer ses vêtements et nous pourrions parler, peut-être nous expliquer. La femme de ménage déserta, elle aussi.

Je me mis à parler à voix haute.

Un jour, il m'entendit soliloquer sur le balcon :

— Pourquoi tu parles toute seule, ça va pas ?

Comme je ne répondais pas, il vint frapper à ma porte.

J'ouvris et un petit bonhomme bouclé entra dans ma vie.

Marc

Après une journée de marche dans New York, je rentre à l'hôtel, épuisé. De mon lit, je vois la flaque sombre de Central Park bordée de gratte-ciel illuminés. Je m'endors…

Une rue triste et sans âme, la nuit tombe. J'avance, tout est gris, les passants n'ont pas de visage, je marche longtemps dans un crépuscule intemporel, les portes des maisons sont toutes identiques, les fenêtres s'ouvrent sur des chambres vides.

Au bout de la rue, une façade violemment illuminée : la vitrine d'un fleuriste. Je déteste les fleuristes, les taches colorées qui assaillent les murs de leur boutique, les bouquets de fleurs mortes tapies dans l'ombre.

Louise pose sa main sur la poignée, je crains qu'elle ne pousse la porte, j'ai peur d'être submergé par les odeurs. Ma main retient la sienne : « S'il te plaît, je n'aime pas les magasins de fleurs, ils sentent trop fort ! »

Elle entre malgré tout, elle m'entraîne. J'entre malgré moi.

Une pancarte : « Deuils et Mariages, livraison sous 24 heures. »

De longues tiges épanouies ploient sous le poids de fleurs trop belles. Artificielles ? Non, elles sont vraies, je n'arrive pas à dire vivantes. Elles sont dans leur vase comme des cadavres frais, maquillés dans leurs cercueils. Leurs couleurs m'agressent, délirantes. Sur ma droite, des œillets monstrueux ; plus loin des chèvrefeuilles tourmentés, des marguerites à cœur noir. Louise en cueillait au printemps sur le plateau de Zéralda. Je plonge le nez dans une brassée de roses, bizarre, ces fleurs ne sentent rien, absolument rien !

Je dois me réveiller, sortir de cette jungle inodore. L'angoisse monte comme une marée, plus violente que celle de l'enfance. Je ne crains plus les odeurs, c'est leur absence qui m'effraie. J'effleure un iris, il brûle mes doigts. Un sens disparaît, les autres explosent, jubile une petite voix dans ma tête.

L'angoisse sera-t-elle mon sixième sens ?

Si j'étais une fleur, aurais-je conscience de mon parfum ?

Je suis un bouton de rose, je balance au vent de droite à gauche, je suis le cœur du bouton.

Je ne sens rien, absolument rien.

Je m'éveille en nage, me précipite dans la salle de bains et colle mon nez sur un flacon d'Orchidée noire. Je ne sens rien, vraiment plus rien !

Sofiane (Alger)

J'ai entendu la Française qui parlait, je suis descendu chez elle.

Elle fait peur : elle a une voix d'homme. Quand elle crie, ça me réveille. Elle arrête pas de s'engueuler avec son mari, souvent il part en claquant la porte et on le voit plus pendant plusieurs jours. Je me demande où il va dans la nuit.

Ils se disputent tout le temps, ils se courent après dans l'appartement, je crois même qu'ils se frappent. Un jour, il a hurlé : « Salope, tu vas me le payer. » Le lendemain, dans l'ascenseur, il baissait la tête : il avait des pansements sur la figure. Je suis sûr qu'elle l'a griffé.

J'aime pas son parfum, c'est sûrement elle qui le lui a donné. Elle lui dit toujours : « Quand je t'ai connu, tu puais la transpiration, l'huile d'olive et le kanoun, je t'ai sorti de ton gourbi. » Je sais pas si en français de France on dit : « Je te sors du gourbi » quand on offre un parfum.

J'ai peur de dormir seul, j'aime quand ils crient, ça remplit le noir. Je prends le stéthoscope de papa, j'écoute sur les murs et j'entends tout ce qu'ils racontent, il y a plein de mots que je comprends pas. Ça fait des semaines qu'ils se sont plus disputés et que je sens plus de parfum dans la cage d'escalier.

J'ai sonné.

Quand elle a ouvert, elle m'a regardé avec des yeux bizarres, elle voulait pas que je rentre mais j'ai couru dans le couloir.

Comme elle est vilaine ! Elle est grosse et sans dents.

Elle marche comme un hippopotame, les jambes écartées ; chez elle, ça pue la cigarette, elle fume des Dunhill rouges. Sur les murs, il y a des tableaux : un soldat avec un grand sabre, il est noir avec un turban rouge sur la tête, une femme avec des grands yeux comme des poissons et un cavalier sous un arbre en fleur.

C'est beau sa maison, elle dit que les meubles viennent de Kabylie. Son père aimait beaucoup les Kabyles. Mon père les aime pas, il raconte qu'ils sont pas de vrais Algériens, qu'ils mangent du sanglier et qu'ils détestent les Arabes. Le sanglier, c'est comme du cochon, c'est *haram* ! Le whisky aussi, c'est *haram*, elle en a pris un grand verre mais elle a le droit, elle, c'est une *roumia*.

On a parlé un peu, elle travaille plus, elle doit s'ennuyer toute la journée sans personne, moi quand je suis seul dix minutes je crois que je vais mourir.

Elle m'a fait de la peine toute seule dans ce grand appartement. Quand j'ai demandé pourquoi elle avait pas d'enfants, elle a rien dit, elle a tiré sur sa cigarette en regardant la mer et puis elle s'est levée pour m'apporter une grenadine. Quand j'ai parlé de son mari, elle s'est mise à pleurer, alors je l'ai embrassée.

Marc

Cabinet médical très chic, un des meilleurs ORL de Paris, Patricia me l'a conseillé : « Tu verras, Bernard est génial, toutes les stars le consultent, il est à tomber. »

Sa secrétaire, pur produit Neuilly-Auteuil-Passy, blonde, serre-tête de velours noir, carré Hermès, m'accueille, faussement séductrice. À moins de quarante ans, elle est déjà botoxée, siliconée, sans âme.

La salle d'attente est tape-à-l'œil : meubles Starck-Louis XVI, moulures, dorures. Sur une table basse, des revues people, des revues chics : *Voici, Closer, Point de Vue, FMR*, l'édition anglaise de *National Geographic*. Dans une vitrine, des photos du médecin en blouse blanche avec Deneuve, Delon, Luchini, Nathalie Baye. Curieux, il y a une légère différence de grain entre Bernard et les stars à ses côtés, Photoshop est passé par là, ce sont des montages !

Il vient me chercher… Pas mal, c'est vrai : grand, bien foutu, sourire commercial, dents impeccables, cheveux poivre et sel, il ressemble à Clooney. Mon vieux, je comprends ton succès dans le show-biz. L'apparence, encore et toujours.

— Bonjour, monsieur Sylvaner, soyez le bienvenu. Qui vous envoie ?

— Patricia.

— Patricia ? Elle a complètement disparu, ça fait bien six mois que je ne l'ai vue.

Il pianote sur son Mac blanc grand écran.

— Oui, c'est bien ça, six mois, elle était venue avec Laura. Comment va-t-elle ?

— Toujours aux quatre coins du monde. Je l'ai appelée à New York pour vos coordonnées.

— Ravi de vous rencontrer, j'adore ce que vous faites : la densité des personnages, l'originalité des sujets… et puis, votre caméra est magique, une fluidité étonnante, bravo !

— Merci.

— Cela dit, je n'ai pas trop aimé votre dernier film, trop torturé, trop alambiqué pour moi.

Les reproches après les louanges, classique.

— Et puis, notre pauvre Isabelle, vous ne l'avez pas arrangée. Elle était complètement déprimée à la sortie du film.

— Le lifting, c'est votre job, pas le mien. Je filme les acteurs tels qu'ils sont et pas tels que le public les rêve.

Il me gonfle, je ne suis pas venu pour une interview et, en plus, je paye :

— Êtes-vous critique ou médecin ?

Son sourire s'efface, il pâlit :

— Que puis-je pour vous ?

— Je ne sens plus rien.

Il me dévisage curieusement :

— Vous ne sentez plus les odeurs ?

— C'est ça.

— Depuis quand ?

— Une semaine. Un matin au réveil, j'avais perdu l'odorat.

— Avez-vous eu un rhume, une grippe ?

— Non, pas récemment.

Il m'examine, je ne comprends pas pourquoi je dois me déshabiller complètement.

— Je peux garder mes sous-vêtements ?

— Oui, oui, répond-il distraitement.

Il palpe mon ventre, glisse la main sous mon slip, quel rapport entre organes génitaux et olfaction ?

Il appuie les pouces sur mon front et de part et d'autre du nez.

— Je vous fais mal ?

Je fais non de la tête.

— Faites un bilan sanguin, un scanner et revenez me voir la semaine prochaine.

Le mardi d'après, je suis au rendez-vous. Il est moins bavard. Je demande, narquois :

— Voulez-vous que je me déshabille ?

— Non, ce n'est pas nécessaire. Votre scanner est normal, le bilan aussi. Il n'y a pas de cause organique évidente à votre problème. Vous n'avez pas de soucis professionnels, affectifs ou autres ?

— Non.

— Pas de traumatisme récent ?

— Par traumatisme, vous entendez quoi ?

— Je ne sais pas, une grosse contrariété, un accident de voiture par exemple.

Je sais où il veut en venir.

— À New York, j'ai pris un ascenseur dont le câble s'est rompu, je suis resté enfermé dans le noir plusieurs heures, ça m'a un peu secoué.

— Il y avait de quoi ! J'ai vu les photos dans la presse…

Il s'interrompt et me fixe. Fils de pute !

— Pas de choc sur la tête à cette occasion ?

— J'ai perdu connaissance mais je n'avais pas de bosse quand je me suis réveillé.

— C'est sûrement ça qui est à l'origine de l'anosmie.

— La quoi ?

— L'anosmie, la perte de l'odorat en langage médical.

— Y a-t-il un traitement ?

— Non, il faut attendre que ça passe. C'est psychologique, pas organique.

— Je ne comprends pas.

— C'est pourtant simple, le choc émotionnel est responsable de la perte de l'odorat. C'est un moyen de défense : pour atténuer le traumatisme, le psychisme crée un symptôme qui polarise votre attention et vous détourne de l'événement potentiellement destructeur. Vous n'avez jamais entendu parler de l'hystérie de conversion ?

— Si, bien sûr… c'est le diagnostic que vous retenez ?

— Oui.

— Alors, je suis hystérique.

— En quelque sorte.

Connard ! Je paye et je m'en vais.

Louise

Les mains dans les poches d'un jean impeccable, le menton pointé vers moi, le jeune garçon m'interrogeait :

— Je peux entrer ?

Des semaines que personne ne m'avait rendu visite, l'appartement n'était pas rangé, le ménage sommairement fait, j'étais prête à refermer la porte. Sans attendre ma réponse, il franchit le seuil en courant :

— Il est joli ce tableau !

Il avait repéré au bout du couloir le tableau d'une femme aux yeux immenses jouant de la harpe.

— Ses yeux, on dirait des poissons ! C'est toi qui l'a peint ?

— Non, Baya, une femme peintre.

— Comment tu t'appelles ?

Je souris en pensant à la petite cousine mongolienne.

— Louise, et toi ?

— Sofiane.

Il inspectait, s'extasiant sur les bibelots, les tableaux.

— J'aime bien ce qu'il y a chez toi, on dirait un musée.

Il parlait français avec un fort accent algéro-pied-noir.

Je lui proposai une grenadine et l'invitai à s'asseoir dans le salon. J'étais étourdie : l'ivresse d'une convalescente à sa première sortie. Je retrouvai l'usage normal de la parole après des mois de disputes, de vociférations puis de silence.

Je me servis un double whisky sur glace et m'installai confortablement face à la baie d'Alger. Il avait tenu à s'asseoir sur un petit pouf en cuir et rotin, le pouf de Marc. Il était à contre-jour, je le distinguais mal. Une petite tête brune bouclée dans le bleu du ciel strié de martinets criards.

— Tu es en quelle classe ?

— En quatrième, et toi ?

J'éclatai de rire :

— Ça fait bien longtemps que je ne vais plus à l'école.

— Je sais bien que tu es vieille... Je voulais dire : tu fais quoi dans la vie ?

— Merci pour le compliment... Plus rien, je ne fais plus rien. Je suis encore plus vieille que tu ne le penses. J'ai beaucoup travaillé, maintenant je me repose.

— Tu es à la retraite ?

— Oui.

— Tu es beaucoup plus jeune quand tu ris, tu sais ! Pourquoi tu parlais seule tout à l'heure ?

— Parce que je suis triste.

— Il est méchant avec toi, c'est ça ?

— De qui parles-tu ?

— De ton mari. Ma chambre est juste au-dessus de la tienne, alors j'entends tout ce qui se passe.

Toi aussi, t'es pas très gentille avec lui... ça veut dire quoi, eunuque ? Vous vous dites pleins de mots que je comprends pas et puis aussi des gros mots. J'en ai jamais parlé à mes parents, sinon ils m'auraient changé de chambre. J'aime pas dormir tout seul, quand vous vous disputez, ça me tient compagnie. Mais depuis trois semaines, plus rien ! Il est parti en voyage ?

— Non, il est parti pour toujours.

— Il est mort ?

— Presque, dis-je en pleurant.

— Il t'a quittée, c'est ça ?

Marc

Les traumatismes structurent notre vie et infléchissent son cours.

Le Mineshaft : l'effondrement des illusions ; l'accident de New York : la perte de l'odorat. D'autres événements m'ont conduit à l'indifférence. Un ami *bien* intentionné m'a mis en garde il y a quelques mois : « N'entame jamais de psychanalyse, sinon tu voleras en éclats. » Depuis je fouille dans ma mémoire.

J'ai déjà volé en éclats ! C'était en Suisse, je devais avoir quatorze ans. Ma tante Louise, son mari Kader et moi sur la route, dans leur vieille Volkswagen Karmann. Une dispute terrible, elle hurlait, il conduisait vite, très vite, les mâchoires serrées. Il avait tort, il le savait.

Nous étions à Interlaken avec mon beau-père et ma mère. Sans crier gare, ils disparurent : leur grande spécialité. Nous les attendîmes une demi-heure, Kader s'énerva, nous fit monter dans la voiture et démarra. Ma tante hurla :

— Pour qui te prends-tu ? Tu dois respecter les miens comme moi je respecte les tiens. Tu as oublié le passé, tu as oublié ce que tu leur dois :

les mandats, les vacances passées chez eux quand nous n'avions pas un sou... Comment va-t-on les retrouver ?

Je n'avais jamais vu Louise dans cet état, je l'aimais, presque plus que ma mère et, pour la première fois, elle me faisait peur. Nous nous arrêtâmes à la sortie de la ville et attendîmes deux heures. Kader, honteux, sur le bord de la chaussée, guetta en vain les phares jaunes de la DS de mes parents.

Au crépuscule, nous reprîmes la route pour je ne sais où. Nous passâmes un col sinistre, des barrages, des lacs gris plomb en enfilade. Des corneilles tournoyaient dans un ciel blafard et, les vitres à peine baissées, le froid mordait nos visages. Louise fumait cigarette sur cigarette, des Kent en paquet blanc. Des plaques de neige sale, çà et là. La nuit tomba, j'avais froid et faim. Nous roulâmes longtemps. Louise, raide sur son siège, ne parlait plus.

Un village, enfin : Hospental, nom fiché en moi comme une borne kilométrique. Nous entrâmes dans une auberge aux murs couverts de bois clair. Le seuil franchi, la chaleur d'un feu de cheminée face à la réception réchauffa mes joues glacées, une odeur de cire imprégnait l'air, tout était rassurant. Ils prirent deux chambres, mon oncle s'enferma dans l'une sans un mot.

Nous dînâmes, elle ne me regarda pas, ne m'adressa pas la parole : je n'existais pas. J'avalai une soupe de vermicelles fumante. J'osai trois mots, elle fronça les sourcils. Je me tus.

Dans la chambre, je me glissai sous la couette glacée d'un lit démesuré. Louise, dans la salle de bains, fit couler l'eau longtemps. Elle me rejoignit enfin, parfumée de lavande, sa peau était chaude, je m'approchai pour l'embrasser, elle me repoussa :

— Fiche-moi la paix, ce n'est pas le moment et puis j'en ai assez de t'avoir constamment collé à moi, je ne suis pas ta mère. Tu es une vraie mauviette, tu te comportes comme une fille. Si tu ne changes pas, il y a du souci à se faire... On n'a jamais eu d'homosexuel dans la famille !

Louise me rejetait violemment, c'était la première fois. Je ne comprenais pas, son visage s'était muré. Depuis des années, elle avait tissé autour de moi une toile de sentiments exacerbés, de mots exagérés, de pleurs inadéquats et voilà qu'elle me chassait, l'œil sec, qu'elle m'insultait. Perverse, elle avait posé le doigt sur la plaie et la plaie s'était mise à saigner.

D'habitude, elle pleurait avec une déconcertante facilité, un simple champ de coquelicots la faisait sangloter. Dieu sait combien de folles j'ai côtoyé dans le monde du cinéma, je n'ai jamais connu une telle aptitude aux larmes. Kader disait de ses glandes lacrymales qu'elles étaient pathologiquement hypertrophiées : « Si au moins elles sécrétaient du pétrole, nous serions milliardaires ! »

Poète, je préférais les diamants au gasoil.

Elle exigeait que je passe toutes mes vacances avec elle. Elle m'accaparait alors, me traitant en adulte, confiant quelques secrets intimes, critiquant mon beau-père qu'elle détestait et ma mère, coupable de cohabiter avec un Américain superficiel et inculte. Je ne voyais le monde qu'au travers de son prisme, j'épousais ses opinions, ses passions et ses haines. Fusion exaltante puis, au fil du temps, étouffante. Elle se disait l'incarnation de l'amour, le vrai, le pur ; si beau que nul ne pouvait rivaliser.

— Même pas moi ? hasardai-je un jour.

— Je ne sais pas, répondit-elle.

Je l'aimais ; mes départs étaient tragiques, nos retrouvailles tragiques. Je pensais qu'elle me chérissait plus que tout, je n'avais aucun recul. Cette certitude me cimentait. Quand je revenais à Paris, elle me manquait intensément, je rêvais d'elle, je rêvais d'Alger. Elle générait le drame. Enfant, cela me bouleversait mais trop d'excès tue l'excès. La nuit à Hospental avait brisé l'icône, j'étais blessé. Je faisais une découverte fondamentale, structurante : je n'aimais pas souffrir. Pour ne plus souffrir, il fallait une armure. Je l'ai patiemment assemblée. Ses mots d'amour, ses mots de haine, son miel ou son fiel n'eurent bientôt plus aucune prise.

Peu après l'épisode suisse, elle s'enquit du cadeau que je lui ferais une fois riche et célèbre. Je répondis en prenant mon temps :

— Une grande boîte de bois précieux, entièrement capitonnée de satin violet, avec des poignées de bronze sur les côtés.

— Mais c'est un cercueil ! s'indigna-t-elle.

Cela me valut une paire de gifles et des heures de sanglots.

Des années plus tard, à mon retour de New York après l'épisode du Mineshaft, j'étais complètement déglingué. Je m'enfermai dans ma chambre et n'en sortis plus. Maman ne sut plus que faire, elle appela Louise au secours. Elle vint d'Alger, encore belle, vêtue d'un tailleur strict, le visage légèrement crispé, des cernes discrètes sous les yeux. Elle s'assit sur mon lit et parla, sa voix était d'une exceptionnelle douceur :

— Qu'est-ce qui ne va pas, Marc ?

Je ne voulus pas répondre, personne ne savait que j'étais homo.

Elle me cuisina deux heures durant :

— Tu peux tout me dire, tu sais à quel point je suis proche de toi. On t'a déçu, n'est-ce pas... Allez, parle-moi, tu te sentiras mieux.

Je cédai et, confiant, racontai tout : le dernier été en Algérie, Michele, New York.

Elle se leva, me regarda durement et lâcha :

— Ces histoires de cul minables ne m'intéressent pas. C'est de la perversion, pas de l'amour. Va prendre une douche, ça pue dans cette chambre. Ensuite nous sortirons, j'ai besoin de m'aérer.

Je me souvins de l'épisode des Alpes suisses où elle m'avait balancé que j'étais sur la mauvaise pente et que j'allais finir pédé. J'eus honte, la pire honte de ma vie : pris en flagrant délit de faiblesse. Je me douchai à l'eau glacée pour chasser le rouge de mes joues et dissiper ma rage.

La nuit tombait, nous marchâmes jusqu'au Hilton, avenue de Suffren. Nous prîmes un verre au Toit de Paris. Bel endroit. Tout Paris était à nos pieds : le Trocadéro couleur sable, la tour Eiffel démesurée, la Seine telle une toile pointilliste aux reflets mouvants. Le métro aérien serpentait, lumineux. Je me sentis mieux. Le ciel était bleu sombre ; elle parla, parla et plus elle parlait, plus il y avait d'étoiles.

— Tu vois, Marc, quand on est jeune, on idéalise tout : le premier homme, la première femme, le premier amour, le premier pays. Ils ont un parfum qu'on pense irremplaçable. C'est une illusion, il y a des dizaines d'hommes, des dizaines de femmes, des dizaines de pays possibles. Moi, j'ai aimé trop vite et trop fort, je le regrette parfois. Prends ton temps, profite de la vie. Quand tu seras plus riche, tu choisiras mieux et puis, s'il te plaît, rase cette barbe répugnante qui te mange le visage, on te donne quinze ans de plus.

Elle fumait sans me regarder, éclairée par les lumières de Paris, le profil enveloppé de fumée. Superbe, lointaine et sans chaleur. Elle ne me parlait pas, elle soliloquait.

— Pourquoi es-tu venue, Louise ?

— Quelle question... Pour toi, Marc !

— Je ne crois pas. Ma déprime est un prétexte. Tu es venue prendre l'air de Paris.

Surprise, elle répondit :

— Drôle de façon de me remercier.

— Te remercier de quoi ? D'avoir balancé que je pue, que ma barbe te dégoûte et que mes amours sont dérisoires. Tu commences à comprendre que tu rates ta vie et ça te rend agressive, encore plus que d'habitude. Je ne suis pas mon frère... désolé. Je sais, je ne suis qu'un pâle substitut. Tu ne m'aimes pas, Louise, c'est Paul que tu aimes à travers moi, sinon tu serais plus généreuse.

— Comment oses-tu dire ça ?

— Ça ne va pas fort entre Kader et toi, maman me l'a dit et puis l'Algérie tourne mal, c'est évident.

Elle se mit à pleurer.

Je me levai et, péremptoire, affirmai :

— En fait, tu as tort, le premier amour est toujours le dernier.

Et je la plantai là, je venais de remporter ma première bataille.

Désormais, j'étais le plus fort : sa vie était derrière elle, j'avais la mienne entre les mains.

Sofiane

Maman a mal à la tête, elle est allongée sur le canapé. J'ai faim mais elle peut pas se lever pour me donner à manger, d'ailleurs elle a pas cuisiné, la cuisine est vide et froide. Elle a trop mal, ça lui arrive souvent, elle a pas une bonne santé, sa tension est trop forte. Elle dit :

— Sofiane, donne-moi une aspirine.

Je fais comme j'aime pour moi : un Aspro, de l'eau et du sucre.

Elle boit, l'eau coule de sa bouche, y a des petits grains blancs sur son menton, je les enlève avec une serviette. Je prends sa main, elle est toute molle. Je serre très fort, si fort que j'ai mal à la mienne.

— Maman, j'ai faim !

Elle a du mal à parler, ses lèvres sont tordues :

— Ouvre le frigidaire et prends ce que tu veux, je suis trop fatiguée pour me lever, s'il te plaît mon fils.

J'aime les œufs au plat, si je pouvais, j'en mangerais matin et soir. J'allume le gaz et je verse de l'huile dans une poêle. Je ris en pensant à ce que dit maman en arabe quand quelqu'un louche :

« Y a un œil qui frit et l'autre qui verse de l'huile. » Elle aime bien rigoler ma mère !

J'attends que l'huile d'olive fasse du bruit, ça veut dire qu'elle est bien chaude et que le blanc va bien griller sur les côtés. Je casse les œufs, il faut faire attention sinon l'huile gicle et brûle la peau. Un jour j'en ai reçu dans l'œil, pendant une semaine j'ai eu un pansement comme le capitaine Crochet et je voyais pas bien.

C'est drôle, maman a rien senti quand j'ai serré très fort sa main.

Le blanc fait des grosses bulles, ça sent bon l'huile d'olive. Un cousin de papa en apporte tous les ans de Kabylie, il a des terres là-bas et des oliviers. J'y suis jamais allé, papa déteste.

La bonne achète du pain tous les matins chez Si Saïd à la Robertseau. Il est bien blanc, tout croustillant, j'en plonge un bout dans le jaune. Je mange vite. C'est déjà fini, j'aurais dû m'en faire quatre mais j'ai pas osé. J'épluche une orange comme grand-père m'a appris, en faisant des quartiers dans la peau. Elle est sèche. La peau de l'intérieur, celle qu'on a du mal à enlever, la toute blanche, est épaisse… c'est plus la saison.

Je range la cuisine et lave la vaisselle. Il faut pas oublier de nettoyer la cuisinière, elle est toute grasse, maman doit se reposer, elle est vraiment fatiguée. Un grand bruit dans le salon, maman est tombée, elle est par terre, on voit le blanc de ses yeux, elle a des secousses. J'ai peur, je crie :

— *Ima, ima !*

Elle entend pas, elle a du sang et de la mousse dans la bouche.

Je sais pas quoi faire, je vais chercher du parfum ; on en fait respirer à ceux qui tombent dans les pommes pour les réveiller et on leur met un chiffon mouillé d'eau de fleurs d'oranger sur le front.

— Maman, réveille-toi s'il te plaît, maman.

Elle tremble plus mais elle fait du bruit quand elle respire, je sais plus quoi faire, j'ai beau la secouer, elle répond pas :

— Maman, *ima*, s'il te plaît !

J'ai peur, je descends chez Louise, je sonne comme un fou. Elle crie :

— Qu'est-ce qui se passe, qu'est-ce qui se passe ?

— S'il te plaît, viens chez moi ! Maman est bizarre, elle est tombée...

Quand elle voit maman allongée, sa djellaba toute mouillée, elle met une main devant la bouche et mord ses doigts, elle caresse ma tête avec l'autre et dit :

— Appelle ton père, vite !

Marc

J'ai oublié tous les parfums.

Rose, tubéreuse, lis et chèvrefeuille n'évoquent plus rien.

Amnésie sensorielle.

Poisson, viande ou fromage n'ont plus de saveur, je suis une chèvre qui broute du papier, du carton-pâte à chacun de ses repas. Seuls mes rêves sont parfumés, quand je n'ai pas trop bu ni forcé sur les somnifères. C'est alors une débauche : toutes les senteurs accumulées des jours durant se bousculent, se chevauchent, s'emmêlent en une cacophonie irrespirable. Parfois, une symphonie émerge du magma, toujours la même : l'été à Alger, la pluie de jasmin sur Sandra et sur moi.

Quand j'arrivais à Alger, je sortais de l'avion une fiche d'enfant seul autour du cou. Une hôtesse souriante prenait ma main. Un air charnel et chaud, chargé d'humidité et de kérosène m'enveloppait, je le respirais comme un chien, le nez en l'air. Je ne sentais pas encore la mer. La mer, c'était plus tard, sur la Moutonnière. On la découvrait avec la ville étalée sur ses collines. Elles scintillaient toutes deux dans la nuit.

La voiture franchissait bruyamment les rails du chemin de fer, à l'endroit de la mort. J'imaginais mon frère Paul sur le bas-côté, le bras arraché, agonisant. Un jour, je crus voir sa silhouette allongée dans les herbes sèches, près du ballast, mais ce n'était qu'un sac de raphia gonflé par le vent. Je cherchais toujours l'endroit précis où cela s'était passé. Il restait sûrement quelque trace ! J'aimais à penser que son sang colorait les coquelicots qui poussaient parfois entre les rails, comme dans la chanson de Mouloudji.

Louise ne venait jamais à l'aéroport, elle maudissait cette route incontournable. Kader m'attendait derrière les barrières de métal, aspergé d'Eau sauvage. Toujours la même conversation :

— Comment va ta mère ?

Il n'en avait rien à faire, il la détestait. Maman n'avait jamais admis que sa sœur épouse un Arabe.

— Ton année scolaire ?

Réel intérêt ou discours formel, je ne savais pas.

Nous roulions jusqu'au Club des Pins, ils louaient une villa là-bas à cinquante mètres de la plage. Louise attendait sur la terrasse, sa cigarette rougeoyait dans la nuit, des volutes blanches montaient doucement dans l'air figé. Elle regardait la mer. Quand elle nous entendait, elle se levait, grande, mince et belle. Ses cheveux ondulés encadraient un visage de star de cinéma. Elle souriait :

— Vous voilà, enfin ! L'avion a eu du retard ?

Elle embrassait Kader sur la bouche, moi sur les joues. Sa peau était fraîche. Elle s'éloignait un peu, m'inspectait de bas en haut :

— C'est fou comme tu as grandi, un vrai petit homme… c'est fou comme tu lui ressembles !

Ainsi, pensai-je la mort dans l'âme, lors de mon dernier séjour, je ressemble à un mort !

Ses yeux brillaient ; comme elle, j'avais envie de pleurer. Chaque année un peu moins.

Dans mon lit aux draps moites, j'écoutais la mer. Du rivage montaient des effluves d'algues et d'iode. Les nuits sans vent, on entendait l'écume grésiller sur le sable. J'aimais le vent, il meublait la nuit et chassait les bruits inquiétants. Il se levait les soirs de grande chaleur. D'abord quelques rafales, des halètements incertains, les portes claquaient ; puis, un long rugissement, des verres se brisaient, les vagues explosaient sur le sable, les arbres craquaient, des branches se détachaient et heurtaient les façades. L'air passait sous les portes, je le sentais fraîchir. Je m'endormais dans un tourbillon de sons fracturés.

Parfois, le tonnerre me réveillait. La lumière blanche des éclairs illuminait la chambre par à-coups, monstres et démons dansaient sur les murs, je glissais ma tête sous l'oreiller. J'entendais Louise crier : elle hait les orages depuis qu'à seize ans une boule de foudre l'a frôlée sur un balcon. Kader se levait en maugréant pour fermer portes et fenêtres.

Je sortais aux premières lueurs du jour, le ciel blanchissait à l'est, la pelouse du jardin était tapissée d'aiguilles de conifères, de branchages et de papiers. Je ramassais une pomme de pin, elle collait à mes doigts, je faisais une boule des perles de sève odorante qui la recouvraient. Je respirais cette boule puis la mâchais comme du chewing-gum. Je fermais les yeux. Sapin, bougies, paquets multicolores dansaient dans ma tête et je vivais Noël au cœur de l'été.

Je descendais jusqu'à la mer, pieds nus. Le sable était froid, grêlé de pluie. Des algues festonnaient le rivage, arrachées aux fonds marins par la tempête. Des bancs de mouettes flottaient sur le sable et la mer. Le ciel, couvert de nuages boursouflés, vestiges de la nuit tourmentée, bleuissait. Il faisait frais, une fraîcheur pure et cristalline. Je marchais vers les rochers en bout de plage, à droite.

Des arapèdes, chapeaux chinois miniatures, s'accrochaient à la pierre, des bigorneaux, des oursins noirs et violets à profusion. Selon Louise, on ne mange que les violets. Je n'aimais pas leur goût : trop puissant !

Des flaques tapissées d'anémones de mer, leurs filaments colorés suivaient le courant, dociles. Surtout ne pas les toucher, brûlure assurée. Parfois, une étoile de mer orangée posée sur des posidonies vertes comme de la salade. Des crabes couraient sur le sable, des scarabées laissaient leurs empreintes.

Tout était lumineux, jusqu'à la transparence.

Sofiane

Papa a les yeux rouges, il dit qu'on va ramener maman cet après-midi. Quand je demande si elle va mieux, il me regarde mais c'est comme si ses yeux me voyaient pas, il répond rien. Hier, une ambulance a conduit maman à l'hôpital militaire. C'est mieux que l'hôpital Mustapha à ce qui paraît. Papa a passé la nuit avec elle ; moi, j'ai dormi chez Louise. Elle a demandé à mon père la permission de s'occuper de moi. Il a répondu oui, ça m'a étonné parce qu'elle est française et qu'il l'aime pas. Louise a cuisiné spécialement pour moi, d'habitude elle dîne pas. Elle dit qu'elle mange pas beaucoup, pourtant elle est très grosse. Elle a préparé un truc que je connais pas : du calmar. Zakia, notre bonne, est allée en acheter au marché. C'est bizarre, ça a des tentacules comme une pieuvre, un os très blanc qu'on donne aux canaris pour qu'ils se fassent le bec et de l'encre plein le ventre.

J'étais un peu dégoûté quand elle nettoyait ces bêtes, ça sentait fort. Elle a remarqué et elle m'a dit :

— Tu verras, c'est ma grande spécialité, Kader en était fou.

Moi, j'étais triste : je pensais à maman.

— Louise, tu crois qu'elle va rentrer demain ?

— Mais oui, je suis sûre que ça va aller mieux. Elle va bientôt revenir.

On s'est mis à table, il y avait une belle nappe blanche, des couteaux et des fourchettes en argent, une bougie allumée et des fleurs dans un vase.

— C'est beau ! On dirait un mariage.

— En France, quand on a des invités de marque, on fait de jolies tables.

— C'est quoi un invité de marque ?

— Quelqu'un d'important comme toi.

J'ai rigolé.

— Tu allumes pas la télévision pendant le dîner ?

— Non, ça ne se fait pas.

— Nous on regarde la télévision quand on mange, c'est important de voir les informations.

— Moi je préfère parler avec toi, la télé c'est terrible, ça tue tout comme un insecticide.

J'ai pas bien compris ce qu'elle voulait dire, alors on a parlé de papa, de maman, du lycée. Finalement, la télé m'a pas manqué.

Le riz au calmar était très bon, j'avais faim, j'en ai pris trois fois.

— Alors tu aimes ça, Sofiane ?

— Oh oui, c'est vachement bon.

— On ne dit pas vachement, c'est très laid.

— C'est super délicieux !

Elle a ri. Ensuite, on s'est installés dans le salon face aux lumières d'Alger, moi sur mon pouf, elle dans son fauteuil. Elle a fumé une cigarette, s'est versé un grand whisky et m'a demandé si je voulais écouter une histoire.

— Bien sûr !

Elle a allumé le tourne-disque et mis *Pierre et le loup*, l'histoire d'un petit garçon et d'un loup. J'ai pas tout compris, je comprends pas le français quand c'est trop difficile, y avait beaucoup de musique, de la vieille musique de France. J'aime pas ça, je préfère le raï, c'est plus vivant, ça donne envie de danser. Papa déteste, pour lui le raï, c'est honteux et péché, je peux jamais en écouter à la maison.

Louise dit qu'elle a un neveu en France qui s'appelle Marc. Il venait souvent la voir à Alger quand il était petit et il aimait beaucoup *Pierre et le loup*, il écoutait ça tous les soirs avant de s'endormir.

C'est vrai que ça donne envie de dormir, c'est chiant.

Comme elle m'a vu bâiller, elle a compris que ça me cassait les pieds, alors elle a mis *Carmen*, un opéra. C'est la première fois que j'en écoute un, y a de la belle musique et surtout des chanteurs qui chantent avec une grosse voix et des chanteuses qui chantent aigu. Ils roulent les « r », c'est drôle, comme papa quand il parle français avec ses copains. Avec Louise et avec moi, il roule jamais les « r » mais, dès qu'il rencontre un de ses potes, ça y est, il change d'accent.

J'ai beaucoup aimé *L'amour est un oiseau rebelle*, elle chante super bien cette fille et surtout on la comprend. Louise m'a raconté l'histoire de *Carmen*, c'est un musicien appelé Georges Bizet qui l'a composé. Cet opéra a pas eu de succès à sa sortie, les gens disaient que c'était nul. Le pauvre Bizet était tout triste, tellement triste qu'il est mort, il avait même pas trente-cinq ans ! Et maintenant, il paraît que c'est l'opéra le plus joué du monde ! *Carmen* était trop en avance sur son temps, d'après Louise, trop libre et ça a pas plu aux gens de l'époque. Pour finir, elle a mis son compositeur préféré, Mozart, celui qu'elle écoute tous les soirs et qui me réveille parfois quand elle laisse ses fenêtres ouvertes. J'aime pas trop, c'est une musique de vieux, ça va pas assez vite.

Je dors dans une petite chambre avec de grands portraits.

— Lui, c'était mon père, dit Louise.

— Il est beau, il a les yeux bleus comme ça ?

— Il avait… il est mort.

— Tu as eu de la peine ?

— Oui… j'en ai toujours. J'aurais tellement voulu lui dire à quel point je l'aimais avant qu'il ne s'en aille… quand il est parti, je n'étais pas en France et quand je suis arrivée, c'était trop tard.

— Chez nous, on dit pas souvent aux gens qu'on les aime, on a un peu honte. Mais hier, quand j'ai vu que maman était pas bien, je lui ai dit que je l'aimais. Tu crois que j'ai bien fait ?

Louise m'a pas répondu, elle a tourné la tête en cachant sa figure.

Marc

La mort de Jean-Pierre, il y a deux ans, m'a perturbé.

Je pensais être blindé : tous ces copains – acteurs, écrivains, scénaristes – morts du sida dans les années quatre-vingt… mais non, la vie surprend toujours.

Jean-Pierre était le mari de Patricia. Elle, trente ans à peine, point de convergence de tous les regards où qu'elle se trouve ; les yeux d'un bleu éperdu, témoins d'une volonté démesurée et d'une tristesse d'enfance brisée. Lui, la soixantaine, grand, mince, la tête nimbée d'une crinière blanche, une allure folle de Dom Juan jamais rassasié.

Paradoxalement, ils formaient un beau couple. Deux énergies complémentaires : Jean Seberg et Romain Gary. Une Jean Seberg éclatante avec la rage de vivre, de vaincre et d'arriver. Un exceptionnel instinct de survie, elle est mue par la haine. La haine de la pauvreté, du passé, de ceux qui barrent sa route. Les mauvais sentiments des autres la nourrissent. Repue, elle se dresse triomphante au-dessus des vaincus : une prédatrice, féroce dans sa hargne comme dans ses amitiés. De l'énergie à l'état pur.

Elle déteste les bonnes manières surtout quand rien ne l'oblige à les respecter. Il y a trois ans, son mari avait accepté de produire un de mes films. Le financement n'étant pas bouclé, j'avais invité une riche admiratrice espagnole à dîner, espérant qu'elle m'aiderait. Jean-Pierre et Patricia étaient de la partie. Dîner atroce. Pour emmerder Alba qu'elle trouvait snob et prétentieuse, Patricia avait mangé comme une truie, tachant la nappe, se curant les dents et, pour finir, bombardant son mari de boulettes de mie de pain alors qu'il tentait d'arracher un peu de fric à la vieille.

Alba, furieuse, ne donna pas un sou. Pour se faire pardonner, Patricia s'agita et trouva six financements en trois jours. Budget bouclé !

Jean-Pierre était brillant, de ces êtres dont le contact rend plus riche, plus grand ; capable de résumer en trois phrases la plus complexe des situations, de discourir une heure sur la mousson à Bombay sans lasser une minute.

Un producteur au flair hors du commun.

Il produisit les plus grands, prit des risques invraisemblables sans jamais s'effondrer. Et quand il vacillait, il se redressait plus fort encore. Le danger était son seul moteur !

Un entregent exceptionnel – impossible de savoir s'il était de droite ou de gauche – ses amitiés étaient partout, ses soutiens multiformes. Un séducteur doublé d'un tacticien hors pair.

Quand Patricia et Jean-Pierre montaient les marches à Cannes, ils fascinaient : la jeunesse, la beauté, le talent au bras de l'intelligence et du pouvoir. Ils avançaient, impériaux, dans le crépitement des flashs et les cris du public.

J'étais à Paris le jour de sa mort, un sinistre mois de février.

J'avais eu Patricia au téléphone vers quinze heures, folle de joie. Elle venait de décrocher un fabuleux contrat chez Chanel. La communication terminée, j'avais allumé la télé, une dépêche AFP venait de tomber : Jean-Pierre Maréchal, le célèbre producteur, était mort brutalement à Venise à quinze heures trois. Il devait rencontrer un metteur en scène italien, les mauvaises langues parlaient d'une maîtresse, il s'était écroulé en descendant d'un vaporetto.

Un ami, un soutien, un bout de ma vie foutaient le camp.

J'essayai de joindre Patricia : portable sur messagerie. J'eus enfin son frère, elle était partie reconnaître le corps en avion privé. Elle reviendrait le soir même, ses plus proches amis seraient chez elle pour l'attendre.

Catherine et son mari, Isabelle et sa fille, Michaël, le frère de Patricia, étaient là. Les enfants dînaient chez des voisins qui avaient pour consigne de ne pas allumer la télé.

LCI en boucle ressassait la terrible nouvelle et la biographie de Jean-Pierre, né le…, à…, marié avec…, trois enfants.

Isabelle et Catherine mutiques. Des stars ? On avait peine à le croire : pas maquillées, recroquevillées, l'œil vissé à l'écran.

Bruit de clé : Patricia apparut dans le vestibule, statue flamboyante décapitée. Elle existait par lui, parviendrait-elle à être sans lui ? Dieu sait si ce milieu impitoyable oublie vite. Elle en avait conscience, son visage était ravagé, brusquement vieilli. Elle marchait voûtée, désarticulée, tragique.

Catherine se jeta dans ses bras, elles s'enlacèrent et poussèrent une longue plainte animale. Glaçante. Elles l'avaient aimé toutes les deux, elles avaient la même douleur, le même désespoir.

Si belle image !

J'avais si souvent vu Catherine et Patricia au cinéma que je peinais à croire en leur détresse. Je me pinçai : jeu ou véritable souffrance ?

Elles étaient là, champ-contrechamp.

Où se trouvaient les caméras ?

Impossible à dire mais quel talent.

Un seul mot me vint à l'esprit : « Coupez ! »

Sofiane

Maman est revenue de l'hôpital couverte d'un drap blanc.

Il y a plein de monde dans la maison, mes oncles, mes tantes, mes cousins et mes cousines sont venus d'Oran. Papa est bizarre, il est loin. De temps en temps, il me regarde et passe la main dans mes cheveux.

Ça arrête pas de sonner : les voisins, les amis.

Louise est venue aussi, elle est dans la cuisine en jogging, elle aide Zakia et mes tantes à préparer le couscous. Ça sent le beurre, la semoule et les légumes. Maman est dans le salon, allongée sur le tapis, elle a son drap blanc autour d'elle et un foulard sur la tête. Une femme a dit qu'il fallait que je l'embrasse mais j'ai pas voulu. Quand je l'ai touchée elle était glacée, ça m'a fait peur. Les hommes sont dans une pièce avec papa, ils discutent et boivent de la limonade en fumant. Les femmes sont avec maman, elles sont pâles, elles ont pas de maquillage et pas de bijoux, elles pleurent. Ses sœurs plus que les autres. Elles crient aussi, y en a une qui s'est tiré sur les cheveux et qui se frappe la poitrine comme Tarzan.

Nafissa, la femme d'un oncle, gémit tout le temps, ça m'étonne, elle aime pas ma mère, elle lui dit sans arrêt des vacheries.

Parfois elles arrêtent toutes de pleurer, elles rigolent, puis elles recommencent à crier. Louise vient près de moi, elle dit qu'elle a envie de fumer mais elle ose pas, je réponds :

— Pourquoi tu vas pas chez les hommes ?

— Tu es fou, que vont-ils penser de moi ?

C'est la fin de la journée, on mange le couscous, il est très bon. Personne fait attention à moi, j'ai pas pu avoir de viande. Je me sens tout seul, maman est plus là pour s'occuper de moi. Avant, elle me donnait la souris du gigot, j'adore ça ; aujourd'hui c'est Nafissa qui l'a mangée. Elle est grosse, je la déteste !

Qui va s'occuper de moi maintenant ?

Louise me sourit parfois.

Les femmes sont fatiguées, elles crient plus, elles parlent, y en a même qui dorment. Les *taleb* arrivent, ils sont en djellabas blanches, ils ont tous des barbes, ils lisent le Coran, la prière des morts. Ça fait peur, ces voix qui récitent dans la nuit, on a l'impression qu'elles vont nous emmener dans un pays glacé, dans le pays de la mort. Je sors sur le balcon. Louise est rentrée chez elle, elle a mis un disque de Mozart, la musique se mélange avec les voix des *taleb*. C'est triste, ça me donne la chair de poule. Un voisin dit :

— Ces Français, ils respectent rien, mettre de la musique alors qu'on est en deuil !

J'ai froid, je retourne dans le salon. Je m'endors sur le tapis. Papa me réveille et m'emmène dans ma chambre, il y a déjà quelqu'un dans le lit :

— C'est Rachid, tu dormiras avec lui cette nuit.

J'aime bien Rachid, il est plus grand que moi, il a quinze ans, il habite Oran. Il est gentil, c'est mon cousin préféré.

Il se réveille et me prend dans ses bras :

— Ça va Sofiane ? T'es pas trop triste ?

Je dis oui avec la tête et je pleure.

Il m'embrasse, il dit qu'il faut pas avoir de peine parce que c'est péché et qu'il faut respecter la volonté de Dieu.

Il prend ma main :

— Viens, on va dormir main dans la main, comme ça. Surtout ne la lâche pas !

C'est difficile pour moi de dormir sur le dos mais, pour lui faire plaisir, je garde ma main dans la sienne.

Ça veut dire quoi respecter la volonté de Dieu ? Que j'arrête de pleurer ? Mais c'est pas normal de plus avoir de maman, tous les enfants en ont une, même les chats et les chiens.

On peut pas grandir sans sa mère...

Je me réveille au milieu de la nuit, j'ai toujours ma main dans celle de Rachid, elle est chaude, ça me rassure. Je me rendors, je me réveille encore, je pense à maman à côté dans le drap blanc et je pleure. Il faut pas pleurer, c'est péché ! Il faut que je trouve une nouvelle maman, la mienne m'a choisi quand j'étais bébé mais, maintenant qu'elle est partie, c'est à moi d'en trouver une.

C'est ça, la volonté de Dieu.

Louise

Je n'arrivais pas à dormir, j'avais quitté les voisins très tard. Savoir qu'une morte était étendue là, au-dessus de ma tête, me terrorisait. Les meubles n'arrêtaient pas de craquer. Les *taleb* psalmodiaient leur chant de mort. Le sinistre hululement montait dans la nuit, glaçant. Je l'entendais en dépit des boules Quies.

Les religions devraient soutenir plutôt qu'effrayer ! Elles suggèrent en permanence l'enfer béant prêt à nous avaler.

Je mis Mozart à tue-tête pour éloigner les Parques qui rodaient.

Le soleil se leva doucement au-dessus des montagnes. Quelques nuages effilochés, un ciel violet, le silence. Enfin.

L'aube et la nuit me réconcilient chaque jour avec cette ville.

J'allume comme toujours la première cigarette, le premier poison du jour. J'imagine avec volupté les goudrons qui s'accumulent dans mes poumons, mon cœur, mes artères et abrègent mon ersatz de vie.

Mon corps me fait horreur, j'étais si belle. Au lycée, on me surnommait Rita Hayworth. « Aussi insolente que belle », disait mademoiselle Corcelet, la professeur de mathématiques. Un sourire de star, des dents parfaites. Je n'en ai plus que trois.

Je rêve de plage. La dernière fois, c'était il y a quinze ans. J'ai toujours mes maillots de bain mais trente kilos de plus. J'arriverais péniblement à enfiler une cuisse et j'aurais l'air d'une otarie.

Qui pouvait bien sonner de si bon matin ?

— Je peux entrer ?

— Bien sûr, Sofiane.

— J'arrivais plus à dormir et puis j'ai faim.

— Entre, je vais te préparer un petit déjeuner. Tu as envie de quoi, ce matin ?

— De café au lait et de biscuits au chocolat.

Il s'installa sur le pouf en osier.

— Pourquoi tu as mis de la musique cette nuit ?

— Je ne supportais plus d'entendre les *taleb*.

— Les gens étaient pas contents. Chez nous, c'est péché d'écouter la musique quand on est en deuil. Pendant quarante jours les femmes doivent pas se maquiller, pas porter de bijoux. On doit pas regarder la télé, pas aller au cinéma…

— Quand quelqu'un meurt, il faudrait qu'on meure aussi, c'est ça ?

Je faillis m'emporter. Je haïssais ces traditions immondes qui, avec délectation et perversité, contraient la joie et la vie. Je haïssais l'islamisation rampante qui ritualisait la société et stérilisait tout. Je me retins, cet enfant n'aurait pas compris, il n'avait pas les armes.

— Veux-tu un livre en attendant ton petit déjeuner ?

— Oui, si c'est pas trop difficile à lire.

— Je dois avoir quelques bandes dessinées, mon neveu en raffolait quand il était gamin.

— Ça veut dire quoi raffoler ?

— Aimer beaucoup.

— Dis-moi, Louise, tu me raffoles ?

Il avait posé la question avec sérieux, je ne pus m'empêcher de rire.

— Pourquoi tu ris ?

— Parce que *tu me raffoles* ne se dit pas en français.

— Alors on dit comment ?

— Aimer beaucoup ou adorer.

— Est-ce que tu m'adores, Louise ?

— Tu sais adorer est un mot très fort, un père ou une mère peuvent adorer leur enfant. Moi, je ne te connais pas encore assez.

Déçu, il baissa la tête.

— Mais je t'aime bien, tu sais, ajoutai-je.

J'allai dans la bibliothèque choisir un Tintin, *Les Sept Boules de cristal*, le préféré de Marc. Il était couvert de poussière, je l'essuyai avec la manche de mon survêtement et le tendit à Sofiane. Il l'inspecta, étonné :

— C'est vieux, les pages sont toutes jaunes !

Et il se plongea dans la lecture de l'album.

Ne rien oublier ! Je n'avais plus l'habitude de préparer un vrai petit déjeuner, Kader se contentait d'un café le matin, quant à moi une cigarette suffisait.

Orange pressée, café au lait, biscuits, tartines de pain beurré.

— Sofiane, le petit déjeuner est prêt.

Il était captivé.

— Sofiane !

Il abandonna à contrecœur la bande dessinée.

— Tu aimes ?

— Oui, beaucoup. Il y a une momie dans un cercueil de verre, ça fait peur mais j'adore ! Ton neveu, Marc, ça fait longtemps qu'il est pas venu à Alger ?

— Au moins vingt ans.

— C'est loin, j'étais pas encore né. Tu le revois toujours ?

— Non, ça fait plus de dix ans que je ne suis pas allée en France.

— Il te donne de ses nouvelles ?

— Pas souvent, il téléphone de temps en temps, il est très occupé.

— Tu l'adores ?

— Oui, je l'aime beaucoup...

— Alors, c'est à cause de lui que tu peux pas m'adorer ? dit-il en croquant un biscuit.

— Sofiane, où veux-tu en venir ?

— Je me disais que, peut-être, tu pourrais remplacer ma maman maintenant qu'elle est morte. Mais... pas tout de suite, j'ai compris qu'il fallait du temps pour que tu me raffoles.

Marc

Le succès, la célébrité, longtemps j'en ai rêvé.

J'ai commencé scribouillard aux *Cahiers du Cinéma*, je critiquais les petits, j'encensais les grands, même si leurs films étaient nuls. Je voulais arriver, il ne fallait pas se les mettre à dos.

Aujourd'hui, ils font la même chose avec moi.

Je vivais avec ma mère et mon beau-père. Quand ils insistaient j'allais à la fac. Licence de lettres. Je ne me voyais pas enseigner Mérimée ou Descartes dans un lycée de banlieue difficile. Alors, je rédigeais des piges, plusieurs par semaine, on m'en prenait une de temps à autre. Je voyais tous les films qui passaient, j'écrivais des fiches hyperdétaillées sur chacun, tout était étudié : générique, musique, acteurs, décors, costumes, jeu, plans, qualité du montage, atmosphère. Ça rendait service. Les critiques, les vrais, ceux qui avaient pignon sur rue s'en servaient, je devins indispensable.

J'avais découvert Proust à mon retour de New York : une révélation. *Un amour de Swann* traînait dans la bibliothèque du salon, je m'emmerdais, j'avais le cafard, j'avais les narines pleines de l'odeur du Mineshaft. Je ne savais rien de Proust sauf qu'il était homo et asthmatique, qu'il avait consacré la seconde moitié de sa vie à écrire les souvenirs de la première. J'avais dévoré le bouquin. Et après ça, toute la *Recherche*.

L'univers feutré, la préciosité des êtres, l'épopée légère d'un monde futile et décadent, les joutes verbales à fleuret acéré, le regard impitoyable et nostalgique d'un écrivain en exil intérieur sur un monde disparu me bouleversèrent.

Je m'étais juré alors – si j'avais le courage de créer un jour – de n'avoir qu'un seul maître, le grand Marcel !

Évidemment, je voulais être acteur : une star connue et harcelée. Je ne savais pas encore que la vraie, la belle notoriété était d'être connu sans être reconnu. J'avais écrit un papier très gentil sur un film très mauvais ; en remerciement le metteur en scène avait accepté de me faire tourner un bout d'essai. Catastrophe, j'étais nul : je ne savais pas bouger, un vrai manche à balai, ma voix sonnait faux, ma peau accrochait mal la lumière et, attraction fatale, prémonitoire, je regardais sans cesse la caméra.

Je suppliai ma mère de me donner un peu d'argent pour m'inscrire au cours Florent. Peine perdue, six mois plus tard je n'avais fait aucun progrès. Nouvel essai, nouvel échec. Pour me consoler, le réalisateur me proposa d'être assistant le temps d'un tournage :

— T'es mort de trouille, complètement paralysé, tu ne peux pas être bon. Voir les coulisses du métier t'aidera peut-être.

J'adorai les coulisses, l'atmosphère fébrile, le pouvoir absolu du metteur en scène, la volonté, les rêves traduits en images ; les acteurs agencés comme des notes sur une partition, manipulés, torturés jusqu'à la vérité. Je compris que le vrai pouvoir était derrière l'œil du cyclope. Je me battis pour tourner, j'étais beau, pas con, j'avais du charme, je m'en servis.

Je tournai quelques documentaires pas trop mal ficelés et puis la chance arriva, le décideur d'une chaîne de télé se prit d'amitié pour moi et me donna un script à lire :

— Si ça te plaît, c'est toi qui le tournes.

Je savais ce qu'il attendait en retour mais j'étais prêt à tout.

Je réécrivis le scénario que je trouvais tarte : ça parlait de lycéens, d'éveil des sens dans la France ringarde des années soixante, de jeunes gens bien propres sur eux prenant des bains nus dans des rivières limpides. De gonzesses à peine nubiles qui poussaient des cris au passage des carpes entre leurs cuisses. Je changeai de milieu : les banlieues commençaient à faire parler d'elles. Je changeai les prénoms, remplaçai François, Pierre et Claire par Mamadou, Mohamed et Zohra, parlai de drogue, d'ennui, d'incivilités et de violence. On ne faisait plus l'amour sous les frondaisons mais on baisait dans les cabines déglinguées d'une piscine municipale ou dans des locaux à poubelles. On ne saluait plus les gendarmes sympas du village, on leur crachait dessus et on les caillassait. Le héros, un bon « céfran », tombait amoureux d'une beurette et manquait de se faire buter par les frères barbus de la belle, s'ensuivait une course-poursuite sur les routes de France pour flinguer le couple impie sur un air de *Douce France, cher pays de mon enfance*, version rap. Je ne filmais pas le cul des adolescents mais celui des islamistes en prière dans des hangars.

— Tu ne veux quand même pas tourner ça ? demanda mon mécène effaré.

— Pourquoi pas ? C'est puissant, bien plus que cette merde visqueuse que tu m'as fait lire !

Il rigola, m'embrassa et me donna carte blanche.

Naturellement, ce fut un immense scandale, impossible de passer ça à la télé. Et comme notoriété et scandale font bon ménage, les articles, le bouche à oreille, les critiques ont donné une furieuse envie à la France de voir *Zones barbares*, le film sulfureux de Marc Sylvaner, un jeune réalisateur de talent et d'avenir.

Sortie au cinéma, succès phénoménal…

Prix du jeune réalisateur à Cannes, ivresse des marches et des interviews. Je foulai le tapis rouge. Je passai de l'ombre à la lumière.

Louise

Sofiane me questionnait sans cesse, il voulait tout savoir sur l'Algérie d'avant, sur ma famille et ma rencontre avec Kader. Il écoutait et découvrait un monde qu'il ne soupçonnait pas.

— Des Français, on en voit plus qu'à la télé depuis qu'on les a mis dehors. Tu dois être la seule qui reste avec Madame Paule, la concierge du 99.

— Je suis algérienne comme toi, Sofiane.

— Mais non, t'es pas arabe !

— Ça ne veut rien dire, on peut être européen et algérien. Ce pays est à moi autant qu'à toi, j'y suis née et je compte bien y mourir.

Il ne comprenait pas : pour l'immense majorité des Algériens *de souche*, le droit du sang était souverain, pas celui du sol. Il avait du mal à admettre mon mariage avec Kader et la complicité de mes parents. Une de ses cousines avait épousé un Français – il était encore bébé –, elle fut bannie, il ne la connut jamais. On en parlait quelquefois dans sa famille, mais toujours avec mépris et dégoût.

Qu'elle était loin l'Algérie de mes rêves !

— Dis-moi, Louise, comment t'as fait pour rejoindre Kader en Suisse ?

— Après son départ, je n'étais pas bien. Papa et maman étaient inquiets. Je tremblais dès que j'entendais sonner le téléphone. J'avais des crises de larmes suivies de fous rires incoercibles.

— Ça veut dire quoi, incrocible ?

— In-co-er-ci-ble ! Je ne pouvais pas m'arrêter de rire.

— Ils pensaient que tu devenais folle ?

— Oui, je ne supportais plus les explosions, je ne supportais plus les cadavres dans les rues, j'en avais assez des concerts de casseroles.

— C'est quoi ça ?

Les pieds-noirs scandaient « Algérie française » sur des marmites, des poêles ou des casseroles avec des cuillères, des louches ou simplement la main. Le grand chic était de tordre le récipient et, le lendemain, d'avoir mal au bras. Maman tapait sur sa lessiveuse. Depuis le départ de Kader, elle n'osait plus le faire en ma présence. Quand l'immeuble, le quartier, la ville entière vibraient au son d'« Algérie française », je sortais sur le balcon insulter les voisins.

— Montre-moi comment ils tapaient.

— Mais, je n'ai jamais fait ça !

Il courut dans la cuisine et rapporta une poêle et une spatule en acier.

— Allez, frappe !

— Mais tu es fou !

— Fais-moi plaisir !

Et me voilà jouant « Algérie française » pour un petit Algérien malicieux.

Je vomissais cette Algérie dans laquelle je ne me reconnaissais plus, une Algérie de haine, de racisme et de violence aveugle. J'exécrais ces drapeaux noirs frappés du sigle de l'armée secrète qui fleurissaient aux fenêtres et sur les toits. Je n'en pouvais plus des trois lettres de mort qui s'étalaient et bavaient sur les murs. Je n'imaginais pas que, quarante ans plus tard, trois autres lettres de haine les remplaceraient.

Les disputes avec mon beau-frère étaient homériques. Gérard s'était engagé à corps perdu dans le combat que menait l'OAS contre de Gaulle et les Arabes :

— Ce pays est à nous, Louise, il faut se battre sinon les bougnoules vont nous bouffer... Il faut buter la grande Zohra !

— Tu veux tuer tout le monde, c'est ça ? Tu ne crois pas qu'ils ont droit à un pays, ceux que tu appelles felouzes, melons ou ratons suivant tes humeurs ? Le seul langage qu'on leur a tenu depuis cent trente ans, c'est celui du mépris, de la violence et du sang, tu ne penses pas qu'il est temps de changer ?

— Trop tard, c'est eux ou nous.

— Alors ce sera eux, c'est le sens de l'histoire, votre combat est perdu, Gérard.

— Votre combat ? Petite conne, notre combat est aussi le tien.

Sofiane applaudit à ma démonstration.

— Bravo, ça devait être amusant de faire ça ! Allez, raconte encore, comment tu as pu rejoindre Kader ?

— Je faisais crise de nerfs sur crise de nerfs. Je

ne mangeais plus, je maigrissais : cinq kilos en un mois.

Sofiane sourit.

— Pourquoi souris-tu ?

— Comme ça, continue !

— Je refusais de voir le médecin, alors maman s'est affolée.

Je nous entends encore :

— Ma petite fille, ça ne peut pas durer, que se passe-t-il ?

— Je ne peux plus vivre à Alger, c'est trop dur.

— Tu veux aller en France ?

Je fis non de la tête.

— Alors, où ?

— En Suisse.

— Il te manque à ce point ?

— Oui.

— Tu n'y penses pas, tu ne vas quand même pas rejoindre un Arabe ?

— Pourquoi pas ? Tu m'as bien dit que tu étais tombée amoureuse d'un instituteur indigène.

— La raison a vite repris le dessus.

— Tu penses donc que je suis folle.

— Un peu… enfin, franchement, quel avenir te prépares-tu ? Il faut se rendre à l'évidence, l'Algérie est perdue, tu te vois vivre dans un pays peuplé d'Arabes, musulmans de surcroît ?

— D'autres Français resteront, j'en connais plein, ce sera formidable, tout est à faire.

— C'est si beau d'être jeune, de rêver, de croire en l'impossible.

— Alors, maman, pourquoi tapes-tu tous les jours « Algérie française » sur la bassine de la loggia, puisque tu sais que la cause est perdue ?

— Les primitifs pensent que le bruit éloigne les

mauvais esprits et le malheur, répondit-elle la voix brisée, nous sommes comme eux, nous n'avons plus que ça pour crier notre désespoir et exorciser l'inéluctable !

Je me versai un whisky et allumai une cigarette. Sofiane s'impatienta :

— Raconte encore, pourquoi tu t'arrêtes ?

— Attends, un peu de mise en scène...

Je me levai, sortis de sa pochette un trente-trois tours de Mozart et le posai sur le plateau du pick-up. La nostalgie du concerto numéro vingt-trois serait parfaite pour ce qui allait suivre.

J'acceptai finalement de voir notre médecin de famille.

— J'arrêterai la grève de la faim, lui dis-je, si je pars vivre à la montagne.

Maman lui avait tout raconté. Il était intelligent et progressiste. Il sourit en disant que j'avais raison, rien ne valait le bon air des Alpes suisses pour retrouver l'appétit. Le lendemain, mes parents m'emmenèrent dîner au Saint-Georges, îlot de luxe et de paix dans la tourmente algéroise. Le ballet des garçons, l'accent parisien des maîtres d'hôtel, le reflet des chandelles sur nos peaux hivernales, les conversations murmurées d'hommes et de femmes superbement vêtus composaient un tableau décalé. Les barbelés qui emprisonnaient la Casbah, les flaques de sang sur les trottoirs, les bombes, les inscriptions hystériques sur les murs s'évanouirent, gommés par la magie du palace.

Pour la première fois depuis des semaines, j'eus faim. Je dévorai un filet au poivre merveilleux et abusai d'un Lung rouge 1952. Je retrouvai ma verve après deux mois de mutisme.

Mon père, attendri, promit de contacter un de ses collègues, professeur à l'université de Lausanne.

J'eus soudain la certitude du bonheur.

Je voulais poursuivre ma licence de sociologie.

Ce ne fut pas aisé, nous étions en pleine année universitaire. Papa décrivit au doyen de la faculté de lettres de Lausanne les terribles *événements* auxquels nous étions confrontés. J'obtins à titre exceptionnel le droit de m'inscrire, ainsi qu'une chambre à la cité universitaire.

— Alors, tu as repris tes kilos quand tu as retrouvé Kader ? plaisanta Sofiane.

Bonheur fou des retrouvailles, je le ressens encore. Le ressentiment, les haines accumulées n'ont pu le ternir.

À l'aéroport de Genève, Kader me serra dans ses bras. Nous étions intimidés, gauches : désormais, nous pouvions nous aimer sans restriction, nous consacrer l'un à l'autre dans une liberté irréelle.

Il fallut des semaines pour oublier la peur. Tout était si calme : plus d'explosions, de tirs de mitrailleuses, de soldats, de fouilles à l'entrée des grands magasins. Nous réapprîmes l'insouciance, les balades dans les rues sans tourner la tête à chaque pas. Nous vivions à la cité universitaire, Kader avait cherché un studio, en vain : le loyer excédait sa maigre bourse. Nous avions chacun notre chambre ; ainsi, nous prîmes le temps de nous connaître mieux, de construire une relation affranchie des turbulences et des drames. Une relation normale d'étudiants normaux, dont les seules préoccupations sont les cours, les examens, l'amour.

La Suisse était un havre, un cocon.

Un pays hors du monde où le temps s'écoulait sans heurt, laissant hommes et femmes savourer les plaisirs simples de la vie.

Effarant contraste, j'arrivais d'une terre dévastée, je découvrais un monde d'opulence, de paix et de sourires.

— D'où venez-vous, Louise ?

Je ne savais pas répondre : l'Algérie était une colonie, pas un pays. En théorie, c'était la France, en théorie, j'étais française.

J'étais bien plus, j'étais bien moins.

Arrière-petite-fille de pionniers, de ces aventuriers qui drainèrent cloaques et marais, mirent en valeur friches et maquis, élevèrent villes et monuments ; fille d'universitaires qui bâtissaient des ponts entre Orient et Occident, j'étais un trait d'union entre deux peuples, pour l'amour d'une terre, pour l'amour d'un homme.

J'étais riche et fière.

Fière et lucide, sans angélisme : un crime était un crime, on n'absolvait pas sa conscience en invoquant mission civilisatrice, nationalisme ou légitime défense, et je citais Camus aux uns et aux autres : « *Quelle que soit la cause que l'on défend, elle restera toujours déshonorée par le massacre aveugle d'une foule innocente.* »

Les criminels étaient partout, chez les musulmans comme chez nous.

J'avais porté les valises du FLN, ma famille ne le pardonnait pas. Pourtant, elles contenaient des médicaments et non des bombes.

Je défendais la France et son œuvre, inlassablement. Ma famille d'adoption ne l'acceptait pas, pourtant elle était redevable à ce pays de son éducation et de sa langue. « Nous les avons payés au prix fort, rétorquait Kader, le prix de l'injustice, de la douleur et du sang : nous ne vous devons rien ! »

— D'où venez-vous, Louise ?

Je répondais :

— D'un pays qui n'existe pas encore.

Marc

Depuis l'accident de New York, mon univers s'est rétréci : les ascenseurs, les avions, les TGV, les tours de verre et de béton, les tunnels, les sous-sols et les caves me terrorisent, en résumé tout ce qui ne peut pas s'ouvrir sur le ciel, le vent, la pluie ou les arbres.

Au départ de New York, à peine entré dans l'avion, mon cœur dérapa : douleurs, palpitations. Je dégoulinais ! Ma voisine me scruta, inquiète : je tremblais, rongeais mes ongles, regardais ma montre chaque seconde, l'estomac tordu par la peur. Le décollage était imminent. Ma respiration s'accéléra, je manquais d'air, j'étouffais. Quand l'hôtesse demanda de boucler les ceintures, je me levai comme un dément, échevelé et trempé.

— Monsieur, asseyez-vous s'il vous plaît !

Je criai que je me sentais mal : des douleurs dans la poitrine. Un infarctus ! Oui, mademoiselle, un infarctus !

Je fis un tel foin qu'ils me débarquèrent au bout d'un quart d'heure. Les passagers me reconnurent, cela m'épargna insultes et quolibets : ils partageaient un petit bout de vie avec Marc Sylvaner. Une ambulance attendait au pied de la passerelle.

Je rentrai en bateau, le temps fut épouvantable, je vomis toute la traversée.

Depuis, je voyage très peu : tout déplacement est calvaire.

Aller à Rome, Berlin ou Moscou en voiture m'épuise. Il faut éviter les tunnels, les murs antibruit, les autoroutes et les voies rapides. La plupart du temps, je me fais conduire mais je ne trouve plus grand monde pour m'accompagner : je suis trop chiant.

J'ai perdu l'odorat, le plaisir des voyages et le goût des autres. J'ai du mal à créer et c'est bien normal : je ne me nourris plus. Je suis sec comme une momie.

Les Débarqués, mon dernier film, a été un échec : deux cent mille entrées. Lionel a beau me réconforter en disant que tous ces gens, il faut les déplacer et que ce n'est pas donné à tout le monde, je sais bien, moi, que je n'ai plus la fraîcheur des premières années. Le feu s'éteint, j'ai beau souffler sur les braises, je ne reçois que des cendres dans la figure. Je reste des heures face à mon ordinateur mais rien ne sort. Il y a dix ans, j'avais cent idées à la minute. J'écrivais six scénarios par an.

D'habitude, je ne revois pas mes films. Hier soir, j'ai revu *Les Débarqués*, en cachette, dans une salle de banlieue. Je voulais comprendre pourquoi le public n'avait pas suivi les critiques dithyrambiques. Dans la salle : trois égarés. En fin de séance, personne. J'étais seul. Pour une fois, pas de flatteurs autour de moi pour crier au génie et brouiller mon jugement.

J'ai trouvé les personnages falots et peu crédibles, les situations banales. Aucun souffle, juste du savoir-faire, de belles images bien montées, beaucoup de technique, aucune émotion. Et, soulignant l'indigence de l'histoire, une musique totalement décalée qui sonnait faux. Je n'aurais jamais dû accepter que Philippe la colle sans avoir vu le film. J'avais débité des images au mètre et lui des notes.

Creux, je suis creux ! Je surfe sur mon talent passé.

J'impressionne toujours, je le vois bien, mais je suis une imposture.

Louise

La vie en Suisse était douce, comme un nocturne de Chopin. J'avais un vieil électrophone Teppaz dans ma chambre, j'écoutais des trente-trois tours de musique classique empruntés à l'audiothèque de l'université. Kader ne connaissait rien à la musique : culture et pauvreté vont rarement de pair. Je lui fis découvrir Bach, Satie, Dutilleux, Beethoven et Mozart. Surtout Mozart. Il mangeait comme un sauvage, affalé sur la table du restaurant universitaire. Je disais en souriant :

— Tant que tu ne te seras pas civilisé, nous ne cohabiterons pas, je ne veux pas être déçue.

Il apprit vite.

Sans l'aide de mes parents et de ma sœur, la vie eût été très dure. L'hiver surtout. Avec leurs mandats mensuels, nous pûmes vivre décemment et nous habiller pour affronter le froid. Kader ressemblait à un gros ours dans son duffle-coat doublé de fourrure synthétique et moi à une courtisane dans mon manteau de fausse zibeline. Ça le faisait rire.

Nous sympathisâmes avec Tuan, un étudiant vietnamien, Ariane, une russe échappée d'Union soviétique et un couple de Valaisans, Magali et François. Nous passions des nuits entières à parler de l'Algérie, du Vietnam et du communisme. Kader voulait une Algérie socialiste, Ariane le fixait étonnée de ses yeux bleus bridés :

— Tu veux vraiment vivre comme en Russie ? Vous vous battez pour la liberté, vous n'allez pas remplacer le colonialisme par le communisme ! Le parti unique, c'est terrible.

— Elle a raison, renchérissait Tuan, le Nord-Vietnam, c'est affreux, on est beaucoup mieux dans le Sud capitaliste !

Kader enrageait :

— Vous racontez n'importe quoi, c'est le capitalisme qui a engendré le colonialisme. Grâce au communisme, l'URSS a vaincu l'Allemagne et libéré de l'analphabétisme des millions de moujiks ! On ne va pas retomber dans un système qui a fait notre malheur pendant cent trente ans.

— Tu parles de ce que tu ne connais pas, répondait Ariane calmement.

François et Magali écoutaient sans mot dire : la Suisse, le Valais étaient en marge du monde et souhaitaient le rester.

Quand l'atmosphère devenait trop tendue, Tuan sortait de son étui un instrument traditionnel et entamait une mélopée annamite.

Je m'endormais instantanément.

L'Algérie était lointaine, presque une abstraction.

Mon transistor crachait de terribles nouvelles : attentats, voitures piégées, assassinats, nuit bleue où cent cinquante bombes secouèrent Alger. De jour en jour la situation se dégradait. Le 19 mars

1962, le cessez-le-feu était proclamé entre le gouvernement provisoire de la République algérienne et les autorités françaises. Kader acheta deux bouteilles de mousseux pour fêter l'événement. Il invita tous nos amis dans sa chambre.

Le bonheur était à portée de main.

Les jours suivants, l'OAS se déchaîna, Bab el-Oued, son fief, bascula dans l'insurrection et fut assiégé. Le 26 mars, les pieds-noirs organisèrent une manifestation pour briser le blocus du quartier par l'armée française.

Des dizaines de morts et de blessés rue d'Isly !

Hébétée, tremblante, j'écoutais tour à tour Paris Inter, Europe 1, Radio Sottens pour en savoir plus, et toujours la voix brisée du reporter d'Europe 1 :

« 15 heures, la manifestation pacifique atteint la rue d'Isly... les manifestants désarmés se heurtent aux artilleurs de l'armée française... Une rafale d'arme automatique ! Le tir provient d'un immeuble situé à l'angle du boulevard Pasteur et de la rue d'Isly... pris de panique, un soldat du 4e RT tire... ça tire de partout... mon Dieu... des hommes, des femmes s'effondrent, un vrai carnage ! Je suis à terre, des blessés, des gens inanimés autour de moi, il y a du sang, des cris, des pleurs... ça n'arrête pas de tirer. Quelqu'un hurle "Halte au feu !" »

Le journaliste sanglotait :

« Par pitié, arrêtez ! Par pitié... »

Les salauds, ils avaient osé !

En larmes, je me précipitai à la poste pour appeler mes parents. Au terme de cinquante tentatives, maman, enfin :

— Dieu merci, tu es vivante ! Tu y étais ?

— Ils nous ont tiré dessus, tu te rends compte, ils nous ont tiré dessus ! hurla-t-elle.

— Tu n'as rien, ma petite maman ?

— Moi non, mais…

— Mais quoi, papa ?

Elle éclata en sanglots :

— Non, ton père va bien… c'est Gérard, ton beau-frère… il a été grièvement blessé… une balle dans le ventre. On l'opère en ce moment même à l'hôpital Mustapha.

Gérard mourut pendant l'intervention, Christine était enceinte de deux mois.

Je passai la nuit du 26 au 27 mars 1962 à pleurer dans les bras de Kader. J'imaginais tous ces corps allongés devant la Grande Poste, la détresse des miens. Il ne leur restait plus qu'à partir, à fuir une terre où personne ne les protégeait plus. La France avait tiré sur les siens, comment pouvait-elle espérer garder leur confiance ?

Ma mère, mon père et ma sœur décidèrent de s'exiler ce jour-là, le plus vite possible, avant le référendum d'autodétermination fixé début juillet. « *Si l'armée française ne nous canarde pas avant !* » avait écrit maman.

Brutalement, mes espoirs d'Algérie multiculturelle s'évanouirent, je me sentis vide, orpheline. Je n'avais jamais aimé Gérard mais sa mort, symbole tragique, me brisa.

Il avait tenu sa promesse, jamais il ne quitterait sa terre. Notre terre.

Je marchais, hagarde, dans les rues froides de Lausanne, l'insouciance de la foule, les rires des adolescents et l'opulence tranquille me semblaient injustes. Kader passait toutes ses nuits dans ma chambre. Nous dormions lovés l'un contre l'autre. Un jour, il vint avec un petit paquet grossièrement ficelé :

— Un cadeau pour toi !

C'était une clé d'appartement. Trois mois auparavant, son patron l'avait engagé comme assistant. Nous nous mariâmes peu après, en mai 1962. Tuan et Ariane furent nos témoins.

Mes parents et ma sœur, en plein exode, ne firent pas le déplacement. J'ai gardé la lettre que maman m'a envoyée :

« Ma petite fille,

C'est dimanche, il fait beau, tu n'as pas idée ! Une journée incroyablement douce. De la loggia, je vois les communiantes entrer dans Sainte-Élisabeth. Il y en a beaucoup moins cette année. Je te revois, serrant ton petit bouquet de fleurs blanches, c'est si loin. Je me demande si ce temps a réellement existé ou si ma mémoire fabule. Je t'imagine à la mairie, vêtue de blanc, serrant dans ta main un autre bouquet…

Je boucle les dernières valises, nous partons la semaine prochaine par bateau, nous avons eu du mal à trouver des places, les gens fuient par milliers. On raconte des histoires terribles, des femmes pieds-noires enlevées par le FLN, envoyées dans les maisons closes du bled, des hommes torturés et assassinés sans raison. Nous embarquerons sur le Ville d'Alger, je suis contente, c'est le plus rapide, le voyage qui nous arrache à cette terre sera moins long.

J'avais rêvé pour toi d'un autre mariage, un beau

mariage à l'église Saint-Charles comme ton arrière-grand-mère, comme ta grand-mère, comme moi. Dieu – mais quel Dieu ? – en a voulu autrement. Puisses-tu être heureuse !

J'ai, malgré tout, du mal à comprendre ton choix et tout ce qui nous arrive. Comment admettre que tu épouses un musulman ? Un de ceux qui ont tout fait pour nous chasser et qui sont en passe de réussir…

Un jour, peut-être, le temps cicatrisera les plaies.

Je t'embrasse.

Ta maman qui t'aime. »

Avant 1954, l'Algérie était un pays sûr, nous allions dans les coins les plus reculés sans aucune crainte. Au volant de sa Juva 4, papa nous conduisait chaque dimanche dans la campagne autour d'Alger. J'aimais par-dessus tout les gorges de la Chiffa et le ruisseau des singes, les cascades fumantes qui tombaient de très haut dans l'oued encombré de pierres et de lauriers-roses, le maquis dense de lentisques vernissés et d'arbousiers qui se couvraient à l'automne de baies rouges insipides et grumeleuses. Nous en achetions sur le bord de la route à des enfants déguenillés et maman en faisait une succulente gelée. En ce temps-là, je ne me posais pas de questions, les gourbis, les mendiants, les gamins en haillons, les singes qui pullulaient dans les gorges étaient le paysage.

Nous donnions des cacahuètes aux macaques, les plus hardis venaient fouiller dans nos poches. Les mères aux fesses roses et lisses, petits sur le dos, poussaient de terribles cris quand nous tentions de les approcher, elles mordaient et griffaient les téméraires.

Nous déjeunions dans une auberge nichée dans les arbres au bord d'une cascade et, les jours de grande chaleur, je plongeais dans l'eau glacée des montagnes de l'Atlas. Un chameau paisible broutait lentement l'herbe rase. À ses pieds, une pancarte mettait en garde : « Attention chameau méchant ! »

Début mars 1955, nous empruntâmes pour la dernière fois la route de la Chiffa. Nous nous rendîmes au monastère de Tibhirine proche de Médéa. Je me souviens d'une bâtisse austère enchâssée dans la verdure, de montagnes encore enneigées, de champs entiers d'oxalis, du jaune ondulant des fleurs sous le vent froid venu du nord, de marguerites blanches à cœur noir et des amandiers en fleur dans le verger des moines trappistes.

Ces hommes avaient fait vœu de silence et le silence imprégnait tout. Je les vois encore vêtus de noir et de blanc, comme les marguerites des champs alentour, lisant de très grands livres dans leur salle de travail à peine éclairée par le jour, levant la tête à notre arrivée, souriant puis retournant à leur ouvrage, seul le bruit des pages tournées froissait le silence. Ils semblaient là depuis le Moyen Âge et pour l'éternité.

Quand nous partîmes, le prieur nous accompagna, maman prit sa main et dit :

— Vous êtes tellement isolés, nous sommes inquiets pour vous.

Il répondit avec un large sourire :

— L'islam est un cheval blanc lancé au galop sur les prairies où paissent les agneaux du christianisme. Le cheval et l'agneau sont tous deux des créatures divines… Nous sommes confiants, le Christ nous a placés là, la nature est trop belle pour un sacrifice.

Et, alors que nous montions en voiture, il ajouta :

— Pourquoi devrait-il y avoir un vainqueur et un vaincu, quand la vie et la mort se partagent équitablement le territoire ?

Sofiane

Maman est morte et Louise l'a remplacée, comme j'ai voulu.

Ça plaisait pas à papa au début, mais maintenant ça l'arrange. Quand il part en voyage, je vais chez elle. Elle me fait à manger, elle raconte sa vie et m'apprend plein de choses. Grâce à elle, je sais mieux parler français. Au lycée, je suis toujours premier. Chaque fois que je prononce pas bien un mot, elle me corrige. Dans sa bibliothèque, il y a des livres en français, en arabe et en kabyle, elle dit qu'ils étaient à son père. Chaque fois qu'elle parle de lui, elle pleure parce qu'il est mort et qu'il lui manque. C'est drôle, elle raconte presque rien sur sa mère. Sur une étagère, on voit sa photo, il était beau, il avait les cheveux blancs et les yeux très bleus. À ce qu'il paraît, il écrivait des livres en arabe et en kabyle.

Louise dit :

— C'était un érudit, un vrai Algérien.

— Il pouvait pas être algérien puisqu'il était français !

— Tu ne vas pas recommencer… on était tous

algériens avant 1962 et je suis algérienne autant que toi !

Je comprends mal, papa appelle Louise la *gaouria*, la Française, je croyais que pour être algérien il fallait être arabe et musulman. Elle s'énerve : « La nationalité, l'origine et la religion n'ont rien à voir, j'ai autant de droits sur ce pays que ton père, Kader ou toi ! »

Mon cousin Kamel dit qu'elle peut pas être algérienne, puisqu'elle est pas musulmane. Kamel est islamiste, il a une barbe et un *kamis*, il marche en claquettes. Louise aime pas Kamel, elle l'appelle « Face de pubis », je comprenais pas ce que ça voulait dire, alors elle a rigolé et m'a expliqué ce qu'est un pubis et pourquoi sa figure ressemble à ça : « Les poils de barbe des islamistes sont crépus comme des poils de zizi. » Elle déteste tous les islamistes, pour elle ce sont des dégénérés, de la racaille :

— Ils veulent transformer l'Algérie en une immense mosquée, mettre un tchador à toutes les femmes, régenter la vie de chacun. Tu te rends compte, ils veulent m'interdire d'écouter de la musique, de regarder la télé, de parler français et de boire du whisky.

C'est vrai, Kamel a vendu la télé de ses parents, il écoute plus jamais de musique et refuse de parler autre chose que l'arabe. Il parle même plus kabyle. Pourtant sa mère vient de Tizi-Ouzou. Tous les vendredis, il veut m'emmener prier à la mosquée, j'y vais un vendredi sur deux pour lui faire plaisir.

L'autre vendredi, je déjeune avec Louise. Elle cuisine bien, j'adore quand elle fait de la paella. Le jeudi, elle m'envoie faire les courses, j'achète des crevettes, des langoustines, du lapin et du poulet.

— Surtout, tu n'oublies pas le lapin !

J'aime pas le lapin, j'ai pas l'habitude d'en manger, alors souvent je fais semblant d'oublier ou je dis qu'il y en a pas.

— Si, par hasard, tu trouvais des moules, prends-en.

Des moules, y en a jamais. Parfois, on en trouve sur les rochers à Sidi Ferruch. À la mosquée, l'imam dit qu'il faut prier cinq fois par jour, qu'il faut pas être attiré par l'Europe, que les gens là-bas ont plus de morale. Si on suit leur exemple, on ira en enfer. Il faut protéger nos femmes et nos enfants du vice, il faut surtout pas regarder les chaînes de télé étrangères et pas voir les films américains ou français... Louise, le vendredi d'après, dit que cet islam est pas bon, que les religions doivent pas être insupportables, qu'au contraire elles doivent aider les gens, qu'il y a rien de plus beau qu'un prélude de Bach ou un concerto de Mozart, que le cinéma, c'est un peu l'école de la vie et qu'il faut ouvrir grand les oreilles et les yeux au lieu de les fermer.

— Tu comprends, ces arriérés voudraient me faire sortir dans la rue habillée en pingouin et m'empêcher d'écouter Mozart... Tu imagines Alger sans Mozart ! La vie, c'est la liberté : la liberté de croire, de voir, d'entendre et d'aimer sans contraintes, dans le respect de soi et des autres. Pas cet ersatz de religion qui veut fixer un cadre à tout et rythmer la vie avec des règles du Moyen Âge. L'islam de ton cousin est un islam d'interdit, d'abêtissement et d'anéantissement qui privilégie l'étiquette et jette à la poubelle le spirituel. Tiens, d'ailleurs, écoute...

Elle se lève et met un disque de musique classique.

— C'est beau ! Qu'est-ce que c'est ?

— Mozart, justement : *Cosi fan tutte*... Quand tu seras plus grand, je t'expliquerai ce que ça veut dire.

Je la comprends pas toujours, souvent elle utilise des mots difficiles. Alors, le soir, je cherche dans le dictionnaire Larousse de papa.

Un vendredi avec Louise, l'autre avec mon cousin à la mosquée, j'ai l'impression qu'ils me tirent chacun par un bras, je sais plus où donner de la tête !

Louise

Décembre tient une place particulière dans ma mémoire.

Des parfums de prix flottaient dans l'air des rues d'Alger, les froides journées d'hiver voyaient éclore fourrures et cachemires.

Des gueux transis grillaient des châtaignes sur des braseros de fortune – « Di marrons mademoiselle » –, ils les vendaient quelques centimes aux passants emmitouflés. Noël illuminait avenues et magasins, une joie intense bariolait la ville. Rue d'Isly, non loin des Galeries de France, une confiserie magique attirait les enfants. Pour les fêtes de fin d'année, une crèche géante avec palmiers, animaux et Rois mages couverts d'or scintillait au-dessus de l'enseigne. Dans mon souvenir, l'âne, le bœuf, l'enfant Jésus, la Vierge Marie et tous les personnages s'animent.

À la mi-décembre, nous allions à Sidi Ferruch, nous nous enfoncions dans la forêt à la recherche d'un sapin.

— Louise, il te plaît celui-là ? Non... alors celui-ci ?

Quand j'acquiesçais, mon père sortait une scie

de son cartable de cuir beige pour abattre l'élu, le bruit de l'acier sur le bois me donnait la chair de poule, je me bouchais les oreilles en chantant à tue-tête. La besogne accomplie, papa enfournait l'arbre dans la malle de notre traction avant et démarrait très vite de peur qu'un garde champêtre ne nous surprenne.

En décembre 1958, il fit l'acquisition d'une 403 Peugeot et nous fit descendre au garage pour nous présenter sa nouvelle passion. Une magnifique automobile bleu foncé avait supplanté la traction avant noire.

— Huit cent mille francs, elle m'a coûté huit cent mille francs ! Ne vous inquiétez pas, j'ai pris un crédit.

Je me souviens, cinquante ans après, de l'immatriculation :

430 GS 9A. 9 pour Algérie, A pour Alger… C pour Constantine et O pour Oran. Les trois départements de l'Algérie française.

Le dimanche suivant, nous allâmes sur la route de Chréa, il faisait très froid, il neigeait. Nous ne pûmes accéder à la station. Nous achetâmes un petit sapin pour grand-mère et une douzaine d'œufs à des petits garçons déguenillés, des *yaouled* comme nous disions à l'époque.

L'Algérie indépendante s'attaqua très vite à Noël.

Dans les boutiques, les décorations de fin d'année furent interdites. Des brigades arrachaient boules et guirlandes chez les contrevenants.

Après mon mariage avec Kader, je n'ai plus fêté Noël.

Le rituel de la nativité l'exaspérait. C'était, à son sens, le dernier et plus fort symbole de la colonisation française. Le sabre, affirmait-il, est indissociable du goupillon.

Abolir Noël, c'était porter l'estocade à la France.

Pour moi, la religion et ses rendez-vous appartenaient au folklore, comme les marrons glacés, les fondants, les guirlandes ou les œufs de Pâques.

Quand j'étais petite fille, le catholicisme était un décor rassurant, le câble puissant qui nous arrimait à la métropole. Ma famille, mes parents pratiquaient sans excès. En aucune manière je ne me sentais contrainte et nul ne m'avait jamais menacé de l'enfer et de ses bûchers. La messe dominicale en l'église Sainte-Marcienne-des-Sept-Merveilles nous rassemblait. Sitôt le prêche terminé, nous montions dans les voitures de nos parents et partions déjeuner sur le port de la Madrague.

Le christianisme était un art de vivre, un prétexte à convivialité, un ciment ; l'islam, une abstraction exotique qui singularisait le paysage. Chaque ramadan, la religion musulmane sortait du secret. Nos femmes de ménage guettaient alors le coup de canon libérateur tiré du Fort-l'Empereur. L'*adhan*. Au crépuscule, il signait la fin du jeûne et l'appel à la prière du soir. Enfant, je l'attendais impatiemment car je partageais les briks et la *chorba* des domestiques. Au terme du mois sacré, elles confectionnaient de fameux gâteaux qu'elles nous offraient. Bruits de canon et pâtisseries orientales étaient les seules intrusions de l'islam dans nos vies.

Nos rares amis musulmans célébraient Noël. Pour les enfants, se justifiaient-ils. Ils ne jeûnaient plus. Le ramadan, avouaient-ils, était incompatible avec la vie moderne.

L'indépendance proclamée, l'islam, telle une

flamme longtemps contenue, se ranima. La laïcité imposée par les lois de la République française s'effrita. Les mosquées envahirent villes et villages, leurs haut-parleurs inondèrent les nuits. Hommes et femmes s'arrachèrent les manuels de prière, prirent d'assaut les lieux de culte et, les vendredis, jours de grande prière, occupèrent rues et trottoirs. Ma belle-famille redécouvrit les préceptes de l'islam et pria cinq fois par jour.

Toute référence à la naissance de Jésus fut gommée de l'espace public. Le câble de la foi obliqua plein est, substituant l'Orient à l'Occident.

Les semaines qui précédèrent les élections législatives de décembre 1991 furent l'objet d'une intense propagande islamiste. « Dans la solitude de l'isoloir, martelaient les barbus, Dieu seul te regarde et te juge. Et tu ne vas quand même pas voter contre Dieu ! »

Voter FIS, c'était voter Dieu.

Tout ce qui ne faisait pas référence à l'islam était impie.

L'intolérance atteignit son paroxysme. Les actes de la vie quotidienne se subdivisaient en deux catégories : le permis et l'interdit.

Yadjouz : ça passe ; *la yadjouz* : ça ne passe pas !

Barbes et hidjabs fleurirent, les commerces qui vendaient de l'alcool furent contraints de fermer, les femmes de veiller à leur tenue et à leurs mœurs, la musique de se taire. Une moralisation outrancière de la société était à l'œuvre.

Tapis dans l'ombre, les militaires guettaient.

Pourtant, la libéralisation qui avait suivi les émeutes de 1988 avait suscité un immense espoir. Un long printemps avait suivi les événements sanglants d'octobre : le multipartisme avait été autorisé, la presse libérée. Le vent de mai 68 soufflait sur Alger, les idées foisonnaient, une impensable liberté de ton avait gagné les ondes et la télévision. La première démocratie du monde arabe était en train de naître.

Comme en juillet 1962, tout semblait permis.

Hélas, des hordes fanatiques sorties d'un Moyen Âge obscur confisquèrent la deuxième révolution algérienne. Poussées par certaines franges du pouvoir, financées par les théocraties du Moyen-Orient, elles promirent une république islamique et la charia en cas de victoire aux législatives. Elles gagnèrent les municipales, voilèrent les seins impudiques des Mariannes dans les mairies conquises et islamisèrent les communes. À la veille des élections de 1991, les rumeurs les plus folles circulaient, alimentées, disait-on, par l'armée. Les islamistes avaient établi des listes d'hommes et de femmes à exécuter en cas de victoire et les généraux figuraient en première place.

Ils promettaient l'épuration et le retour aux vraies valeurs de l'islam.

Le 26 décembre fut le jour choisi pour la tenue des élections. Date hautement symbolique. La victoire probable des islamistes graverait à jamais cette date dans les mémoires : le triomphe de l'islam au lendemain de la naissance du Christ.

La propagande de l'armée parla de manipulation des listes électorales et de découpage des circonscriptions en faveur du FIS. Je ne reçus jamais ma carte d'électrice, comme nombre de personnes du quartier connues pour leurs idées laïques.

Ma seule façon de résister fut d'acheter un sapin au marché et d'exhumer du fin fond d'un placard la crèche poussiéreuse de ma mère. De vieilles guirlandes argent dépenaillées emplissaient une boîte à chaussures, je retrouvai quelques boules de verre coloré, de petites bougies sur clip, une étoile, tout ce dont j'avais besoin pour fêter dignement Noël.

Je dressai mon arbre face à la fenêtre et le décorai des vestiges d'un temps révolu. La dernière bougie posée, je reculai pour mieux contempler mon œuvre. Une boule de tristesse noua ma gorge. Jamais, petite fille, je n'aurais imaginé que, bien plus tard, ce symbole du bonheur deviendrait le fait d'armes dérisoire d'une vieille chrétienne assiégée.

Quand le résultat des élections tomba, la peur de la frange la plus occidentalisée de la population se mua en détresse : le printemps de l'espoir avait engendré un monstre. Tous les efforts avaient donc été vains, la liberté si chèrement acquise serait bientôt étranglée par le fanatisme.

Le réveillon de la Saint-Sylvestre 1991, qui promettait d'être le dernier, fut, de mémoire d'Algérois, le plus débridé. Les restaurants furent pris d'assaut, l'alcool coula à flot et l'on dansa jusqu'au matin. Les islamistes firent profil bas : d'une certaine manière, les mécréants fêtaient la victoire du FIS.

Alors que les impies sabraient le champagne, les barbus exultaient et martelaient : « Ce n'est pas le peuple qui a voté, c'est Dieu qui s'est élu ! »

L'armée, effrayée par l'ampleur du succès islamiste, déposa le président Chadli le 11 janvier 1992 et mit un terme au processus électoral, plongeant le pays dans une horrible guerre civile de dix ans.

— Louise, c'est vrai que l'Algérie, c'était mieux du temps de la France ?
— Qui t'a raconté ça, Sofiane ?
— Mes tantes.
— Ça dépend pour qui. Pour moi, c'était mieux, pour Kader et sa famille, c'est mieux maintenant.

Un monde, mon monde, s'est effondré. Je voulais qu'il change, qu'il évolue, non pas qu'il disparaisse. Que les injustices soient réparées et non remplacées par d'autres. Nous avons été chassés par une nomenklatura méprisante et cupide, une nomenklatura inculte et amorale : de Gaulle a livré ce pays à une bande de scélérats.

Je ne peux concevoir que des hommes politiques français se réclament encore de lui. Il a convaincu la France qu'elle serait plus grande si elle devenait plus petite. Quelle imposture !

L'Algérie coûtait cher, il voulait sa bombe atomique, une aura planétaire. Il a lâché l'Algérie, sans imaginer l'avenir. Est-on grand toute sa vie parce qu'on l'a été une fois ? « Je vous ai compris » n'était pas l'appel du 18 juin. J'imagine souvent un pays où nous serions restés, un pays indépendant mais toujours lié à la France, un pays intégré à l'Europe.

Les batailles du passé semblent sans objet, cette foutue mondialisation est arrivée trop tard.

Je me souviens, au début des années cinquante, j'étais à Osséja, dans les Pyrénées, avec mes parents. Nous rendions visite à une cousine tuberculeuse pensionnaire d'un sanatorium.

Maman décida d'aller à Puigcerda en Espagne, à trois kilomètres de là, pour acheter des espadrilles. Je l'accompagnai. L'Espagne était pauvre, les maisons du village délabrées, les habitants maigres, mal habillés. Dans la boutique, sombre et poussiéreuse, une jeune fille nous fit essayer des chaussures. Elle était aux pieds de maman, soudain elle lui enserra les jambes des deux bras :

— *Por favor*, madame, emmène-moi avec toi, emmène-moi en France, je ferai tout ce que tu veux, le ménage, la cuisine, tout. Ici c'est trop dur…

L'Espagne est devenue européenne et riche, l'Algérie aurait pu l'être, ses enfants ne se jetteraient pas comme cette femme aux pieds des Occidentaux. Il n'y aurait pas de *harraga*.

Sofiane s'impatientait :

— Pourquoi tu parles plus ?

— Je réfléchissais…

— Alors, c'était comment Alger du temps de la France ?

Difficile d'être objective quand on a tant de rancœur accumulée.

— C'était beau, très beau.

— Mieux que maintenant ?

Je tirai sur ma cigarette, les yeux perdus sur l'Atlas.

Je voulais donner à cet enfant le meilleur de moi-même, balayer le subjectif et la souffrance. Lui enseigner la France des Lumières, de la liberté et du libre arbitre. Ce serait mon legs et ma revanche.

Je fixai ses grands yeux interrogateurs :

— L'Algérie était si belle que les pieds-noirs l'ont aimée jusqu'à la haine, mais un jour, tu verras, la France retrouvera l'Algérie, comme toi tu as su me trouver.

Sofiane passait tous les soirs m'embrasser avant le dîner. Quand je cuisinais, je l'invitais à rester. Si ce n'était lui, je n'aurais plus touché au four ni aux casseroles. Du pain, du fromage, de l'huile d'olive, un fruit composaient la plupart de mes repas. Je n'aimais plus sortir, la dégradation de la ville, la saleté des rues me déprimaient, il faisait mes courses. En dehors du ménage, je n'avais plus d'activité physique. J'étais devenue énorme. Kader me l'avait assez reproché les derniers mois de notre vie commune.

Le petit était fou de cannellonis, j'en faisais une fois par semaine.

— Ce soir, tu dînes avec moi, Sofiane.

Ses yeux brillaient de plaisir. J'insistais pour dresser une belle table, avec argenterie Puiforcat et verres en cristal de Baccarat.

— Chez nous, on mange dans des vieilles assiettes un peu cassées avec des fourchettes et des couteaux en inox.

— Tout cela appartenait à ma mère, elle a laissé beaucoup de choses, ici.

— C'était son appartement ?

— Oui, je l'ai récupéré en 1962.

Les jours qui suivirent l'indépendance, nous étions à Lausanne. Nous allions tous les soirs chez Ruth et Robert, nos voisins, regarder les images qui parvenaient d'Algérie. Des foules déferlaient dans les rues ; des hommes, des femmes dansaient enveloppés de drapeaux algériens, d'autres brandissaient des banderoles où s'inscrivaient les slogans de la jeune révolution : « Un seul héros, le peuple », « Vive l'Algérie indépendante », « Le colonialisme est mort », « Que Dieu bénisse les martyrs »…

Un peuple exalté envahissait des quartiers qui jadis lui étaient interdits, l'étoile et le croissant fleurissaient partout. La joie des musulmans était immense : la liberté, l'honneur, enfin !

Je comprenais mais je n'adhérais pas.

Les pieds-noirs avaient disparu de la scène, cette allégresse était à la mesure de leur désespoir. Ces vagues humaines ininterrompues me faisaient peur, je ne reconnaissais plus ma ville. Alger s'était brusquement métamorphosée en ville arabe.

Une question m'obsédait : quelle serait ma place dans l'Algérie nouvelle ? « La meilleure ! » clamait Kader enthousiaste.

8 juillet 1962, un appel de papa :

— Ma chérie, le concierge du Telemly vient de téléphoner, les appartements abandonnés sont réquisitionnés par l'armée algérienne. Notre immeuble est épargné pour l'instant… tu comptes retourner en Algérie ?

— Oui, Kader a décidé de rentrer en septembre.

— Où irez-vous ?

— Je ne sais pas, nous n'y avons pas encore réfléchi.

— Il faut habiter chez nous, s'il te plaît. Ce sera moins dur pour ta mère et moi si tu récupères l'appartement. Nous avons laissé nos meubles, ma bibliothèque, tu sais à quel point j'y tiens…

Suivit un long silence, je n'avais jamais entendu

papa pleurer. Deux jours plus tard, je partais pour Alger. À contre-courant.

Abdel, mon beau-frère, m'attendait à Maison Blanche.

Dans le hall de l'aéroport, l'apocalypse : des centaines de personnes, épuisées, hagardes, affalées sur les sièges, répandues sur le sol. Femmes, enfants allongés sur des couches de fortune, hommes pas rasés fumant silencieusement contre les murs.

Le peuple pied-noir, les harkis fuyaient, mes frères et sœurs terrorisés s'exilaient, jetés à la mer comme des gueux. Ils attendaient là depuis des jours l'avion salvateur. Ils avaient pourtant décidé de rester mais les assassinats des supplétifs indigènes de l'armée française dans les villages puis la tuerie d'Oran, début juillet, avaient ôté tout espoir. Alors, ils s'étaient précipités vers les ports et les aéroports, laissant tout derrière eux.

C'est grand, c'est généreux la France !

La ville était dévastée.

Façades éventrées, maisons, boutiques incendiées, plastiquées. Le sigle OAS dégoulinait sur les murs, des yeux anonymes et scrutateurs s'étalaient sur les façades : OAS veille.

La folie des uns et l'incompétence des autres plongeaient des millions de gens dans le malheur. Partout, des monceaux d'ordures et les rues désertes.

L'appartement de mes parents était intact. Abdel et deux de mes belles-sœurs vinrent me tenir compagnie en attendant le retour de Kader en septembre.

Sofiane aimait beaucoup mon appartement, mes parents avaient mélangé meubles anciens et meubles berbères.

Il avait l'illusion d'être en France chaque fois qu'il y venait.

— Mais, mon chéri, tu ne connais rien de la France.

— Si, dans les vieux films français, à la télévision, il y a des maisons comme la tienne.

Ainsi, j'étais la survivante d'un monde disparu, un animal préhistorique qui l'étonnait et l'amusait, une bête de foire qui le dépaysait.

Toutes les fins de semaine, Kader et moi quittions Alger pour les complexes touristiques bâtis par Fernand Pouillon, très beaux villages blancs à l'architecture inspirée du passé turc, arabe ou berbère de l'Algérie. Nous prenions une chambre à Zéralda, Moretti, Tipasa ou Sidi Ferruch. Là-bas, les hôtels surplombaient la mer et je lisais, allongée sur une chaise longue, bercée par le bruit des vagues. Kader courait sur la plage. Il revenait couvert de sueur, se douchait puis nous faisions l'amour.

Je me souviens de tous les livres achetés à la Librairie des beaux-arts, rue Didouche Mourad : l'œuvre complète de Georges Bataille, le journal d'Anaïs Nin, Violette Leduc, Flora et Benoîte Groult, Jeanne Cordelier, Isaac Singer, Nicole Avril et tant d'autres. Vincent, son propriétaire, me conseillait et chaque semaine je sortais de sa librairie chargée de romans que je dévorais face à la Méditerranée, le week-end d'après. Vincent a été assassiné en 1994 par les islamistes, et ses romans, que je n'ose plus ouvrir, reposent dans la bibliothèque de mon père. Mes vieux disques sont plus cruels encore que mes livres, j'ai du mal à les écouter, ils raniment instantanément les bonheurs passés.

Sofiane fouille à genoux dans la pile de disques, il fronce les sourcils et me tend une pochette :

— C'est qui celle-là ? Elle ressemble à un aigle.

— Tu ne crois pas si bien dire, c'est un aigle noir.

Il pose le quarante-cinq tours sur le plateau du tourne-disque.

— S'il te plaît, Sofiane. Je n'ai pas envie de l'entendre.

Des grésillements, les paroles de *Göttingen*.

Kader n'aimait pas Barbara, trop torturée, trop française pour lui. J'attendais qu'il sorte pour l'écouter. Quand j'entends trembler sa voix, je voyage dans le temps, irrésistiblement. Les années heureuses d'après l'indépendance sont là, je les touche presque.

Il est dix-neuf heures, c'était l'heure où Kader revenait du cabinet quand il m'aimait encore. Il s'inquiétait de ma journée, m'enlaçait, effleurait mon cou de ses lèvres, puis m'embrassait.

— Pourquoi tu pleures, Louise ? demande Sofiane.

— C'est cette chanson.

— Tu veux que je change, elle te rappelle de mauvais souvenirs ?

— Non, au contraire.

— Je comprends pas.

— Les bons souvenirs font plus mal que les mauvais !

— C'est vrai, quand je pense à maman, ça me rend triste…

J'ébouriffe ses cheveux :

— Des cours intéressants aujourd'hui ?

— Un cours sur la colonisation. Le prof a dit que les Français s'étaient très mal comportés, que l'Algérie a régressé et qu'on serait beaucoup mieux si la France n'était pas venue.

— Tu l'as cru ?

— Oui… c'est un professeur.

— Avant de croire quelqu'un, il faut réfléchir, peser le pour et le contre, vérifier. Je te l'ai déjà dit.

— Pourquoi ? C'est faux ce qu'il a raconté ?

— Dans la vie, les choses ne sont jamais complètement fausses, jamais totalement vraies. Tout n'est pas blanc ou noir. Ce sont les islamistes qui raisonnent ainsi : pour eux, c'est permis ou pas, péché ou pas, il n'y a pas de place pour la discussion, le libre arbitre. Ils affirment en pensant qu'ils ont raison et qu'ils sont les seuls à détenir la vérité. C'est plus facile, mais c'est insupportable. On ne doit pas t'imposer ce genre d'idées. La colonisation est terrible, bien sûr. Ce n'est jamais bien d'envahir un pays, de l'asservir et de lui imposer ses règles. Demande à ceux qui ont perdu leur frère, leur mère ou leur fils pendant la guerre d'Algérie si la colonisation était une bonne chose… À propos, je t'avais donné *Noces* de Camus à lire.

— Je l'ai presque terminé, c'est génial. Quand on est retourné à Tipasa la semaine dernière, j'ai vu des choses que j'avais jamais remarquées.

— C'est ce que j'appelle un dommage collatéral de la colonisation.

— Ça veut dire quoi ?

— Tu sais lire et parler français parce que la France était là. Elle a laissé sa langue en héritage. Comme disait Kateb Yacine, un grand écrivain de chez nous, c'est le trésor de guerre des Algériens.

Sans la colonisation, Camus ne serait pas né, toi et moi non plus. La France a construit des musées, des universités, diffusé la culture occidentale, ouvert l'esprit de milliers d'indigènes. Elle a étudié les langues, l'histoire de ce pays, laissé des témoins comme moi et beaucoup d'autres pour perpétuer son œuvre. Je suis un produit de la colonisation, Sofiane… Penses-tu, comme les intégristes, qu'il faut m'éliminer parce que je suis d'origine française, chrétienne et forcément mauvaise ?

— Ah non ! Moi je t'aime et j'ai besoin de toi…

Sofiane

Aujourd'hui, j'ai pleuré.

Louise a mis un disque de Mozart. D'habitude, j'aime pas trop. Mais là, je sais pas, il faisait nuit, il faisait froid, ça m'a fait quelque chose.

Quand y a plus de soleil, elle ouvre grand les fenêtres et sort sur le balcon. Elle allume une cigarette et souffle la fumée par le nez et la bouche. Elle est pas frileuse, peut-être parce qu'elle est enrobée de graisse, ça l'isole. Moi j'ai tout le temps froid, dès que je sens un peu de vent, j'ai peur de tomber malade. Comme papa. Quand j'oublie de fermer une porte, il m'engueule : « Courant d'air, on va attraper la mort ! »

— Louise, j'ai froid. Regarde, j'ai la chair de poule.

— Attends, je vais te chercher un pull.

Elle en a rapporté un qui sentait la naphtaline et la poussière.

— C'est à Kader ?

— Non, à Marc. Il l'a oublié lors de son dernier séjour à Alger.

C'est un gilet rouge avec un bel écusson jaune et bleu à la place du cœur. Elle m'a aidé à l'enfiler.

— Tiens bien tes manches de chemise.

Je les ai retenues avec les doigts pour qu'elles remontent pas sur les bras. J'ai pensé à maman. Quand elle m'habillait, elle disait la même chose : « Tiens bien tes manches ! »

Louise a boutonné le gilet.

J'ai pleuré. Ça lui a fait de la peine :

— Qu'est-ce qui t'arrive ?

J'ai pas osé parler des manches, je voulais pas qu'elle me prenne pour un bébé. Elle a caressé ma joue :

— C'est Mozart qui t'émeut ? N'aie pas honte… C'est plus fort que le raï, n'est-ce pas ? J'étais comme toi, Mozart m'ennuyait. En quatrième, le professeur de musique martelait : « Vous comprendrez un jour sa musique, Louise. Ça arrive d'un coup, on ne s'y attend pas, on entend la note qui touche, la note qui fait mal et voilà, on est contaminé. Moi, c'est arrivé après la mort de Paul… Tu as grandi Sofiane, tu deviens mélomane.

J'ai pas compris mélomane, j'ai pas osé demander. À la maison, j'ai regardé dans le dictionnaire. En tout cas, je suis content, elle m'a offert le gilet de Marc. Ça veut dire qu'elle commence à m'aimer comme lui.

Elle devient *sofianomane* !

Louise

Je parlais souvent de Marc à Sofiane, ça le rendait jaloux. Il essayait de comprendre mon attachement à ce neveu étranger, si peu attentionné. J'avais reporté sur Marc l'amour que j'avais pour Paul, je m'étais substituée à sa mère. Pour Christine, il était la douleur, le passé, l'exode. C'était le fils d'un mort, c'était le frère d'un mort.

Peu après sa naissance, ma sœur l'avait abandonné aux nurses et aux baby-sitters, elle avait refait sa vie avec un officier des services secrets américains, un homme sans passé comme son pays. Ça tombait bien, elle haïssait le passé. Vite mariés, ils sillonnèrent le monde au gré des mutations et des missions de William. Marc passa une bonne partie de sa scolarité en pension. Pendant les vacances, il venait chez moi, en Algérie. Sofiane m'interrogeait sans cesse sur ce neveu si proche et si lointain :

— Il fait quoi, Marc ?

— Des films, il est réalisateur.

— Des Superman, des Rambo ?

— Non, des films plus sérieux.

— Des films d'amour.

— Pas vraiment.
— Alors, des films de quoi ?
— Quand tu seras plus grand, je t'en montrerai.
— C'est un peu porno ?
— Pas du tout, il y a simplement des scènes qui ne sont pas de ton âge !
Il prit un air important :
— Tu sais, j'ai déjà vu des films pornos. Miloud, mon cousin d'Oran, m'en a montré. Il en a toute une collection, il les cache dans la cave.
— Bravo ! Et tu n'as même pas seize ans.
— Tu vois, les films de Marc, tu peux me les montrer.

Marc

J'appelle Louise de temps à autre, le moins possible, elle me gonfle. Elle parle un français suranné et ressasse toujours les mêmes salades : l'Algérie qui s'effondre, les barbus qui guettent derrière les portes un poignard à la main, le néant culturel, sa solitude. Elle m'en rend presque responsable :

— Tu ne viens jamais me voir, reproche-t-elle, tu téléphones avec parcimonie... Forcément, tu ne veux pas payer pour m'entendre geindre !

La conversation dérape constamment :

— Je n'ai plus d'amis, plus de famille, je mourrai comme une clocharde. Certains jours, je suis à deux doigts d'en finir... Seule me retient l'idée qu'on découvre mon corps à cause de l'odeur.

Alors, elle fond en larmes et raccroche. Ses paroles coulent sur moi, ses pleurs ne m'émeuvent plus. Je me demande parfois pourquoi je maintiens le lien. Sûrement le passé, elle a su remplacer une mère défaillante, m'entourer, sans toutefois apporter ce que j'attendais.

Il y avait un frein à nos rapports, je m'en rends compte à présent, je n'ai jamais été à l'aise avec elle. Certains jours, elle était si attentionnée que j'étais prêt à tous les débordements, mais je reculais brusquement comme si un mur se dressait entre nous. Les rares fois où je franchissais le pas, elle se raidissait et son visage se crispait. L'épisode suisse me dissuada à jamais. Depuis, j'ai horreur des effusions.

Les dîners au Club des Pins avec Louise et Kader étaient fabuleux… quand ils ne se disputaient pas. J'imaginais être leur enfant et mener une vraie vie de famille. Elle cuisinait les plats que j'aimais. J'avais une passion pour le riz au calmar, j'y avais droit deux fois par semaine. J'ai toujours dans la bouche le goût des tomates, la consistance un peu caoutchouteuse des tentacules, la saveur légèrement pimentée du riz.

À midi, Louise prenait sa vieille quatre-chevaux verte dont les portes s'ouvraient vers l'avant et nous allions au Dauphin, un restaurant de plage posé sur les dunes. Quand, sur la route, elle croisait des enfants, des vieux enturbannés ou des femmes voilées, elle actionnait le klaxon suraigu de la guimbarde. Terrorisés, les passants sautaient sur le côté en l'insultant, ça la faisait rire. Nous déjeunions sous de grands parasols Orangina bleus, décorés de peaux d'orange spiralées. Elle commandait des pizzas, des brochettes et du vin rosé. Au loin miroitait la mer. Elle parlait de mes grands-parents, de l'Algérie d'avant, celle où j'avais été conçu. Je l'écoutais passionné, sa langue était belle et riche. Elle avait de l'humour et des dons d'imitatrice. Elle singeait à merveille sa belle-mère qu'elle détestait, tordant comme elle la bouche à chaque phrase : « Louise, quand tu sors il faut mettre un foulard, c'est *haram* de montrer ses cheveux. » Je jubilais : j'avais madame Baraka sous les yeux, dans toute sa vérité de vieille femme revêche. Louise emplissait l'espace et ma vie. Ses colères étaient imprévisibles, je ne l'affrontais jamais, je mesurais chacune de mes phrases. Parfois un mot malheureux m'échappait et la foudre s'abattait. Mais le plus souvent, le foudroyé était Kader.

La nuit, je les entendais se disputer dans leur chambre. Elle avait toujours le dessus, les portes claquaient, la voiture démarrait et Kader s'éclipsait deux, trois jours.

— Il a fui chez sa mère, confiait-elle, sa famille est une vraie sangsue : son père a encore quémandé de l'argent pour marier une de ses sœurs, j'en ai plus qu'assez d'être la Banque d'Algérie !

J'aimais ces jours où nous n'étions que deux, je l'avais enfin pour moi seul. Elle parlait de grand-père, l'érudit qui fréquentait Albert Camus, Emmanuel Roblès, Gabriel Audisio. Il avait reçu le Grand Prix littéraire de l'Algérie dans les années quarante et présidé le Pen Club algérien. Elle parlait du temps d'avant, où l'Algérie était la France. Alger, disait-elle, est tellement plus belle que Marseille. C'est toujours, selon elle, la plus belle ville de Méditerranée. Dès les premiers beaux jours, filles et garçons prenaient d'assaut les terrasses de café et s'embrassaient dans le soleil. Elle parlait des réunions de famille, des bruyantes tablées, des cousins éparpillés aux antipodes depuis 1962, de la douceur du monde ancien.

Lorsque Kader revenait avec un bijou, un bouquet de fleurs ou une paella pour se faire pardonner, elle remisait le kaléidoscope colonial.

J'inspire profondément, comme un plongeur avant l'apnée, et compose son numéro sur mon

Blackberry. La plupart du temps, elle ne répond pas ou raccroche quand elle entend ma voix.

Le téléphone sonne de l'autre côté de la Méditerranée.

Louise

Le vieux téléphone en Bakélite noire recouvert d'une housse de velours rouge grelotte dans la touffeur d'Alger, j'hésite.

— Sofiane, réponds s'il te plaît, je n'ai pas envie de parler.

Il décroche :

— Bonjour monsieur… Vous voulez parler à Louise… C'est de la part de qui ? Un instant, s'il vous plaît…

— Louise, chuchote Sofiane excité, c'est Marc… Marc !

Je saisis le combiné :

— Bonsoir.

— Bonsoir Louise, qui m'a répondu ?

— Le fils d'un voisin, Sofiane. Il me rend visite de temps en temps et me fait quelques courses.

— C'est bien qu'il te tienne compagnie.

— Oui, à défaut de ma famille.

— Tu vas bien ?

Je ne réponds pas, il poursuit :

— Tu es sortie ces derniers jours ?

— Pour aller où ? Tu me poses toujours la

même question et je te réponds invariablement la même chose. Les cinémas sont infréquentables, il n'y a pas de théâtre, l'opéra est fermé depuis au moins quinze ans et, quand on trouve des livres de cuisine ou de bricolage, ils sont hors de prix. Tu n'imagines pas le désert qu'est devenu ce pays, tu ne mesures pas la chance que tu as de vivre sans entraves, de faire ce que tu veux quand tu veux. Il faut être privé de liberté pour en mesurer le prix.

— Mais...

— Il n'y a plus rien dans ma vie, Marc, et je suis dans le malheur. Est-ce que tu le comprendras un jour ?

— Ça y est, c'est parti...

— Non, c'est fini, dis-je en raccrochant.

Sofiane est interloqué :

— Pourquoi tu as raccroché ? Tu l'as même pas laissé parler. Après tu t'étonnes qu'il t'appelle jamais, tu as été méchante !

— Ils m'énervent tous à poser les mêmes questions stupides. Est-ce que tu sors ? Est-ce que tu vas au cinéma ? La dernière fois que j'ai foutu les pieds dans une salle, c'était au Debussy, il y a plus de dix ans et nous sommes sortis au bout d'une heure parce que des rats couraient sous les sièges et qu'un alcoolique vomissait deux rangées plus haut.

— Tu lui as même pas demandé s'il tournait un film.

— Je me moque de ses films... *Est-ce que tu vas bien ?* demandent-ils tous. Comment peut-on aller bien dans un pays où les Français sont égorgés au coin de la rue ? Si seulement ils me donnaient un peu d'espoir, l'espoir de les revoir, je me sentirais mieux. Qu'ils disent simplement qu'ils viendront un jour. Mais de cela, ni Marc, ni ma sœur, ni mes cousines ne parlent jamais. Seule Ginette, la mongolienne, est prête à faire le voyage.

— Louise, tu le dis toi-même, l'Algérie est trop dangereuse pour les étrangers. Alors pourquoi tu leur reproches d'avoir peur ?

— S'ils m'aimaient vraiment, ils viendraient.

— Tu es comme l'Algérie, Louise, tu leur fais peur !

J'ai traversé les premières années de l'Algérie indépendante en voiture décapotable, à deux cents à l'heure. Kader travaillait le matin à l'hôpital et l'après-midi dans son cabinet rue Didouche Mourad, ex-Michelet. Il gagnait beaucoup d'argent... Il me comblait : bijoux, fourrures, restaurants, voyages.

Alger était la capitale du tiers-monde. Nous allions de réceptions d'ambassade en cocktails, croisant toutes les figures emblématiques des années soixante : Nasser, Fidel Castro, Zhou Enlai, Che Guevara, Tito...

Nous avions milité dans les rangs du FLN, le pouvoir nous chérissait. Il soufflait sur nos têtes un incroyable vent de liberté : discussions sans tabous avec les responsables politiques lors de dîners, colloques, séminaires ou symposiums ; réceptions officielles où nous rencontrions ceux qui nous gouvernaient, Ben Bella, Bouteflika, Boumaza, Medeghri... Nos avis semblaient écoutés, tout était possible. Nous nous prenions pour des rois. J'étais belle, cultivée et j'avais choisi la nationalité algérienne ; je parlais l'arabe dialectal et le kabyle aussi bien qu'une femme du peuple. J'impressionnais.

Je fermai le placard de la mémoire, remisai la souffrance des miens, l'exode des pieds-noirs et des Juifs, l'extermination des harkis, les nationalisations abusives, les expulsions, les spoliations et l'avènement du parti unique.

L'Algérie nouvelle m'accueillait sans discrimination.

Alger gardait une beauté de façade. Tous les Français n'étaient pas partis et il en arrivait d'autres, jeunes et pleins d'illusions. Les pieds-rouges. De nombreux commerces avaient gardé leurs propriétaires pieds-noirs et la vie continuait comme avant, la paix en plus.

L'été, nous louions une villa au Club des Pins, où Marc venait nous rejoindre. J'enseignais la sociologie à l'université d'Alger, mes étudiants étaient formidables : avides de savoir et respectueux. Je les invitais à la maison, nous construisions l'Algérie de demain.

Je ne voyais pas les fissures, je n'entendais pas les craquements. Je ne voulais pas voir les loqueteux du Moyen-Orient venus arabiser le pays. Ils introduisaient dans les écoles, les lycées, les universités un islam rétrograde et des idées moyenâgeuses. Comme une peste, l'arabe des faubourgs miséreux du Caire gagna lentement les esprits, puissamment aidé par la France stupide de Pompidou qui refusa, au début des années soixante-dix, d'envoyer plus de coopérants pour perpétuer le français. Je ne voulais pas voir les minarets qui fleurissaient comme des fleurs vénéneuses.

19 juin 1965, coup de semonce : Boumediene chassa Ben Bella et ses amis communistes.

L'arabisation s'accéléra, il fallait décoloniser plus vite. Les inscriptions latines furent interdites dans les rues. En une seule nuit, des hordes de barbus peinturlurèrent les noms des avenues et arrachèrent les enseignes.

Alger devenait Khartoum, Amman ou Tripoli.

Étrangère dans mon propre pays, ma langue maternelle censurée, j'étais meurtrie. Kader et sa famille approuvaient, le pays récupérait son identité !

— Abruti, disais-je, tu es kabyle ! Je ne vois pas en quoi l'arabisation conforte ton identité.

Interdiction d'élever des porcs. Kader adorait la charcuterie mais il trouvait normal qu'un pays musulman bannisse l'élevage d'un animal stigmatisé par le Coran.

Nécessité d'une autorisation de sortie pour voyager hors d'Algérie, relégation de la langue berbère.

Mes beaux-frères affirmaient : « Le kabyle n'est pas une langue, juste un dialecte, on ne bâtit pas une nation avec ça. »

Interdiction du français en faculté de droit, de lettres et des sciences humaines. Il fallait extirper la langue des Lumières et favoriser l'émergence d'une intelligentsia plus docile, moins contaminée par l'idéal de liberté de l'Occident.

Le parti de la France devait se taire !

Je refusai d'enseigner la sociologie en arabe, par égard pour mes étudiants, ne maîtrisant pas assez la langue du Coran. J'aurais dû accepter, l'arabe hérité de mon père était meilleur que celui des Égyptiens.

On me proposa un cours de sociologie du sport qui n'intéressait pas mes collègues arabisants, je claquai la porte du bureau du recteur kabyle et francophone en le traitant de vendu.

L'élite rampait aux pieds de Boumediene et de sa sécurité militaire. L'armée était omniprésente, omnipotente. Un pouvoir politique inculte et brutal dictait sa loi avec la complicité des intellectuels. L'Algérie s'enfonçait, les villes surpeuplées se délabraient. Notre fier et ombrageux Président ne voulait pas contrôler les naissances : la jeunesse était un fleuron !

Encore eût-il fallu l'éduquer !

Le pétrole valait cher, le pouvoir achetait la paix sociale à coups de pétrodollars.

Un code de la famille scandaleux fut promulgué, asservissant la femme, la dépouillant de ses droits les plus élémentaires.

Mes connasses de belles-sœurs acquiescèrent : « Nous sommes musulmanes et fières de l'être ! »

Je devins femme au foyer, ce n'était pas pour déplaire à Kader.

Nous ne pouvions pas avoir d'enfant et c'était forcément ma faute. Je subis de nombreux examens gynécologiques, de multiples injections, des cœlioscopies. Des mois entiers, je traçai ma courbe de température guettant le décrochage fatidique, jusqu'au jour où, après un accident d'anesthésie, un collègue gynécologue de Kader me demanda d'ouvrir les yeux.

— Arrête de te faire charcuter, Louise ! Tes examens sont normaux, il faut chercher de son côté.

Je me souvins qu'en Suisse un spermogramme avait mis en évidence une azoospermie. Kader m'avait rassurée prétextant le stress de la guerre et les privations. J'en exigeai un nouveau, il refusa.

Je compris alors à quel point il était pervers,

lâche et complexé. Nos relations se dégradèrent, je commençai à boire et à grossir. Il me trompa. Nous nous disputions sans cesse. Je lui reprochais sa soumission servile, son adhésion sans réserve au régime. Lui, si acerbe du temps de la colonisation, applaudissait les nationalisations ineptes, la révolution agraire bâclée, la confiscation des libertés, l'industrialisation échevelée, l'étourdissante activité diplomatique.

— On ne peut pas être un grand pays sans une économie puissante, disais-je, l'Algérie gesticule à l'ONU et dans le tiers-monde. Tu affirmes qu'elle en tire un immense prestige... marche dans les rues défoncées d'Alger, entre dans les immeubles en ruine, dans les halls qui sentent la pisse et tu verras la grandeur de ton pays !

Il me traitait de fille de colons nostalgique, de capitaliste hystérique.

À la fin des années quatre-vingt, la situation économique de l'Algérie empira. Les cours du pétrole chutèrent, passant de trente à dix dollars le baril. L'intégrisme étendit son emprise sur la société, aidé financièrement par les États-Unis, l'Iran et les monarchies du Golfe. Les *frères* se substituèrent à l'état défaillant. Ils aidèrent les pauvres, distribuèrent la manne de leurs bienfaiteurs, achetèrent les futurs électeurs. Les gauchistes, pourchassés, laissèrent la place aux combattants du Croissant. Les réunions de section du parti de Dieu se tenaient cinq fois par jour dans toutes les mosquées du pays.

Les attributs de l'islam salafiste envahirent les rues, une nouvelle colonisation était à l'œuvre avec la complicité du pouvoir politique. Ses conséquences furent ravageuses.

La pression sociale et familiale, confortée par la vague islamiste, eut raison de notre couple : il fallut à Kader une Algérienne.

Une vraie : arabe, musulmane et fertile.

Sofiane

J'ai seize ans aujourd'hui, Louise a promis de me montrer le film de son neveu, enfin ! Quand elle a demandé ce que je voulais comme cadeau d'anniversaire, j'ai dit :

— Le film de Marc.

— Bon Dieu, tu es têtu ! Mais bon, maintenant, tu es un homme.

Je crois qu'elle commence à être fière de moi, j'ai beaucoup progressé en français. Grâce à elle, j'utilise les négations, je fais attention à la concordance des temps. Elle dit que je deviens subtil. Je fais de gros efforts : il faut que j'arrive à battre Marc !

Elle me parle tout le temps de lui, je crois qu'elle l'aime plus que moi et ça m'énerve. Il l'appelle une fois par mois, alors que, moi, je la vois tous les jours. Elle n'est pas toujours drôle, surtout quand elle a bu, elle ne sait plus ce qu'elle raconte, on dirait qu'elle regarde ailleurs et qu'elle a des fèves dans la bouche. Hier, je l'ai entendue crier, comme si Kader était là, je suis descendu et puis non, elle était seule, elle disait :

— Salaud, salaud, je t'ai sorti de la merde et maintenant c'est moi qui patauge dedans !

Louise n'arrive pas à oublier Kader, il est tout le temps avec elle.

Elle s'en est fabriqué un nouveau qui lui tient compagnie quand je ne suis pas là. Quand elle parle seule, ça fait peur à ses femmes de ménage, elle n'arrive pas à les garder. Elles l'appellent *Majnouna*, la possédée. La seule qui accepte de venir une fois par semaine, c'est Megdouda, une petite vieille, sourde et bossue. Elle ne travaille pas bien, mais c'est toujours ça.

Louise est fière de Marc :

— Il est très célèbre, c'est un des plus grands réalisateurs français. Il est partout, à la radio, à la télévision, dans les journaux.

Moi, je n'avais jamais entendu parler de lui. Il faut dire qu'on ne reçoit plus les journaux français depuis longtemps et que je n'écoute pas la radio. À la télé, je n'aime que les feuilletons et les films américains. Les émissions culturelles et le cinéma français, c'est gonflant, ça cause tout le temps et il ne se passe rien.

— Marc était un enfant très tendre, raconte Louise, quand il était petit, il s'accrochait à moi, il avait un immense besoin d'affection.

— Comme moi ?

— Non, toi tu as besoin de présence, pas de contact physique.

— Chez nous, on ne s'embrasse pas.

— Tu n'embrasses pas ton père le matin ?

— Non, je lui dis bonjour, c'est tout.

— Il ne te fait jamais de câlins ?

— Ça ne lui viendrait pas à l'idée et à moi non plus, on ne s'embrasse que dans les grandes occasions, pour l'Aïd ou la bonne année... Et maintenant, quand tu revois Marc, ça se passe comment.

— Je l'ai vu pour la dernière fois il y a plus de dix ans, à l'enterrement de mon père, il y avait une distance entre nous...

— Pourquoi ?

— Il n'a jamais accepté que je le secoue quand il a eu sa déprime. J'avais été très dure avec lui.

Louise ne veut pas m'en dire plus :

— Je t'expliquerai après le film.

Elle verse du whisky dans un grand verre, allume une cigarette et branche le magnétoscope.

Zones barbares de Marc Sylvaner.

Ça va vite, pas comme dans les autres films français. C'est hyperviolent, des bandes d'Arabes et de Noirs avancent dans la nuit, la rage sur la figure, ils brûlent les voitures sur leur passage. Les flammes se reflètent sur leur peau, des flics viennent à leur rencontre, d'un immeuble on jette une brique, un policier est par terre la tête en sang... on ne sait pas qui court après qui, il y a du feu, de la fumée, des cris. Les images et la musique sont belles comme des rafales de mitraillette.

Des garçons et des filles font l'amour au milieu des poubelles, comme des sauvages. Quand ils brûlent des voitures, ils ont la même expression. Les immeubles sont dégueulasses, comme ceux d'Alger, il y a des ordures partout, des inscriptions sur les murs : « Nique les flics ! », « À mort les keufs ! » Un petit Français tout blanc et tout blond marche dans la rue. Il croise un Arabe et un Noir avec une casquette à l'envers sur la tête, ils lui parlent, il a peur, ça se voit, il court, ils l'attrapent, il crie, ils l'emmènent dans un parking et le jettent par terre à plat ventre, ils arrachent son pantalon, on voit ses fesses.

Changement de séquence : gros plan sur des gros derrières blancs d'hommes en djellaba qui font la prière dans un hangar, ils hurlent : « *Allahou Akbar.* » C'est n'importe quoi : nous, on ne crie jamais comme ça à la mosquée. Dans ce film, les jeunes font l'amour comme des chiens : garçons et filles, à deux, à plusieurs et les uns après les autres. J'ai même vu deux garçons faire comme un homme et une femme. C'est dégueulasse ! Ça se passe n'importe où : dans les caves, les vestiaires des piscines et les carcasses des voitures brûlées la veille.

Dans toute cette pourriture, y en a deux qui arrivent à tomber amoureux, une Arabe et un Français, ils sont les seuls qui ressemblent à des humains. C'est joli, c'est tendre. On se repose quand on est avec eux, mais ça ne dure pas longtemps. Quand les frères de Leïla apprennent qu'elle sort avec un Gaulois, ils poursuivent le couple en voiture dans toute la France et finissent par le retrouver.

Scène finale : ils percutent la voiture des amoureux et les deux caisses flambent comme dans la scène du début. Ça se passe dans un champ de fleurs blanches : des marguerites. Les flammes et la fumée montent vers le ciel bleu sans nuages comme dans les attentats du 11-Septembre. J'ai jamais vu un film comme ça ! Je suis dégoûté et, en même temps, je trouve ça très beau. À côté, les films pornos de mon cousin, c'est pour les gamins, même si on voit plus de choses.

— Dis-moi, Louise, ça se passe comme ça en France ?

— Dans certaines banlieues, oui.

— C'est affreux !

— Moins que ce que font nos terroristes, ça ne te choque pas les femmes et les hommes égorgés, les bébés fracassés sur les murs ?

— Je ne voulais pas dire ça...

— Tu ne digères pas les scènes d'amour... c'est ta morale arabo-islamique.

— Ce n'est pas vrai, je déteste les crimes et les assassins. Mais aussi, je n'aime pas ce que font ces jeunes.

— Mêmes causes, mêmes effets : la perte des repères et des valeurs, l'acculturation, l'ignorance et la pauvreté.

— Mais quand même, les islamistes ne font pas l'amour comme des bêtes.

— Vraiment ? Pourquoi crois-tu qu'ils kidnappent des femmes dans les villages ? Pour qu'elles repassent leurs *kamis* et qu'elles brodent leur chéchia ?

— J'ai pas compris pourquoi des garçons couchaient ensemble, ça tombe comme un cheveu sur la soupe, ça n'ajoute rien.

— Ça, c'est une des obsessions de mon neveu. Il adore mettre des scènes homosexuelles dans ses films, même si elles ne sont pas justifiées.

— Pourquoi il fait ça ?

— Parce qu'il aime les hommes.

Marc

J'ai eu Sofiane au téléphone. Encore une fois. Quand j'appelle vers sept heures le soir, c'est lui qui répond. Sa voix gaie contraste avec celle de ma tante. On discute un peu, je demande comment il va, comment s'est passée sa journée, il me répond souvent de façon inattendue, avec humour. Pas con ce garçon !

Quand Louise se saisit du combiné, j'ai droit à la litanie habituelle des maux divers : les pigeons qui fientent sur le balcon et qu'elle poursuit de son balai, une lueur mortelle dans les yeux : « La semaine dernière, j'en ai ratiboisé un ! » L'ascenseur en panne et les coupures d'eau : « Trois jours sans eau, tu te rends compte ! Impossible de prendre une douche, quant au reste... » La sciatique qui l'empêche de faire son ménage et de sortir ; les marchés peuplés de voleurs qui vendent des fruits et des légumes pourris. Une chaleur telle qu'elle a enfourné la tête dans le congélateur pour se rafraîchir, le vent du désert qui couvre le carrelage d'une pellicule de sable orangé. Ces salopards de muezzins qui la réveillent toutes les nuits à quatre heures du matin :

— Et encore, s'ils étaient synchronisés, ça irait... mais non, ils hurlent décalés les uns par rapport aux autres !

Ensuite, la question rituelle :

— Tu viens me voir quand ? La situation est plus calme, je voudrais te revoir avant de mourir, tu sais, je ne ferai pas de vieux os, je tombe en gélatine. J'aimerais t'embrasser une dernière fois avant de partir.

— Alors, le plus tard possible, comme ça tu vivras très longtemps !

Elle s'énerve et se lamente :

— Je n'ai pas cœur à plaisanter. Dix ans que je ne t'ai vu ! Depuis la mort de papa, tu te rends compte. Tu n'as jamais daigné faire le voyage, même quand il n'y avait pas de terrorisme. Je veux te voir, Marc !

— Pourquoi ne viens-tu pas à Paris ? J'ai un grand appartement, je pourrais t'héberger.

— Jamais ! Jamais je ne demanderai de visa à ces fumiers du consulat... faire la queue pendant des heures... ils se comportent avec nous comme si l'Algérie était encore une colonie.

— Tu n'as plus ton passeport français ?

— Algérienne, je suis algérienne, Marc ! J'ai besoin d'un visa pour venir en France, grâce à Pasqua. Mais après tout, tu as raison de ne pas faire le déplacement, tu aurais honte de moi, je suis horrible... je suis vieille, je n'ai plus de dents, je pèse plus de cent kilos.

Et elle raccroche en pleurant.

Louise

J'étais si belle. J'ai basculé, insidieusement.

Les premiers kilos que l'on s'efforce de perdre très vite et qui reviennent encore plus vite. La première dent qui se brise, qu'on se promet de remplacer bientôt et qu'on ne remplace jamais parce qu'entre-temps une autre est tombée, puis une autre.

La déglingue dont on jouit avec perversité, car on se venge sur soi, des autres, de lui.

On ne s'efforce plus puisqu'il n'y a plus personne, juste son propre regard, impitoyable et compatissant. Trop.

Ma peau ressemble aux façades des immeubles d'Alger.

J'avais quarante ans quand les premiers signes ont fleuri, des plaques colorées, des excroissances rugueuses. J'ai couru voir le dermatologue.

— Ce n'est rien, a-t-il dit, juste des kératoses séniles, des verrues séborrhéiques, je vais brûler tout ça à l'azote.

C'est Alger qu'il fallait décaper à l'azote liquide.

Tous les six mois, il recommençait. J'en eu assez.

L'idée de traverser cette ville gangrenée pour aller chez le dentiste ou le médecin m'était insupportable. Et puis, à quoi bon, Kader s'intéressait de moins en moins à moi.

Je suis mon propre dentiste.

J'avais une canine qui branlait ; dès que je croquais une pomme, elle se tordait me faisant souffrir atrocement. J'ai pris une paire de tenailles dans la boîte à outils de Kader, je me suis installée dans la salle de bains face à la glace, j'ai désinfecté à l'eau de Cologne l'instrument rouillé, j'ai ouvert grand la bouche et tiré en fermant les yeux, elle n'a pas résisté longtemps.

C'est la première dent qui coûte, après on s'habitue.

Si j'avais vécu ailleurs, à Lausanne, Paris ou San Diego, je n'aurais pas lâché prise, un environnement structuré m'aurait soutenue. Je suis à l'image d'Alger, ruinée.

Ce matin, j'ai voulu revoir le passé. J'ai pris un taxi pour l'hôtel Saint-Georges ; ses jardins, dit-on, sont intacts.

J'ai retrouvé la douceur coloniale, l'illusion du bonheur.

Quand, avec mes parents, nous dînions sur la terrasse au mois de juin, il faisait chaud, nous étions hors du monde, dans un univers feutré. Les gens parlaient à voix basse, les bougies animaient les visages fardés des femmes, les pierres de leurs bijoux, les cristaux biseautés des verres et des carafes.

Je ne me lassais pas des arbres immenses aux frondaisons comme un cocon, des buissons foisonnants, des garçons impeccables qui valsaient entre les tables, des lumières qui filtraient au travers des stores colorés des chambres, laissant imaginer une vie secrète, des amours, des joies, des chagrins qui m'étaient encore interdits.

Le steak au poivre était délicieux, papa commandait du Lung rouge et j'avais droit à un verre...

Après l'indépendance, le rite continua avec Kader.

La clientèle avait changé, des hommes, des femmes du tiers-monde, responsables de mouvements de libération, avaient remplacé le tout-Alger et les riches colons. Les conversations étouffées des années cinquante avaient cédé la place aux éclats révolutionnaires et le Lung rouge à la cuvée du Président. Le steak au poivre était toujours aussi bon, la magie du lieu toujours aussi puissante. Magie trompeuse, en apparence rien n'avait changé, j'éprouvais le même plaisir, j'étais heureuse comme avant, l'histoire n'avait rien abîmé. En apparence...

Certains lieux ne vieillissent pas, ils donnent l'illusion de l'éternelle jeunesse.

Le Saint-Georges est un douloureux mirage.

Les chaises, trop grandes pour moi quand j'étais petite fille, sont devenues trop petites. Les serveurs portent la même tenue mais une tache, un bouton arraché trahissent le laisser-aller général. Ils évitent mon regard quand je tente de passer commande.

Un enfant vocifère et court de table en table, une épée de plastique à la main, sans que personne ne s'émeuve.

Une grosse fille grossièrement fardée, court-vêtue, suit du regard les hommes qui passent. Son portable sonne sans discontinuer, elle répond, criant presque, dans une langue vulgaire, mélange de français corrompu et d'arabe dialectal. Ce n'est plus le monde que j'ai connu, le monde que j'ai aimé, ce n'est plus mon monde.

Je suis étrangère.

Marc

Une émission de Marco Parent sur France 2, je n'ai pas envie de m'y rendre, on parlera des banlieues pour la énième fois et je devrai déclamer mon sempiternel couplet. Les événements de ces dernières semaines dans les banlieues m'ont donné raison, *Zones barbares* était prémonitoire.

Plateau classique, deux femmes écrivains, un sociologue, un barbu maghrébin en charge d'une association de jeunes musulmans. Marco, que je tutoie dans la vie de tous les jours, lance le débat :

— Marc Sylvaner, comme souvent en littérature ou au cinéma, vous avez anticipé l'actualité dans un film puissant qui a rencontré un succès considérable. Vous avez d'ailleurs été primé à Cannes. Monsieur Karim Zerdab, vous qui vous occupez de jeunes en difficulté dans les banlieues sensibles du 93, qu'avez-vous pensé de *Zones barbares* ?

L'homme se tourne vers moi et me fixe d'un regard dur, haineux :

— J'ai détesté votre film, monsieur Sylvaner.

— C'est votre droit, je n'ai pas la prétention de plaire à tout le monde.

— *Zones barbares* est une caricature, vous parlez de choses que vous ne connaissez pas. Dites-moi, pourquoi avez-vous accolé l'adjectif « barbare » à « zone » ?

Il ne me laisse pas répondre :

— Beau nom, n'est-ce pas ? Magnifique au générique, en lettres noires sur fond rouge... Pour vous, nous sommes des barbares, c'est ça ?

— La barbarie des banlieues n'est pas liée aux gens qui l'habitent mais à leurs conditions de vie, leur pauvreté et leur habitat. Là est la vraie barbarie, laisser vivre des gens dans l'indigence.

— Il n'en demeure pas moins qu'en montrant la prière du vendredi après avoir suggéré le viol d'un jeune Français par un Noir et un Arabe, vous faites un amalgame tragique. L'islam est-il une religion de barbares homosexuels et violeurs, monsieur Sylvaner ?

— Je n'ai jamais voulu dire ça, vous qui semblez si bien connaître mon cinéma, vous devriez savoir que je n'ai pas ces idées primaires et réductrices.

— J'aimerais en être persuadé mais, voyez-vous, les images sont là, violentes et dégradantes. Les petits zonards copulent comme des chiens, brûlent, violent et se droguent. Ce n'est pas la réalité de tous, monsieur. Quant à ceux qui le font, ils sont souvent désespérés, ils côtoient l'opulence et sont dans le dénuement. Ça ne vous rappelle rien, vous qui êtes pied-noir ? Vous souvenez-vous de l'Algérie, monsieur Sylvaner ? De la misère à la périphérie des villes ? De votre grand-père humaniste et de votre tante militante FLN, qui vit toujours à Alger ?

Ce salopard est bigrement bien renseigné. Il poursuit :

— Je ne crois pas qu'ils adhéreraient à votre vision de la jeunesse immigrée. Vous comprendriez mieux si vous connaissiez l'histoire du pays de vos ancêtres. Le mal des banlieues vient de loin : des campagnes d'Algérie, du Maroc et d'Afrique. Mais tout cela vous dépasse et je doute même que ça vous intéresse, non seulement vous êtes reclus dans votre havre du onzième arrondissement, mais en plus vous avez renié vos racines.

— Monsieur, je ne vous permets pas, j'ai toujours respecté mes origines.

— Non, vous ne les respectez pas ! Pire, vous les avez rejetées. Vous êtes un arbre sans racines, monsieur Sylvaner, le premier coup de vent vous abattra… La célébrité est fragile. Sans ancrage, vous ne ferez pas longtemps illusion. Vous projetez vos propres fantasmes sur les banlieues. Pour vous, la zone n'est qu'un décor. Vous n'en avez rien à faire de son mal-être, elle vous permet juste d'assouvir vos déviances, votre appétit de jeunesse bronzée et déboussolée. Vous êtes d'autant plus dangereux que vous avez du savoir-faire… Je le répète, *Zones barbares*, tellement monté en épingle et ressorti de la morgue depuis l'embrasement des banlieues, n'est pas un témoignage, c'est une caricature, une imposture sinistre. Retournez donc dans le Marais, les saunas et les *backrooms*, filmer ce que vous connaissez sur le bout des doigts…

J'étais K.-O., humilié et sans voix.

Sofiane

Louise m'a demandé de la rejoindre chez elle, il y a une émission sur France 2 avec son neveu Marc. Ça m'intéresse, je ne l'ai jamais vu à la télé. Il paraît qu'on va parler des banlieues, ça a pété là-bas, les jeunes ont brûlé des milliers de voitures, des écoles, des gymnases. On a repassé des extraits de son film *Zones barbares* sur toutes les chaînes françaises en disant qu'il avait tout prévu.

Louise est heureuse :

— C'est comme s'il venait me rendre visite.

Le voilà, c'est un bel homme, très blanc comme tous les Français, il a les cheveux courts, les yeux bleus. Avec lui, y a deux femmes, deux hommes et le présentateur télé. Il ne sourit pas, il n'est pas à l'aise. Un barbu n'arrête pas de parler. À la mosquée, j'en vois plein des comme lui. Ils parlent, ils parlent, ils t'en laissent pas placer une. Il n'a pas aimé le film de Marc, mais alors pas du tout... C'est vrai, moi ça m'a choqué tous ces enfants d'immigrés qui font n'importe quoi. L'islamiste dit que ce n'est pas la vérité, que Marc a généralisé...

Il parle de Louise et de son père, ça alors !

Louise se déchaîne :

— Salopard, je ne vois pas ce que je viens faire là-dedans... et mon père laisse-le en paix ! Bon Dieu, si j'avais le numéro de France 2, j'aurais appelé. Je t'aurais dit ce que je pense, face de rat.

Quand même, je trouve qu'il n'a pas tort. Tous ces jeunes au chômage parce qu'ils sont noirs ou arabes, ce n'est pas normal. Du temps de la France, c'était pareil, les gens mouraient de faim dans les campagnes, ils n'avaient pas de travail, n'allaient pas à l'école, alors que les Européens avaient tout. J'ai lu ça dans un livre d'histoire écrit par des Français.

Après, je n'ai pas tout compris, Louise n'arrêtait pas de crier :

— Salaud, Salaud !

— Louise, ça veut dire quoi déviance, imposture et caricature ? Pourquoi il dit à ton neveu de retourner dans les marais, les saunas et...

Marc est blanc comme un linge, il ne sait plus quoi dire.

Louise hurle :

— Ce mec est une ordure, mon neveu est un créateur, un vrai !

Elle m'énerve :

— Tu m'as toujours dit qu'il fallait analyser les choses, réfléchir avant de juger. Explique-moi pourquoi cet homme est une ordure.

Elle ne répond pas, j'insiste :

— Tu ne peux pas l'insulter parce qu'il déteste les films de Marc. Tu m'as appris à être objectif.

— Tu n'as pas compris la fin de son intervention de merde ? C'est elle qui m'a rendue furieuse. Il a traité Marc de fausse valeur, il l'a accusé de trafiquer la réalité parce qu'il est homosexuel. En France, tout le monde sait que Marc aime les garçons. Le barbu l'a qualifié de déviant à cause de ça. Il assimile l'homosexualité à un délit, comme ces connards de pays musulmans rétrogrades. Pour lui, Marc est un pervers sexuel qui se sert d'une caméra pour assouvir ses vices. L'amalgame est dégueulasse !

— Et c'est pour ça qu'il veut l'envoyer tourner dans les marais ?

Louise se calme :

— Dans le Marais, pas dans les marais ! Le Marais est un quartier de Paris où les homosexuels se sont regroupés, près du quartier juif.

— Pourquoi ils se sont mis là-bas ?

— Pour être entre eux.

— Dans cet endroit, tout le monde est homosexuel, même les femmes ?

— Tout le monde.

— Le boucher, le boulanger, l'épicier, le plombier…

— Oui, les boutiques, les restaurants, les bars sont tenus par des gays, comme ils disent, et fréquentés par eux.

— C'est bizarre, je n'arrive pas à imaginer Bab el-Oued ou El Harrach remplis d'homos. On en voit bien rue Didouche et rue Hassiba mais ils ne sont pas beaucoup… Dans le Marais, les pompiers et les policiers sont gays aussi ?

— Ça, je ne sais pas. Je n'y suis jamais allée, tu sais. La dernière fois que j'étais à Paris avec Kader, ils n'étaient pas encore là, ils n'avaient qu'une rue, la rue Sainte-Anne, et quelques boîtes de nuit.

— Tu y as été ?

— Oui, j'ai dîné au Sept, une boîte gay. Un ami de Kader nous avait invités. À l'époque, c'était branché d'aller chez les pédés.

— Et alors ?
— Alors quoi ?
— C'était comment ?
— Le restaurant était excellent, il y avait du beau monde : Alice Sapritch, Thierry Le Luron, Yves Mourousi et Jacques Chazot. Kader était très impressionné.
— C'est qui ceux-là ?
— Ils sont tous morts, c'étaient des stars à l'époque, tu n'étais pas encore né. Ensuite, nous sommes descendus dans la boîte de nuit. Il n'y avait que trois femmes, deux mannequins superbes et moi. J'étais un peu gênée, je me sentais provinciale. Des garçons dansaient sur la piste, ils étaient tous très beaux. Kader en a vu deux s'embrasser sur la bouche, ça l'a choqué, on est partis.
— Dommage.
— Pourquoi ?
— Tu m'en aurais raconté encore plus.
— Dis-moi, ça a l'air de beaucoup t'intéresser toutes ces histoires, tu veux aller vivre dans le Marais ?
— Ah ça non, j'aime trop les filles !
Louise a l'air contente de ma réponse. Quand j'ai demandé ce qu'étaient des *backrooms*, elle a réfléchi en tirant sur sa cigarette comme si elle ne se souvenait plus. Elle a fini par dire :
— Ce sont des pièces dans les bars où on joue au flipper, au billard ou au baby-foot.

Marc

Cette émission de télé m'a complètement déglingué, moi qui pensais être blindé ! Six millions de téléspectateurs ont vu Marc Sylvaner recevoir la tannée de sa vie. Pire que *Le Jeu de la vérité* ! Seule consolation : on se précipite pour acheter *Zones barbares* en DVD. Les FNAC et Virgin sont dévalisés, plusieurs magasins sont en rupture de stock.

Patricia insiste pour qu'on aille dîner au Costes.

— Allez, tu ne vas pas te laisser abattre par un loukoum ! Tu sais comment sont les Français... Même si tu as été nul, ils détestent tellement les Arabes qu'ils t'ont trouvé sympathique. Ils se sont identifiés à toi, la pauvre victime d'un terroriste islamiste. Tu serais un homme politique, tu aurais gagné dix points dans les sondages.

— Tu ne crois pas si bien dire, on ne trouve plus un seul de mes films à Paris.

— Tu vois ! Allez, tu m'invites, avec tout le fric que tu vas te faire, c'est bien la moindre des choses.

Patricia ne vient jamais seule au resto, elle a toujours une cour à ses basques. Ce soir, c'est

Bérénice Pierre, la styliste, Tony, l'éditeur de magazines de mode et Nanou, l'actrice obèse. Béry est une grande bringue rousse, hyper-snob, toujours fringuée de noir. Elle peinturlure ses ongles et ses lèvres en violet, on la croirait échappée d'un film *gore*. Ce soir, elle est plus monstrueuse que d'habitude, elle s'est rasé la moitié du crâne.

Patricia lance, narquoise :

— À droite son côté Pierre, à gauche son côté Bérénice.

Béry rencontre Tony pour la première fois. Ils se reniflent comme deux chiens pour s'assurer de leur appartenance à la même espèce :

— Vous travaillez pour qui, Béry ?

— Je suis free-lance, je bosse pour tout le monde, enfin presque.

— Ah...

— Je les ai tous lancés, vous savez, tous !

S'ensuit une longue liste de prénoms : Claude, Christian, Karl, Hédi... Béry excelle dans le *name dropping*.

— Je suis hyperoccupée et dans les airs plus souvent qu'un pilote de ligne, ils m'envoient tous leur avion privé. Ils ont du mal à se passer de moi. Je me suis dit, ma chérie, pourquoi n'en prendre qu'un seul alors qu'ils te veulent tous. Voilà pourquoi je suis free-lance.

— Et ça consiste en quoi votre boulot ?

— Mais voyons, tout, je fais tout, j'organise les défilés, je choisis les mannequins, les fleurs, les éclairages. Je donne la touche finale. Tiens, la dernière collection de Karl... une robe noire assez belle mais des boutons à chier, je les fais changer à la dernière minute et là, sublime ! Achetée aussi sec par la Maharanée de Baroda.

— Génial !

— Voilà, c'est ça mon job : rendre le beau extraordinaire.

— Dites-moi, cette bague que vous avez au doigt, elle est de Konrad ?

Béry a une bague tête de mort à l'annulaire, assez *grunge*.

— Mais oui, vous le connaissez ?

— C'est un pote.

— Il l'a faite pour moi, elle est unique. Il a créé le prototype il y a deux ans, rubis et diamant, un peu banal… J'ai suggéré diamants bleus et diamants noirs, voilà le résultat.

— Somptueux.

Ces deux-là se sont enfin reconnus, ils m'exaspèrent ! Nanou s'empiffre d'olives et de pistaches, elle descend son troisième whisky.

Patricia met la main sur mon épaule :

— Ne fais pas la gueule, c'est vachement bien ce qui t'arrive !

— N'exagère pas ! Se faire traiter d'imposteur et de cinéaste du ghetto n'a rien d'agréable. Pour ceux qui ne me connaissent pas, je suis catalogué.

— J'ai engueulé Marco. Fait chier ce petit con à mélanger stars et racaille des banlieues ! Je lui ai dit qu'on ne laissait pas traiter comme ça le plus grand réalisateur français. Il aurait dû intervenir.

Nanou ricane bêtement, elle s'apprête à lâcher une connerie, je ne lui en laisse pas le temps :

— On ne pouvait pas en placer une. Marco le regardait bouche bée, il était sur le cul. Tu sais ces mecs sont très forts, ils sont entraînés à ça. Je suis sûr qu'il est imam dans une mosquée ou quelque chose comme ça. Les prêches enflammés, il doit connaître !

— Si on se prenait encore une coupe ? Et vous, Tony vous faites quoi ?

— J'édite des revues de mode à Rome, Paris et New York... j'ai un faible pour *Caractères*.

Béry crie, admirative :

— *Caractères*, c'est vous !

— Oui.

— J'a-dore, le dernier numéro était gé-nial. Les photos parfumées des mannequins, quelle idée fantastique !

— Les parfums ont été créés pour la circonstance par les plus grands nez, chacun est unique.

Je chuchote à Patricia :

— Mon image en a pris un sacré coup.

Elle qui soigne particulièrement la sienne a le regard qui brille. Je la connais bien, elle a une idée. Putain, la musique est si forte qu'on s'entend à peine.

Elle hurle presque :

— Les images, ça se redore, Marc !

Les autres acquiescent, Nanou baragouine :

— Bien sûr ! Tout est question de promo.

Patricia prend ma main :

— Écoute, mon chéri, ce salopard a peut-être raison, tu devrais retrouver tes racines, retourner en Algérie. Tu pourrais partir avec une équipe de *Match*, t'imagines le scoop que ça ferait ? En couverture avec la baie d'Alger derrière toi et en gras : « Marc Sylvaner au pays de ses racines ». Ton père et ton frère sont enterrés là-bas. Les photos au cimetière sur leurs tombes, super émouvant ! Ta tante édentée, tu ne l'as pas vue depuis quand ?

— Au moins dix ans.

— Elle t'ouvre la porte, gros plan sur elle, on saisit toutes ses émotions et on vous shoote dans les bras l'un de l'autre. Ce sera géant, tu feras pleurer dans les chaumières. J'organise ça quand tu veux avec Alain.

— Pas question, je n'ai aucune envie de retourner dans ce pays de merde. C'est tellement dangereux que les compagnies d'assurances refusent de couvrir le moindre tournage.

— Super ! ça te fera encore plus de pub : Marc Sylvaner, dévoré par la nostalgie, brave tous les dangers…

— N'insiste pas, c'est non !

— Vous avez tort, Marc, Pat a mille fois raison ! s'insurge Béry en faisant de grands gestes.

Sa main heurte le verre d'une bouteille d'eau minérale, la bague tête de mort se descelle, le crâne en diamants bleus roule sur la table.

J'éclate de rire, Nanou m'imite sans savoir pourquoi. Elle est complètement pintée, ses gros seins s'agitent comme de la gelée de bœuf.

Je me sens mieux, cette bande de cinglés me distrait.

Mes angoisses paraissent soudain futiles et l'islamiste crasseux qui m'a dézingué, à des années-lumière du carré VIP du Costes.

— Allez, Cristal Roederer pour tout le monde !

Je ne suis jamais retourné à Alger, trop de souvenirs mièvres, de sentiments à l'eau de rose. Le dernier été à Moretti m'avait semblé magique, le Mineshaft l'a pollué à jamais. L'Algérie a l'odeur des *backrooms*.

L'affection dégoulinante de Louise, l'amour que je portais à Michele n'éveillent en moi que du dégoût. Je ne veux pas affronter mes fantômes, j'ai eu trop de mal à tuer l'ingénu en moi.

Louise a beau pleurer, me supplier, je ne céderai pas : la douleur est encore là, elle ne demande qu'à renaître.

Je ne veux pas effondrer ma muraille d'indifférence, j'ai mis trop de temps à l'édifier.

Deux jours après le dîner au Costes, Patricia revient à la charge :

— Tu es con ! C'est un super plan. Tu as vraiment peur de te faire flinguer ? Le pauvre chéri, il craint pour sa peau. Je me suis renseignée, Alger et ses environs sont parfaitement sécurisés.

— Fous-moi la paix, Pat. Je n'ai pas envie de remuer le passé.

Elle ricane :

— Un bel Arabe t'a fait souffrir ?

— Tu as vraiment décidé de m'emmerder, aujourd'hui.

— Oui, et je ne te lâcherai pas tant que tu n'auras pas pris ton billet pour Alger. Depuis cette foutue émission de télé, tu es un vrai zombie, tu as besoin de reprendre confiance en toi. Mon idée est fantastique, avoue-le.

— Je sais, mais j'ai la trouille de retourner là-bas.

— Tu ne risques rien, je te l'ai déjà dit.

— C'est autre chose...

— Écoute Marc, tes conneries d'adolescent boutonneux, tu les laisses de côté, les histoires d'amour qui ont mal tourné, tu les oublies et tu files à Alger le plus vite possible, et surtout avant que le buzz ne retombe. Laisse-moi tout organiser, OK ?

Vaincu, je réponds : « OK. »

Tout est arrangé.

Je pars jeudi prochain pour Alger, j'y serai jusqu'à mardi. Mon visa sera prêt demain. Coup de fil de Patricia :

— *Match* t'envoie une journaliste et un photographe samedi, ils resteront trois jours. Au fait, super bonne nouvelle : j'ai le rôle principal dans le prochain film d'Ozon. Je suis hypercontente.

— Bravo !

— Ça n'a pas été simple, mon agent a dû négocier comme un marchand de tapis. Ils voulaient me sous-payer les ordures ! Enfin, on s'est mis d'accord. Je suis très emmerdée, François veut absolument me couper les cheveux ! J'ai horreur des cheveux courts et j'ai qu'une trouille : qu'il me teigne en brune… Vous êtes d'un chiant, vous les réalisateurs, vous voulez tout le temps changer notre look. Il m'a fait faire des photos d'identité genre Photomaton avec différentes coiffures. Je te dis pas la gueule que j'ai… tu ne veux pas me donner ton avis ?

— Ces jours-ci, j'ai pas trop le temps. Envoie-les-moi, je les verrai pendant mon séjour à Alger, là-bas je serai cool… enfin, je l'espère.

J'hésite entre l'hôtel et ma tante, je crains de ne pas la supporter.

À la réflexion, si je suis installé chez elle, je pourrai la mettre en condition et lui faire accepter une séance photo. Je plongerai immédiatement dans l'ambiance algérienne et rencontrerai son protégé. Après tout, cinq jours, c'est vite passé. Si c'est trop pesant, je pourrai toujours rejoindre l'équipe de *Match* au Saint-Georges.

Je me suis renseigné, les conditions de sécurité sont bonnes à Alger et dans les grandes villes. Ne me reste plus qu'à appeler Louise pour lui apprendre la bonne nouvelle.

— Bonjour, c'est Marc.

— Ah, Marc ! Transmission de pensée, je pense à toi depuis ce matin, si tu ne m'avais pas téléphoné, je l'aurais fait. J'ai été ulcérée par ce salopard d'islamiste à la télé.

— Il était venu vendre sa soupe et il l'a bien vendue. Les gens connus sont de bonnes cibles, tu sais. Si on ne veut pas de problèmes, il faut rester anonyme. Et toi comment vas-tu ?

— Bof, comme d'habitude… je ruisselle. Il fait une chaleur à crever. Hier on a eu du vent de sable, tout est recouvert de poussière rouge, ce matin j'ai lavé mon carrelage. J'étais trempée, impossible d'enlever ma robe, j'ai été obligée de la découper aux ciseaux, tu imagines ! En plus, l'ascenseur est en panne. Le voisin du septième a une ribambelle de gamins, ils passent leur journée à jouer avec. Deux jours que je n'ai pas fait de courses, je me nourris de pain rassis trempé dans du lait, de tomates, d'oignon et de figues sèches.

— Tu n'envoies plus Sofiane faire ton marché ? Il n'est pas là en ce moment ?

— Si, mais il fait tellement chaud que je ne veux pas le déranger. Hier, il a fait quarante.

— Quarante ! Mais, si je me souviens bien, tu as la clim…

— Ça fait des lustres qu'elle ne fonctionne plus, un des climatiseurs a pris feu il y a cinq ans. J'ai failli mourir carbonisée, je les ai tous envoyés à la casse : trop vieux. Et je n'ai pas d'argent pour les remplacer.

Je m'inquiète :

— Tu as de l'eau en ce moment ?

— Oui, de ce côté-là pas de problème, j'ai fait installer une citerne de deux cent cinquante litres sur ma loggia.

— Louise, je vais venir à Alger.

Deux minutes de silence, je l'entends respirer, retenir ses larmes. Elle parle enfin, la voix mal assurée, cassée :

— Ce n'est pas vrai, laisse-moi m'asseoir, ce n'est pas vrai ! Et tu m'annonces ça comme ça… C'est tellement inattendu, dix ans que je ne t'ai vu, vingt ans que je vous supplie de venir ta mère et toi. Il faut que je reprenne mon souffle… Tu arrives quand ?

— Vendredi, en principe.

— Et tu restes ?

— Cinq jours.

— Seulement ?

— Louise, c'est déjà beaucoup, j'ai un boulot fou.

Sa voix s'affermit :

— Bon, bon, c'est mieux que rien. Je ne viendrai pas te chercher à l'aéroport, tu ne m'en voudras pas.

— J'arrive par bateau.

— Quelle idée ! Ton temps est précieux et tu perds trois jours à voyager, tu ferais mieux de les passer avec moi.

— Je ne prends plus l'avion, je t'expliquerai.

J'entends son bonheur :

— Je n'arrive pas à le croire. Tu habiteras chez moi ! Je n'accepterai pas que tu ailles à l'hôtel. Je te ferai à dîner le soir de ton arrivée, qu'est-ce qui te ferait plaisir ?

Je réponds sans réfléchir :

— Du riz au calmar !

Louise

Marc revient !

Je renoue avec mon passé, l'autre, le presque oublié, si lointain que je doute qu'il ait existé. Je l'avais relégué, meurtrie par ma famille qui, satisfaite, assistait au naufrage de l'Algérie et au mien. Je sentais à la voix de ma sœur, de mes cousins, le bonheur d'être vengé. Le pays qui les avait chassés, la femme qui les avait trahis payaient enfin.

La réussite des premières années les avait dérangés. Le pays ne s'était pas écroulé et mon niveau de vie était étrangement supérieur au leur.

Dès l'indépendance, les médias français avaient stigmatisé, pour la plupart, l'Algérie nouvelle. La désinformation était quotidienne. Au début des années quatre-vingt-dix, j'avais envoyé à Marc la vidéo d'un défilé de mode très réussi à l'hôtel Saint-Georges.

— Donne la cassette à Antenne 2, qu'ils la diffusent, l'Algérie ne se réduit pas aux crimes et au sang.

La France devait avoir une autre vision d'elle.

Le responsable de la chaîne refusa : pas dans l'air du temps !

Les premiers mois du terrorisme, je n'osais pas sortir. Les islamistes avaient prévenu, les étrangers étaient indésirables. J'étais algérienne mais bien la seule à le penser. Pour Kader et les siens, j'étais restée *la pied-noir*. Les idées xénophobes contaminèrent l'ensemble de la population, jusqu'aux enfants. Quand j'allais faire mes courses, ils m'insultaient. Je ne disais rien. Un jour, enhardis par mon silence, ils me lancèrent des pierres. Je courus et réussis à attraper l'un d'eux au collet. Devant ses copains et les passants médusés, je le couvris d'injures en arabe et en kabyle.

Il balbutia, terrorisé :

— Tu n'es pas française ?

— Non, petit imbécile, je suis algérienne comme toi !

Je gagnai le respect du quartier.

La nuit, après le départ de Kader, j'avais peur. Tous me savaient seule. Une proie facile. Je rêvais souvent qu'un commando terroriste forçait ma porte, se saisissait de moi et m'égorgeait. Je sentais le couteau sur ma peau, le sang couler sur mon cou, je suffoquais.

Les sirènes des voitures de police, les rafales de mitrailleuses me rendaient folle. Pour ne pas les entendre je tassais deux boules Quies dans chacune de mes oreilles. La télévision distillait des images terribles : hommes, femmes, enfants martyrisés, décapités. La radio algérienne n'était pas en reste, elle diffusait d'effrayants témoignages.

Toutes ces années, j'eus le sentiment d'être au fond d'un puits. Ma famille, assise sur la margelle, observait.

Au téléphone, Marc, Christine, mes cousines m'exhortaient :

— Quitte ce pays de merde.
— Pour aller où ?
— Chez toi, en France !

La France n'est pas chez moi, la France n'est plus mon pays ! Qu'y ferai-je ?

Espérer l'aumône des uns et des autres, claquemurée dans une chambre de bonne à attendre une hypothétique visite ?

Quémander le RMI et la CMU ?

Errer d'administration en service social ?

Jamais !

Voilà quelques années, j'avais convaincu Christine de revenir. Kader venait de me quitter, j'étais au plus bas. Le terrorisme battait son plein. Son salopard de mari le lui a interdit. Je compris alors que j'étais seule, complètement seule.

Je me trompais, sans doute, puisque Marc fait le voyage.

Sofiane est excité et inquiet :

— Tu comprends Louise, tu m'en as tellement parlé. Et puis, c'est la première fois que je vais rencontrer quelqu'un qui passe à la télé ! Mais, dis-moi, on va continuer à se voir, tu vas me laisser entrer chez toi pendant qu'il sera là ? Vous avez plein de choses à vous raconter, je me ferai tout petit. Je sais que tu l'adores, mais c'est moi qui suis là tout le temps…

— Ne t'inquiète pas, Sofiane, même le jour de son arrivée tu dîneras avec nous.

— Tu feras quoi à manger ?

— Du riz au calmar.

Marc

Le bateau de la Compagnie transméditerranéenne de navigation est sale. J'avais réservé en première, mais les marins algériens ont donné les bonnes cabines aux plus offrants. Quand je me suis plaint, on m'a répondu : « Priorité aux familles ! » Je n'ai pas voulu discuter.

Je devais être seul dans quinze mètres carrés, me voilà dans un clapier avec deux mecs. Vieux et moches, ils ont aux pieds des godasses hors d'âge… heureusement, je ne sens plus rien.

Ils sont gentils mais ronfleurs, un vrai duo, impossible de dormir. Je grimpe sur le pont, il fait presque froid, un air chargé d'eau poisse mes cheveux, la nuit est constellée, vertigineuse.

Allongé sur un banc, je scrute le ciel.

Je n'ai jamais su reconnaître les étoiles. Kader avait bien essayé de m'apprendre, c'était un passionné. Chaque été, il m'entraînait sur la plage du Club des Pins et ponctuait l'espace de mots étranges : Aldebaran, Cassiopée, Bételgeuse, Sirius…

Je traversais le ciel sur des chariots scintillants puis m'endormais sur son épaule. Elles sont toutes là ce soir, anonymes et familières.

— Arabes, elles ont des noms arabes, le ciel est arabe, disait-il.

Il était fier.

Là, sur la gauche, mes trois amies des étés algérois, des fragments d'Ourse : la petite ou la grande ? J'ai dû savoir…

Depuis la nuit des temps, elles sont inséparables, verticales et alignées, l'une un peu décalée, tentée par l'immensité, un peu ma sœur.

À la poupe, l'écume, comme une blessure, sinue puis se perd dans l'obscurité, elle mouille mes joues. Je revois Louise assise sur le sable de Moretti, la tête en arrière, les yeux fermés. Elle vaporise son visage d'eau minérale, un film scintillant couvre sa peau. Elle est belle comme Rita Hayworth et je sens son plaisir. C'est à moi maintenant, un fin brouillard m'entoure, je ferme les yeux : c'est bon, c'est frais, l'eau coule sur mes joues, j'ouvre la bouche, un léger goût de sel.

Seules les odeurs manquent au tableau.

Je cherche dans mes souvenirs : les cordages mouillés du port d'Alger, l'iode du vivier de Sidi Ferruch, le jasmin de Michele… Louise presse un flacon d'ambre solaire et masse mon dos, une odeur de bergamote me surprend.

Les fantômes des parfums sont là, fragiles.

Le bateau avance, les vagues frappent l'étrave ; des lumières au loin, Palma sans doute : la moitié du voyage.

J'ai déjà fait cette traversée : en sens inverse, dans le ventre de ma mère. Si je peux imaginer les parfums, pourquoi pas les sentiments qui l'animaient sur le bateau de l'exil ? Ce n'est pas facile, je n'ai jamais eu beaucoup d'empathie. Elle m'a éloigné, rejeté : j'étais l'enfant du malheur.

Allez, Marc, un petit effort…

Christine quitte son pays pour toujours ; accoudée au bastingage, elle voit passer les Baléares pour la dernière fois.

Elle a fait plusieurs fois la traversée, heureuse. Elle se souvient :

— Paul, arrête de courir partout. Si tu tombes à la mer, les requins vont te manger tout cru.

Gérard dort sur une chaise longue, son chapeau de travers.

Mais cette fois, c'est sa dernière traversée. De son fils, de son mari, il reste si peu : deux tombes à Saint-Eugène.

Elle vomit en permanence, elle est enceinte d'un mort.

Cette femme a tout perdu, elle navigue vers l'inconnu, lestée d'un enfant qu'elle ne désire plus.

L'enfant devenu homme, malgré elle, navigue vers ses racines, vers la détresse de cette mère qu'il ne ressent pas encore.

Louise

J'ai passé ma nuit à ranger, astiquer.

Tout doit être impeccable, Marc doit retrouver l'appartement tel qu'il l'a vu pour la dernière fois, du temps de ma splendeur. Je n'ai pas repeint, il ne m'en a pas laissé le temps. J'espère qu'il ne verra ni les cloques ni les fissures. J'en ai dissimulé quelques-unes en poussant trois meubles, en accrochant des tableaux remisés. Il ne doit pas comprendre que je suis devenue pauvre.

Je ne suis pas mécontente, cet appartement a encore de l'allure. J'ai reconstitué sa chambre telle qu'elle est dans mon souvenir, j'ai posé sur le cosy tous les livres qu'il aimait : les *Tintin, Spirou, Club des cinq* et autres. Un jour, je l'avais surpris lisant une version non expurgée des *Mille et Une Nuits*, j'avais hurlé, il n'avait pas compris.

— Ce ne sont que des contes, Louise.

— Des contes pour adultes, Marc, tu n'imagines pas ce qu'on y trouve ! Tu les liras plus tard, avais-je répondu en emportant le livre.

J'ai posé l'énorme pavé rouge à la tête du lit, comme un clin d'œil. Dans un carton, j'ai retrouvé le Marsupilami offert par Kader pour ses dix ans.

L'armature métallique a crevé la mousse des pattes. Je l'ai assis sur une chaise, il me scrute de ses yeux stupides. Dieu, qu'il est laid ! Je n'arrive pas à m'y faire, quand j'entre dans la chambre, je sursaute à la vue de ce gnome jaune parsemé de taches léopard.

J'ai envoyé Sofiane acheter des marguerites à cœur noir. Nous en cueillions, Kader, Marc et moi dans la campagne autour d'Alger. Cette campagne a disparu, elle aussi. Elle était si belle. Le domaine d'Aïn Allah, les collines de Dely Ibrahim, les hauteurs de Chéraga et de Zéralda sont dévorés par les voies rapides, les HLM, les maisons prétentieuses sans architecture. Une lèpre de béton couvre les environs d'Alger. D'où peuvent bien venir ces fleurs ? Des plaines lointaines encore vierges ? Des anciens domaines coloniaux laissés en friche ? Elles emplissent deux vases, leur senteur poivrée embaume la pièce.

— C'est la chambre d'un prince, s'exclame Sofiane.

— Tu es jaloux ?

— Oui, un peu. Tu ne m'as jamais donné les *Mille et Une Nuits* à lire.

— C'est un livre rare et précieux.

— Tu as peur que je l'abîme ?

— Il est fragile.

— Pourquoi l'as-tu sorti alors ?

Je raconte que j'avais interdit sa lecture à Marc.

— Toi alors, tu n'as pas changé ! Tu m'as fait le même coup avec *Zones barbares* !

Il se tait puis reprend, songeur :

— Tu crois qu'il mérite tout ça ?

Il a raison, j'en fais sans doute un peu trop.

Je ne comprends toujours pas la raison de son retour, notre avant-dernière conversation téléphonique n'était pas différente des précédentes.

Qu'est-ce qui a bien pu le convaincre ?

Marc

Allongé, presque nu sur les draps humides de ma couchette, je n'arrive pas à trouver le sommeil. Si je le pouvais, j'enlèverais ce caleçon qui me scie le ventre mais je crains de choquer les vieux immigrés qui partagent ma cabine.

Un moustique, il ne manquait plus que ça !

J'entre sous les draps ; le bruit régulier des moteurs, le roulis et le choc des vagues sur la coque me bercent. Miraculeusement mes voisins ne ronflent plus.

Je somnole...

Paul et mon père se penchent sur moi. Mon frère, coiffé comme Elvis, un blouson de cuir sur les épaules ; mon père en costume, celui qu'il portait peut-être le jour de sa mort. Louise les rejoint, mince et belle, moulée dans une robe à pois des années cinquante, elle tient un petit garçon par la main... ce garçonnet en habit de premier communiant, on dirait que c'est moi.

Ils m'observent, Paul me sourit :

— Marc, on compte sur toi !

Mon père, Louise et l'enfant acquiescent d'un signe de tête.

— Mais qu'attendez-vous de moi ?

Ma voix réduit en poussière les quatre fantômes, comme la fresque de *Fellini Roma* effacée par l'air pollué du vingtième siècle.

La côte imprécise, *ébauche lente à venir* tamisée par la brume du matin, pénètre l'horizon. La Casbah, immaculée, bascule du haut de ses collines dans la baie, à peine contenue par le front de mer. L'harmonieux collier d'arcades encadre l'enchevêtrement désordonné de la ville ottomane.

L'ordre européen et l'exubérance orientale dansent un pas de deux. J'ai vu tant de photos et de films, la réalité est incomparable.

L'Amirauté, symphonie de coupoles, de façades blanches et de moucharabiehs. Les bateaux de plaisance oscillent au gré du vent dans le cliquetis des gréements. Les mouettes, les murs de la ville, les voiliers, le ciel azur clair du matin composent un aveuglant camaïeu. La ville est ceinturée d'arbres, un vert profond couvre les hauteurs. Trois couleurs : vert, blanc, bleu.

J'ai peu de souvenirs de Marseille : les falaises pelées, Notre-Dame-de-la-Garde, une ville à l'abord minéral.

Alger est saisissante : la Sublime Porte et Napoléon III enlacés. J'aperçois l'immeuble de Louise, elle doit guetter mon arrivée du balcon, comme avant. Mes mâchoires se serrent : la ville me prend à la gorge. Une sensation oubliée revient : l'angoisse, j'ai retrouvé l'angoisse !

Le navire accoste. Sur les quais, l'agitation coutumière des villes portuaires. Des porteurs en tenue douteuse se pressent. Je me souviens des conseils d'un guide touristique du dix-neuvième siècle pioché dans la bibliothèque de Louise :

« *L'arrivée au port d'Alger : une foule d'indigènes loqueteux attend, proposant portage, hôtel, restauration, chassez cette tourbe sans pitié !* »

J'aimais cette bibliothèque héritée de grand-père, pleine de vieux livres d'histoire, de romans désuets, de manuscrits arabes, de dictionnaires. J'y passais des heures. Des titres exotiques, ésotériques, incompréhensibles ont marqué mon enfance, ils reviennent pêle-mêle : *Chrestomathie arabe, La Mystérieuse Ouaouizert, Les Voyages d'Ibn Batouta, Marrakech ou les Seigneurs de l'Atlas, Timimoun la Rouge, Les Touaregs du Nord, Tamasheq et Tamazight*… J'avais noté ces titres sur les pages d'un vieux cahier colonial, offert par la mairie d'Alger, à la couverture frappée d'un écu byzantin en cœur taillé d'azur et de sinople à la barre d'or : le bleu de la France, le vert de l'islam, l'or des richesses de la colonie. Il contenait une croix latine, un croissant musulman, un voilier, une gerbe de blé et un lion. Louise m'avait expliqué dix fois le blason de sa ville natale en l'absence de Kader. Elle l'aimait, c'était le symbole hybride de l'Alger coloniale. J'ai retenu ses paroles et ce matin, dans l'air frais de l'aurore, face au somptueux paysage, j'en comprends toute la signification.

Les livres sibyllins de grand-père se bousculent dans ma mémoire. Frustré, je feuilletais de très vieux manuscrits aux couvertures rongées par les insectes, des caractères arabes couvraient leurs pages, hiératiques, indéchiffrables, muets. De petites taches rouges ponctuaient parfois les pleins et les déliés, égayant ainsi l'austère calligraphie.

— Louise, penses-tu que grand-père m'aurait appris l'arabe ?

— Bien sûr, mon chéri, et le berbère aussi.

Cette réponse me soulageait, je me replongeais dans l'insondable solfège fait d'alignements obscurs, de traits horizontaux et verticaux, de points, d'accents et de virgules. Quand mes yeux fatiguaient, je prenais un *Tintin* et m'enfonçais avec délices dans le Congo belge, le pays Inca ou les sables de l'Arabie.

A-t-elle gardé tous ces livres ?

Grand-mère détestait cette bibliothèque :

— Marc, tu n'imagines pas tout ce que ces vieilleries attirent : des mites, des termites, des cafards. Je n'avais qu'une angoisse, que les rats se mettent de la partie. Ton grand-père aurait dû choisir : sa bibliothèque ou moi. Elle sentait mauvais, tu n'as pas idée !

Moi j'aimais cette odeur de vieux cuir, de papiers rongés, de carton moisi. Grand-mère refusa de rapatrier la bibliothèque en France :

Trop cher ; trop poussiéreuse...

Elle ne voulait pas de vermine algérienne dans son appartement parisien. Grand-père ne s'en était jamais remis, il s'ennuyait sans ses compagnons. Il errait de pièce en pièce dans l'appartement sombre et lugubre de la rue Laugier.

Un taxi me conduit au Telemly, je reconnais tout : la rampe très embouteillée qui mène au centre-ville, la Grande Poste, pâtisserie néomauresque où papa a été blessé, le plateau des Glières, l'ex-monument aux morts, emmuré après l'indépendance, le boulevard Pasteur.

Que de monde dans les rues ! Les trottoirs sont bondés, les gens marchent sur la chaussée. Nous passons sous le tunnel des facultés ; gamin je comptais les stalactites poussiéreuses qui s'accrochaient à ses parois. Le boulevard Mohamed V, toujours élégant avec ses grands palmiers. Les immeubles ont été repeints, leurs façades sont tapissées de paraboles. Les rues sont assez propres, les passants plutôt bien habillés et la jeunesse belle. C'est loin des descriptions apocalyptiques de Louise. Les balcons sont envahis de linge, les paraboles défigurent l'architecture mais je ne découvre pas une ville au bord de l'effondrement.

Alger n'est ni Le Caire ni Bombay.

Boulevard du Telemly, à la descente du taxi, j'entends : « Marc, Marc ! » Je lève la tête, j'ai du mal à distinguer, il y a tellement de lumière ! D'une loggia, une grosse femme crie en faisant de grands gestes.

Louise habite au douzième étage. Pas d'ascenseur, elle m'avait prévenu ; heureusement, j'ai une toute petite valise. L'immeuble n'est plus entretenu, des papiers jonchent la cour. Les bacs à fleurs où poussaient des bananiers sont vides et fissurés, des gamins courent après un ballon à demi dégonflé. La cage d'escalier est sale, le marbre blanc des marches ébréché et crasseux, un cafard, pattes en l'air, agonise. Il y a vingt-cinq ans, tout était impeccable. Cinquième étage, je sue. Sur mon tapis de cardio du Costes, je dois courir vingt minutes pour le même résultat. Cette pensée m'amuse, quel décalage ! Trois gamins hurlants dévalent l'escalier me bousculant presque.

Douzième à droite, L. Baraka, c'est là, enfin !

Deux coups secs sur la porte, c'était mon habitude, je ne sonnais jamais ; Kader et Louise savaient que c'était moi. Une voix fatiguée :

— J'arrive, j'arrive.

Elle ouvre. Dieu, qu'elle est grosse, elle doit peser au moins cent kilos, ses lèvres tremblent :

— Te voilà, tu es revenu ! C'est un rêve, je pensais que tu m'avais bannie !

Je ne sais pas quoi répondre, je la regarde de haut en bas, elle était si belle, j'ai face à moi une vieille femme soufflée par la graisse, engoncée dans une tenue de jogging élimée, des cheveux gris blanc filasse coupés au carré. Elle sourit à pleine bouche et sa bouche est édentée. Maman paraît plus jeune, elles ont pourtant seize ans d'écart. Je la reconnais à ses yeux, toujours beaux. Violets, ceux de Liz Taylor. Elle disait : « Quand je mourrai, je te léguerai mes yeux. »

— Je suis moche, n'est-ce pas ? Tu ne t'attendais pas à retrouver un monstre.

Je bafouille, gêné, puis l'embrasse, sa peau est moite, couverte d'un duvet blanc. Ho Hang ! J'imagine sentir son parfum. Un instant d'égarement, probablement. Adolescent, dans mon exil parisien, quand je croisais une femme qui le portait, je souriais.

C'était aussi le parfum de Michele. Pour aller au Mineshaft, il ne se parfuma pas : interdit ! Ce soir-là, le carrosse se transforma en citrouille, peut-être à cause de ça.

Le tableau de Baya est à sa place, lui aussi a vieilli.

— Tu as fait bon voyage ?

— Un peu long. Mais l'arrivée à Alger est magique, ça rachète tout.

— Quelle idée de venir en bateau !

— Je ne prends plus l'avion, je t'expliquerai. Ho Hang est toujours ton parfum préféré ?

— Oui, mais il ne me reste qu'un fond de flacon. Ici, les produits d'importation sont hors de prix. Je n'en mets que pour les grandes occasions.

— Tu pourras te parfumer tant que ton neveu sera là, il t'en a rapporté de Paris.

Le parfum sur les joues de Louise, réelle sensation ou clin d'œil de la mémoire ?

L'appartement semble petit. Dans mes souvenirs, il était immense et magnifique, rempli de beaux meubles et de tableaux. Je suis déçu, l'ameublement est hétéroclite, les peintures sans intérêt. Ça respire la province des années cinquante. Les plafonds sont bas, écaillés, les murs jaunis. La province pauvre. Dans le salon, elle s'affale sur un canapé de velours râpé vert olive, je m'assois sur le petit pouf en rotin qu'enfant je m'étais approprié. Je perçois un léger mouvement de recul :

— Tu as peur que je sois trop lourd ?

— Oui, viens plutôt sur le canapé.

Elle allume une cigarette algérienne, une Tassili.

— Tu ne fumes plus de Dunhill ?

— J'ai une toute petite retraite, Marc, je n'ai plus les moyens.

— J'en ai pris une cartouche sur le bateau.

— Tu as pensé au whisky ?

— Oui, Johnny Walker Black Label. C'est bien ça ?

— Parfait. Ici, il coûte une fortune !

Elle avait avec Kader un train de vie impressionnant. Elle portait des fourrures et des bijoux splendides. Ils voyageaient à l'étranger plusieurs fois par an. Je rêvais de les accompagner : Finlande, Chine, Japon. Une année, elle suivit Kader pour un stage de six mois à San Diego en Californie. Elle promit de m'envoyer un billet, je devais les rejoindre en août. Je guettai le facteur tous les jours, rien ne vint jamais. J'étais jaloux de leur bonheur, je maudissais le ciel de ne pas les avoir pour parents.

Un jour, nous étions dans un restaurant d'Alger, je me souviens de son nom tant l'épisode m'a marqué : La Nouvelle Étoile. Nous avions superbement dîné : foie gras, baron d'agneau, gratin dauphinois, cuvée du Président. Kader avait commandé mon dessert préféré, une omelette norvégienne. J'étais heureux. Louise posa sa main sur celle de Kader, je posai la mienne sur les leurs. Elle me fusilla du regard. Honteux et rougissant, je la retirai immédiatement.

Elle me détaille :

— Tu es beau, tu sais, tu ressembles à Paul ! C'est incroyable…

Elle pleure trois minutes en regardant ses baskets

décolorées puis s'échappe dans la salle de bains. J'entends l'eau couler.

Elle revient, les yeux rouges et le visage humide.

— Tu veux un thé ?

— Volontiers.

Elle s'absente dans la cuisine, je me lève. Du balcon, j'embrasse la baie d'Alger. Splendide, un cercle parfait. Celle de Naples est moins belle malgré le Vésuve. Dans le lointain, les montagnes de l'Atlas, au-delà on devine le Djurdjura. Effrayant toutes ces paraboles, le jour où elles ne serviront plus, elles joncheront des hectares et des hectares de campagne, s'il en reste. Louise revient avec une théière fumante en verre transparent. D'une boîte de fer-blanc, elle extrait une boule ivoire qu'elle plonge dans l'eau bouillante. La sphère se métamorphose bientôt en une fleur immaculée et diaphane. Louise, souriante, imprime à l'eau un mouvement circulaire, les pétales se déroulent et libèrent le thé. Des volutes sombres s'échappent des feuilles, les pétales oscillent doucement comme des algues au gré d'un léger courant.

— C'est beau, dis-je.

— J'ai rapporté le thé et la théière des jardins de Yuyuan à Shanghai. Là-bas, ils le servent comme ça… Il m'en reste cinq boules, je les ai gardées pour toi. Il sent bon, n'est-ce pas ?

Elle parle sans arrêt, tout s'emmêle, le présent, le passé, mes parents, les siens, ce salopard de Kader. Elle ressasse les thèmes auxquels j'ai droit à chacun de mes appels téléphoniques. Je ne tiendrai jamais cinq jours à ce rythme.

— Tu as faim, Marc ?

— Un peu.

— Ça ne te dérange pas si Sofiane se joint à nous ? C'est le petit voisin dont je t'ai parlé, il meurt d'envie de te connaître.

Un bruit de clé dans la porte, des pas dans le couloir, un jeune homme au sourire éclatant surgit dans le séjour :

— Salut !

— Bonsoir Sofiane, je te présente Marc, mon neveu.

Sofiane est magnifique, un mètre quatre-vingts, discrètement musclé, bouclé comme un dieu grec, les traits fins, le teint mat, des dents impeccables, de grands yeux noirs bordés de longs cils. Il s'assoit sur le pouf interdit, Louise ne réagit pas.

Quel privilège !

Elle le couve du regard.

Quel âge peut-il avoir, dix-huit ans ? Vingt ans tout au plus.

Il demande si j'ai fait bon voyage, je réponds oui distraitement, je suis fasciné par ses lèvres. Il s'exprime plutôt bien, avec un puissant accent pied-noir.

— Il fait beau à Paris ? m'interroge-t-il.

Je ne réponds pas. Mon silence l'intimide, il s'arrête de parler.

Il porte des sandales, ses pieds sont beaux, bronzés, soignés.

Louise sert à boire, whisky pour elle et moi, citronnade pour Sofiane.

Elle enclenche le magnétophone de sa vie…

Louise

— Ils voulaient interdire le cinéma, la danse, le théâtre, la télévision, la musique, les parfums, les bijoux, nous imposer un deuil éternel ! Tu imagines une vie réduite à quatre murs, aux odeurs de cuisine et au ménage ? Tu imagines Alger sans Mozart ?

Marc ne m'écoute pas, il fixe la mer, la baie et ses lumières, la brume de chaleur qui gagne les hauteurs.

J'insiste :

— Juste le droit de prier en attendant la mort… Comment trouves-tu le riz ?

Il répond distraitement :

— Bon, très bon.

Comme il est loin le temps où il babillait collé à moi.

À la montagne, les après-midi de brouillard, il me rejoignait sur le lit et racontait sa vie de pensionnaire, sa solitude, ses camarades, son beau-père et sa mère. Je parlais d'Alger et du bonheur d'avant. Il m'écoutait fasciné.

Il est beau dans ses habits noirs. Lointain, presque méprisant.

Quand je heurte son regard, c'est Paul que je vois, un Paul indifférent, aux sentiments décolorés. Il joue nerveusement avec son pain, le porte à son nez puis le pose en fronçant les sourcils. Il renifle tout : mes joues quand je l'embrasse, le riz, le vin, ses mains.

Sofiane, subjugué, ne le quitte pas des yeux.

— Marc, un peu de salade ?

— Non, merci.

Et voilà qu'il se lève maintenant !

Marc

Intarissable !

Elle rattrape des années de silence et me noie sous des flots de paroles. Souvenirs proches, souvenirs lointains : Kader, ma mère, la Suisse, Bougie. Je retrouve mes gestes exaspérés d'adolescent : main frénétique dans les cheveux, orteils rétractés dans les chaussures. Excédé, je fuis sur le balcon, un épais brouillard couvre la baie.

Certaines années, chassée d'Algérie par la chaleur, Louise se réfugiait en Europe. Je la rejoignais en Suisse, à Crans-sur-Sierre, à l'hôtel des Mélèzes. Là-bas, les jours de pluie, le brouillard submergeait tout, nous étions dans un cocon comme ce soir. Je retrouve le souvenir de ce jour où, poussés sous les couvertures par le froid et la pluie, elle m'avait raconté Paul. Il me revient soudain, cet après-midi pluvieux, ressuscité par les vapeurs du port d'Alger.

Elle parle à Sofiane. Du balcon, j'entends sa voix empâtée par l'alcool. La même qui, voilà trente-cinq ans, révéla son amour coupable pour mon frère :

— Comme tu lui ressembles ! Nous étions si

proches... à un point que tu n'imagines pas. S'il n'avait pas été mon neveu, j'aurais franchi le pas. Tu ne peux pas savoir à quel point il me manque ! À quel point je l'aimais ! Il est mort à cause de moi : il était fou amoureux, je n'ai pas voulu céder, j'ai eu tort...

Et pleurant :

— Oui, j'ai eu tort ! Si j'avais accepté, il serait vivant, à ta place, près de moi...

Là-bas, la Moutonnière, quelques phares dans la brume, il n'est pas loin de onze heures. Je pense à Paul, à son angoisse du couvre-feu, à cette femme qui conduisait leur voiture à toute allure. J'ai trouvé une photo d'elle, il y a très longtemps, je pensais que c'était Louise tant elle lui ressemblait. Au dos, cette dédicace : « Que je t'aime ! »

Ce ne pouvait être Louise. Quand j'ai questionné ma mère, elle a regardé la photo, pétrifiée :

— Où as-tu déniché ça ?

— Dans un livre.

— Lequel ?

— *Emprise* de Louis Bromfield.

— Mon Dieu, le dernier cadeau de Louise à ton frère, deux jours avant sa mort... c'est le seul roman que j'ai rapporté d'Algérie, je ne l'ai jamais ouvert.

— Qui est cette femme ?

— L'amie de Paul, ils se sont tués ensemble.

Il fallait une perversité inouïe pour offrir un tel titre !

J'ai lu ce roman, il était prémonitoire : un des personnages se tue en voiture et sa disparition marque à jamais le destin de l'héroïne.

J'ai du mal à établir un lien entre la Louise du passé et celle qui me fait face. Sa voix est contenue, presque douce. Peur d'effaroucher l'oiseau ? Elle tente de retrouver la complicité d'antan, elle n'y parviendra jamais. Elle ne le sait pas encore. J'hésite à dévoiler le but de ma visite. Mais après tout, pourquoi pas ? Elle ne m'a jamais ménagé.

Sofiane

Elle a mis les petits plats dans les grands, elle a même acheté du vin : du Mascara, le meilleur, paraît-il. D'habitude, il n'y en a pas, elle préfère le whisky, moi je ne bois pas d'alcool. Le riz a un goût différent, elle a mis de l'écorce d'orange. Marc aime, je ne trouve ça pas terrible. Il est un peu bizarre, il mange sans faire attention, il n'a pas l'air content d'être ici. Je ne sais pas, moi, je n'aurais pas vu ma tante depuis dix ans, je serais super ému, je n'arrêterais pas de parler, je raconterais toute ma vie. Lui fait semblant d'écouter. De temps en temps il dit : « Oui, ah bon, vraiment ? » Et puis il renifle ses doigts.

Parfois, il me fixe en souriant, ça me gêne, je ne sais pas quoi dire. Il est encore plus beau en vrai. Ils se ressemblent tous les deux, c'est fou… et pourtant, elle, qu'est-ce qu'elle est moche ! Ils ont les mêmes yeux, le même nez, la même bouche, mais je ne sais pas comment dire, chez lui ça sonne juste, alors que chez elle… C'est peut-être la graisse, ou alors les dents, elle n'en a plus que trois, deux en bas et une en haut. J'essaie d'imaginer Marc avec trois dents, soufflé par le gras. Il lui ressemblerait encore plus, ça me fait rire. Elle s'énerve :

— Qu'est-ce qui t'amuse, Sofiane ? Fais-nous partager.

En fait, c'est lui qui l'agace, mais elle n'ose pas le dire, alors c'est moi qu'elle attaque. Elle aussi est intimidée, il est devenu un étranger. Un étranger beau, riche et célèbre. Elle essaie de le ramener vers l'enfance mais elle n'y arrive pas, il n'en a rien à foutre du passé, il n'accroche pas aux hameçons qu'elle lance depuis deux heures.

Qu'est-ce qu'elle lui parle ; même à moi, elle ne parle pas autant.

Il se lève et va sur le balcon.

Elle me dit tout bas :

— Alors, comment tu le trouves ?

— Il ne cause pas beaucoup, ils sont tous comme ça les Français de France ?

— Je ne sais pas ce qui lui prend, quand il était petit il était très bavard et quand il appelle de Paris, il a toujours mille choses à raconter.

— Il est peut-être fatigué.

Il revient s'asseoir et parle à Louise.

— J'aimerais bien aller à Saint-Eugène.

— Au cimetière ?

— Oui… tu m'accompagneras ?

Elle écarquille les yeux :

— Par cette chaleur, tu veux ma mort. J'ai du mal à marcher, la tombe de Paul est très loin de l'entrée.

— Tu veux dire les tombes ?

Elle ne répond pas, il continue :

— Dommage, nous aurions pu faire quelques belles photos…

— Des photos dans un cimetière, quelle horreur ! Très peu pour moi.

— Tu viendras, Sofiane ?

— Si vous voulez, vous avez quoi comme appareil ?

— Je n'en ai pas, c'est un photographe de *Paris Match* qui prendra les photos.

Louise le regarde, éberluée :

— *Paris Match*, c'est quoi cette histoire ?

— Quand le directeur de *Paris Match* a su que je venais à Alger, il m'a proposé de faire un reportage.

— Un reportage sur quoi ?

— Sur mes racines et comme tu es la plus profonde, j'espère bien faire quelques clichés avec toi.

Suit un long silence.

— Je comprends pourquoi tu es venu... et moi qui pensais que c'était pour moi, j'étais vraiment stupide...

Elle est furieuse, il faut la calmer sinon, dans deux minutes, elle pique sa crise.

— Mais c'est formidable, Louise, des photos dans *Paris Match*. En plus, elles cloueront le bec à l'islamiste de l'émission. Il faut les faire ! Toi qui voulais téléphoner à France 2 pour protester, ce sera ton droit de réponse.

Elle va sur le balcon, s'accoude à la balustrade et regarde au loin, on l'entend répéter plusieurs fois :

— C'est pour ça qu'il est venu...

Louise revient au bout de dix minutes, calmée, elle s'adresse à Marc d'une voix détachée :

— Sofiane a raison, je ferai ces photos, mais pas au cimetière, c'est au-dessus de mes forces. L'équipe de *Paris Match* arrive quand ?

— Demain matin.

— Dis-leur de venir prendre un thé à la maison en fin d'après-midi, la lumière sera plus belle… Quand il faudra sourire, Marc, veux-tu que j'ouvre la bouche ou que je la ferme ?

Marc

Hier soir, j'ai avalé un Rohypnol pour dormir ; quand je change de lit, nuit blanche assurée. Ce matin je suis un peu vaseux, comme toujours après un somnifère. Il fait beau, j'ai décidé d'aller à Moretti avec Sofiane, au retour nous passerons au Saint-Georges prendre l'équipe de *Paris Match*. Louise nous attend à cinq heures pour le thé, elle n'a pas voulu nous accompagner.

La station balnéaire est délabrée, les villas et cabanons sont réquisitionnés par les apparatchiks. Le centre commercial est crasseux ; le grill en forme de champignon où nous déjeunions avec Louise, désaffecté. De la route, on ne voit plus la maison que Kader louait, elle est entourée de hauts murs. Cette sale habitude orientale de dissimuler les baraques !

L'air est brûlant, la mer brille à l'infini et vient mourir à nos pieds. Le ciel a la transparence des cieux du désert, la plage est vide, quelques sacs plastique la parsèment, des bouteilles d'eau minérale, des boîtes de conserve. Nous marchons dans la chaleur, je ne sais plus mon âge. Je suis plus jeune, exalté, tout paraît neuf.

Il y a vingt-cinq ans, Michele était à mes côtés.

La mer ne bouge plus. Là-bas, une barrière de rochers brise son élan. Je voudrais me baigner mais l'idée du sel sur ma peau m'en dissuade.

Sofiane m'annonce fièrement son âge : presque dix-huit ans.

Il a vu *Zones barbares* le jour de ses seize ans.

— Ça t'a plu ?

— Je ne sais pas encore, il faut que je réfléchisse, dit-il en rigolant.

— Tu as attendu tout ce temps pour le voir ?

— Tant que je n'avais pas seize ans, Louise ne voulait pas me le montrer et, dans les cinémas d'Alger, on ne passe jamais des films comme ça.

— Pourquoi ne voulait-elle pas que tu le regardes ?

— Parce qu'il est interdit aux moins de seize ans !

— C'est quoi ces conneries ? Il n'y a rien d'extraordinaire dedans !

— Ben dis donc, c'est comme ça que vous vivez en France ?

— Pas tout le monde, mais certains jeunes des banlieues, oui.

— C'est trop violent.

— Ce qui se passe dans ton pays n'est pas violent ?

— C'est ce que dit Louise mais, nous, on ne fait pas l'amour dans des poubelles.

— Vous le faites où ?

Il bafouille :

— Je ne sais pas... dans un lit...

Sofiane se déshabille et s'apprête à plonger, il m'invite à le suivre :

— Viens, elle est bonne !

Je m'allonge sur le sable, il s'assoit près de moi.
— Tu ne veux pas aller dans l'eau ?
— Non, je n'ai pas de maillot.
Il regarde autour de nous.
— Et alors, c'est pas grave, y a personne, baigne-toi en slip.
— Je n'aime pas avoir du sel sur moi.
— Qu'est-ce que tu es compliqué ! Tu ne sais pas ce que tu rates.
Il plonge. Son corps est mince, ses muscles saillent sous la peau. Avant, j'étais comme lui, je m'en foutais de rentrer salé à la maison.
Je ne sais plus si j'ai seize ou quarante ans.
À seize ans, je plongeais pour Michele sur cette plage. Aujourd'hui, c'est Sofiane qui plonge pour moi. Je suis triste, je marche vers le rivage pour voir le reflet de mon visage, l'eau s'agite, je n'aperçois qu'une silhouette brouillée par le ressac. Sofiane sort de l'eau, ruisselant. Il est beau, il sourit bien. En gros plan, il serait parfait.
Il pose mille questions :
— Et Catherine Deneuve, elle est sympa ?
— Avec moi, oui. Forcément, je la fais bosser.
— Tu me la présenteras ?
— Pourquoi ?
— Parce que je l'aime beaucoup.
— Ce n'est pas une raison. Si elle rencontrait tous les gens qui l'aiment beaucoup, elle y passerait ses jours et ses nuits.
— Je serai gentil.
— Elle n'en a rien à faire de ta gentillesse. Elle a besoin de mecs comme moi qui la font tourner, pas de petits jeunes qui n'ont rien à lui donner.
— C'est vrai, je n'ai rien à donner.
— Pas sûr… je ne te connais pas encore assez.

— En France, on ne se fréquente que par intérêt ?

— Dans mon milieu, oui.

— Alors, si je viens à Paris, tu ne me présenteras personne.

— Je ne sais pas, je n'ai pas beaucoup de temps là-bas. On verra.

— Je veux connaître Vincent Perez et Catherine Deneuve, je veux les voir tous les deux ensemble.

— Comme dans *Indochine* ?

— Oui… je l'ai en DVD, je l'ai vu au moins vingt fois, c'est un de mes films préférés… Ils se voient toujours ?

— Vincent et Catherine ?

— Oui…

— Gros bébé, *Indochine,* c'est du ciné, pas la vraie vie. Ils se croisent sûrement de temps en temps, rien de plus.

Il est déçu.

— Tu crois que je pourrais devenir acteur ?

— Tu es assez mignon… faut voir.

— Faut voir quoi ?

— Comment tu bouges devant une caméra.

Il se lève et marche à grands pas la tête en arrière, l'air inspiré. J'éclate de rire.

— Pourquoi tu rigoles ?

— Ce n'est pas toi que je prendrai pour mon prochain film, tu es ridicule.

— Au lycée, les copines disent que j'ai une tête à faire du cinéma.

— Si elles le disent, c'est que ça doit être vrai.

— Sofiane Merabet et Catherine Deneuve dans un film de Marc Sylvaner, ça aurait de la gueule.

— Tu me saoules Sofiane… Avant de faire du cinéma, il faut que tu apprennes à parler français correctement et surtout sans accent.

Il se renfrogne et court piquer une tête. Il revient souriant, c'est une bonne nature :

— Marc, on pourrait passer un week-end au Sheraton, ma cousine s'est mariée là-bas l'an dernier, c'est super. On emmènerait Louise, ça lui ferait plaisir, ça fait des années qu'elle ne s'est pas baignée. Et toi, tu pourrais prendre des douches après la mer.

— Je n'aime pas les hôtels, j'y passe ma vie.

— Moi je les adore parce que je n'y vais jamais. Qu'est-ce que t'es chiant, putain ! Comment tu fais quand t'es en tournage ?

— On me loue une maison.

— T'es vraiment pourri, voilà ce que c'est que d'avoir trop de fric, ça isole du monde !

Je ris, je suis bien sur le sable brûlant. Des oiseaux se posent autour de nous, plus loin brillent des paquets d'algues, taches vert sombre sur les rochers. La plage s'étale sur des kilomètres. Nous nous levons, je parle de mon enfance, du temps qui passe. Il parle du présent, des plaisirs simples, de ses copains, des soirs d'été rue Didouche.

— Tu ne vas jamais manger des glaces à Paris ?

— Non...

Quand je venais à Moretti avec Louise, nous en mangions au Dauphin, un restaurant de plage sur les dunes. Je lève la tête, l'établissement a disparu, les dunes aussi.

Elles étaient délicieuses, ces glaces, elles avaient un goût de lumière et de Méditerranée. À Alger, nous allions chez Grosoli, nous nous attablions dans une grande salle inondée de néons.

À Paris, il ne me viendrait pas à l'idée d'entrer chez Häagen-Dazs.

— Et dans les bars, tu vas dans les *backrooms* ?

Il a posé la question avec un aplomb stupéfiant. Je bafouille, décontenancé :

— Non, jamais… pourquoi cette question ?

— L'islamiste de l'émission de télé t'a dit de retourner filmer dans les *backrooms*. Tu ne te souviens pas ?

— Si, mais ça ne veux pas dire que je les fréquente. Ce connard racontait n'importe quoi pour me déstabiliser.

— Dis, quand je viendrai à Paris, tu m'emmèneras ?

— Où ça ?

— Ben, dans les *backrooms* ?

Je me lève et crie :

— T'es malade ou quoi ? Jamais, tu entends, jamais !

J'avais à peu près l'âge de Sofiane quand Michele avait tenté de me contaminer en me traînant au Mineshaft.

— Pourquoi tu n'énerves, j'ai rien demandé d'extraordinaire.

— Tu sais ce qu'on fait dans les *backrooms* ?

— On joue…

— À quoi ?

— Au flipper, au billard ou au baby-foot.

Rassuré, je ris et me rassois sur le sable chauffé à blanc.

— Qui t'a dit ça ?

— Louise…

— Louise t'a donné une mauvaise explication. Elle ne savait pas ou ne voulait pas te choquer.

— Pourquoi ?

— Certains homos vont dans les *backrooms* pour baiser. Il fait noir, ça va vite, ils baissent juste le pantalon et font ça avec n'importe qui.

— Comme des chiens ? C'est dégueulasse.

— Alors tu veux toujours que je t'emmène ?

— Ah non, moi je n'aime que les filles ! À l'idée qu'un mec me touche, ça me donne envie de vomir, je serais capable de tuer à cause de ça.

— Rien que ça. Apprends à respecter les différences, Sofiane. Si un homme caresse ta joue, tu crois qu'il mérite la mort ?

— Peut-être pas, mais mon corps m'appartient et personne n'a le droit d'y toucher sans ma permission. C'est comme si tu prenais un truc qui te plaît dans un magasin sans le payer, c'est un vol. Et puis l'homosexualité, c'est péché !

— Arrête tes conneries, on ne juge pas les gens parce qu'ils couchent avec tel ou telle. La sexualité, c'est privé, ça ne regarde que toi, pas les autres. Comme la religion...

Il court vers la mer et plonge encore, son plongeon est parfait, il nage comme un fou vers le large. Je ne le vois plus, je me lève inquiet. J'aperçois un petit point noir, sa tête. Je fais de grands signes pour qu'il revienne. Comme Michele, dans une autre vie.

Il y a bien longtemps, une éternité.

Sofiane insiste. Il veut prendre un verre au Sheraton.

Nous entrons dans un hôtel au mobilier clinquant, aux couloirs et aux salons vides. Cuir noir, tentures beiges, dorures, aluminium, verres biseautés, sièges inconfortables ; c'est assez beau, très froid.

— Je ne comprends pas pourquoi tu aimes cet endroit, on se croirait n'importe où, sauf en Algérie.

— Justement, c'est pour ça que je viens ici, ça me change. Pour moi, l'Europe c'est comme ça !

Il se dirige vers l'ascenseur, trois personnes attendent, je chuchote à son oreille :

— Sofiane, je ne prends jamais l'ascenseur.

La porte s'ouvre, il empoigne mon bras et me force à entrer :

— Ça suffit tes conneries, tu ne risques rien : il est tout neuf et puis tu es avec moi, j'ai la baraka.

Sofiane

Il est vraiment loufoque ce Marc, hier on avait l'impression qu'il n'en avait rien à foutre de nous, il ne parlait pas, il était dans son monde et, aujourd'hui, il est sympa, il raconte plein de trucs, on dirait même qu'il s'intéresse à moi. Peut-être parce que j'ai calmé Louise ?

Je me sens à l'aise avec lui maintenant, je l'ai même forcé à monter dans l'ascenseur tout à l'heure.

Il est tellement célèbre en France que personne ne doit oser lui faire une chose pareille. Ici, c'est différent, personne ne le connaît, ses films, on ne les passe jamais. S'il n'était pas le neveu de Louise, je ne saurais pas qui il est. Dans la cabine, il a complètement changé de figure, il était pâle, il s'est mis à trembler et à suer. J'ai eu peur qu'il tombe dans les pommes, alors j'ai mis mon bras sur ses épaules pour le retenir. Il s'est laissé aller contre moi et il a murmuré :

— Surtout ne fais plus jamais ça !

Moi qui pensais qu'il était fort...

Dans le salon de thé, on a pris une table face à la mer.

Il a commandé un café et moi un Coca light. Il a bu d'un trait puis s'est levé en disant :

— Il faut que j'aille aux toilettes, je ne me sens pas très bien. Demande l'addition au garçon et paye, je te laisse mon portefeuille.

C'est un portefeuille en cuir noir, tout neuf et bien plein, qu'est-ce qu'il peut bien y avoir dedans ? C'est pas top de fouiller dans les affaires des autres mais je le fais tout le temps, j'adore. Deux billets de cinq cents euros ! Je n'en ai jamais vu, ils sont super beaux, ça fait combien en dinars ? Un euro, cent dinars ; mille euros, cent mille dinars. La vache ! Mon père gagne entre trente et cinquante mille dinars par mois et il dit que c'est bien. Louise en touche quinze mille à peine. Je compte : trois billets de cent euros, deux de cinquante, quatre de vingt et cinq de mille dinars. Le garçon me regarde d'un drôle d'air comme si j'avais dévalisé la Banque d'Algérie. Dans un petit étui en plastique, des photos de femme. Qu'est-ce qu'elle est belle ! Elle est plus que belle, plus que magnifique, est-ce que c'est sa fiancée ?

Louise dit qu'il n'aime que les hommes, mais on ne sait jamais, il a peut-être une fiancée aussi. Toutes les photos sont différentes, sur celle-là elle est brune, sur cette autre blonde. Moi je la préfère blonde. Les blondes, ça me rend dingue. Là, elle a les cheveux longs et ici les cheveux courts. Ma parole, elle passe sa vie chez le coiffeur, cette meuf !

Marc arrive, je n'ai plus le temps de remettre les photos. Allez, hop, dans ma poche !

Louise

Je suis parfaite, d'une exquise gentillesse avec la greluche de *Paris Match*, bien qu'elle nous la joue grande journaliste chez les bons sauvages : un air condescendant, méprisant presque. À sa décharge, je l'ai accueillie en survêtement gris informe, taché de sauce tomate. Quand j'ai sorti les vieux albums photos, elle m'a dévisagée, effarée :

— C'était vous ?

— Oui ! J'avais vingt ans.

— Vous étiez sublime ! Je peux en avoir une, je vous la renverrai dès que je l'aurai scannée.

— Vous voulez la publier ?

— Oui, si vous le permettez.

— Mais bien sûr, vous pourrez même placer côte à côte deux photos, avant et après, comme dans les publicités de chirurgie esthétique.

Elle rit.

— Et comme légende, vous pourrez inscrire : « *Après cinquante ans d'Algérie.* »

Je souris à pleines dents, Marc va en avoir pour son argent.

— Excusez-moi, dis-je, je vais me changer, je ne vous attendais pas si tôt.

Lors d'un séjour à Paris, Marc m'emmena voir Divine, un immonde travelo obèse, dans un film de John Waters. Il a toujours été fasciné par l'abject et l'obscène. J'eus la nausée pendant une semaine. Les œufs et la viande me dégoûtèrent longtemps.

Dans la première scène, Divine achète une entrecôte pour ses enfants. Elle la glisse dans son entrecuisse ne voulant pas s'encombrer d'un sac à provisions. Une brutale envie la saisit aux abords d'une décharge, elle baisse sa culotte et défèque dans les ordures. Ne trouvant pas de papier alentour, elle s'essuie avec le steak. Dernier plan, elle cuit la viande pour ses enfants, un fumet que l'on suppose appétissant monte du grill.

Divine, bonne fille, s'occupe d'une mère gâteuse, deux fois plus obèse qu'elle, grande amatrice d'œufs à la coque. Elle en ingurgite des douzaines tous les jours, elle dégouline de jaune. Il coagule sur ses joues, son bavoir, ses mains… Elle est installée dans un parc à bébé, en couche-culotte, les seins à l'air, cernée de coquilles vides.

Avec les années, mes tours de taille, de poitrine et de cuisses ont rejoint et même dépassé ceux de Divine. Elle portait une robe moulante en acrylique, très décolletée, vingt centimètres au-dessus du genou. Je dois avoir un truc approchant quelque part… tiens, dans cette malle… oui, voilà, une robe à grosses fleurs orange sur fond blanc, je l'avais achetée à la Placette à Lausanne pour traîner à la maison, elle excitait Kader. Dès que je la mettais, il voulait faire l'amour… j'ai du mal à l'enfiler. Zut, elle craque, pourvu qu'elle ne se déchire pas… Mon Dieu, je suis engoncée comme une truie.

Maintenant, maquillage !

En avance sur son temps, Divine avait des sourcils à la Méphisto. De nos jours, les pétasses du monde entier payent des fortunes en Botox. Elles veulent un front lisse et des sourcils dressés alors qu'il suffit de peser vingt kilos de trop, de raser ses arcades sourcilières et dessiner deux beaux accents circonflexes. Le vieux rasoir de Kader, un crayon noir… superbe… Un rouge baiser bien agressif et baveux sur les lèvres, de l'*eye liner* façon années soixante autour des yeux, du bleu turquoise sur les paupières…

Fantastique !

J'imagine les photos dans *Paris Match*, Marc Sylvaner tenant l'égérie de John Waters par la taille.

Un serre-tête blanc, elle avait un serre-tête blanc. En voici un, plus gris que blanc.

Petite séance de crêpage de cheveux vers l'arrière.

C'est parfait.

Restent les chaussures. Aïe, je n'arrive plus à entrer dans mes escarpins argent. Je pesais soixante kilos quand je les ai achetés. Ça doit entrer ! Je force, le cuir cède et se déchire à moitié, mais bon j'arrive à tenir dedans et surtout dessus. J'ai les pieds de Betty Boop.

Je me mets face à la glace…

My God ! Je suis superbe. Divine, comparée à moi, c'est Rita Hayworth dans Gilda.

J'entre dans le séjour, très digne, les épaules redressées.

Royale !

Ils me regardent atterrés, je surprends Marc au milieu d'une phrase, bouche ouverte, Sofiane pouffe de rire.

Je me précipite vers mon neveu, le serre dans mes bras, l'embrasse goulûment, lui caresse la tête, les joues. Il est cramoisi. Bernard, le photographe nous mitraille. La journaliste est comblée. Elle tient un scoop.

Marc

Je n'arrive pas à dormir, surtout pas de Rohypnol. Je veux être clair pour la séance de demain, celle d'aujourd'hui a été catastrophique. Je n'ose imaginer le résultat ; moulée dans un survêtement gris et sale, Louise exhibait ses trois dents. Elle nous a quittés brusquement pour se changer puis est revenue, une demi-heure après, déguisée en Divine, un serre-tête crasseux sur le crâne. La garce s'est bien vengée, les photos seront terribles. Il faudra négocier dur avec Marie et Bernard pour qu'ils ne les publient pas.

Impossible de fermer l'œil : une chaleur suffocante. Fenêtres ouvertes, c'est encore pire. Un chien ne cesse d'aboyer. Quatre heures du matin, le muezzin. L'insomnie donne des envies de meurtre. Je pense à OSS 117 qui, au Caire, flingue un de ces maudits braillards. Si j'avais un bazooka, je ferais pareil. Dix minutes après le premier hululement, il y en a vingt-cinq autres.

Ces dingues ont réveillé toutes les basses-cours de la ville. Poules, coqs et pintades s'en donnent à cœur joie, un âne les accompagne, sans parler des chiens. Pour les photos du cimetière, j'aurai une gueule de mort-vivant. Quand j'étais gamin, je piquais à Louise ses crèmes teintées pour cacher mon acné. Je doute qu'elle en ait encore dans sa salle de bains.

Il faut absolument que je dorme !

J'essaie de me raconter une histoire : la petite sirène… fille du roi des mers, je n'arrive pas à me concentrer, les clebs, les poules et maintenant les chats. Salauds, allez baiser ailleurs ! J'ai chaud. La petite sirène, fille du roi des mers, une tempête, un prince, les chats qui crient comme des bébés…

Je m'endors au petit matin avec l'angoisse du réveil.

Je marche dans un désert de lumière.

Un lac salé en plein midi ?

Aveuglé, j'essaie de fermer les yeux. Je ne peux pas. J'avance dans un monde étouffant, submergé de soleil, le regard brouillé.

Mille astres diffractés par mes larmes.

Là, au bout du chemin, deux ombres sur la laque phosphorescente.

Deux croix de bois.

Elles se dressent, noires, plus brillantes que la lumière. Éblouissant ancrage dans l'aveuglante abstraction.

Paul gravé sur l'une, Gérard sur l'autre.

Un homme sort du néant et s'adosse au crucifix. Il est jeune, beau. Le visage d'une extrême pâleur. Nonchalant, il attend. Comme James Dean à l'est d'Éden.

Il a tout son temps, sûrement l'éternité. Il parle enfin :

— Salut p'tit frère, on n'a pas bonne mine tous

les deux. Moi j'ai une bonne raison, toi tu n'en as aucune...

Il se penche, prend dans sa main une poignée de terre rouge et me la tend :

— Voilà, pour donner des couleurs à ta vie ! La terre d'Algérie, c'est mieux que le blush !

Sofiane

Je ne sais pas ce qui est arrivé à Louise hier après-midi.

Elle n'avait jamais fait le clown comme ça, elle était encore plus moche que d'habitude. Mort de rire ! Marc avait honte, il ne savait plus où se mettre et elle en rajoutait : elle le prenait dans ses bras, elle l'embrassait. À la fin, il était tout rouge avec plein de rouge à lèvres sur les joues. La fille et le mec de *Paris Match* étaient très contents, ils ont fait un tas de photos.

Quand j'ai demandé à Louise pourquoi elle s'était déguisée, elle a dit qu'elle prenait beaucoup de plaisir à ça quand elle était jeune. Au lycée, elle le faisait tout le temps pour amuser ses copines. Mademoiselle Gavary, une de ses profs, la surprenait parfois en pleine démonstration, elle lui disait : Louise, vous êtes abracadabrante ! Sa prof avait raison, elle est « abracadabrantesque » comme je l'ai entendu dans la bouche de Chirac à la télé. Je ne pensais pas qu'elle était capable de faire des trucs pareils, finalement la visite de Marc lui redonne déjà un peu de vie.

— Tu as voulu lui donner une leçon, n'est-ce pas ?

Elle m'a regardé d'un drôle d'air :

— Il m'a prise pour une idiote, alors je me suis vengée. Il dit être revenu pour moi, tu parles ! Il a fait le voyage pour se faire de la pub. Ah ça, elles vont plaire mes photos ! Mais je doute qu'elles améliorent sa cote... Un transsexuel algérien et son neveu homosexuel main dans la main, la France profonde va adorer ! Il s'est bien moqué de moi. En tout cas, je l'ai mis en garde : pas de retrouvailles avec Kader, pas de photos nostalgiques avec lui. Je connais mon ex-mari, il serait ravi de poser pour *Match* avec un *neveu* célèbre. Que ce neveu soit français ne le dérangera pas le moins du monde, ni même qu'il soit homosexuel. J'ai prévenu Marc, s'il le rencontre, il ne me reverra plus jamais et *Paris Match* aura toutes mes confessions.

— Vous avez des rapports bizarres, tous les deux. Dis-moi franchement, Louise, tu l'aimes ton neveu ?

Elle n'a pas répondu tout de suite, elle s'est levée en allumant une cigarette. Dans la cuisine, elle a rempli un grand verre de vin puis est revenue. Après avoir soufflé une grande bouffée de fumée vers le plafond jauni et cloqué, elle a murmuré :

— C'est Paul que j'ai aimé à travers lui.

Marc

Un taxi nous attend au bas de l'immeuble, Sofiane m'accompagne. Marie et Bernard me harcèlent :

— Tu connais le cimetière ?

— Ton frère et ton père, enterrés côte à côte ?

— Belles les tombes ?

Je ne me souviens de rien, tout est magma dans ma tête. J'ai sommeil. Je ferme les yeux, bercé par la voiture.

Il y a trente ans, j'y étais allé avec Louise. Elle avait un petit bouquet à la main. Un seul, pour Paul. Elle n'eut pas un regard pour la tombe de mon père, pas un mot. Je venais pour la première fois, j'étais ému et blessé. Je retrouvais papa, elle l'ignorait et le tuait pour la seconde fois. Elle pleurait assise sur le marbre blanc de la tombe de mon frère, adossée à la stèle, la tête sur le P de Paul.

Gérard Sylvaner... On peinait à lire les lettres incrustées de poussière, je sortis un mouchoir de ma poche pour en révéler les entailles. Dix minutes plus tard, son nom brillait dans la lumière. Je trouvai un vieux clou sur le chemin de terre ; en cachette, je gravai *Marc* sur le granit au bas de la tombe.

Alger défile, abstraite, portes et volets bleu layette. Le vert colonial serait tellement plus beau. Interdit parce que colonial ? Blancs sales et blancs éblouissants, la mer est couverte de lumière. Quelques voiliers moutonnent, taches semées sur la flaque étoilée. Nous longeons de vieilles mosquées, des immeubles des années cinquante, un lycée du dix-neuvième, le lycée Bugeaud, autrefois Grand Lycée impérial d'Alger, celui de Camus. Je reconnais le Bastion 23, récemment restauré, un assemblage de cubes ottomans chaulés, percés de fenêtres étroites oblitérées de bronze. Des enfants courent dans les patios. Des femmes bigarrées scrutent l'horizon sur les terrasses étagées de la Casbah.

Le cimetière chrétien de Saint-Eugène est désert. Je suis indifférent, sûrement la fatigue. Le gardien nous guide jusqu'aux tombes ; les voilà, côte à côte, toutes petites, plus petites que dans mon souvenir d'enfant. Je pense à ma mère, à sa douleur, elle s'insinue insidieuse, je suis mal. La voix suraiguë de Marie blesse mes tympans :

— Assieds-toi sur la tombe de ton frère, la tête sur la pierre tombale. Génial ! On voit ton visage et à côté, ton nom… Vas-y Bernard, shoote. Lève-toi maintenant, va entre les tombes, regarde au loin… surtout pas l'objectif.

Les enfants à venir sont en totale symbiose avec leur mère. Ce cimetière, c'est la troisième fois que j'y viens, la première c'était en mars 1962, avec ma mère, sept mois avant ma naissance.

Maman ne pleure pas, elle n'en a plus la force. Elle est veuve, bientôt apatride. Droite et noire, elle fixe la terre ouverte, cette terre qu'elle va quitter. Son cœur est plus lent, le cercueil descend dans les profondeurs. Elle n'arrive pas à détacher ses yeux des tombes, c'est la dernière fois qu'elle les voit, elle le sait.

Elle ne veut pas partir, grand-père prend son bras et l'entraîne dans l'allée, elle tourne la tête et jette un ultime regard. Elle se dégage soudain, saisit un arrosoir sur le bas-côté, l'emplit à une fontaine puis le vide sur le chemin qui mène à Paul et à Gérard.

Quand leurs proches s'en vont, Juifs et Arabes d'Algérie jettent de l'eau sur la route du départ pour que le voyage soit paisible et le retour assuré.

Je me lève et m'assois comme un automate au gré des ordres du photographe et de la journaliste. Un cyprès, je m'adosse... pas assez de lumière... on me flanque une collerette en alu autour du cou pour éclairer mon visage. Je ressemble à un chien blessé dont on veut protéger les plaies de coups de langue intempestifs. Je suis une pute qu'on mitraille.

Je réclame une pause, je veux en griller une. La fumée inodore inonde mes poumons, un léger vertige me fait vaciller. Il fait chaud, j'ai mal à la tête, les cigales scient comme des folles. Je cherche mon prénom gravé il y a trente ans, l'inscription est toujours là, à demi effacée, malhabile, *Marc*.

Sofiane, quelques mètres plus loin, tente de déchiffrer une épitaphe sur un caveau de marbre noir. Les lettres sont ensablées, je sors un mouchoir de ma poche et frotte la pierre. Les mots, lentement, délivrent leur message : « Les parfums… de nos vies sont… sont les mots… sont les mots d'amour de… de nos morts… Les parfums de nos vies sont les mots d'amour de nos morts. »

Sofiane m'interroge, je ne sais que répondre. Je retourne vers Paul et mon père. Je n'avais pas remarqué, deux jasmins s'unissent au-dessus des deux tombes. Ils sont couverts de fleurs, deux s'en détachent et tournoient doucement vers moi. Elles m'effleurent, je sens leur parfum, quelques bribes incertaines. C'est une illusion, un mirage, ma mémoire probablement, le souvenir du jasmin de Michele sur la plage de Moretti. Je lève la tête, des centaines d'étoiles blanches accrochées au feuillage se détachent sur le bleu du ciel. Le vent souffle en rafales, une pluie immaculée s'abat sur moi. Je ramasse les fleurs sur le marbre et les porte à mon visage. Leur arôme est là, violent, il me submerge. Je sens la résine des arbres, des effluves de terre sèche, ma chemise imprégnée de sueur, l'eau de Cologne de Sofiane et jusqu'à l'odeur de la mer au loin.

Les parfums de nos vies sont les mots d'amour de nos morts !

Bernard mitraille, je tends une main et couvre mes yeux de l'autre :

— Pas de photos, s'il vous plaît… plus de photos !

Je me fais déposer près de la Grande Poste, je ne veux pas rentrer chez Louise. Sofiane veut m'accompagner mais j'ai besoin d'être seul. Il s'inquiète :

— T'es sûr ? T'as pas l'air en forme, t'es pâle comme un mort.

— Au contraire, je ne me suis jamais senti aussi vivant.

— Tu sauras retrouver ton chemin ?

— Je viens de le retrouver !

Il ne comprend pas.

— À plus tard. Dis à Louise de ne pas m'attendre, je ne déjeunerai pas.

L'air pue, gaz d'échappement, sueur, égouts. Je suis assiégé par les odeurs et les bruits. Les rues grouillent de garçons et de filles hétéroclites. Branchés ou en uniformes islamistes. Cette jeunesse est splendide. Je suis sonné, trop de sensations. Louise se trompe, cette ville déborde d'énergie, c'est elle qui est en marge. Les immeubles sont déglingués, c'est vrai, les trottoirs défoncés mais ça n'a pas importance, les façades se ravalent, les fissures se comblent. La jeunesse, c'est la vie et elle est partout.

Rue Didouche Mourad, sur une plaque de marbre noir est inscrit : Docteur Kader Baraka, cardiologue, Professeur à l'université d'Alger, 2e étage droite. Je perçois un parfum familier dans le hall d'entrée. Je brave l'interdit de Louise et sonne à la porte du cabinet. Personne. Déçu, je m'attable à une terrasse de café et regarde passer la foule. Assis près de moi, un vieil homme en compagnie d'un enfant. Cet homme porte le parfum de Kader. La salle de bains qu'il partageait avec Louise était imprégnée d'Eau sauvage ; tous les matins, quand je m'éveillais, cette odeur me rassurait.

L'homme interroge l'enfant sur l'école, ses professeurs, ses notes. Kader me posait les mêmes questions sur la route qui menait de l'aéroport au Club des Pins. Le regard du vieil homme croise le mien, sa voix change, elle devient plus grave, il parle d'une femme à l'enfant qui écoute à peine :

— Les premières semaines, j'ai essayé de garder le contact. Quand j'appelais, elle me faisait des reproches, elle pleurait. Alors j'ai renoncé… La vie est étrange, tu es proche de quelqu'un, tu penses qu'il t'est lié à jamais et puis, un jour, il s'éloigne et tu oublies jusqu'à son prénom…

Le gamin le regarde ébahi, il n'a pas l'air de comprendre.

La voix de cet homme ne m'est pas inconnue, il poursuit en me fixant de temps à autre :

— On s'est séparés après trente ans de vie commune, elle m'a mis à la porte… À cinquante-huit ans passés, j'ai dû retourner chez ma mère.

Je me souviens de la mère de Kader, une vraie

harpie, elle maugréait en permanence, la bouche animée d'un mouvement circulaire perpétuel. Elle s'obstinait à m'appeler Barque, Craque ou Braque, elle roulait les « r » et sa maison puait l'huile d'olive.

— La maison que je construisais à Crescia n'était pas encore prête. Quand j'ai pu y habiter, le terrorisme démarrait. Les voisins ont très vite déserté, moi je n'avais pas d'autre endroit où aller…

L'enfant bâille, il s'ennuie. Vieillir, c'est vivre dans le passé. Louise et cet homme n'ont que des souvenirs aux lèvres. J'éprouve la même lassitude en écoutant l'un et l'autre.

— C'était une zone truffée d'islamistes, il fallait rentrer à la maison avant la tombée de la nuit et sortir après le lever du jour, ne jamais prendre la même route aux mêmes heures. La police trouvait ça louche : j'étais le seul à ne pas avoir décampé, je devais avoir des relations privilégiées avec les rebelles. Un soir, les flics ont perquisitionné chez moi, tu te rends compte ! J'en ai eu assez de risquer ma peau tous les jours et d'être suspect parce que je restais en vie, je suis retourné dans ma famille. Toutes ces années ont été terribles, on s'est tous repliés sur nous-mêmes : plus de vie sociale, plus de restaurants, plus d'activités culturelles… seule restait la vie familiale. Je me suis beaucoup rapproché de mes sœurs, de mes frères et de vous, mes neveux et nièces.

— Tonton, pourquoi tu racontes toujours les mêmes histoires ? s'agace l'enfant.

L'homme me fixe. Il parle plus fort, sa voix tremble :

— Quand je l'ai rencontrée, c'était une star de cinéma, tellement belle que tout le monde se retournait sur elle… Louise, elle ressemblait à Rita Hayworth. Je n'ai jamais aimé personne autant qu'elle. Un jour, elle m'a dit que la plus belle route d'Algérie c'est celle qui mène à l'aéroport de Maison Blanche… Ce jour-là, j'ai compris que je l'avais perdue pour toujours.

Je paye ma consommation et m'en vais sans me retourner.

Je sens son regard posé sur mon épaule comme une main.

Sofiane

Marc est parti ce matin. Du balcon, je vois son bateau qui s'en va. Pendant cinq jours, je ne me suis pas ennuyé, d'habitude, les heures ont du mal à passer. Pendant son séjour, elles ont sprinté. Maintenant, je sais que le temps peut aller plus vite.

Quand je suis avec Louise, mon père ou mes cousins, c'est sans surprise. Tu prends une heure passée avec eux, tu la poses n'importe où dans ton agenda et tu peux être sûr qu'elle se déroulera toujours pareil.

Avec Marc, chaque moment est différent. Il se passe toujours quelque chose. Il m'a décrit sa vie à Paris, le boulot, les rendez-vous, les dîners. Ses journées sont toujours trop courtes.

À Alger, son portable n'arrêtait pas de sonner, ça énervait Louise.

Moi, quand mes copains téléphonent, on parle longtemps mais on se raconte souvent les mêmes salades. En fait, on n'a rien à se dire. Lui, ses coups de fil duraient à peine trente secondes. Il disait seulement : « Oui... non... d'accord. » Sauf avec Patricia.

Je lui ai demandé si le temps était le même en

Algérie et en France. Il m'a regardé étonné puis a fini par comprendre. Il a répondu : Sûrement pas. Ça me dépasse. Ici, tout le monde dit que la France est un vieux pays de vieux et que l'Algérie est un pays de jeunes. Les jeunes, en principe, ça bouge, ça danse, ça court, ça vit ; les vieux, ça attend la mort au calme sur le pas d'une porte. C'est moi le vieux et lui le jeune, j'ai l'impression que ma vie n'a pas bougé depuis que je suis né et qu'elle va s'écouler pareil, jusqu'à mon dernier jour. Alors que la sienne, elle galope. À Alger, on a tous le même parcours : on étudie, on trouve un job, on se marie. Si la chance est avec nous, on a des enfants, on les élève et puis on prend sa retraite. C'est toujours comme ça… Quand on est gamin, on se retrouve dans la rue avec les copains et on tient les murs. Quand on est plus âgé, on va au café pour jouer aux dominos. Le soir, on regarde la télé ou un DVD. Les filles, c'est pas la peine d'y compter, pour en sortir une, il faut une voiture, un appartement et beaucoup d'argent. Les études terminées, on veut être fonctionnaire, avocat, docteur ou ingénieur et quand on ne les finit pas, on est trabendiste. Voilà : en Algérie, on s'emmerde du début à la fin…

Avant qu'il ne parte, j'ai supplié Marc :

— S'il te plaît, aide-moi à vivre !

— Que veux-tu que je fasse ?

— Arrête de faire l'oreille sourde, tu sais très bien ce qu'il faut faire.

— Sofiane, on dit « faire la sourde oreille ».

— Je ne vois pas la différence.

Il m'a répondu en souriant :

— Mais si, il y en a une, ton charme !

Marc

Dans les films d'archives sur l'exode de 1962, j'ai vu cent fois ces images : plan-séquence, les arcades blanches s'éloignent, une femme des années soixante, lunettes de star, mouchoir à la main, essuie ses larmes. L'écume bouillonnante couvre l'inexorable sillon.

C'est bien tourné, assez émouvant.

Aujourd'hui, c'est différent, j'ai les yeux de ma mère. La brume estompe les collines, la Casbah se couvre de coton, à droite les coupoles de Notre-Dame-d'Afrique. J'imprime la détresse de cette femme sur la pellicule de ma mémoire, je filme le flou tremblé des maisons à travers ses larmes. Je fixe pour toujours son visage torturé. Elle se croit coupable : elle laisse ses morts.

Les morts, comme les enfants, meurent d'abandon.

Je leur dois ma vie, maman n'aurait pas supporté d'être coupable une deuxième fois, elle m'a gardé en héritage. À Alger, ils m'ont encore aidé, ils m'ont rendu les parfums, ils m'ont rendu la flamme.

Ils m'ont ressuscité.

« Les parfums de nos vies sont les mots d'amour de nos morts. »

Des gouttes sur l'objectif de la caméra, la baie se brouille.

À Alger, les morts m'ont plus donné que les vivants.

J'ai trouvé Louise sèche et pathétique, murée dans le passé et la souffrance, Kader sur le chemin du départ, éteint. Ce sont deux fantômes, je ne perçois pas encore leur message. Seul Sofiane…

Alger, au loin, n'est plus qu'une fantasmagorie blanche. J'ai peur de perdre ce que j'ai retrouvé, j'ai peur du large.

J'abrite du vent du nord ma flamme renaissante.

Marseille-Paris dans le brouillard, je conduis sans réfléchir, indifférent aux autoroutes et aux tunnels. Alger est en moi, c'est un rêve puissant qui s'accroche. Les morts et les vivants sont désormais enlacés, ils comblent le vide. Ce vide qui ne se dissipait jamais, même sous les sunlights, les flashs ou les applaudissements. Je l'oubliais parfois, mais sitôt la porte de mon appartement claquée, il pointait sa tête blafarde. J'entre chez moi, un parfum oublié, celui de Lionel. Je l'écarte d'un revers de main. Je me suis accroché à ce garçon, ce n'était qu'un leurre. Que cet immeuble est sombre, même en plein été !

J'ai envie de soleil, envie d'entendre la voix de Sofiane, j'appelle son portable.

— Marc, tu nous manques, dit-il, je m'ennuie depuis ton départ… Tu m'enverras le DVD de ton dernier film ? Et puis tu m'as promis autre chose. Pourquoi ne réponds-tu pas ? L'oreille sourde a déjà oublié ! Tu ne te souviens pas ? Tu as juré que tu m'aiderais à vivre !

Je change de plan : Patricia au téléphone.

— Comment vas-tu, mon amour ? Tu t'es plutôt

bien débrouillé pour quelqu'un qui a peur de l'objectif ! J'ai vu le *Match* qui paraît demain, il est génial. En première page : « Marc Sylvaner au pays de ses racines ». Tu es dans un cimetière, tu pleures et tu tends la main comme Romy dans *L'important c'est d'aimer* : pas de photos, s'il vous plaît, pas de photos. Je ne suis pas une pute, je sais faire autre chose… Très, très fort.

Très, très fort ! Tu ne voulais pas qu'ils la publient ? Tu es malade, elle est sublime. Les autres aussi sont superbes… Mais ta tante, quelle ruine monstrueuse avec ses deux dents.

— Trois… elle en a trois, pas deux.

— Elle aurait pu fermer la bouche, on dirait un hippopotame sortant du marigot.

— Dis-moi, ils l'ont montrée en travelo ?

— Mais non, pourquoi ?

— Ouf… ils n'ont pas publié toutes les photos, ils ont tenu leur promesse… elle s'était déguisée en travesti.

— On l'a échappé belle ! Ne t'inquiète pas, le reportage est magnifique, il va faire pleurer. Et le salaud d'islamiste : au tapis !

Sofiane

Qu'est-ce qu'on s'emmerde pendant le ramadan !

Y a rien à foutre, les gens ne pensent qu'à bouffer. Dans le temps, c'était sympa, on se retrouvait les uns chez les autres, on jouait aux cartes, aux dominos. Les attentats, le couvre-feu ont mis fin à tout ça, on reste chez nous à attendre l'heure des prières, l'heure du *ftour*, l'heure du café, l'heure du *s'hour*.

Avec Louise, on aime bien se mettre au balcon, juste avant la rupture du jeûne. Y a personne dans les rues, même les chiens n'aboient plus. Pas de voitures, plus de bus, ils sont tous dans les starting-blocks pour bouffer.

Elle ricane :

— Les rats sont rentrés dans leurs trous.

Au début ça m'énervait, maintenant je rigole, je sais qu'elle ne me considère pas comme un rat, elle dit toujours :

— Toi, tu n'es pas comme les autres.

Alors je réponds :

— Bien sûr que si, je suis un Algérien comme les autres ! Arabe, musulman et fier.

Elle hausse les épaules et tire sur sa cigarette. Aujourd'hui, elle est furieuse, elle a attendu toute la journée un agent des PTT pour son téléphone en dérangement.

— Le salopard ! Si mon ex l'avait appelé, il aurait accouru ventre à terre. Dans ce pays, une femme toute seule ne représente rien. Je ne sais pas ce qui me retient d'appeler Bouteflika...

La voilà repartie, elle adore le Président. En général, elle déteste les hommes politiques. Tous dans le même sac : Français, Anglais, Algériens, Américains. Elle n'arrête pas de critiquer Boumediene et les généraux, et ça m'énerve, papa dit que Boumediene c'était un grand homme. Il a rendu son honneur à l'Algérie. Il a fait d'elle une nation respectée. Il l'a développée et instruite.

Avant l'indépendance, il y avait moins de mille étudiants musulmans dans les facs de l'Algérie française. De nos jours, il y en a des dizaines de milliers et, tout ça, c'est grâce à Boumediene. Papa est très copain avec deux généraux. Quand ils viennent à la maison, ils ont toujours plein de choses à raconter et ils ne pensent qu'à une chose, sauver l'Algérie. J'ai vu leurs maisons, ce ne sont pas des palais et ils ne vivent pas mieux que nous.

Impossible de regarder un journal télévisé avec Louise, elle insulte tout le monde. Tout le monde sauf Boutef, Khalida Messaoudi et Louisa Hannoun.

— Qu'est-ce qu'il t'a fait, le Président, pour que tu l'aimes autant ?

— Quand je l'ai connu, il était ministre des Affaires étrangères. Il était beau, tu n'imagines pas, des yeux verts magnifiques. Moi, les yeux verts, ça me fait craquer. Quand on se rencontrait, on passait de longs moments à discuter, il me faisait rire. Il a un humour ravageur. Ça rendait fou Kader… Un jour, il m'a demandé mon numéro de téléphone…

— Et alors ?

— Alors rien, je ne l'ai pas donné.

— Dommage, tu serais Présidente.

— J'ai été stupide, j'avais des principes. Souvent, j'ai envie de l'appeler. Je suis sûre qu'il se souvient de moi. Il pourrait m'aider… pourquoi cette moue, Sofiane, tu ne me crois pas ?

— Si, si.

Je fais des efforts pour ne pas rire : la pauvre, avec ses cent kilos et ses trois dents, elle s'imagine avoir encore une chance. C'est drôle, les vieux, ils ont l'impression d'être toujours ce qu'ils étaient, le cerveau et les souvenirs vieillissent moins vite que leur corps.

— En tout cas, Sofiane, si tu as la chance de croiser un jour quelqu'un qui peut changer ton destin, n'hésite pas, ne fais pas comme moi. Laisse de côté tes scrupules, sois cynique.

— Ça veut dire quoi, cynique ?

— Sans foi, ni loi… ça vient de chien. D'ailleurs, je t'en ai fait rencontrer un beau spécimen…

— Non, pas lui ! J'ai découvert un Marc que tu ne connais pas. Je l'ai beaucoup observé, tu sais. J'ai passé du temps avec lui. Avec toi, il a gardé sa carapace. Je l'ai vu pleurer au cimetière et ce n'était pas du bidon. C'est vrai, il a voulu faire un coup de pub mais il est aussi venu pour toi, pour son passé… tu dis toujours que les gens ne sont jamais tout blancs ou tout noirs.

— Tiens, je t'ai vraiment appris la subtilité !

Mais là, vois-tu, tu fais fausse route. Marc est sans état d'âme, prêt à tout pour sa carrière.

— Tu te trompes, Louise. Le chien cynique a retrouvé son flair… Il s'est fait mordre et il saigne, il se lèche et il n'est pas près de cicatriser.

Marc

Peur de tout perdre, à Paris, tout est trop : images, visages. Les multitudes effacent et submergent, le jasmin se dissout dans la fumée des pots d'échappement, le ciel nord-africain s'estompe dans la grisaille du nord. Une douleur sourde, déjà le manque, les heures semblables aux heures. Lionel se glisse dans mon lit. Il s'inquiète ; depuis mon retour je ne l'ai pas touché, son corps sans surprise m'ennuie.

Je m'habille.

Où vas-tu ?

Je sors sans répondre.

Je marche au hasard, quelques lumières dans la nuit. Froides et clinquantes. Le hasard guide mes pas vers une porte que je connais bien, je m'arrête indécis. Elle s'entrouvre, l'air empeste. Un homme, tête basse, sort de l'antichambre. Une odeur âcre, mélange de désinfectant, de sueur et de parfum bon marché. Tous les bordels ont la même odeur, l'odeur du vide. Il y a deux mois, je serais entré sans hésiter. Depuis Alger, les supermarchés du sexe ne m'intéressent plus. Il y a peu, ils m'excitaient : la profusion, l'*a-sentiment*. Le plaisir à l'état pur, anonyme et canin.

J'imagine des silhouettes sans visage dans un jacuzzi. Elles s'observent l'air de rien, se rapprochent puis s'enchevêtrent dans la mousse. Un projecteur dévide depuis des années le même film porno devant les mêmes spectateurs, avachis sur un canapé taché de plaisirs anonymes. Je me vois errant dans les couloirs déserts du sauna, une serviette froide et mouillée autour de la taille. Il est tard, il y a peu de monde. Les cabines de relaxation sont vides. Quelqu'un est là, quelque part, qui m'attend, je le sais. Je le cherche…

Je pose la main sur la poignée de la porte d'entrée, la flamme d'Alger vacille. Peur de tout perdre, je pense à Sofiane, à Louise, je lâche la poignée glacée. Je m'éloigne la flamme intacte et la victoire aux lèvres.

Je m'étends sur le canapé du salon et m'endors seul.

Le soir de son anniversaire, Patricia m'entraîne au Costes :

— Un petit dîner en amoureux, je t'invite !

Jean-Yves nous accueille, sourire complice aux lèvres, il pose sa main sur mon épaule :

— Bravo pour l'article dans *Match* !

Il nous conduit dans le saint des saints. Tous les regards convergent. Patricia est somptueuse dans une robe chamarrée, légère comme un souffle. Surprenant contraste : tissu évanescent et couleurs éclatantes sur le fond velours sombre des tentures murales. Ses yeux immenses sont d'un bleu fascinant, à la fois durs et blessés. Je suis le seul à en révéler la profondeur. Nous sommes le point de mire de la salle. À une autre table, Monica. Un producteur, deux metteurs en scène, trois scénaristes éparpillés, ils se lèvent les uns après les autres et me félicitent pour l'article. Patricia triomphe, elle dit à tous :

— C'était mon idée !

Nous nous asseyons enfin.

— Tu vois, mon chéri, sacré coup de pub ! J'ai

demandé à mon copain du *Parisien* de faire un sondage sur le metteur en scène préféré des Français, et tu sais quoi ? C'est toi qui viens en tête. Ils le publient demain. Joli cadeau d'anniversaire, n'est-ce pas ?

Je prends sa main et l'embrasse :

— Quel est ce parfum ?

— Tu n'avais jamais remarqué ? Ça fait des mois que je le porte, c'est Datura noir, de Serge Lutens. Tu ferais mieux de t'intéresser un peu plus à moi. À propos, tu me fais tourner quand ?

— Pour l'instant, je n'ai pas de sujet.

— Moi j'en ai un, ce serait l'histoire d'une belle femme blonde et célèbre, amoureuse d'un réalisateur beau comme un dieu.

— Intéressant. Ils se marient… ils ont beaucoup d'enfants ?

Elle poursuit malicieuse :

— Mais non, il est pédé comme un foc.

— Imbécile !

Au Costes, nous mangeons toujours la même chose : nems, tigre qui pleure, purée à l'huile d'olive et sorbet citron. Pour la première fois depuis des mois, j'ai plaisir à dîner ici. Les repas précédents étaient fades, le retour du goût et des odeurs a transformé ma vie. J'apprécie même le décor Napoléon III que je trouvais lourd et pompeux. Le sancerre rouge est excellent, il agit comme un poison bénéfique, je suis au paradis.

— Tu sais, Patricia, depuis quinze jours, je reçois plein de courrier… Des lettres de pieds-noirs, d'Algériens, de beurs. Ils me remercient tous, ils ont été très émus par l'article. Et devine ce qui les a le plus touchés ?

— Ta tante !

— Exactement. L'histoire de cette vieille femme abandonnée par son mari, qui survit tant bien que mal dans une Algérie à la dérive les a bouleversés.

— C'est incroyable, sur les photos elle est monstrueuse !

— Elle n'a pas toujours été comme ça, attends…

Je sors de mon portefeuille une photo de Louise à vingt ans, elle est belle, d'une beauté surannée, émouvante : cheveux mi-longs, ondulés, regard nostalgique, longs cils recourbés, pommettes hautes et lèvres ourlées, sensuelles. Plus belle, plus mystérieuse que Rita Hayworth. Une présence.

— Elle était magnifique. Quand on pense à ce qu'elle est devenue, c'est horrible…

La photo de Louise a mis Patricia mal à l'aise. Vieillesse et déchéance sont la terreur des acteurs. Elle change de sujet :

— À propos, qu'as-tu fait de mes photos ?

— Quelles photos ?

— Incroyable, tu as oublié ! Je t'avais donné des photos de moi avec différentes coiffures, tu devais les regarder et me donner ton avis.

— Merde, c'est vrai, je ne sais plus où elles sont… Ah si, dans mon portefeuille.

Je cherche désespérément, je suis sûr de les avoir rangées là… Mais non, elles sont introuvables.

— Vraiment désolé, elles étaient dans mon portefeuille, j'ai dû les perdre.

— Ce n'est pas grave, je ne suis plus très sûre de tourner le prochain film d'Ozon, il n'a pas pu boucler le financement.

— Tu as d'autres projets ?

— Non, pas pour l'instant.

Louise

Quand Sofiane était enfant, les conjugaisons françaises le plongeaient dans des abîmes de perplexité. Il me posait souvent de surprenantes questions :

— L'imparfait… pourquoi ça s'appelle comme ça ? Imparfait, ça veut dire que c'est un peu abîmé, presque moche. Quand tu écris : « Cette maison était belle », ça signifie qu'elle est plus belle du tout.

— Sofiane, tu ne peux pas utiliser le présent en permanence. Il faut accepter l'imparfait. La vie passe, tu grandis. Les êtres, les choses ne sont pas éternels. Quand tu parles de ta maman, il ne faut pas utiliser le présent.

— Maman était parfaite, je ne veux pas l'abîmer !

Ma vie, mon corps se conjuguent à l'imparfait.

Si j'étais aveugle, l'imparfait serait moins douloureux, acceptable. Je ne me verrais pas difforme au sortir de la douche. Je ne dirais pas, tous les jours, sur ma loggia : « Dieu, que ma vie était belle, Dieu que cette ville était belle… »

Je ne verrais pas les bois qui couvrent les collines reculer, année après année, dévorés par le béton barbare. Seule la villa des Oliviers, parcelle de France au sommet de la ville, garde intacte sa splendeur.

J'étais belle comme cette ville et puis le temps a passé. J'aimais Kader, j'aimais Alger. J'ai le souvenir d'un bonheur fou, distant, flou. Film amateur d'une vie rêvée, saccadé et grésillant, auquel j'aurais volé les plus belles images pour meubler mon interminable présent.

Mais qui tenait la caméra ?

Le Diable, assurément…

J'ai trente-cinq ans, je suis au Rowing Club, au pied d'Alger la sublime, écrin vert et blanc pour une mer bleu ardent. Allongée sur la dalle de béton brûlant de la jetée, lestée par la chaleur, je frissonne de plaisir. Kader s'est endormi là-bas sur une serviette jaune. Cette nuit sa peau contre la mienne, sa bouche sur la mienne, je suis heureuse.

Je me lève, du soleil plein les yeux. La mer palpite dans la lumière, je secoue la tête, volupté d'une chevelure lourde imprégnée d'huile de karité. Elle couvre mon visage, écran sombre sur l'outremer.

Trois adolescents au bas des rochers, ils tournent la tête et me regardent plonger. Plongeon parfait, ils applaudissent :

— Tu as vu, elle est canon…

Je souris.

Je crawle sans effort, mue par un sentiment dérisoire de puissance. Dans l'eau froide, tétanisée, je ne suis que muscles dans une enveloppe glacée, je ne suis que volonté. Cap vers le large.

Fatiguée, je fais la planche, ludion entre deux densités de bleu. J'entends le bruit des vagues sur la jetée, assourdi.

Des cris lointains, un homme, debout, fait de grands gestes, j'entends des bribes : « Viens... reviens... Louise ! » Kader s'inquiète. Je nage vers lui, agrippe la vieille échelle de métal rouillée et sors de l'eau, intacte, bronzée et scintillante dans la lumière tendre d'une fin d'après-midi d'automne. Mes mains sont tachées de rouille.

C'est peut-être là que tout s'est corrodé...

Les gouttes de mer tombent sur la pierre chaude, elles s'évaporent très vite, laissant une fine empreinte de sel. Il s'écrie :

— Tu es folle, Louise !

Oui, j'étais folle, folle de croire que tout pouvait durer toujours. J'avais oublié l'imparfait.

Marc

J'ai le bourdon, je demande à Catherine de me prêter son refuge à la campagne. C'est une belle maison, pleine d'âmes et de charme, au jardin entretenu à la perfection. Quand Catherine ne tourne pas, elle passe ses journées à tailler, planter, sarcler et semer en robe à fleurs. Quand je la vois, son sécateur à la main, je la compare à Marie-Antoinette :

— Tu es la Marie-Antoinette du cinéma français et ta maison, le Petit Trianon.

Ça la fait rire. Elle répond invariablement :

— Je n'ai pas encore trouvé mon Axel de Fersen… J'espère surtout que je n'aurai pas la même fin !

Ce week-end, elle n'y sera pas, elle m'a proposé de venir passer trois jours avec Lionel.

Surtout pas, je veux être seul.

Je descends de voiture, le jardin est un lac vert et blanc ; çà et là des touches jaunes, orange ou rouges, bientôt l'automne. Un air humide et froid, des senteurs d'herbe, de feuilles et de pomme verte. Je me suis garé sous les pommiers, ils ploient sous les fruits. Les pommes sont trop acides, juste bonnes pour des compotes ou des tartes. À terre, la pelouse en est jonchée, elles pourrissent à demi rongées par les mulots. Il faudra en ramasser pour Amélie, ma femme de ménage, elle sera ravie. Une vigne écarlate couvre un acacia vert tendre. Belle image, penser à m'en servir.

Les premières feuilles mortes sur l'herbe rase, le jour finissant, l'angélus au loin, les cris d'oiseaux avant le crépuscule, les derniers bourdonnements d'abeilles autour des dahlias m'apaisent. Cette nuit, j'entendrai le hululement des chouettes.

Il est des lieux chargés de nostalgie, y revenir souligne l'absence et le temps qui passe. Pas la maison de Catherine. Je n'y sens jamais la solitude. Les pierres, peut-être ? Un feu brûle dans la cheminée, elle y a pensé. Cela fait si longtemps que je n'ai pas senti l'odeur du feu, je me gave de bois brûlé et de résine.

La discothèque est impressionnante, éclectique, Catherine aime tout : la pop, le classique, le disco, le jazz, je me régale. Assis dans un fauteuil, face aux flammes, je pense à Sofiane, à son absence si dense.

Après un dîner léger, je monte me coucher. Les chambres regorgent de livres, je pioche au hasard : *Fragments d'un discours amoureux*. Ils m'aideront à dormir. Je sombre dans les bras de Roland Barthes, sur un concerto de Mozart.

Louise, face à la mer, belle et lumineuse, une douceur dans le regard, la douceur de la jeunesse. Mince et bronzée. Trente ans ? Elle souffle des volutes dans l'air bleu du ciel. Elle sourit, un sourire parfait, et puis elle parle :

— Dans la vie, Marc, il y a la naissance puis la

reconnaissance… Le but de la vie, c'est la reconnaissance. Moi, ma vie n'aura servi à rien.

Elle secoue la tête, ses cheveux ondulent dans le soleil, son visage est un prisme qui éclate la lumière.

— Louise, à quoi servent les nostalgies ?

— À survivre, à transmettre, à reconstruire le passé, répond-elle. Si je n'avais pas de souvenirs, je serais morte depuis longtemps. Mes images sont fragiles, Marc. Allez, fais une prise.

— Une prise, vraiment ?

J'aime flâner dans Paris avec Patricia. C'est si rare, nos métiers nous persécutent. Il fait beau, j'appelle à tout hasard. Miracle, elle est libre. Le temps de caser les enfants chez la voisine, elle saute dans un taxi.

Les allées du Luxembourg sont presque désertes. Ce n'est pas encore l'automne, ici les arbres sont encore verts. Nous marchons main dans la main, sa tête sur mon épaule, en amoureux. Les passants nous reconnaissent ; ils sourient, complices. Deux papillons tournent autour de nous.

— Regarde, Patricia, dans quelques jours ils seront morts et ils ne le savent pas.

— C'est pour me raconter des horreurs que tu m'as fait venir ?

— J'ai vu les mêmes papillons, hier, à la campagne. L'éphémère n'est là que pour contraindre les créateurs à l'immortalité. Les cinéastes, les peintres ou les romanciers sont des archivistes. Ils s'emparent du temps qui passe et le fixent sur la pellicule, la toile ou le papier, ils lui donnent un brin d'immortalité.

Elle s'arrête et me fixe de ses yeux d'un bleu impossible :

— Qu'est-ce qui t'arrive, tu ne te sens pas bien ?

— Je n'ai jamais été aussi bien, laisse-moi continuer… embrasse-moi… embrasse-moi vraiment !

Elle embaume Datura noir, nos lèvres se touchent, son haleine est parfumée. Elle rit :

— Tu es complètement barge !

— Si Doisneau nous avait photographiés, on serait une légende…

— Aujourd'hui, tu es plus connu que Doisneau, fais-moi tourner dans ton prochain film et nous deviendrons vraiment une légende.

— Avant-hier, j'ai rêvé de ma tante… c'est elle que je veux filmer.

— Tu veux faire un documentaire sur les otaries ?

Je hausse les épaules :

— Elle a eu une vie hors du commun, je veux témoigner et lui rendre hommage.

Le vent souffle sur le bassin, les petits voiliers d'enfant filent vers le large, toutes petites voiles gonflées, de gros cumulus enflent à l'ouest. Bientôt, une tempête dispersera la régate de pacotille.

Je poursuis :

— Louise sera l'héroïne de mon prochain film.

— Et ça me concerne en quoi ?

— Je veux que tu joues son rôle.

— Le type qui réussira à m'arracher vingt-neuf dents et à me faire grossir de cinquante kilos n'est pas encore né. Même si tu me donnais *Million dollar baby*…

— Dans mon rêve, elle souriait comme toi… et puis ne t'inquiète pas, je n'irai pas jusqu'à l'imparfait.

Sofiane

Il pleut, depuis hier. Je m'ennuie. D'habitude on se retrouve avec les copains du quartier en bas de l'immeuble ; même si on ne fait rien de spécial, ça occupe, on discute, on raconte des blagues, on regarde les filles. Louise est de mauvaise humeur, elle a mal au dos, elle ne veut pas aller voir le médecin. Je lui ai proposé d'envoyer papa, elle a dit : « Sûrement pas ! » Et elle est partie s'allonger dans sa chambre.

Alors, j'ai été au cyber pour chatter avec mes copines. Je ne les connais pas mais on se raconte nos vies. J'aime bien Leïla d'Oran, elle est étudiante en médecine, elle a vingt ans. J'ai menti sur mon âge, elle pense que j'ai un an de plus qu'elle. Les femmes, ça les rassure un homme plus vieux. Elle m'a envoyé ses pics, elle est super mignonne. Elle s'emmerde à Oran, elle habite avec sa famille, son père est tout le temps à la mosquée. Pour sortir, elle met le hidjab, c'est dommage, elle a de beaux cheveux, elle me les a montrés. Elle ne mange pas à midi pour aller sur Internet. De temps en temps, elle prend une webcam et on peut causer face à face en mettant le son, elle a la voix douce. Moi, je préfère écrire. Je trouve qu'on peut dire des choses plus intimes, plus réfléchies. Tout à l'heure, j'ai promis que je viendrais la voir pendant les vacances d'hiver, j'irai chez mon oncle qui habite le front de mer. Elle ne sait pas si son père la laissera sortir, mais elle fera tout son possible pour qu'on se rencontre.

Quand j'éteins l'ordinateur, j'ai toujours la même impression : l'impression d'être vide, d'avoir parlé à des fantômes et d'être encore plus seul. Parfois je chatte avec des étrangères, des Françaises ou des Anglaises. Elles ne sont pas du tout comme les Algériennes, elles sont vraiment très libres, elles parlent d'amour et de sexe, moi j'aime pas trop, ça me gêne. Elles veulent tout le temps mettre la webcam, y en a même une qui m'a montré ses seins. C'est Paméla, l'Écossaise. Ça m'a fait peur, j'ai éteint l'ordinateur et je me suis sauvé. Heureusement personne n'a rien vu. Pendant une semaine, je n'ai plus foutu les pieds au cyber, j'avais trop honte !

Marc me téléphone souvent, il ne reste pas longtemps au bout du fil, toujours pressé, il demande comment ça va, comment ça marche au lycée, s'il fait beau et puis il raccroche. Il dit souvent qu'il aimerait me revoir. Moi aussi j'aimerais le revoir, avec lui le temps passe vite, même quand il ne parle pas. Il m'a invité à venir à Paris, mais je n'ai pas de passeport et puis pour avoir un visa, c'est la mort. Il faut faire la queue des heures devant le consulat de France et, là-bas, ils te reçoivent comme un chien. Tu leur files cent euros et même s'ils ne te donnent pas le visa, ils gardent l'argent. La France se fait du fric sur nous, c'est dégueulasse, on n'est pas riches. Ce serait plus facile pour lui de venir, mais pour l'instant il ne peut pas. Des conférences, des festivals, il n'a pas le temps.

Il pleut sans discontinuer, je ne peux même pas aller sur le balcon, le carrelage est trempé et on ne voit pas à dix mètres. Tout est gris : les maisons, la mer, le ciel. Ça me dégoûte et comme je n'ai envie de rien, je me mets au lit. Une heure de sieste, ça sera toujours ça de gagné sur cette foutue journée qui ne veut pas passer.

Le portable sonne. Zut ! je venais juste de m'endormir.

— Allô, Sofiane ?

— Oui.

— C'est Marc, comment ça va ?

— Bof, je m'ennuie... et toi ?

— Ça va pas mal, un peu stressé, j'ai une série d'interviews pour des télés européennes la semaine prochaine.

— Ça va marcher, c'est sûr, t'es toujours très bon.

— *Inch Allah*.

— Bravo pour l'accent, on dirait que t'es un vrai Arabe. Tu tournes bientôt un autre film ?

— Rien de prévu pour l'instant... Dis-moi, Sofiane, ça te dirait d'écrire un scénario avec moi ?

— Qu'est-ce que tu racontes ?

Je suis un peu endormi, je ne comprends pas bien ce qu'il me dit.

— Je te demande si tu veux écrire une histoire avec moi, si tu veux bien être mon coscénariste.

— T'es sérieux ou quoi ?

— Tout à fait.

— Il y a des milliers de gens qui font ce métier à Paris, en France, en Amérique et c'est moi que tu viens chercher. C'est pas sympa de te moquer de moi.

— Je ne me moque pas de toi, j'ai envie d'écrire avec toi.

— Pourquoi moi ? Je n'ai pas dix-neuf ans, je n'ai aucun talent, je n'ai jamais écrit et tu dis toi-même que j'ai un accent à couper au couteau quand je parle français.

— J'ai besoin de toi, Sofiane.

— Mais je ne sais rien faire, à part rigoler, manger, jouer à la belote ou aux dominos et dormir. C'est ça qui t'intéresse chez moi ?

Je n'aime pas qu'on me prenne pour un imbécile, je ne lui ai jamais parlé comme ça. Il est surpris, il n'a pas l'habitude. Mais je m'en fous, je suis de mauvaise humeur.

Il insiste :

— Laisse-moi t'expliquer… je veux faire un film sur Louise et j'ai besoin de toi pour écrire son histoire, tu connais beaucoup de choses sur elle.

— Pourquoi tu lui demandes pas de t'aider ? C'est sa vie, pas la mienne. C'est ta tante.

— Je la connais, elle ne voudra jamais que je tourne un film sur elle, elle refusera de collaborer avec moi. Et puis, je voudrais lui faire la surprise, lui offrir ce film. Tu sais, Sofiane, c'est un personnage exceptionnel, je m'en rends compte. Depuis mon retour à Paris, je pense à vous en permanence. J'ai envie de témoigner sur sa vie, sur l'Algérie.

— Je ne sais pas quoi dire. Comment veux-tu qu'on travaille ensemble ? On est à mille quatre cents kilomètres l'un de l'autre. Mon père ne me laissera jamais venir à Paris tant que je suis mineur...

— On va trouver une solution. Tu as un ordinateur ?

— Non.

— Je peux t'en offrir un.

— Mais ça va pas ! Qu'est-ce que je vais raconter à mon père quand il le verra ? Que je l'ai gagné à la loterie ?

— Tu vas bien sur le Net de temps en temps ?

— Oui, il y a un cybercafé en bas de chez moi.

— Eh bien voilà... on pourra travailler ensemble une ou deux heures de temps en temps. Tu sais te servir de MSN Messenger ?

— Bien sûr, pour qui tu me prends ?

— Et Skype, tu connais ?

— On n'est pas à l'âge de la pierre en Algérie !

— Ne t'énerve pas, je me renseigne... Réfléchis, je te rappelle dans quelques jours et tu me diras ce que tu as décidé. Ce serait sympa de bosser tous les deux, tu me donnerais plein de tuyaux sur ton pays.

— Le film, tu le tourneras à Alger ?

— Je n'en suis pas encore là, mais pourquoi pas ?

Je travaille tous les soirs avec Marc. Dès qu'il est libre, il m'envoie un SMS et je descends le retrouver au cyber. On bosse une heure, parfois deux, c'est sympa, j'attends ces moments avec impatience. On commence par raconter notre journée. Il parle de ses rendez-vous avec les acteurs et les actrices, j'adore. Je pose des tas de questions sur Patricia. Elle est extra cette femme, je n'arrête pas de regarder ses pics. Je raconte à tous mes copains que je la connais et qu'elle m'envoie une photo tous les quinze jours. Je la leur montre, ça les rend fous. J'en ai encore seize en réserve.

Moi, je n'ai pas grand-chose à dire. Le lycée, c'est pas terrible, je m'y emmerde comme c'est pas possible. Je me rends compte qu'à Alger, dans nos vies, il ne se passe vraiment rien. Il m'interroge sur la musique qu'on écoute, les habits qu'on porte, les endroits où on va. Hier, il a demandé si j'allais danser avec les filles. Quand j'ai répondu que je n'avais pas assez d'argent pour aller en boîte, il a eu l'air content.

C'est chiant Internet, ça coupe sans arrêt. On va sur MSN, on branche la cam, le son n'est pas terrible sur Messenger, alors on parle avec Skype. Grâce au casque, on dirait que Marc est à côté de moi, c'est mieux que le téléphone. Par contre les images ne sont pas géniales, elles freezent tout le temps. Je suis moche comme un singe, parfois ça bave et je ressemble à Dracula. Marc dit que ce n'est pas vrai, que je suis très beau. Je demande toujours : « Assez beau pour être acteur ? » Il sourit.

Il veut connaître tout ce que je sais de Louise, tout ce qu'elle m'a confié. Ça me gêne, j'ai l'impression de la trahir. Il dit que non :

— Ce n'est pas de la trahison, Sofiane, on va lui rendre hommage... Notre travail sera un vrai témoignage d'affection.

Très vite, il a voulu savoir des choses sur ses parents, ses grands-parents, sur Paul et Kader.

— Marc, je ne connais pas toute sa vie.

— Tu n'as qu'à demander !

Et c'est ce que j'ai fait...

Avec Louise, c'est facile, tu appuies sur un bouton et c'est parti pour des heures. Quand je rentre chez moi, j'écris ses souvenirs sur un carnet et le lendemain je les lis à Marc. Il enregistre toutes nos conversations. Depuis une semaine, il me harcèle. Il veut savoir quand sa vie a basculé.

— Trouve les raisons de sa déchéance, c'est important.

Ça me gêne, je n'ai pas envie de poser des questions trop intimes, je ne veux pas lui faire de mal.

— C'est pas évident, Marc... je ne sais pas comment m'y prendre.

— Demande-lui pourquoi elle n'a pas eu d'enfants !

Louise

Mon passé intrigue beaucoup Sofiane. Peut-être veut-il en tirer un enseignement pour ne pas répéter mes erreurs ? J'aurais au moins servi à ça.

Pas d'orgueil mal placé, Sofiane ! Il faut saisir les occasions.

Pas question de vendre son âme, mais les concessions sont indispensables. Drapée dans ma dignité, je n'en ai fait aucune. Et voilà le résultat. C'était stupide ! J'avais tous les atouts dont une femme peut rêver, j'aurais pu arriver au sommet si j'avais su manigancer, avaler des couleuvres et recracher des vipères. Trop rigide, trop droite, trop IIIe République comme mon père, ligotée par Jules Ferry.

Je n'ai pas su gérer ma *stérilité*.

Kader était stérile, je l'avais su, mais je l'aimais. Je ne voulais pas le blesser, je voulais le préserver. Alors, j'ai occulté la vérité et accepté d'endosser la tare. Il a joué le jeu, ravi. Et, rapidement amnésique, m'a conduite chez ses confrères gynécologues, tenant sa famille au courant de mes pérégrinations médicales. Je revois sa sorcière de mère, bouche et menton tordus, me questionner :

— Alors, Louise, ce bébé, c'est pour quand ?

J'ai subi trois cœlioscopies, la dernière a failli me tuer : allergie au Penthotal et deux jours en réanimation. Je décidai d'arrêter la comédie sur les conseils du médecin. Je me confiai à l'une de ses sœurs, Malika, celle dont j'étais la plus proche :

— Ce que tu m'as dit, Louise, ne le répète à personne. Ce serait terrible pour lui, pour toi. Dieu est grand ! Fais-moi confiance, on va trouver une solution.

Une semaine plus tard, nous partions pour la Kabylie, munies de foulards, de djellabas et de ceintures de laine. Elle conduisait, sourcils froncés, mystérieuse. La radiocassette débitait Enrico Macias, Farid el-Atrache, Warda et Françoise Hardy. Nous arrivâmes dans un petit village perdu dans la vallée de la Soumam, ses maisons tassées par la chaleur se ramassaient autour d'une *qouba* blanche. Des enfants pieds nus tapaient dans une balle de chiffons. Quand la voiture s'arrêta, ils l'entourèrent et me dévisagèrent étonnés :

— *Chkoune, chkoune ?* C'est qui ?

Malika dévoila mon identité, alors ils s'accrochèrent à moi et m'embrassèrent : « *Aslama* tata Louisa, *aslama.* »

— C'est le *douar* de ma mère, Louis, nous passerons deux nuits chez sa sœur.

Nous entrâmes dans une maison basse et sombre, une femme au très beau visage nous accueillit, une madone aux yeux vert translucide pailletés de noir.

Aucune ressemblance avec ma guenon de belle-mère !

— Elle ne parle que kabyle ! prévint Malika.

Je la remerciai en berbère pour son hospitalité. Interloquée, elle s'écria :

— Mais tu parles notre langue !

— Oui, comme mon père et mon grand-père.

— Ils étaient de chez nous alors.

— Non, ils l'ont appris parce qu'ils aimaient ce pays.

— Installe-toi, tu es chez toi ici, tu es comme ma fille.

Elle cuisina sur un *kanoun*, sa peau sentait la fumée du foyer, ses habits en étaient imprégnés. Elle attisait les braises avec un bout de carton. Une bonne odeur de galette de semoule envahit la pièce chaulée de blanc. Seule une petite fenêtre laissait passer le jour. À droite des jarres à provision en terre cuite, à gauche un coffre de bois couvert d'oiseaux multicolores : sa garde-robe. Alger et la civilisation étaient loin. J'eus, comme les Français découvrant l'Algérie en 1830, le sentiment de plonger dans l'Antiquité, une antiquité vivante.

— Malika, de quoi vit-elle ?

— Notre famille est maraboutique, les gens viennent honorer notre ancêtre, le marabout Sidi Slimane. Sa tombe est au milieu du village. Chaque membre de la famille a un jour de réception. Ma tante, c'est le jeudi. Ce jour-là, elle reçoit les pèlerins. Ils lui offrent du lait, de l'huile, un agneau, de l'argent. En retour, elle donne des amulettes et la bénédiction.

Nous passâmes l'après-midi à parler de la vie du village, de la jalousie de ses belles-sœurs, du jour de réception que ses cousins voulaient changer.

— Tu comprends, il y a quelques années, le week-end, c'était samedi et dimanche, alors le jeudi, je n'avais presque personne. Depuis que Boumediene a mis le week-end le jeudi et le vendredi, j'ai un monde fou ! Je vis beaucoup mieux qu'avant.

Elle m'apprit à confectionner des amulettes. Djida, la vieille tante, fabriquait elle-même l'encre à l'aide de charbon végétal, trempait un calame en bois dans la préparation et, très appliquée, sur un bout de papier, rédigeait un verset du Coran. Ensuite, elle plaçait le papier dans un morceau de tissu rectangulaire qu'elle cousait. L'amulette était prête.

— Tiens, cette *herza* est pour toi, Louisa, elle te portera bonheur. Grâce à elle, tu auras au moins cinq enfants... *Inch Allah*.

J'eus un mouvement de recul, je pensai à l'amulette de la négresse d'Ima Gouraya.

— N'aie pas peur ma petite Louisa, elle ne t'apportera que du bonheur.

Elle l'accrocha au revers du bonnet gauche de mon soutien-gorge avec une épingle de nourrice : « Il faut que la *herza* soit contre ton cœur ! » Je la sentais, elle était rêche et grattait mon sein.

Lorsque la nuit tomba, nous allumâmes deux lampes à pétrole, des quinquets comme les appelait Djida. Une fumée noire et grasse se dégagea des deux mèches ; au fil des ans, elle avait laqué le plafond bas. Un lourd silence nous enserrait, brisé parfois par un cri de bête blessée, un feulement, un aboiement. Le ciel, au travers de la lucarne, était d'un bleu lointain surpiqué d'étoiles ; sur les montagnes palpitaient des lueurs d'incendies. Je pensai à Bougie, à Paul.

Nous dînâmes simplement comme les paysans de la Rome antique. Olives noires, galette de semoule trempée dans l'huile d'olive, oignons, boules de semoule en sauce. J'aurais adoré boire du vin rouge mais il n'y avait que l'eau du puits, du lait caillé ou du lait ribot.

— Mets ta djellaba et un foulard, nous allons sortir, dit Malika.

— Pour aller où ?

— Prier le marabout.

Il faisait frais, l'amulette me grattait furieusement, nous marchâmes vers la coupole blanche.

— Malika, qu'est-ce que c'est ?

Je pointai du doigt des flammes qui dansaient à fleur de terre.

— Rien, c'est le cimetière. Le phosphore des os s'enflamme et ça donne des feux follets.

— Des feux follets, quelle horreur ! Le village est au milieu du cimetière ?

— Oui, ici c'est comme ça, les morts sont là où sont les vivants… Ainsi, on ne les oublie pas.

À l'intérieur du petit mausolée, une forte odeur d'encens, sensuelle. Des bougies de toutes couleurs éclairaient l'endroit, nos ombres démesurées se projetaient sur les murs. La tombe du saint était recouverte d'étoffe verte brodée. Malika et Djida se mirent à genoux.

— Embrasse le tissu, ordonna Malika.

Il était doux et parfumé, un mélange d'encens, de bois brûlé et de parfums multiples. Ceux des milliers de pèlerins qui depuis des siècles venaient quémander.

— Fais un vœu !

Je pensai très fort :

— Mon Dieu, s'il vous plaît, un enfant, juste un…

— Ça y est ? m'interrogea Djida.

— Oui...

Elle marmonna une prière ponctuée de « *La ila ila Allah* ». La tête me tournait, ce devait être l'encens. Non, le sanctuaire était couvert de jasmin, ce parfum mêlé à celui des bâtonnets qui se consumaient avait l'effet d'un alcool puissant. Nous sortîmes, je titubais.

— Demain, tu reviendras seule.

— Vous m'accompagnerez au moins jusqu'à la porte du marabout ?

— Non, tu dois y aller seule !

Impossible de dormir, les moustiques se délectaient de ma peau, j'avais oublié le gros pulvérisateur Fly Tox à piston ! Et cet affreux sentiment d'être parmi les morts. Nous étions allongées sur des nattes de sisal à même le sol, je m'attendais à voir surgir de terre un feu follet. Je l'imaginais danser sous mon nez, j'étais terrorisée. Djida et Malika ronflaient en chœur.

La journée du lendemain passa très vite, nous allâmes de maison en maison saluer tantes et cousines. J'étais la curiosité de l'année : la *roumia*. Et de surcroît, je parlais kabyle ! La question sur toutes les lèvres :

— Pourquoi n'as-tu pas d'enfants ?

Ce jour-là, je bus au moins deux litres de café, trois bouteilles de *gazouz* – la limonade locale – et avalai une dizaine de gâteaux :

— *Wallah*, encore un macroute, j'ai juré. Si tu ne le manges pas, je vais être obligée de jeûner trois jours.

Et pour éviter le jeûne à mon hôtesse, j'avalai le cinquième rectangle de semoule frit doré dans l'huile *sans goût*, enduit de miel et farci de pâte d'amandes. Le dépaysement était total, je n'avais jamais été immergée à ce point dans l'Algérie profonde. Une atmosphère de gynécée, chaude et charnelle : toutes ces femmes plantureuses, en djellaba, les bras nus, la poitrine largement décolletée. La peau blanche, laiteuse, les mains et les pieds couverts de henné, les yeux surlignés de khôl. Elles étaient belles. Elles médisaient, volubiles, puis gloussaient, tête en arrière, yeux mi-clos, leurs chairs à l'unisson.

Elles saisissaient une *derbouka*, un tambourin, au moindre prétexte et chantaient des chansons d'amour, parfois romantiques, souvent grivoises. Elles ébauchaient quelques pas de danse, faisaient trembler leurs hanches, leurs seins et se rasseyaient en pouffant. Elles parlaient de leurs maris, de leurs filles, s'inquiétaient du temps qui passe et du manque de prétendant pour telle ou telle. Dans ces intérieurs flottait toujours la même odeur : bois consumé, huile d'olive, parfum capiteux bon marché. En fin de journée, je fus ivre de couleurs, de paroles, de rires, de musique, de parfums, de boissons sucrées et de pâtisseries.

Je n'imaginais pas tant de vie dans cet endroit hors du monde.

Djida ajusta mon foulard, farda mes yeux de khôl, colora d'ocre mes joues et entoura ma taille d'une grosse ceinture de laine rouge.

— Après avoir embrassé le marabout, tu enlèveras la ceinture, tu la jetteras à terre, tu te mettras à genoux et tu prieras. Quoi qu'il arrive, tu devras accepter, c'est la volonté de Dieu. L'enfant est à ce prix. Va, ma petite fille. Pendant ce temps, j'irai attacher une autre de tes ceintures au tronc d'un figuier.

Je grelottai dans la nuit noire, j'avançai sans regarder à droite, ni à gauche, terrorisée à l'idée de voir surgir de terre un de ces maudits feux follets. L'amulette frottait mon sein gauche. Le sanctuaire était noyé de vapeurs d'encens. Je peinai à distinguer, les bougies enfumées diffusaient une lumière irisée. J'embrassai le catafalque, la tête me tourna, j'enlevai ma ceinture, la jetai à terre et m'agenouillai en priant Allah à voix haute en kabyle. La porte du marabout, s'ouvrit puis se referma, un souffle froid éteignit toutes les bougies.

Tout alla très vite…

Quelqu'un souleva ma robe, m'agrippa et tenta d'arracher mes sous-vêtements, je criai. Une voix d'homme murmura :

— Tais-toi, Louisa !

Il posa vigoureusement sa main sur ma bouche. Je me débattis, son visage était voilé, je vis ses yeux vert translucide pailletés de noir, les mêmes que ceux de Djida. Il me prit dans ses bras et me plaqua au sol. Il s'allongea sur moi, il était grand et lourd. Je sentis sa force. Il dit d'une voix rauque, presque douce :

— *Soussem, ya Louisa !* Tais-toi, s'il te plaît ! Laisse-moi faire, l'enfant est à ce prix.

Sa peau sentait le bois brûlé, l'encens me saoulait. Il entra en moi.

Une onde de chaleur me submergea, je perdis connaissance.

Marc

Quand Sofiane décrivit la scène du marabout, je ne le crus pas :

— Elle t'a vraiment raconté cette scène ?

— Oui, mais ce n'était pas à moi qu'elle s'adressait, elle ne me voyait pas, elle regardait la mer. Elle parlait toute seule. Elle était hypnotisée. Moi, j'étais gêné, on n'avait jamais parlé de sexe tous les deux. Quand elle s'est tue, c'est comme si elle se réveillait. Je crois qu'elle ne se souvient pas de ce qu'elle m'a raconté. Juste après, l'air de rien, elle a demandé comment allait mon père et si j'avais fini mon exposé de français.

— Répète ce qu'elle t'a dit… tu es sûr de ne rien oublier ?

— Mais non, je t'assure.

— C'est génial, tu ne te rends pas compte, à l'écran ça va être extraordinaire !

— Tu vas filmer le viol de Louise ?

— Bien sûr !

— Qui va jouer son rôle ?

— Patricia.

— Ta copine blonde aux yeux bleus ?

— Oui, tu vois qui c'est ?

— J'ai vu des photos d'elles… dans les journaux. Elle est canon ! Qu'est-ce que j'aimerais la connaître. Tu me la présentes quand ?

— Quand tu viendras à Paris.

— C'est pas demain la veille. Pour entrer dans ton pays quand on est algérien et jeune, c'est pire que Fort Knox. Tu vas bientôt revenir en Algérie ?

— C'est possible.

— Obligé. Si tu y tournes ton film, tu dois faire des repérages.

— Dis-moi, tu commences à t'y connaître en cinéma !

— Qu'est-ce que tu crois, je me tuyaute. J'ai lu plein de bouquins, de blogs et de journaux. C'est normal…

— Pourquoi normal ?

— Je suis coscénariste, non ? Et peut-être bien acteur aussi…

— Acteur ?

— Tu m'as promis un rôle dans ton film.

— Tu rêves, je n'ai jamais fait une telle promesse, je ne sais pas ce que tu donnes à l'écran. Avant, il faudra qu'on fasse des essais.

— Alors, tu viens quand ?

— Je ne sais pas encore.

— Emmène Patricia avec toi.

— Cochon, tu aimerais bien être l'homme du marabout.

— Non, moi je voudrais jouer le rôle du mari, ça dure plus longtemps.

— Rien que ça !

— Tu ne trouveras pas mieux que moi pour Kader, je sais tout sur lui : comment il s'habille,

comment il parle, comment il marche, comment il peut faire mal aussi… et des choses que je ne te dirai que si tu me choisis.
— Petit salaud !

Sofiane

Voilà, c'est encore vendredi et je ne sais pas quoi faire de ma journée, je dois aller à la mosquée avec mon cousin, mais je n'ai pas envie, je vais dire que je suis malade. La mosquée, des fois ça me plaît, des fois pas. Il y a quinze jours, l'imam a parlé du *zakkat,* l'aumône qu'il faut donner aux pauvres avant la fin du ramadan. C'était chiant. D'après Kamel, mon cousin barbu, quand les islamistes étaient forts, l'imam parlait politique, c'était plus intéressant, il traitait les gens du pouvoir de voleurs et disait qu'il fallait s'en débarrasser. Il ne donnait pas la recette mais tout le monde savait comment faire. C'était une période bizarre et géniale, les gens se sentaient libres, proches les uns des autres. Les frères pensaient qu'ils étaient les maîtres du monde et que l'islam allait abattre les généraux et tous les pourris autour. Ils sortaient en *kamis*. Quand Louise les voyait revenir de la mosquée, elle se foutait d'eux et les traitait de cafards blancs. Elle n'aimait pas leurs barbes.

— Ils sont horribles avec leurs quatre poils au menton. C'est étrange, quand je les vois tous marcher, vêtus de blanc, je ne peux pas m'empêcher de penser aux communiantes du mois de mai. L'Algérie a tellement changé, je suis dans un cauchemar. Un metteur en scène pervers a laissé en place tous les décors et remplacé tous les personnages.

Il fait moche, il pleut un peu, je ne pourrai même pas aller discuter dehors avec les copains. J'ai pas envie de m'emmerder toute la journée alors je frappe chez Louise, une fois, deux fois, à la troisième, j'entends « Ouiii... » et une toux grasse, elle s'approche doucement de la porte et regarde par le judas. Elle filtre les visites.

Elle finit par ouvrir :

— Ah, c'est toi ? Tu n'es pas à la mosquée ?

— Non, je n'avais pas envie...

— Tu as bien changé. Il fut un temps où, pour rien au monde, tu n'aurais raté un prêche du vendredi.

— J'ai vieilli.

— Abruti... entre.

Je m'assois sur mon pouf, elle sur le canapé, dans deux minutes elle aura une cigarette à la bouche. La lumière est grise, ses cheveux encore plus gris. Sur quoi je vais la brancher aujourd'hui ? Allez, sur la Suisse, ça fera de belles scènes à la montagne.

— Tu veux une citronnade ?

— Non, merci. Dis-moi, l'Europe, c'est très différent d'ici ?

Elle plisse les yeux :

— Pourquoi cette question ?

— Pour savoir. Quand tu parles de la Suisse, on dirait un paradis.

— C'est le paradis. Il faut y avoir vécu pour comprendre. Les samedis, rue de Bourg à Lausanne, tu ne peux pas imaginer. Les gens déambulent, heureux, les commerçants sont polis et serviables, les trottoirs propres, les façades fleuries. Un autre monde. Je rêve de la Suisse, toutes les nuits, des magasins, de Manuel le traiteur, chez qui nous dégustions des canapés avec mon amie Ruth. Chaque fête ou anniversaire, elle achetait une crevette.

— Une seule ?

— Oui, pour sa chatte Poussy, qui ce jour-là avait droit à un menu spécial. Pour nous, c'était soupe de cresson et filets mignons microscopiques. Quand nous sortions de chez Ruth et Robert, nous étions morts de faim. Kader disait invariablement : « C'est la dernière fois ! » Et nous nous faisions avoir la fois d'après... L'été, nous pédalions sur le lac à Ouchy, à midi nous mangions des filets de perche dans une guinguette au bord de l'eau. Je crois que je n'ai jamais été aussi heureuse.

Houla, il faut que je la branche sur autre chose. Finalement, la Suisse, ce n'est pas tellement intéressant. Marc me dit toujours qu'il se pose deux questions quand il a une idée : Un, ce que ça va donner à l'écran et deux, ce que ça va coûter. La Suisse, finalement ça va être trop cher et la crevette de Poussy, elle va juste intéresser les chats.

Je l'aiguille sur la France :

— Paris, c'est pareil ?

— Non, je déteste Paris, le bruit, le stress, les gens pressés, agressifs, la mentalité des Parisiens est épouvantable.

— Un peu comme Alger, alors ?

— Oui, les Français ont laissé aux Algériens tous leurs défauts.

— S'il fallait vivre quelque part, tu conseilles la Suisse ?

— Pourquoi toutes ces questions, Sofiane ?

— Je ne veux plus vivre en Algérie, je m'ennuie trop, je ne me vois pas passer toute ma vie ici. Je suis dégoûté.

— Tu me laisseras toute seule ?

— Non, je te ferai venir… *Wallah !*

Louise

Mes relations avec Kader se dégradèrent après l'épisode du marabout. Il était au sommet de sa carrière, une superbe clientèle : des ministres, des colonels, des diplomates. Un service de cardiologie réputé à l'hôpital Mustapha, des frères bien placés. Seule ombre au tableau, ma *stérilité*. Il était évident que je ne pouvais pas avoir d'enfants.

— Les femmes qui rendent visite à ce marabout reviennent toutes enceintes ! reprocha-t-il.

— Alors, je ne dois pas être une femme.

— Tu es tout simplement stérile.

Il prononça cette phrase avec un tel mépris que je pleurai.

Au mépris s'ajouta bientôt la trahison.

Kader rentra de plus en plus tard le soir et nous ne fîmes plus l'amour. Il partit très souvent en congrès et s'absenta un week-end sur deux. Ses chemises exhalèrent un parfum féminin qui n'était pas le mien. Un jour, je trouvai un long cheveu blond sur sa veste. La solitude, l'incertitude devinrent insupportables. Une voisine me conseilla de consulter une voyante :

— Vous verrez, elle est incroyable. Boumediene

ne prenait aucune décision importante sans son avis.

Après plusieurs semaines, j'obtins un rendez-vous. Elle habitait un petit appartement près du lycée Gauthier. J'imaginai un antre de sorcière, il n'en était rien. Elle me reçut dans un séjour très clair envahi de plantes vertes. J'avais à l'époque la passion des plantes, mon balcon en regorgeait. Un néflier poussait dans un grand bac de terre cuite et donnait chaque printemps une vingtaine de fruits très sucrés. N'ayant pas d'occupation, je passais une bonne partie de mes journées à tailler, bouturer, engraisser mes bébés végétaux. J'avais une belle collection de géraniums, j'étais particulièrement fière d'une variété très rare à fleurs violettes. Je cultivais cactées, plantes grasses, herbes aromatiques. Le basilic me donnait du mal, il se couvrait régulièrement de pucerons.

Avec Halima, la voyante, nous parlâmes tout naturellement de fleurs, elle possédait une plante grasse que je ne connaissais pas, la porcelaine :

— Elle ne fleurit que si elle est heureuse, expliqua-t-elle, sa fleur est blanche comme de la porcelaine, c'est d'ailleurs son nom. Je vous en donnerai une bouture.

— Elle ne fleurira jamais chez moi, répondis-je.

Je ne me trompai pas. Après ma deuxième tentative de suicide, j'abandonnai mon passe-temps floral et la porcelaine mourut sans avoir fleuri.

Halima me fit couper un jeu de tarot de la main gauche. Je choisis sept cartes. La première tirée fut le pendu, la suivante la papesse et la dernière la Maison-Dieu…

Elle parla de mon enfance, de Paul, de notre amour, de sa mort dans un accident de voiture, de ses dernières pensées pour moi. Je pleurai. Elle parla alors du bonheur, de Kader, de ce neveu célèbre qui vivait à l'étranger. Puis, s'attardant sur la papesse, elle eut une mimique inquiète : il y avait une femme, une rivale aux longs cheveux blonds qu'il fallait absolument évincer.

— Votre mari vous trompe et, si vous la laissez faire, il vous quittera !

Elle se leva, fouilla dans une commode et revint avec une petite boîte en carton sur laquelle était inscrit à l'encre rouge : « Morte-Vivante ». Elle l'ouvrit et en sortit un bulbe :

— Cette plante, dit-elle, est une morte-vivante. Elle contient la vie et la mort. Regardez bien, le bulbe est double : une partie, desséchée comme morte, et l'autre, grasse, gonflée, pleine de vie. Ce bulbe donne naissance à une orchidée. La fleur, pour s'épanouir, a besoin des deux composants *El Hay wa l'miyet* : le mort et le vivant. Le bulbe mort contient un poison qui rend impuissant le plus viril des hommes, une seule décoction suffit. Quand votre mari vous reviendra, faites infusez le bulbe vivant et il retrouvera sa virilité...

Le remède à mon malheur était là, dérisoire dans sa boîte de papier mâché, un petit oignon, couleur ivoire, éburné aurait dit papa qui avait la passion des mots rares, et, accolé à lui, un bulbe desséché, racorni, mort.

La morte-vivante n'eut aucun effet sur Kader.

Je me mis à boire, à manger n'importe quoi, à grossir.

Il me reprocha mes kilos superflus, mon laisser-aller.

Je décidai de le reconquérir par des moyens plus conventionnels : j'arrêtai de boire, je partis faire une cure d'amaigrissement à Abano, en Italie. Longues marches matin et soir, régime de famine, séances de massage, bains d'algues et de boues. Une volonté féroce, en quinze jours, j'avais rajeuni de dix ans. Quand je me regardais nue dans une glace, j'étais fière : les cuisses et les fesses bien fermes, les seins toujours dressés, la peau d'orange disparue. J'avais vidé mon compte de la Société de banque suisse. Hôtel, dentiste, diététicienne, médecins, masseur, habits, chaussures, coiffeur, produits de beauté m'avaient ruinée mais qu'importe, j'étais redevenue belle.

Quand nous nous retrouvâmes à l'aéroport d'Alger, il m'embrassa distraitement :

— Tu as maigri, c'est bien.

Il me déposa au Telemly :

— À plus tard, j'ai une réunion importante à Mustapha.

J'avalai quatre verres de Johnny Walker Black Label sans dîner. Quand il rentra, il sentait la poule, j'étais saoule et nous dormîmes chacun de notre côté.

J'ai lâché prise ce soir-là.

Marc

Ce soir, Sofiane est triste, il s'ennuie, il n'a rien à dire. J'ai beau l'interroger, il répond par oui, par non ou par onomatopée, je rame.

— Allez Sofiane, on a presque fini, plus qu'un mois de boulot !

— Bof, ça sert à quoi que je bosse avec toi, si toute ma vie je reste à Alger. Même si le film a du succès, ce sera pour toi, pas pour moi. Qu'est-ce que les Français en auront à foutre d'un p'tit bougnoule qui vit en Algérie.

— Sofiane, tu ne te rends pas compte, le succès, ce n'est pas grand-chose.

— T'as rien de plus intelligent à me dire ? T'es célèbre et tu le resteras. Moi, même si le film est un triomphe, je resterai là à croupir, à passer mes vendredis à la mosquée et à jouer aux dominos avec les copains.

Je crie :

— La célébrité, et alors ? Merde !

Il me rend dingue ce gamin, je coupe Skype. Je tape rageusement sur Yahoo Messenger :

Marc : Après *Zones barbares*, j'étais sur un nuage. Les gens me reconnaissaient dans la rue, j'allais d'interview en interview, un sourire con plaqué aux lèvres. Je montrais mes dents blanches au moindre flash, dès qu'on me tendait un micro, je débitais ma soupe, toujours la même. J'en avais rien à foutre, pourvu qu'on me voie, qu'on m'entende. On me demandait partout, je courais partout, j'étais en état de grâce.

Sofiane : Tu me joues la partition du succès qui rend fou et qui laisse sur le carreau, c'est ça ?

Marc : J'ai adoré les cocktails, les dîners, les échanges avec les connus, les reconnus, les inconnus, le tourbillon médiatique. Et puis un jour, on ne sait pas pourquoi, tout s'arrête, les interviews s'espacent, les invitations aussi, on se retrouve seul, la popularité en berne. Pas vraiment disparue, mais en attente. C'est ça le succès, il détruit tout !

Sofiane : Tu écris bien Marc, mais tout ce que tu racontes, c'est bateau, ça ne m'intéresse pas. Tu ne te rends pas compte de la vie que je mène à Alger. Je ne sais même pas ce qu'est un cocktail. Rien que ce mot me fait rêver. Tu ne peux pas savoir comme j'ai envie de dîner avec des connus ou des reconnus, et même avec des inconnus comme tu dis. Pour moi qui ne connais personne, connu ou inconnu, c'est la même chose… JE VAIS CREVER ICI, tu comprends ça ? Et si tu continues, je vais DÉCONNECTER.

Marc : Calme-toi, laisse-moi terminer. Après la sortie d'un film, t'imagines pas à quel point c'est dur de reprendre le travail. Il faut t'extraire de ta bulle, flanquer à la poubelle ce qui t'a porté pendant des mois. Oublier pour rebâtir. S'habituer à l'oubli, aux téléphones qui ne sonnent plus, aux dîners seul devant la télé, pas rasé, pas lavé, dans l'attente d'on ne sait quoi. J'imaginais le monde à mes pieds, des contrats par milliers. Et puis plus rien, rien que ce silence assourdissant rompu par une télé à la con qui souligne la célébrité des autres et ton insignifiance.

Sofiane : Tu me gonfles, Marc, à dire que le succès, c'est de la merde. T'es bien content d'en avoir sinon tu n'enchaînerais pas film sur film. Moi aussi j'ai envie d'être célèbre et tout de suite, je ne veux pas finir comme Bizet.

Marc : Tu connais Bizet ? ? ?

Sofiane : Ben oui, pour qui tu me prends ? Y a pas que vous en France qui avez de la culture, l'Algérie, c'est pas la brousse ! Bizet était trop en avance sur son temps, il a créé *Carmen* qui vivait libre comme une femme de la fin du vingtième siècle et ça n'a pas plu aux bourgeois. Son opéra a été un bide. C'était un génie et il est mort comme un clebs sans avoir connu le succès. Toi, t'as une chance incroyable, t'as connu la célébrité jeune, t'as pas galéré, c'est venu comme ça et ce qui me rend dingue, c'est que tu fais la fine bouche. Allez, tu m'énerves trop, ciao, je déconnecte.

Marc : ATTENDS ! ! ! J'ai pas fini, j'ai donné une interview, hier. Le journaliste m'a demandé si j'avais un film en préparation. J'ai dit : « Oui, j'ai un nouveau projet et j'écris le scénario avec un jeune scénariste algérien bourré de talent : Sofiane Merabet. »

Sofiane : Tu m'as cité ?

Marc : Oui et j'ai ajouté que notre scénario était magnifique. Il a demandé le sujet du film et j'ai répondu sans réfléchir : « Vingt-quatre heures d'amour pour vingt-quatre images seconde. »

Sofiane : Ça veut dire quoi ?

Marc : Putain, Sofiane, tu ne comprends pas que les vingt-quatre heures d'amour, c'est pour le cinéma, c'est pour toi et c'est tous les jours.

Louise

La mère et les sœurs de Kader devinrent odieuses avec moi, il ne me protégea pas. À la moindre dispute, il me reprochait ma stérilité.

Quand je le sommai pour la seconde fois de faire un spermogramme, il refusa encore. Il m'avoua qu'il était amoureux d'une de ses étudiantes, plus jeune de trente ans. Il la fréquentait depuis deux ans. Il voulait l'épouser, « pour régulariser », disait-il.

Il voulait un arrangement.

— Tu veux divorcer ?

— Non… Tu sais bien que j'ai droit à quatre femmes.

— Ça ne te gênera pas d'être polygame ?

— Tu ne la verras pas, je louerai un autre appartement.

— Tu te rends compte de ce que tu me demandes ?

— Je veux des enfants, Louise, c'est maintenant ou jamais.

Je le regardai, abasourdie :

— Tu te moques de moi ?

— Pourquoi ?

Sans répondre, j'allai dans ma chambre, retirai du coffre un papier jauni et le dépliai lentement sous ses yeux intrigués. C'était un résultat d'analyses du laboratoire de l'hôpital cantonal de Genève.

— Veux-tu que je l'envoie à ta poufiasse, menaçai-je, à tes sœurs, à tes frères ? Lis, azoospermie : c'est inscrit en gros ! Tu n'as pas le moindre petit spermatozoïde pour féconder la femme de tes rêves. À Lausanne, en 1962, tu m'avais fait croire que les traumatismes de la guerre, les privations en étaient responsables et que, la paix revenue, tout rentrerait dans l'ordre.

Je hurlai :

— Eunuque, tu n'es qu'un eunuque ! Tu sais ce que m'a dit ton ami gynéco après la troisième cœlioscopie que tu m'as fait subir ? « Ma petite Louise, arrête de te faire charcuter, ça ne sert à rien, tu sais bien. Ne rentre pas dans son délire ! » J'ai accepté l'étiquette infamante de femme stérile, les sourires de commisération, les allusions à peine voilées, pour te ménager. J'ai courbé l'échine pour sauvegarder ta dignité de mâle. J'ai même accepté d'aller voir un marabout. J'ai tellement bien joué la comédie que tu es persuadé de sa réalité. Pauvre type, fous le camp !

Nous divorçâmes la semaine suivante et la solitude s'abattit. Au bout de dix jours, je n'en pouvais plus, je décidai d'en finir.

C'était par lui que j'avais survécu, c'était par lui que j'allais mourir. J'utilisai les mêmes pilules que celles de mes vingt ans : un tube de Valium et vingt comprimés de Gardénal. Le tout arrosé de whisky. Dans la nuit, je m'effondrai sur le rebord du plateau de cuivre du salon, tête la première.

Le lendemain, Fatma, la femme de ménage, me trouva inconsciente sur le tapis, le visage ensanglanté et deux incisives en moins. Je passai trois jours en réanimation à l'hôpital Mustapha.

Kader ne daigna pas me rendre visite. J'espérais que Marc ferait le voyage mais il était en tournage. Il appela tous les jours pendant un mois, puis les appels s'espacèrent. Quant à la famille de Kader, disparue ! Peu après, Fatma, traumatisée par mon suicide, s'éclipsa…

— La providence t'a envoyé, Sofiane. Si je ne t'avais pas eu, je serais morte ou pire encore, je serais une morte-vivante…

Sofiane

Marc m'a énervé en racontant que, la célébrité, ce n'est pas grand-chose. Si c'est vrai, pourquoi il n'arrête pas de tourner ? Pourquoi il est malade quand ses films ne marchent pas ? Le succès l'a rendu riche et, malgré ça, il crache dans le bouillon. Moi, j'ai à peine mille dinars par semaine d'argent de poche, l'équivalent de dix euros, et je dois payer les cafés aux copains, le cyber et les fleurs pour Louise une fois par mois. Heureusement papa m'achète les fringues et les pompes, sinon je ne pourrais pas m'habiller. Marc a promis que j'allais gagner beaucoup d'argent :

— Bientôt... Quand le scénario sera terminé, je le proposerai à un producteur. S'il est d'accord pour faire le film, on signe et il paye.

— Combien ?

— Soixante mille euros pour toi, ça va ?

— Je ne sais pas...

— Pour le premier scénario d'un inconnu, c'est très bien payé.

— Putain... soixante millions de dinars, cent fois le salaire de mon père, je suis tranquille pour dix ans.

— C'est vite dépensé, tu ne tiendras pas dix ans avec.

Si je reste vivre à Alger, ça suffira. J'achèterai une voiture pour draguer avec les copains, des super costards et un dentier pour Louise. En attendant, je vais au café rejoindre mes potes pour une partie de dominos. Le bar est bourré, heureusement ils m'ont gardé une chaise, il fait chaud, tout le monde fume. Pas moi, j'ai essayé à treize ans, et puis mon cousin Kamel m'a surpris dans la rue et j'ai eu droit au scandale, j'ai cru qu'il allait me frapper. J'ai eu tellement peur que je n'ai jamais recommencé. Je suis en retard, ils ont démarré la partie.

À la télé, un match de foot, Alger contre Tizi. La salle est pleine de Kabyles. Dès qu'un des leurs marque un but, ils hurlent « Il y est ! », en tapant leurs dominos sur la table. Le foot, ça m'emmerde. Quand j'étais môme, Rachid m'a emmené au stade, j'ai pris une bande dessinée avec moi et j'ai lu pendant tout le match. Il était furieux. Quand il a raconté ça à ma mère, elle a rigolé : « C'est bien mon fils, moi aussi j'ai horreur du foot. »

Je crois que c'est à cause de papa qu'on déteste. Quand j'étais petit, tous les vendredis il nous emmenait à la forêt, on mettait une couverture par terre et on buvait du café au lait avec des croissants tout mous. Lui, il restait affalé dans la voiture à écouter le match, le transistor à fond, la portière ouverte et il dormait à moitié. Je m'ennuyais à mourir, je regardais les oiseaux et je rêvais d'en ramener un à la maison pour qu'il devienne mon ami. Vers cinq heures, on revenait à Alger, dans les embouteillages.

Depuis que maman est morte, la mosquée et le café ont remplacé la forêt du vendredi. Dieu merci, il y a les déjeuners chez Louise, deux ou trois fois par mois, sinon ce serait vraiment la mort. Je ne sais pas pourquoi mais rien n'est fait pour les jeunes dans ce pays, pas de piscines, pas de terrains de sport, pas de salles de jeux. On ne peut pas rencontrer de filles, ni aller danser. La seule solution, c'est de se marier et d'avoir des enfants pour les emmener le vendredi à la forêt. Je n'ai pas envie de cette vie, je veux faire comme dans les feuilletons, comme dans les films. Voyager, conduire de belles voitures avec des filles comme Patricia à côté de moi, aller au restaurant. Marc dit qu'il faut gagner beaucoup, beaucoup d'argent pour vivre cette vie-là. Si d'autres y arrivent, pourquoi pas moi ? Il faut que je sois acteur, acteur et scénariste. Je suis sûr que Marc va m'aider, il s'attache trop à moi. Louise me conseille de faire attention : « En Europe, les gens ne donnent rien pour rien, et surtout pas lui. Ne l'oublie pas ! » Mais elle dit aussi de ne jamais laisser passer la chance, ma chance, c'est lui, je le sais. Il est accro à nos séances sur le Net, je m'en suis rendu compte. Je fais comme Shéhérazade dans les *Mille et Unes Nuits* : je rajoute des détails que Louise n'a jamais raconté, je fais durer le plaisir, je décris la vie des familles algériennes, de mes oncles à la campagne, des voisins, de la femme de ménage dans la Casbah. Je brode, je brode, je vois bien que ça le passionne, il n'arrête pas d'écrire, il en redemande, je suis obligé de le freiner :

— Il faut en garder pour demain, Marc.

Parfois, il a un drôle de regard, comme mon prof de maths quand j'étais en terminale, il se caresse les cheveux et s'étire en bombant le torse. J'ai lu que, chez les grands singes, c'est un signe de désir sexuel. Je comprends alors que c'est le moment d'arrêter, je tape : « Salut, Marc, il faut que j'y aille. À demain. »

Il est déçu et c'est très bien comme ça.

Pour l'instant, il est à mille quatre cents kilomètres, je ne risque rien. Quand je serai près de lui, ce sera différent. Mais, comme dit Louise :

— Demain est un autre jour…

Inch Allah !

Marc

Le chat avec Sofiane m'a vidé. Envie de respirer, de voir du monde, des anonymes. Depuis des mois nous vivons un huis clos virtuel. Tous les jours, j'attends dix-huit heures avec impatience ; quand je m'assois face à l'écran, je suis heureux, heureux de le voir, de parler, de construire avec lui. Je suis drogué.

Je sors sous la pluie, dans la pollution de Paris. C'est fou comme l'air est chargé, son odeur me réjouit : c'est celle de la vie, des foules qui s'affolent sur les trottoirs, des voitures et des bus qui mangent tout l'espace, des clodos qui marinent, immobiles, dans leur bière et leur pisse et qui ricanent les yeux morts perdus dans leur vide, les dents bouffées par le tabac et les années d'abandon. Ils me mettent mal à l'aise, c'est si facile de chavirer. C'est ma terreur. Un échec, un chagrin et plus rien n'a d'importance hormis la vinasse. Louise, c'est un peu ça.

Seuls la retiennent encore Sofiane, ses souvenirs et le sentiment désespéré d'être un des derniers fragments de France en terre algérienne. Sa déchéance m'a perturbé, je m'en rends soudain compte.

J'ai jeté un regard indifférent à son appartement ruiné, son obésité monstrueuse, sa passion pour le tabac et le whisky. Ces clochards qui font la manche à la sortie du Monoprix, elle leur ressemble. Quand je déprime, que je ne me lave ni ne me rase, que j'erre de chambre en chambre un verre de vin à la main, je lui ressemble, je leur ressemble. Il suffirait de si peu pour les rejoindre.

J'ouvre la porte d'un bar gay, quelques clients dispersés dans la salle se jettent des regards furtifs, je commande une bière et m'assois au comptoir. Sur un écran face à moi, un film porno. Scénario invariable : deux mecs dans une maison, une salle de sport ou une voiture discutent de choses et d'autres, se regardent connement, se touchent puis copulent. Aujourd'hui, c'est une chambre d'hôtel standardisée avec lits jumeaux, tables de chevet en contreplaqué, lampes aux abat-jour écossais, couvre-lits marronnasses... L'intrigue est sans surprise : masturbation, fellation, cunnilingus, sodomie avec préservatif puis éjaculation à l'air libre avec râles variés.

Un vieil homme s'assoit près de moi et commande un gin tonic avec un fort accent sud-américain.

Nouveau film : *Amours à Istanbul.*

Travelling sur le Bosphore, gros plan sur Sainte-Sophie. Foules compactes au sortir des bateaux à vapeur, le Bazar égyptien, une mosquée avec des barbus et des femmes voilées de noir. Dans les rues des hommes mal rasés déambulent ; de jeunes lycéens imberbes, au teint clair regardent la caméra en s'esclaffant. Pas mal comme début : on se demande qui va coucher avec qui, c'est excitant. On se retrouve brusquement dans une chambre sordide, genre foyer Sonacotra ou cellule de prison. Un jeune type est assis sur un lit métallique, une voix le questionne en allemand :

— Comment t'appelles-tu ?

— Ahmed.

— Que fais-tu dans la vie ?

— Je travaille.

— Dans quoi ?

— Dans le bâtiment, je suis maçon.

— C'est un beau métier, Ahmed.

— Oui.

Ahmed fixe la caméra puis détourne les yeux.

— Allez, Ahmed, montre-nous ce que tu sais faire.

Ahmed sourit, gêné, puis baisse la tête, il déboutonne sa braguette et tente de se masturber, sans oser montrer son sexe.

— Déshabille-toi, Ahmed, mets-toi nu.

Ahmed est à poil, allongé sur le lit, il se masturbe les yeux fermés. Un mauvais moment à passer : il a besoin d'argent. Se succèdent Yavuz, Cem et Korhan, travailleurs émigrés en Allemagne filmés dans leur foyer. Le vieux monsieur sud-américain se penche vers moi :

— C'est triste et dégradant, n'est-ce pas ?

Je hoche la tête, il poursuit :

— Quand j'étais jeune, je ne regardais pas ce genre de saletés, j'avais des plaisirs plus sains… J'habitais la Havane. Les samedis après-midi, je me promenais dans les rues à la recherche de l'âme sœur, il n'y avait pas de lieux de drague à l'époque, l'homosexualité était mal vue. Nous n'osions pas affronter le regard de l'autre, alors nous regardions nos reflets sur les vitrines, et nos regards se croisaient sur le verre, nos cœurs battaient, pleins de doute… c'est ainsi que j'ai connu celui qui a partagé toute ma vie à Cuba puis aux États-Unis. Il vient de mourir… Le doute, l'incertitude, la sensualité, l'érotisme, l'Occident a perdu tout ça.

Sofiane

Ce soir, rendez-vous avec Marc sur le Net, comme tous les soirs à dix-huit heures, mais je ne sais pas si je vais y aller. J'en ai marre, ça fait trop longtemps que ça dure, il faut qu'il m'aide à foutre le camp ou qu'il me foute la paix. Il m'a appris trop de choses, il m'a parlé de trop de gens, je veux les voir, je veux les connaître, je veux vivre avec eux.

Dix-neuf heures, SMS :

« Qu'est-ce que tu fais ? Ça fait une heure que je t'attends sur le Net, Marc. »

Je réponds :

« Je peux pas ce soir, demain même heure que d'habitude. »

Le lendemain, j'arrive au cyber à dix-huit heures trente, j'ai fait exprès. Le temps de me connecter à Messenger et à Skype, il est sept heures moins vingt.

Marc est furieux :

— Sofiane, tu as quarante minutes de retard !

— Je sais.

— Tu as eu des problèmes ?

— Non…
— Alors, quoi ?
— J'ai plus envie de te parler.
— Comme ça, sans raison.
— Bien sûr qu'il y en a !
— J'ai fait quelque chose qui ne t'a pas plu ?
— J'en ai assez, Marc. Je ne veux plus passer mes soirées avec toi sur Skype et Messenger. Je veux te voir en chair et en os, être à côté de toi, vivre là où tu vis. J'en peux plus du virtuel ! Si tu ne fais rien, c'est la dernière fois que je te parle.
— T'es malade ? Tu vas être bientôt célèbre et tu vas toucher soixante mille euros.
— J'en ai rien à foutre, je ne veux pas rester en Algérie, je veux vivre à Paris. Tu m'as donné trop envie, maintenant ça suffit. Si tu penses que je vaux quelque chose, débrouille-toi pour me faire venir.
— C'est du chantage, Sofiane.
— Je suis en train de crever et tu ne fais rien.
— Je voulais te faire la surprise, mais bon…
— C'est quoi ta surprise ?
— J'ai bouclé le financement du film et on commence le tournage dans deux mois.
— À Alger ?
— Non, ce n'est pas possible, aucune compagnie d'assurances n'accepte de nous couvrir. On tournera à Tanger, ça ressemble beaucoup à Alger.
— Et moi, dans tout ça ?
— Tu as un passeport ?
— Bien sûr ! Le jour où je t'ai connu, je l'ai demandé.
— N'importe quoi…
— Tu as changé ma vie, Marc, tu ne te rends pas compte !

— Toi aussi, tu as changé la mienne… Il te faut un visa pour le Maroc ?

— Non.

— Y a-t-il des vols entre Casa et Alger ?

— Bien sûr !

— Alors, tout est réglé. Bientôt, je t'enverrai un billet Alger-Casa, je viendrai te chercher à l'aéroport et on passera deux mois et demi ensemble.

— Génial.

— Mais dis-moi… ton père, ta famille, tes cours à la fac ?

— Je viens d'avoir dix-neuf ans. Je suis majeur, et maintenant je fais ce que je veux.

Louise

Je n'ai jamais été adaptée à mon milieu, ça m'a perdue.

Avant l'indépendance, j'ai lutté pour que l'Algérie soit libre, j'ai abandonné la France, mon pays d'origine, ma famille, je me suis exilée. Si j'avais vécu à Paris, j'aurais réussi. J'avais toutes les armes pour ça : la volonté, la langue, l'éducation, la beauté. Ici, je suis une femme, étrangère de surcroît, lourds handicaps. Ma culture est obsolète, le pouvoir a tout fait pour l'extirper, l'arabe a chassé le français. Quelque part, quelqu'un dans un bureau ou une salle de réunion, sûr d'être investi d'une mission divine, a décrété mon savoir périmé. Dès lors, comme tant d'autres, je ne servais plus à rien : j'avais dépassé la date limite de péremption. J'étais victime d'un génocide culturel ! Kader a pensé, lui aussi, que j'étais inutile, dangereuse, alors il m'a quittée, il m'a détruite. Je ne me suis pas adaptée à l'Algérie nouvelle, j'aurais dû me convertir, accepter d'enseigner en arabe, coucher avec l'homme du marabout jusqu'à ce qu'il me féconde. Contrairement à ma sœur, l'Algérie était ancrée en moi, pourquoi ne me suis-je pas fondue en elle ? En 1962, j'ai voulu concilier passé et présent, marier ma France et la vieille culture arabo-berbère, le tellurique et les Lumières, sauvegarder mes deux héritages. Sur une terre de tolérance et de nuances, j'aurais pu vivre mes deux amours ; en France j'aurais été une schizophrène heureuse, en Algérie je ne peux être qu'une schizophrène damnée. Christine, ma sœur, qu'autrefois je méprisais, a eu plus d'instinct, elle a su extirper la greffe !

Dans les années quatre-vingt-dix, quand l'Inquisition arabo-islamique a frappé, il aurait fallu partir comme les milliers d'Algériens francophiles, comme les derniers Français. Je n'ai pas eu ce courage, il aurait fallu tout recommencer, j'étais épuisée par tous mes combats. Je l'ai compris trop tard, il faut être en adéquation avec son milieu pour réussir ou s'exiler pour trouver celui qui convient.

Je n'ai jamais été au bon endroit au bon moment, je n'ai pas su capter mon époque.

Je dois passer le témoin invisible à Sofiane parce que l'Algérie, c'était moi, parce que l'Algérie, ce sera lui.

Marc

Ma mère vient de déménager. En bon Américain chic, son mari rêvait d'habiter le cœur du cœur de Paris. Efficace, il a trouvé. Quai aux fleurs, à la pointe de l'île de la Cité, au pied de Notre-Dame. Le Paris idyllique. Maman m'invite avec Lionel et Patricia pour le découvrir. Elle n'aime pas me recevoir seul, entre nous une gêne impalpable, celle de l'enfant non désiré, du passé rejeté. Il n'y a pas de profondeur entre nous, que du formel. Pour les sentiments comme pour le reste, elle s'en remet à William. Je n'ai jamais su quelle était chez lui la part du sentiment et du snobisme. Aime-t-il vraiment ma mère ? M'aime-t-il vraiment ? Il a meublé sa vie comme on meuble un intérieur, avec goût. Il s'est acheté une belle Française, une Parisienne. Il a vécu où il fallait vivre, dans les beaux quartiers de Paris : huitième, septième, à présent quatrième et, satisfaction suprême, dans un immeuble peuplé d'Américains comme lui. Il ne doute pas, il est fier de sa vie, fier de sa femme et… fier de moi, de ma célébrité surtout. Il fait office de père avec une patience, une affection, un dévouement hors limites. Mais il n'est pas mon père.

Lionel est heureux, c'est la première fois que nous dînons ensemble depuis des semaines. Je passe mes soirées sur le Net avec Sofiane. Quand je déconnecte, je bosse sur le scénario jusqu'à deux heures du matin. Après ça, j'ouvre une boîte de foie gras, de sardines ou de raviolis, je bois un verre de rouge ou de bière puis me mets au lit. Seul. Lionel ne comprend plus rien : « Tu n'es plus capable d'écrire ? dit-il, tu as besoin d'un p'tit beur pour te tenir la main ? »

L'appartement coupe le souffle, de grandes fenêtres encadrées de rideaux fluides s'ouvrent sur la Seine. En face, un saule pleureur et toute l'île Saint-Louis. À gauche, Saint-Gervais illuminé ; à droite la tour de Jussieu, l'Institut du monde arabe et le dôme du Panthéon.

Un incessant ballet de péniches. Elles éclairent les quais de pierre, elles éclaboussent la nuit, leurs traces sur l'eau déchirent les reflets. Les lueurs des bateaux dessinent sur les murs du salon des traînées erratiques. Dans la pièce, les bougies, timides, laissent entrer librement les lumières de la ville. Dans la cheminée, un feu. Je suis au cœur d'un lent feu d'artifice.

William imagine, orgueilleux, les regards envieux des passagers des bateaux-mouches.

— Je suis sûr qu'ils sont jaloux. Ils rêvent tous d'habiter là, confie-t-il fièrement.

La Messe du couronnement de Mozart se mêle aux eaux de la Seine, aux éclats du dehors. Maman a la passion de la mise en scène, j'ai de qui tenir. Celle-ci est éblouissante, je n'imaginais pas un si beau lieu. Le ciel, l'eau, la pierre et l'histoire dorée de Paris composent un émouvant poème.

J'ouvre la fenêtre près de la cheminée : le square Jean XXIII et Notre-Dame. Je murmure ces mots lus je ne sais plus où :

— Notre-Dame des âmes…

— Que dis-tu ?

— Cet appartement a une âme, maman.

Je la regarde, bon Dieu, quel massacre !

Le visage figé par le Botox, les lèvres boursouflées de silicone, les rides emplies de collagène. De dos, perchée sur des talons à semelle rouge, moulée dans un jean couture déchiré et un T-shirt immaculé, ses longs cheveux noirs lâchés sur le coton blanc, elle paraît trente ans mais sa démarche hésitante, son visage lisse posé sur un long cou ridé, ses mains fanées la trahissent sans appel.

— Pourquoi me fixes-tu ainsi ?

— Je suis impressionné…

Le temps a fait la beauté de Paris. Les plaies du passé embellissent un visage ou une ville. Je ne comprends pas cette folie : les femmes veulent retenir leur jeunesse à tout prix oubliant que les plus belles actrices respectent la corrosion. Je refuse de filmer des poupées de plastique au front lisse comme un miroir. Anna Magnani disait à sa maquilleuse : « Surtout, ne masque pas mes rides, j'ai mis tant de temps à les avoir ! » J'interdirai le Botox à Patricia, par contrat s'il le faut. Je veux qu'elle fronce les sourcils, qu'elle plisse le front quand elle pleure, je veux qu'elle vive.

Elle arrive avec quarante-cinq minutes de retard. Une flamme de jalousie dans les yeux de maman, un éclair d'envie dans ceux de William. Il est d'une prévenance presque servile, flatté de recevoir une star. Il la débarrasse de sa fourrure,

Datura noir se répand dans la pièce. Elle porte une robe superbe, Gaultier l'habille à la perfection. C'est lui que je veux pour les costumes de *Nord d'Afrique*.

— Champagne, Patricia ?

— Bien sûr, pour fêter le prochain film de Marc.

L'air vacillant la rend encore plus belle, elle sera splendide dans le rôle de Louise. William m'interroge :

— Tu as un nouveau projet ?

— Oui, un film sur l'Algérie.

Maman, surprise :

— L'Algérie, quelle idée ?

— Patricia aura le rôle principal.

— Je t'interdis de parler de moi ! poursuit ma mère.

— Ne t'inquiète pas, le personnage clé… c'est Louise, c'est elle qui m'inspire.

Qu'elle se rassure, je ne m'intéresse pas aux femmes coincées entre Madison Avenue et le faubourg Saint-Honoré. Furieuse, elle se tourne vers Patricia.

— Assurez-vous qu'il prendra une doublure pour la fin du film et qu'il ne vous obligera pas à grossir de cinquante kilos.

— Maman, dis-je, il faut accepter de voir le soleil se coucher.

Elle ne réagit pas, feignant de n'avoir pas compris.

À la réflexion, Louise est vraiment plus belle.

Nous passons à table, Patricia et moi sommes assis face à la Seine. Face à la baie d'Alger. J'imagine déjà les plans, elle regardera les bateaux quitter la rade dans les lueurs mouvantes de la nuit. Le phare du cap Matifou jettera sur l'eau ses lumières à l'éclat démesuré.

Lionel pose la question qui brûle ses lèvres depuis des jours :

— Qui va jouer le rôle de Kader ?

— Je n'ai pas encore vraiment décidé.

— Il faudra un acteur beur connu, Bouajila, Zem ou Naceri.

— Je ne crois pas. On les a trop vus, je veux un inconnu.

— Tu as quelqu'un en tête ?

— Oui, Sofiane, le garçon avec qui j'ai écrit le scénario.

— Il a déjà tourné ?

— Non, jamais. Mais il a beaucoup de charisme.

— Quel âge a-t-il ?

— Dix-neuf ans.

Lionel s'étouffe :

— Tu es malade, tu veux engager un gamin sans expérience. Tu as fait un essai, au moins ?

— Non, je sais qu'il sera bon.

Patricia s'en mêle :

— Tu racontes n'importe quoi, tu ne peux pas prendre un novice. Pour un petit rôle, à la rigueur... Dix-neuf ans, c'est beaucoup trop jeune.

— En plus... en plus, ajoute Lionel bégayant de colère, c'est... c'est son coscénariste !

Je le fixe glacial, il baisse la tête sans rien dire. William me questionne :

— Quand démarres-tu le tournage ?

— Dans deux mois, à Tanger.

Maman, dubitative :

— Un film sur l'Algérie au Maroc ?

— Tanger ressemble beaucoup à Alger.

— Louise est au courant ?
— Non, à quoi bon ?
— Tu pourrais au moins demander son autorisation.
— Je me moque de l'avis des gens qui m'inspirent.

Louise

Sofiane est étrange, il me questionne sans cesse sur ma vie, mon passé. Il passe de l'abattement à l'euphorie. Il venait souvent le soir après ses cours à la fac de lettres, je ne le vois presque plus, il est au cybercafé à dialoguer avec le monde entier. Internet est un mystère pour moi, je pensais au tout début que c'était un produit pour les vitres. Je n'arrive pas à imaginer des millions de gens reliés entre eux par un écran, attendant un remède à leur solitude.

Quand le silence est trop pesant, je parle à voix haute avec un interlocuteur imaginaire et prends un whisky face à la baie d'Alger, Mozart en fond sonore. C'est mon Internet à moi. Sofiane est peut-être amoureux. Depuis quelques jours, il évite mon regard, impossible de converser sur autre chose que des banalités.

— Que se passe-t-il, Sofiane ? Tu n'es pas dans ton état normal.

Il me fixe enfin :

— Louise, si c'était à refaire, est-ce que tu le referais ?

— De quoi veux-tu parler ?

— De ta vie. Si tu avais le choix aujourd'hui, est-ce que tu recommencerais tout pareil ?

— Je n'en sais rien.

— Tu as dix-neuf ans, Kader sonne, tu lui ouvres la porte ou tu la claques ? Tu as trente ans, un homme propose de te faire un enfant, tu acceptes ou tu te refuses ?

— Je ne regrette pas d'avoir été amoureuse, toute mon existence a été guidée par les sentiments, j'ai peut-être eu tort…

— Je ne veux pas rater ma vie.

— Qui te dit que j'ai raté la mienne ?

Il rougit :

— Tu n'es pas heureuse !

— Qu'en sais-tu ? J'ai été malheureuse, peut-être plus que tout le monde, mais j'ai été heureuse aussi, très heureuse et je le suis encore quand je pense au passé. Mes souvenirs sont le squelette qui m'aide à tenir debout, ils m'aident à vivre même si ma vie n'est plus une vie. Non vraiment, pour rien au monde je ne renoncerais aux nuits d'amour avec Kader, pour rien au monde je ne renoncerais à l'Algérie. Je ne me renierai pas.

— J'en ai marre de ce pays, Louise, j'étouffe, j'ai envie de voir autre chose, de voyager. Dans ce bled, je n'ai pas d'avenir.

— Tu n'as que dix-neuf ans, sois patient.

— Je n'attendrai pas. Ici, en dehors de la mosquée, des dominos et du foot, y a rien à faire… À dix-neuf ans tu étais canon, j'ai vu tes photos. Tu n'as pas su en profiter, tu aurais pu être une star.

C'est vrai, on se retournait sur moi. À la quarantaine tout a changé, imperceptiblement. Quand on a été admirée, que brutalement on ne suscite plus rien et que les yeux des autres passent sur vous sans s'arrêter, on ressent une douleur. Plus vive encore, quand, sans savoir pourquoi, un regard qu'on n'attendait plus s'égare.

— Sofiane, une menthe à l'eau ?
— Non, un whisky.
— Tu plaisantes ?
— Pas du tout, je veux comprendre pourquoi tu aimes tant ça et pourquoi tu ne peux pas t'en passer… À dix-neuf ans, si Visconti t'avait demandé de tourner pour lui, qu'est-ce que tu aurais répondu ?
Je ris :
— J'aurais probablement accepté, j'aimais tellement ce qu'il faisait, c'était un seigneur.
Il avale en grimaçant le whisky que je viens de lui servir.
— Ta vie aurait été bouleversée, Louise, on ne serait pas là à discuter.
— Où veux-tu en venir ?
— Marc me donne un rôle dans son prochain film.
— Tu es sérieux ?
— Tout ce qu'il y a de plus sérieux.
— Tu es malade ! Sais-tu au moins qui est Marc ?
— Un réalisateur célèbre…
— Marc est homosexuel et pervers… Tu es un produit exotique de qualité, très différent de ce qu'il peut trouver dans les poubelles parisiennes. Tu l'as séduit. Quand il était à Alger, il ne cessait de te regarder. Il n'a qu'un but, te mettre dans son lit, c'est pour ça qu'il t'offre un rôle.
— Si Visconti t'avait proposé un contrat, tu aurais tout de suite pensé sexe ?

— Non, parce qu'il n'aimait pas les femmes, tout le monde le savait.

— Eh bien moi, je n'aime pas les hommes. La seule chose que je sois capable de susciter, c'est le désir sexuel ? Tu me réduis à ça ?

— Non, mais je connais trop Marc.

— Il ne m'a jamais parlé de sexualité, il a toujours été très correct. Je ne suis pas un gamin, je ne me laisserai pas faire.

— À Paris, tu seras complètement dépendant. Tu n'imagines pas son pouvoir de persuasion, on ne devient pas ce qu'il est sans raison. Il ne fera qu'une bouchée de toi.

— Tu dis toi-même qu'il ne faut pas laisser passer sa chance.

— Pas à n'importe quel prix !

— Je suis prêt à payer n'importe quoi pour être libre.

— Tu es saoul, Sofiane. Tu ne sais plus ce que tu dis.

— J'ai la tête qui tourne un peu… mais ça va, je me sens bien… je comprends pourquoi tu aimes l'alcool. Ça m'a soulagé de boire et de parler avec toi. Maintenant ma décision est prise, je vais tourner ce film. Mais surtout ne t'inquiète pas, je te le redis, les hommes, c'est pas mon truc. Je n'aime que les filles et, ce désir-là, personne ne pourra le changer… Tu m'as beaucoup appris, Louise, je saurai faire.

— Tu vas me laisser seule !

Marc

Je ne voulais pas sortir, Patricia a fait mon siège toute la journée. Sa volonté est inflexible, rien ne lui résiste. Pas même moi. Elle a téléphoné vingt fois, sur mon fixe et mes deux portables : « S'il te plaît, mon chéri. Fais-moi plaisir... mon amour, tu sais combien je t'aime... » Son mari disait souvent : « Je me demande comment j'ai pas attrapé la vache folle à passer toutes mes nuits avec elle. »

En fin de journée, comme elle n'arrivait plus à me joindre, elle est devenue agressive : « Puisque c'est comme ça, ton film j'en ai rien à foutre, je vais signer avec Wargnier, j'aurai Vincent pour partenaire, pas un petit inconnu de merde. »

Pilar, une de ses amies espagnoles, veut nous traîner dans un restaurant néogothique de Saint-Germain. Je la déteste. C'est un ancien mannequin, elle est arrogante et complètement allumée.

Vaincu, je cède.

L'endroit est immense et lugubre, nous sommes trois dans le restaurant. Il fait froid, le chauffage n'a pas l'air de marcher.

— *Madre de Dios*, crie Pilar en roulant des yeux charbonneux, on va tomber malade !

— Ne vous inquiétez pas, madame, dit le propriétaire, je vous ai réservé un salon particulier avec un bon feu de bois.

Il y fait plus chaud, c'est vrai, mais la cheminée tire mal et la pièce est enfumée.

— *Por favor*, ouvrez les portes sinon on va mourir gazés, comme des renards !

Le patron s'exécute, un courant d'air froid glace les os.

Je n'aurais jamais dû accepter ce plan foireux, on va crever dans ce caveau ! Le décor est épouvantable, au plafond des lustres stratosphériques en acier torturé, les murs sont laqués de noir, le sol rouge sang de bœuf. Les sièges ogivaux sont inconfortables au possible, les arcs brisés nous rentrent dans les fesses. Des gargouilles baveuses sortent des murs, à terre des chaînes, des tenailles, un marteau. Tout est prêt pour une séance de torture ou une messe noire.

Patricia éclate de rire :

— Tu vois, tu as bien fait de venir, ça va te donner des idées !

Pilar, mise en forme par un cocktail maison bleu mousseux, se déchaîne :

— On m'a dit que ton dernier film était une merde. Mon chéri, c'est formidable, même si c'est un caca total. Ce film, tu l'as fait pour toi, pas pour les autres et ce sont eux qui sont de la merde parce qu'ils ne comprennent pas que tu es génial.

— Tu as vu son dernier film ?

— Non, mais on m'a raconté que ça se passe au Maghreb, une histoire d'amour ratée entre deux vieillards qui se font violer par des enfants.

— Ma chérie, tu débloques, tu te trompes de

metteur en scène, son dernier film se passe en France.

— *Perdon*, je les mélange tous ces réalisateurs français et comme ils font tous la même chose, j'ai du mal à m'y retrouver… et puis, il m'arrive un truc extraordinaire… mon père est en train de mourir d'un cancer. Il est beau, vous pouvez pas imaginer, il a la peau sur les os, méconnaissable, *una estatua gótica*, c'est un autre homme. J'ai des rapports fantastiques avec lui, je n'ai jamais été si proche, il ne se tient plus, il fait tout dans le lit et c'est moi qui nettoie. Je vis un truc intense, vous n'avez pas idée.

Les plats arrivent sur la table, j'ai commandé ce qui semblait être le moins glauque : une cuisse de poulet à la mode teutonique. Les salauds ! Ils ont laissé au bout de la cuisse la patte griffue, ergots et ongles vernis de noir. Pour décorer, ils ont posé sur l'assiette deux têtes de poulet, yeux mi-clos, langue pendante hors du bec. Patricia a commandé des cuisses de grenouille, il y a bien des cuisses mais la grenouille est entière, ils ont quand même pris la peine de la dépecer.

Pour Pilar, c'est le pompon : une langue de bœuf complète avec piercing en plein milieu, sur les bords de l'assiette deux yeux laiteux de bovidé. À gerber ! Et cette connasse qui s'étale sur les faiblesses sphinctériennes d'un père à l'agonie. Je me lève pour aller aux toilettes.

Mon portable sonne, je me rassois. C'est Louise :

— Tu es un salaud !

— Pardon ?

Elle éclate en sanglots, elle est complètement beurrée :

— Tu es un salaud, un sacré salaud… le seul

qui m'aidait à vivre, tu me l'enlèves. Tu trouvais que je n'étais pas assez punie par la vie pour me punir encore. Tu es jaloux de l'affection que je porte à Sofiane, hein… dis-le. Tu n'as pas supporté qu'il te remplace, qu'il remplace ton frère.

— Mais qu'est-ce que tu racontes ?

— Laisse-moi parler. Je te préviens, si tu touches à un cheveu de ce gamin, je te tue, tu entends, je te tue. Cet enfant, c'est un ange venu du ciel, n'essaie pas d'assouvir sur lui tes fantasmes dégoûtants…

— Tu dis n'importe quoi, tu es saoule.

Pilar est très intriguée :

— J'adore les gens saouls, qui est-ce ?

Patricia a compris :

— C'est sa tante, elle appelle d'Alger.

— D'Alger ? *Ma que maravilla,* le pays des égorgeurs, il faut absolument que je lui parle, j'ai des tas de choses à lui demander.

Elle m'arrache le téléphone des mains :

— Bonjour madame… Je suis Pilar, une grande amie de Marc… Vous avez une voix merveilleuse, si jeune… Soixante-neuf ans ? Vous en faites quarante… Vous avez un neveu extraordinaire, *muy guapo*… Un pervers ?… Vous avez raison… Oui, je vais lui dire : un pervers et un salaud… Dites-moi, dites-moi, ça doit être excitant de vivre à Alger… tous ces assassinats, tous ces viols… Non, non, on ne m'a jamais violée, je ne crois pas… Ah mais si, une fois, au Bélize… Du plaisir, si j'ai pris du plaisir ?… Mais c'était un viol !… Allô, Allô…

Pilar regarde le mobile interloquée :

— *Ma que energia !* Elle m'a traitée de poufiasse et elle a raccroché.

Patricia ricane :

— C'est son rôle que je dois jouer dans le prochain film de Marc, ça promet ! Apparemment vous en avez pris tous les deux pour votre grade. Qu'est-ce qu'elle te reproche, l'édentée ?

— D'avoir proposé un rôle à son protégé, elle a peur que je le saute.

— Elle n'a pas tort… quand on te connaît. Elle n'est pas la seule à avoir la trouille. Tu prends un sacré risque avec ce garçon. S'il est mauvais, qu'est-ce qui se passe ?

— Ne t'inquiète pas, j'ai tout prévu. J'ai fait marcher Lionel la dernière fois, j'avais envie de l'emmerder… je ne suis pas encore cinglé, même si j'aime beaucoup Sofiane.

Louise

Au bout du Telemly, en haut du parc de Galland, se trouve le musée des Antiquités, bâtisse hispano-mauresque. Quand j'étais lycéenne, j'y allais souvent avec ma classe. Je veux revoir les statues antiques, les mosaïques, m'immerger dans le passé de l'Algérie.

Ce passé honni par les arabo-musulmans radicaux.

J'ai du mal à marcher, les trottoirs défoncés me font mal.

Sur le pont qui mène au parc, un immeuble viaduc, j'aperçois le port. À Alger, la mer n'est jamais loin, elle surgit, inattendue, au coin d'une rue, au bas d'un escalier, à un carrefour, toujours surlignée de blanc.

Le ciel est d'un bleu absolu, les pins parasols du parc Mont-Riant se détachent, immobiles sur l'azur. L'air est d'une pureté incroyable. Enfant, je venais avec papa jouer à la trottinette dans les allées du jardin public, un buste était à l'entrée, celui de Marcello Fabri, un poète. Une inscription étrange parlait de puanteur. Pourquoi ? Depuis des années, je fais des efforts désespérés pour en retrouver la teneur, en vain. Le buste et la citation gravée sur une plaque de pierre ont été déposés peu après l'indépendance.

Était-ce prémonitoire ?

Je passe devant l'Algéria, bel immeuble style années trente, délabré. Autrefois, un des plus chics d'Alger. Je longe l'Aérohabitat. C'était, disait-on fièrement, le plus haut immeuble de France, le plus moderne, avec ses commerces au dixième étage, ses longs couloirs où jouent les enfants. Sofiane y achète ma viande.

Aux abords du musée, je cherche désespérément les blocs de marbre aux inscriptions hébraïques. Ils étaient posés contre les murs du musée, immaculés et beaux. Ils ont disparu. Je questionne les gardiens, nul ne sait où sont passées les pierres.

Je me souviens d'une violente dispute avec l'attaché culturel de l'ambassade d'Algérie à Vienne. Il visitait mon beau-frère d'Hydra. J'avais parlé du passé chrétien de l'Algérie, de l'Afrique romaine, il s'était insurgé, l'Algérie, le Maghreb avaient toujours été musulmans. J'évoquai saint Augustin d'Hippone, saint Cyprien de Carthage, les saints martyrs innombrables, les églises qui couvraient l'Africa, le schisme donatiste, l'arianisme, la ferveur des anciens, les traditions chrétiennes qui avaient perduré, les femmes berbères qui signent la croix sur le corps de l'enfant qu'elles langent. Il répondit que je fabulais, que tout n'était qu'idioties. Je rétorquai qu'un gouvernement inculte ne pouvait envoyer dans les représentations diplomatiques que des abrutis de son espèce. Je l'aurais giflé si Kader ne m'avait fait sortir de la pièce. Je l'entends encore vociférer : « *Mahboula, mahboula*, elle est folle ! »

Je hais les négationnistes.

Nier le passé est un crime.

La décolonisation, l'intolérance ont jeté sur la route de l'exil les pieds-noirs et les Juifs. Les Juifs étaient l'Algérie comme les Coptes sont l'Égypte. Il n'en reste qu'une poignée, au sens vrai du terme. L'Algérie a perdu sa diversité, sa richesse culturelle et cultuelle. Un peuple installé depuis la première diaspora s'est éteint. Les jeunes Algériens ne savent plus qu'il a vécu deux millénaires en symbiose avec leurs ancêtres et l'on se garde bien de le leur enseigner.

La disparition des pierres tombales juives du musée d'Alger participe de cette négation comme le pillage et la dégradation des cimetières juifs et chrétiens, des *qouba* des saints musulmans, le martelage des noms sur les monuments aux morts de la colonisation, la dépose du buste d'un poète dans un jardin. On veut extirper le passé de ce pays pour imposer l'uniformité arabo-islamique, épurer la langue dialectale riche des vagues arabes successives, d'emprunts au turc, à l'espagnol, à l'italien, au grec, au latin et au français, effacer le berbère, étouffer le maraboutisme au prétexte qu'il est une survivance du paganisme, un supplétif du colonialisme, imposer les affreuses tenues vestimentaires de pays rétrogrades et lointains.

On veut cacher les corps et travestir les âmes, éteindre la liberté.

Le vent mauvais de l'histoire a soufflé les bougies de Noël et de Hanoukka.

La nudité des statues antiques dans les musées sera-t-elle bientôt *haram* comme les seins des cariatides des immeubles haussmanniens du front de mer ou les Marianne des mairies héritées de la colonisation ?

Le rapt des pierres juives me désespère.

L'Algérie rêvée est bien morte.

J'entre dans le musée, les anciennes richesses que certains voudraient gommer sont encore là. Le lieu est désert, je questionne le conservateur sur sa fréquentation. Elle est faible, quelques lycéens, de rares étrangers, ce passé n'intéresse plus.

L'Enfant à l'aiglon de Lambèse, chef-d'œuvre de bronze rescapé des temps anciens, me fixe. Nu, il serre dans ses bras un aiglon, c'est sa seule richesse. L'oiseau ne restera pas longtemps prisonnier. Bientôt, il prendra son envol. Je pense à Sofiane, à cet aiglon que je tente désespérément de retenir mais qui fuira dans quelques jours, me laissant seule et nue.

J'espère lui avoir appris à voler.

Sofiane

Dans l'avion de la Royal Air Maroc, les hôtesses ont été adorables, elles voyaient que je n'étais pas bien. J'ai expliqué que c'était la première fois que je quittais ma famille et mon pays. J'étais triste et heureux à la fois, content de changer de vie, même si le Maroc ce n'est pas l'Europe. Marc m'a promis un visa pour la France, il connaît tout le monde là-bas.

L'aéroport de Casablanca est beau, plus beau que celui d'Alger. Le nouveau terminal de Houari Boumediene n'a toujours pas ouvert. Je suis surpris, en Algérie tout le monde dénigre le Maroc en disant que c'est un pays pauvre et sous-développé, je ne m'attendais pas à trouver une aérogare aussi moderne. Les policiers, voyant mon passeport algérien, sourient et me souhaitent la bienvenue : « *Anta dziri*, tu es algérien ? *Marhaba, marhaba*, bienvenue. »

Marc est dans la foule, il me cherche. Je suis dans un rêve !

Moi qui n'étais rien du tout, je serai bientôt acteur et je jouerai avec la plus belle actrice française. Le metteur en scène, en personne, m'attend à l'aéroport. Il m'embrasse et caresse mes cheveux. Marc est heureux de me voir, ça fait tout drôle, je le connais sans le connaître, nous avons passé des heures et des heures ensemble, il m'a raconté des choses intimes sur lui, j'ai tout dit de ma vie, on s'est engueulés plusieurs fois et pourtant, j'ai un étranger face à moi. Internet, c'est bizarre, tu as l'impression d'être très proche des gens et puis, si tu restes trois jours sans chatter avec eux, tu les oublies. Quand tu les rencontres, ça change tout, tu ne sais plus quoi dire, tu es gêné. Ça m'est arrivé plusieurs fois avec des filles, on était presque fiancés, on s'aimait à la folie et, à la première rencontre, plus rien, il n'y avait plus qu'à rompre. Avec Marc c'est différent, je le connais déjà. Mais Louise était souvent avec nous, nous avions une relation à trois. Maintenant nous ne sommes plus que deux.

— Alors, Sofiane, tu as perdu ta langue ?

— Non, non, je regarde. Elle va jusqu'où cette autoroute ?

— Jusqu'à Tanger et Marrakech, sept cents kilomètres.

Je ne savais pas qu'il y avait autant d'autoroutes au Maroc, chez nous il y en a un peu autour d'Alger et d'Oran et c'est tout. Il y a bien un projet d'autoroute est-ouest mais ce n'est qu'un projet. C'est fou, tous ces panneaux publicitaires. Si les gens n'ont pas d'argent, pourquoi y a-t-il autant de pub ?

— Marc, je vais dormir où ?

— Au Mirage, un hôtel près de Tanger. Toute l'équipe est là.

— Je croyais que tu n'aimais pas les hôtels ?

— Le Mirage n'est pas vraiment un hôtel. Tu verras.

Ici, c'est tout plat. Il y a beaucoup d'eucalyptus, des forêts entières. Je n'aime pas cet arbre, rien ne pousse dessous et, d'après mon oncle ingénieur agronome, il détruit la terre. Et puis ce n'est pas un arbre de chez nous, les Français l'ont rapporté d'Australie, ils auraient mieux fait d'importer des kangourous.

— Et Louise ? demande Marc.

— Elle fait la gueule, elle ne me parle plus depuis une semaine. Ce matin elle m'a donné un billet de cent euros puis elle a pleuré.

— Tu es triste ?

— Je suis là pour elle, on va lui rendre hommage… ça me fait tout drôle de la retrouver jeune et belle. Patricia est là ?

— Oui, elle est arrivée hier soir.

— On commence quand le tournage ?

— Après-demain. Demain, tu feras un essai.

— Pourquoi ?

— Pour voir ce que tu donnes à l'écran.

— Et si je ne donne rien ?

— On avisera, et puis tu as déjà beaucoup donné.

Le Mirage, quel hôtel !

Du marbre partout, des tapis, des lampes marocaines, des statues. Un vieux aux cheveux blancs prend ma valise, il ne veut pas me laisser la porter. J'ai honte, je suis beaucoup plus fort que lui. Ma chambre est remplie de tableaux, de lustres, de couvertures berbères comme chez Louise. Elle est immense, avec un salon, la télé, un lecteur DVD et une chaîne stéréo. On pourrait dormir à quatre dans le lit. La salle de bains, c'est le grand luxe et il y a de l'eau. Enfin, je vais pouvoir prendre des bains. À Alger, ce n'est pas possible, on a de l'eau un jour sur deux ou sur trois et la baignoire est tout le temps pleine, on fait des réserves.

Ça sent bizarre, le vieux dit que c'est le bois de cèdre au plafond. Je suis fatigué, je m'allonge. On est au bord de l'Atlantique, je n'avais jamais vu l'océan. C'est immense avec des vagues énormes, on les voit du lit, on n'entend qu'elles. Je me sens brusquement seul dans cette chambre grande comme un appartement. Marc m'appelle sur le fixe :

— Viens manger un morceau sur la terrasse.

Il est à table avec Patricia. Elle est top, encore

plus belle en vrai, je n'ai jamais vu des yeux pareils. Elle sourit :

— Le protégé de Marc Sylvaner ! Tu as du goût, mon chéri.

Bonne nouvelle, je lui plais ! Tout est beau ici, on est entourés de mer et de soleil. Un type vient nous rejoindre, il dit froidement bonjour, me regarde à peine et mange sans un mot.

— Ce soir, on fait la fête, annonce Marc, on est invités à une grande soirée déguisée. Thème : la Rome antique. Tu as ton costume, ma chérie ?

— Je serai Cléopâtre.

— Original… tu ne seras pas la seule.

— Et toi, Lionel ?

— Je ne sais pas encore…

— Tu as un déguisement, Sofiane ?

— Non, je ne savais pas et, même si j'avais su, à Alger on ne se déguise jamais.

Lionel me regarde d'un air bizarre :

— Giton, ça lui irait bien.

— Gitan ?

Il rit méchamment. Patricia prend ma main :

— On va te trouver un truc sympa, ne t'inquiète pas, rendez-vous à sept heures dans ta chambre. Quand tu seras habillé, je t'emmènerai chez la maquilleuse.

La vie court à toute allure depuis que je suis arrivé, j'ai juste eu le temps d'être un peu triste et puis ça s'est accéléré. J'ai fait une sieste et pris une douche. Je finissais de me sécher quand Patricia est arrivée avec la fille qui s'occupe des costumes. J'étais gêné, j'avais juste une serviette autour de la taille. Elles ont sorti plein d'habits d'une valise et Patricia a dit :

— Viens, on va jouer à la poupée.

Elle a choisi quatre ou cinq trucs bizarres et me les a tendus.

— C'est quoi ces machins, je ne vais quand même pas mettre une robe.

Elle a rigolé :

— Ce ne sont pas des robes mais des toges, les Romains s'habillaient comme ça. Enfile la rouge, ça ira bien avec tes cheveux noirs.

— Ah non, jamais je n'oserai sortir avec un machin rouge dans la rue, ça va pas ?

— En Algérie, tu mets bien des djellabas.

— Pas des rouges.

— Alors prends celle-là.

Elle m'en tend une noire. Je vais me changer dans la salle de bains. Je me regarde dans la glace, ce n'est pas moi et puis j'ai l'impression d'être nu, j'ai froid aux bras. Patricia me rejoint.

— Ils n'avaient pas de trucs moins déshabillés, tes Romains ? Ça ne me plaît pas du tout.

— Tu déconnes, ça te va super bien, tu vas faire des ravages ce soir. As-tu des sandales ?

— Non, que des Nike.

— Un Romain en baskets, pas terrible ! Odile, tu pourras lui trouver quelque chose ?

Patricia m'entraîne chez la maquilleuse, j'ai mis les pantoufles blanches de l'hôtel en attendant les sandales, il y a écrit « Le Mirage » dessus avec un joli coquillage brodé. Je ne suis pas à l'aise. Je n'ai pas besoin d'être maquillé. C'est n'importe quoi.

— Patricia, je suis gelé habillé comme ça.

— Ne t'inquiète pas, on a des manteaux d'époque.

La maquilleuse est sympa, elle attrape mon

menton et bouge ma tête à droite, à gauche, vers le haut, vers le bas.

— Tu n'as pas besoin de grand-chose... peau mate... grands yeux noirs... longs cils... juste un peu de khôl pour donner de la profondeur à ton regard et un peu de rouge sur les joues et les lèvres...

Je me regarde dans la glace :

— Mes lèvres, on dirait deux biftecks ! Pas question d'aller à cette fête comme ça.

Patricia éclate encore de rire, je n'arrête pas de la faire rigoler, c'est bon signe. Mon cousin Hassan, un vrai Dom Juan, dit que la meilleure façon de séduire une femme, c'est de l'amuser.

— Tout le monde sera déguisé, maquillé. Tu n'as pas de souci à te faire... tu es vraiment très beau, tellement beau que tu seras mon cavalier. On va faire un couple d'enfer.

On est face à la glace, elle pose sa tête contre la mienne. Je sens sa peau et son parfum. Je ne vois que ses yeux, elle m'embrasse sur la joue :

— Allez, s'il te plaît, ne fais pas ta mauvaise tête... On va très bien ensemble, tu ne trouves pas.

Elle laisse une trace de rouge à lèvres sur ma peau. C'est vrai qu'elle ressemble à Louise jeune, c'est vrai qu'on forme un couple d'enfer.

J'ai rendez-vous à neuf heures dans le hall de l'hôtel avec Marc. Il a une toge bleue, le même burnous que moi sur les épaules et des sandales à lacets qui montent sur les mollets, comme les miennes. Il est tout étonné :

— Tu es très beau ! Je ne pensais pas que ça t'irait si bien.

— Je ne suis pas à l'aise, c'est la première fois que je me déguise, j'ai l'impression d'être nu...

Patricia arrive enveloppée d'un manteau orange, une perruque noire mi-longue sur la tête. Ses yeux sont tellement maquillés qu'on ne voit qu'eux. Elle a des lèvres de poupée très rouges, très brillantes, on dirait deux fruits, j'ai envie de les mordre.

— Sublime, ma chérie, plus belle que Liz Taylor ! dit Marc en l'embrassant.

— Hormis les yeux violets.

Elle me prend par le bras, sa peau est brûlante, je l'aide à monter dans la voiture. Elle sent tellement bon que la tête me tourne.

— C'est quoi ton parfum ?

— Datura noir.

Je n'ai jamais rien senti de pareil.

C'est vrai que Tanger ressemble à Alger, elle est construite sur des collines. De la route, au travers des pins parasols, on voit des lumières et la mer tout en bas. J'ai l'impression d'être à El-Biar ou à El Mouradia. Je découvre de belles villas avec de grands jardins, aussi belles que celles des hauteurs d'Alger. On passe devant de grands murs blancs, des policiers et des soldats montent la garde. C'est le palais du roi, à ce qu'il paraît, c'est presque le palais d'Été d'Alger. Un peu plus loin, une maison magnifique, la maison du Gouverneur. Quelle vue ! De l'Aurassi, on a la même. On passe par des rues puis des ruelles, c'est beaucoup plus propre qu'Alger, il n'y a ni d'ordures ni papiers qui traînent partout. La voiture s'arrête devant un grand portail. Derrière, on aperçoit un jardin avec des orangers, des citronniers, des arbres couverts de grandes cloches blanches ou roses qui sentent très fort comme le parfum de Patricia. La nuit tombe.

Patricia a pris mon bras, on avance dans l'allée éclairée de part et d'autre par des lampes de cuivre ajouré. Elle mène à une immense maison arabe. Je suis très fier, je n'ai jamais accompagné une si belle femme. À l'entrée, de grands oiseaux blancs déploient les ailes quand nous arrivons et bloquent le passage. Ils font presque peur, ils nous dévisagent puis baissent leurs ailes pour nous laisser entrer. Ce sont des hommes et des femmes habillés de plumes blanches, montés sur des échasses. Leur peau est recouverte de peinture argent.

Dans le hall, des soldats romains montent la garde, une torche à la main. Les gens sont tous déguisés, il y a des hommes frisés très bizarres qui parlent fort en se disant ma chérie. Ils se taisent dès qu'ils nous voient. Marc est derrière nous. La maison est belle, je n'ai jamais vu de plafonds si hauts. Des lumières rouges et des chandeliers couverts de bougies éclairent les pièces. Des herbes brûlent dans des plats, leur fumée tamise la lumière. Un petit homme aux cheveux crêpés s'approche de nous :

— Patricia, mon amour, vous êtes une fabuleuse Cléopâtre. Quel est donc ce charmant jeune homme qui a pris la place de votre cher Marc-Antoine ?

— Sofiane, un ami de Marc.

— Ah, ah, un goût très sûr, comme d'habitude.

On est entourés d'hommes et de femmes, jeunes et vieux. Les vieux sont moches, les femmes ont des bouches en becs de canard, elles sont figées comme des momies et les hommes aussi d'ailleurs. Quand je demande à Patricia pourquoi, elle me répond qu'ils se sont fait lifter, tirer. Les jeunes sont mieux, il y a surtout des garçons, quelques filles très mignonnes mais pas aussi belles que Patricia. Ça fait bizarre, tous ces gens à moitié à poil qui nous tournent autour, il n'y en a que pour nous. On me touche le bras, on me caresse les cheveux comme si j'étais un chat ou un chien. J'en ai assez qu'on me tripote pour un oui, pour un non, je lâche le bras de Patricia pour m'asseoir seul à une table. J'ai l'impression d'être dans un film, je n'ai jamais assisté à un truc pareil. Quand je raconterai ça à mes copains du Telemly, ils ne me croiront pas. Je dois faire des photos avec Patricia, ça servira de preuve.

Un roulement de tambour, des sonneries de trompette, les gens se précipitent vers l'entrée. Deux Noirs très musclés tiennent un grand tapis par les deux bouts, un troisième claque des mains, ils déroulent le tapis d'un mouvement sec. Tout le monde se tait. Il y a une femme à l'intérieur. Elle roule à terre, les bras collés le long du corps.

Elle est habillée comme Patricia, une robe blanche et un manteau orange. Elle a la même perruque noire, elle est grande, maigre et très laide. Elle n'a pas été tirée celle-là, elle est ridée comme ma grand-mère. En tournant sur elle-même, elle cogne sa tête contre mes pieds. La perruque s'accroche à une de mes sandales. Surprise ! Cléopâtre est un homme et elle est chauve ! Tout le monde est plié en quatre :

— Albert, c'est Albert…

Patricia l'aide à se relever, je décroche la perruque de mon pied, Cléopâtre la moche me l'arrache des mains sans dire merci. Marc est écroulé :

— Sofiane, ton entrée dans le monde est

réussie. Un grand bravo, la pêche a été bonne ! Tu as compris l'allusion à Liz Taylor dans le film de Mankiewicz ?

— Je ne sais pas de quoi tu parles.

— C'est vrai, tu es trop jeune. Tu ne peux pas savoir.

Les deux Cléopâtre sont l'une contre l'autre, habillées pareil, la fausse est furieuse, ça se voit, elle essaie de sourire mais elle n'y arrive pas. La vraie sourit vraiment, ses dents sont très blanches ; c'est terrible, l'une est splendide et l'autre affreuse. Des photographes s'approchent et les mitraillent. Soudain je pense à Louise, à ce qu'elle était et ce qu'elle est. Finalement, c'est ça la vieillesse : quitter la beauté pour la laideur tout en étant le même à l'intérieur. Des gens crient :

— Allez les deux Cléopâtre, embrassez-vous !

Patricia attrape la tête d'Albert, il a la perruque de travers, elle l'embrasse sur la bouche. Quel courage ! Tout le monde applaudit. Beaucoup d'hommes m'abordent, ils me demandent ce que je fais, d'où je viens. Quand ils apprennent que je suis algérien, ils me regardent d'un drôle d'air comme si j'avais dit une obscénité. Trois m'ont quand même donné leur numéro de portable. Un jeune homme vient me parler, il est marocain :

— Avec qui t'es venu ?

— Avec Marc Sylvaner.

— Celui qui fait des films ?

— Oui.

— T'as de la chance…

Je n'entends plus ce qu'il raconte, un orchestre arabe s'est mis à jouer très fort. Des danseuses du ventre arrivent, elles ont des soutiens-gorge transparents et des minislips. Elles ne sont pas mal du tout, elles dansent super bien. L'une d'elles s'approche de moi, se penche en arrière et fait bouger sa poitrine, elle s'approche encore, ses bouts de seins me touchent. J'ai honte, ça me rappelle l'Écossaise qui s'est mise à poil sur Internet, je m'éloigne. Des vieilles arrivent avec un plateau sur la tête et des bougies allumées dessus, elles dansent aussi, c'est très beau. C'est curieux ce mélange de vieux et de jeunes, on dirait que c'est fait exprès. Je le dis à Marc qui répond :

— *Age before beauty*...

Je n'ai pas compris.

Je cherche Patricia, elle m'a oublié, elle est au bras d'un gros frisé qui a un défaut de langue. Je m'approche d'eux, il demande :

— Mais qui est cette merveille ?

— Sofiane, la dernière recrue de Marc.

Chaque fois qu'elle me présente, c'est par rapport à Marc. Comme si je n'étais rien par moi-même.

Le buffet est géant : des hommes en tarbouch ont apporté des grands plats pleins de couscous aux légumes, de méchouis, de poulets, de riz, de paella, de tajines d'agneau aux pruneaux.

On dit que l'Algérie est plus riche que le Maroc, mais je n'ai jamais assisté à des soirées pareilles, même pour le mariage de mes cousins ou mes cousines. Les fêtes, là-bas, sont sinistres, les hommes et les femmes sont séparés. Quand j'étais petit, j'allais avec les femmes, c'était plus drôle, elles dansent, elles chantent, elles rient. Depuis que j'ai grandi, je suis avec les hommes, c'est mortel, ils passent leur temps sur des chaises à parler voitures ou politique.

Changement d'orchestre, des hommes dansent en avalant du feu sur une musique brésilienne. Marc me prend par les épaules, je sursaute.

— Je t'ai fait peur ?

— J'ai cru que c'était un de ces vieillards qui posait ses pattes sur moi.

— Ça te dégoûte ?

— Oui, je trouve que ce n'est pas normal.

— Si tu veux vivre en France, Sofiane, tu as beaucoup de chemin à faire.

— La carte de séjour, ça passe forcément par un vieux qui te prend par le cou ?

— Non, mais il faudra acquérir une ouverture d'esprit que tu n'as pas encore. Tu vois ici, c'est presque l'Europe, alors regarde bien, ne juge pas et apprends.

Une plage immense en bas de l'hôtel, au moins quarante-cinq kilomètres. Personne sur les deux premiers. Ils sont réservés aux oiseaux et aux mouettes. C'est con, les mouettes, quand tu t'approches, elles te regardent bêtement avec leurs yeux et puis, quand tu es trop près, elles s'envolent, elles font un grand tour et se posent trois mètres plus loin. Ça peut durer des heures. Hier après-midi, j'ai longtemps joué avec elles, j'avais le cafard. Alger me manque, Louise, mon père, mes copains me manquent. J'ai un truc bizarre dans la gorge, ça serre et ça fait mal, j'ai peur d'être malade, d'avoir un cancer comme mon oncle Mohamed… mais lui, il fumait beaucoup. Moi, je n'ai fumé qu'une seule fois.

Marc m'a fait tourner un essai avant-hier. Il fallait que je dise des phrases idiotes du genre : « Je voudrais trois kilos de pommes de terre et cinq kilos de carottes » ou encore « Pour qui sont ces serpents qui sifflent sur nos têtes ? »

Et puis après : « Je t'aime, tu ne peux pas savoir… Je t'aime à la folie, mon amour. »

On m'a fait marcher, porter une valise, on m'a demandé de faire comme si j'avais peur, comme si j'étais suivi. Ça a duré longtemps, Marc regardait tout sur un écran, il faisait une drôle de gueule. Lionel, son assistant, était content. Je l'entendais dire :

— Tu vois, j'en étais sûr...

Il a rigolé plusieurs fois. Ce Lionel, je ne sais pas pourquoi, mais je le déteste. J'ai perdu tous mes moyens, je voulais que ça se termine le plus vite possible, j'avais chaud, j'ai fait n'importe quoi, j'en avais marre. Le soir, Marc est venu dans ma chambre, il a sorti de sa poche une enveloppe et un très beau portefeuille de cuir noir :

— Tiens, c'est pour toi.

— Un cadeau ?

— Oui, regarde ce qu'il y a dedans.

— Une carte de crédit ! Je suis engagé ?

— J'ai ouvert un compte à ton nom avec les soixante mille euros que tu as gagnés. Tu peux retirer du fric n'importe où dans le monde.

— Même ici ?

— Oui, il suffit de taper ton code secret sur un distributeur.

— Super ! Et le code, il est où ?

— Là, dans cette enveloppe... Surtout, ne le donne à personne.

— Même pas à toi ?

— Même pas à moi. Question argent, tu ne dois faire confiance qu'à toi.

J'ouvre les deux enveloppes. Elle est belle, ma carte, toute dorée, soixante mille euros ! Ce n'est pas croyable, tout ça pour avoir chatté, raconté des trucs dont certains ne sont même pas vrais.

Marc allume une cigarette et tire dessus comme un malade, il tourne la tête à droite, à gauche, se lève pour chercher un cendrier, se rassoit et puis s'énerve :

— Sofiane, tu étais mauvais ce matin, très mauvais.

— Je n'étais pas à l'aise, Lionel n'arrêtait pas de se foutre de ma gueule.

— Je sais… mais un véritable acteur doit pouvoir jouer dans n'importe quelle situation. Et puis tu bouges mal, tu n'as pas de présence. Tu peux apprendre, il y a des écoles pour ça. En tout cas, tu ne peux pas jouer le rôle de Kader.

— Pourquoi je suis venu ici ?

— Tu es coscénariste, tu connais Louise et l'Algérie comme personne, tu seras un formidable conseiller. J'ai besoin de toi !

— Je veux jouer, Marc.

— Je vais réfléchir, tu pourrais être doublure lumière…

— Ça consiste en quoi ?

— À doubler l'acteur dans les scènes où on ne voit pas son visage.

— Fantôme, tu veux que je sois une ombre ou un fantôme, c'est ça ?

— Écoute, laisse-moi réfléchir… il faut que tu comprennes, je ne peux pas prendre le risque de te donner un vrai rôle, ce ne serait pas professionnel.

— Pourquoi ?

Il détourne les yeux, il est gêné.

— Pourquoi ce ne serait pas pro ?

— Tout le monde dirait que…

— Dirait quoi ?

Il ne veut pas répondre, il s'énerve encore :

— Écoute Sofiane, tu n'as pas vingt ans et tu es déjà scénariste… tu seras mon conseiller, tu seras payé pour ça, alors n'en demande pas trop. Personne ne peut prétendre avoir tous les talents. *Nobody is perfect !*

Marc

J'ai envie de Sofiane, je fais des efforts surhumains pour ne pas le toucher. Surtout ne pas lui faire peur, qu'il s'habitue à moi, à ma main sur sa main quand je lui parle, à mon bras sur ses épaules quand nous marchons sur la plage, qu'il perde toute méfiance, cette sale méfiance de petit macho méditerranéen ; qu'il me considère comme un ami, qu'une intimité s'établisse et que, de geste en geste, j'arrive à endormir sa vigilance. Mes rêves m'enchaînent à lui nuit après nuit. Il y accepte tout et je me réveille haletant, en sueur, déçu et plein d'espoir.

Je sais, il ne faut pas mélanger boulot et sentiments. J'ai été pro, je lui ai dit la vérité, peut-être même plus que la vérité. Lionel affirme qu'il aurait été un Kader médiocre et sans relief. Je n'en suis pas sûr, j'aurais pu le transcender avec les éclairages, les maquillages, j'aurais pu le torturer, le faire craquer, lui extorquer la vérité en le poussant au désespoir. La vérité de la haine, car il m'aurait haï. Je l'aurais désincarné, j'aurais pris son enveloppe et je l'aurais habitée, possédée. J'aurais joué Kader à travers lui. C'est au travers d'acteurs transparents que les plus grands donnent la pleine mesure de leur talent. Visconti et Helmut Berger, Truffaut et Léaud en sont la parfaite illustration. Je n'ai pas voulu jouer à ce jeu, je n'étais pas sûr de moi, pas sûr d'avoir le cran et la férocité nécessaires pour l'anéantir. J'aurais été nul. Avant mon voyage à Alger je l'aurais fait. J'ai pris un risque, le risque de le perdre mais je préfère qu'il s'en aille plutôt que de le briser, que de briser ce lien qui le lie à moi depuis Alger.

Quelle est la nature de ce lien, pourquoi me suis-je attaché à lui ? Il est différent, différent de tous les hommes que j'ai connus. Je dis homme mais ce n'est pas un homme, c'est encore un enfant, un homme en devenir, un homme imparfait. Ses imperfections m'ont lié à lui, ses fautes de français, ses caprices, ses colères. La capacité qu'il a de s'émerveiller, de vibrer. À travers lui, c'est l'Algérie, c'est Louise, c'est Paul, c'est Michele, c'est moi que je retrouve. Il est mon passé, il me traque.

Je veux marcher dans Tanger avec lui, il refuse, l'ange fait la gueule. J'erre seul dans la ville, ma caméra dans la tête, habité par le film, obsédé par Sofiane. Je cherche des plans et des images, les façades blanches des immeubles des années vingt près du port rappellent celles d'Alger, je m'en servirai. Sur le front de mer, une file ininterrompue de voitures gagne les ferries qui embarquent pour l'Espagne. En sens inverse, des voitures aux toits surchargés, aux conducteurs épuisés roulent au pas. Demain, elles livreront leurs trésors. Au même moment probablement, d'autres voitures portant fardeau, d'autres conducteurs au regard fatigué sortent des ports d'Oran, d'Alger ou de

Tunis. Flux et reflux incessants irriguent les deux rives de la Méditerranée. Ici, le nord de l'Afrique effleure l'Europe d'un doigt, comme Dieu effleure Adam sur la fresque de Michel-Ange, chapelle Sixtine. Mais qui est Dieu, qui est Adam ? Et qui insuffle sa vie à l'autre ?

Un néon vertical annonce « Port de Tanger », la première et la dernière lettre du mot Tanger sont grillées et, comme au Strawberry Fields Memorial de New York, elles délivrent un autre message : « *ange* ».

Avant de rejoindre ma chambre, je passe devant celle de Sofiane. Peut-être ne dort-il pas ? Les galants de nuit dégagent une violente odeur de musc. Le vent d'est souffle en rafales. Le rideau de sa chambre est entrouvert, il est allongé sur le lit, il regarde la télé, je ne vois pas son visage. Je m'apprête à frapper et à entrer. Il est en short, torse nu, les jambes croisées, le pied droit sur le gauche, ses orteils gauches caressent le dos de son pied droit. Il passe la main droite sur sa poitrine et la gauche sur son ventre. J'hésite… non, je vais attendre avant de frapper. Il glisse la main sous le short. Il est éclairé par l'écran de télévision qui hoquette comme un stroboscope. J'aime ses jambes, il est complètement offert. Mais à qui ?

Il déboutonne la fermeture de son short et joue avec son sexe.

Je détourne les yeux, j'ai le sentiment d'être un voleur, un voleur d'intimité. Je n'ai jamais ressenti cette gêne lors d'un tournage.

Il a baissé son slip pour ne pas être entravé, il a de belles mains aux ongles courts, elles courent sur son corps, entre ses cuisses, elles massent, elles pressent, elles lui donnent tant de plaisir que son corps s'affaisse, que son corps se donne. À qui ?

Ses mains sont avides, elles dansent, elles se figent. Je suis soudain triste. Le ballet des mains s'accélère, la main droite saisit la télécommande et fige l'image. Son corps s'agite, des soubresauts le secouent.

Sur l'écran, Patricia immobile et nue.

Louise

Certains suscitent l'amour, la tendresse, la compassion, moi c'est la haine et le dégoût. Marc m'a arraché Sofiane, j'ai vu sa jalousie quand il est revenu : il n'était plus mon roi. Il imaginait la place intacte, le passé arrimé au présent, immuable. Il était remplacé par plus beau, plus jeune. Et cette beauté et cette jeunesse étaient pour moi, rien que pour moi, l'épouvantail édenté, grotesque et repoussant. J'étais un vieux jouet oublié, un Culbuto, retrouvé par hasard au fond d'un coffre ; Marc s'en est saisi, ému, mais l'objet d'autrefois beau et doux est devenu rêche et laid, son parfum familier et rassurant s'est évanoui. Alors, il l'a flanqué à la poubelle comme ce soir j'ai jeté le Marsupilami. À Alger, ses blessures d'enfant et d'adolescent étaient remontées, aigres et brûlantes. Il les avait acceptées jadis parce qu'on accepte beaucoup d'une belle image. Mon image s'est altérée, désormais il peut se venger.

Ma vie était rythmée par les appels, les visites de Sofiane, le récit de sa vie. Les bruits du dehors me parvenaient, sa vie, la vie des autres rendaient la mienne moins terne, moins linéaire. Je transcrivais dans mon journal toutes nos conversations, prolongeant ainsi sa présence. Au fil des pages, j'ai décrit la métamorphose de Sofiane.

Je n'ai plus rien à écrire, je n'ai plus rien à vivre.

Mes journées sont déstructurées, je préfère dormir le jour, je veux être en retrait, en décalage avec les vivants qui sortent et qui marchent dans la lumière, qui rient et travaillent. Je vis la nuit, fenêtres grandes ouvertes sur les lueurs de la baie, sur Alger apaisée qui m'appartient enfin. Penchée sur le vide, Mozart à mon oreille, je fume cigarette sur cigarette, je jette les mégots qui rougeoient dans l'obscurité puis étincellent en frappant le sol. Je franchirais bien le parapet tant l'appel du vide est pressant. En finir, là, tout de suite car vient un jour où tout est derrière soi.

Il y a vingt ans, une voisine s'est jetée du neuvième étage, elle s'est écrasée dans la cour, c'était impudique, son crâne brisé, son corps répandu sur le carrelage et tout ce sang. Je vois toujours son impact sur le sol décoloré par l'eau de Javel. J'aimerais laisser un autre souvenir.

Le jour se lève, les martinets entament leur ronde infernale.

J'en finirai une autre fois.

Je dois laver le balcon couvert de sable rouge du désert, gratter les fientes de pigeon, dépoussiérer les bibelots de maman, les danseuses, les marquises en porcelaine de Saxe. Après, j'irai me doucher.

J'ai de plus en plus de mal à entrer dans la baignoire, je suis trop raide, trop grosse. En ce moment, j'ai de la chance, il y a de l'eau et, par miracle, elle n'est pas trop chlorée ; je pourrai en faire un café puis le vampire que je suis ira dormir quelques heures.

Ce sera toujours ça de gagné.

Marc

Le vent d'est, le chergui, le vent qui rend fou, s'est levé, les feuilles mortes s'agitent dans les allées, les lanternes marocaines en verre multicolore valdinguent au-dessus des portes. Les vagues, repoussées par les rafales violentes, peinent à gagner le rivage. Le bruit du vent a remplacé celui de l'océan. La mer a capitulé. Je marche en traînant les pieds, j'ai peur de glisser sur les dalles disjointes de l'allée, peur d'être emporté.

Il faut que je m'éloigne de Sofiane, que je mette de la distance entre lui et moi, la plus grande distance possible. Je tente de me raisonner : il aime les femmes, quelle importance ? J'ai fui Michele parce qu'il était pervers, je veux fuir Sofiane parce qu'il ne l'est pas. La douleur de mes dix-huit ans est de retour, brutale, furieuse comme ce vent. Je flotte à dix pieds du sol, sans consistance, la gorge déchirée.

Je pourrais m'envoler, mon corps lesté de vide ne pèse rien.

J'entre dans ma chambre comme un zombie et me jette sur le lit tout habillé. Lionel est là. Il me tourne le dos. J'allume la lampe de chevet, soulève les draps et touche son corps. Il feint le sommeil, sa respiration s'accélère. Il devait agir ainsi avec son beau-père. Depuis l'enfance, il a toujours fait semblant. C'était, c'est la condition de son plaisir. Je me colle à lui. Dans la glace face au lit, je vois son visage se contracter. Je murmure :

— Ouvre les yeux, Lionel, s'il te plaît.

Il les garde obstinément fermés.

Je dis à voix haute :

— Ouvre tes yeux, je t'en prie, ouvre-les au moins une fois.

Il plisse les paupières supérieures contre les inférieures, je crie :

— Bon Dieu, ouvre-les !

Il s'exécute, timidement. Pour la première fois, il regarde son plaisir en face. Nos yeux se croisent sur le miroir :

— Regarde-moi, Lionel.

Nos yeux se fixent et nos regards se mêlent comme nos corps.

Il jouit de son abandon, je jouis de son abandon.

Sofiane

Aujourd'hui, ça ne va pas, j'ai le cafard. Je ne serai jamais Kader, je suis trop mauvais. Ce salopard de Lionel était ravi, il souriait d'un air méchant. Il ne m'aime pas, je ne sais pas pourquoi. Il y a des gens comme ça, à peine ils vous voient, ils vous détestent. Il a peut-être peur que je prenne sa place. Marc va réfléchir, il me donnera peut-être un autre rôle. Mais si je ne joue pas, qu'est-ce que je vais bien pouvoir faire ici ? Je ne vais pas rester toute la journée sur la plage à attendre qu'ils rentrent du tournage. Conseiller Marc ? Il n'a pas besoin de moi, il veut filmer le passé. Je n'étais pas encore né quand Louise et l'Algérie étaient belles, il les connaît mieux que moi. Je connais Alger, un peu Oran et c'est tout. Pour Louise c'est pareil, elle a toujours été gentille avec moi, c'est presque ma mère, je ne sais rien de ses mauvais côtés. Quand elle fait la gueule, ça ne dure pas longtemps, je n'ai qu'à lui servir un whisky et vingt minutes après elle va mieux. Je devrais peut-être en prendre moi aussi.

Ils sont tous partis, sauf la maquilleuse et la coiffeuse. Elles dorment au soleil, au bord de la piscine, les seins à l'air. Qu'est-ce qu'elles ont bien pu faire cette nuit ? Le jardinier taille l'herbe de la pelouse avec des ciseaux mais je vois bien qu'il fait semblant, il n'arrête pas de regarder leur poitrine, il a failli se couper les doigts. Moi, ça ne m'excite pas, elles sont moches et grosses. La seule qui m'intéresse, c'est Patricia, elle est trop belle ! Elles exagèrent, on est vendredi et elles sont presque à poil. Elles ont oublié qu'elles sont dans un pays musulman ou alors elles s'en foutent et c'est pire. Un serveur leur apporte du jus d'orange et des cafés, c'est Aziz, il est gentil, il me sourit tout le temps. Je lui parle arabe.

— Ça ne te choque pas, ces femmes ?

— Au début oui, maintenant j'ai l'habitude.

— En Algérie, si une femme faisait ça, elle se ferait tuer.

— Ton pays, c'est un pays de fous. Les étrangers, si on les tue, ils viendront plus chez nous. On a besoin de manger, on n'a pas de pétrole, alors les femmes qu'elles soient en hidjab ou à poil, on n'en a rien à foutre, on les sert sans se poser de questions. Du moment qu'on a du travail... le jour où j'aurai assez d'argent, je prendrai le bateau pour aller en face... je me dis ça tous les jours. En Espagne, je gagnerai dix fois plus, alors je pourrai acheter une maison pour ma femme et mes enfants.

— Dis-moi Aziz, il y a une mosquée pas loin ? Je voudrais y aller pour la grande prière.

— Je finis de servir les petits déjeuners et je t'emmène avec moi à Tanger. Dans la mosquée où je vais, y a un imam super. T'as pas peur de prendre le bus ?

— Pourquoi ?

— Je sais pas, les clients de l'hôtel ne prennent jamais le bus.

— À Alger, je le prends tous les jours, je suis un fils du peuple, un *bouhi*.

— Alors qu'est-ce que tu fais là ? Tous les gens avec qui tu es, ils ont beaucoup d'argent.

— C'est Marc, le metteur en scène, qui m'a fait venir, c'est un ami.

Il me regarde d'un air bizarre en secouant la tête, il dit :

— Ah oui, je comprends... un ami... oui, un ami.

La mosquée est pleine à craquer, remplie de barbus en *kamis*, j'ai l'impression d'être à Alger. L'imam est en blanc lui aussi, il est très clair de peau avec une barbe rousse, on dirait un Anglais. Il parle très vite, d'une voix aiguë, il parle du djihad :

— Mes frères, mes sœurs, le djihad est avant tout un combat contre soi, il faut traquer l'infidèle qui est en nous, extirper les mœurs héritées du paganisme, bannir les conduites scandaleuses des Occidentaux, redevenir pur. Quand vous aurez gagné le djihad intérieur, vous pourrez penser à l'autre djihad, mais d'ici là, la route est longue. Veillez à ce que votre tenue soit irréprochable, que vos mères et vos sœurs soient habillées décemment, que vos frères et vos maris se comportent en bons musulmans. Mes sœurs, vous ne devez pas accepter la moindre goutte d'alcool dans vos demeures, pas le moindre livre, pas le moindre journal licencieux. De musique, chez vous, il n'y aura que celle du Coran. Quelle plus belle musique en effet que celle des versets psalmodiés par les plus grands imams de l'Ouma ? De peinture, il n'y aura que celle de la Kaaba sacrée, de télévision, il n'y aura que celle chérie de Dieu, notre bien-aimée *Ikra* ! Et, quand chez vous, vous vivrez en conformité avec l'islam de nos ancêtres, vous pourrez penser à porter le djihad dans la demeure de vos voisins, de votre famille, de vos amis. Soyez persévérants, ne fléchissez jamais, notre premier combat est intérieur et, tel un caillou jeté dans un lac d'eau pure, vous produirez des ondes de plus en plus en plus grandes, de plus en plus larges, des ondes de beauté, des ondes de pureté : les ondes de l'islam. Et vous toucherez les infidèles et leurs contrées, ces pays immondes qui vivent dans le stupre, le scandale et la fornication, et qui tentent d'imposer chez nous leur mode de vie diabolique et répugnant. Ne les regardez pas, ne les fréquentez pas, ils sont l'incarnation du démon, ils ont sa force, ils ont le pouvoir de vous pervertir…

À chaque phrase, les fidèles psalmodient *Allah Ouakbar* ou *Mohamed rassoul Allah*. L'ambiance devait être la même à Alger du temps où les islamistes étaient puissants. D'après mon cousin islamiste, l'atmosphère dans les mosquées était extraordinaire, tous les hommes étaient frères, ils avaient une force dans la poitrine qui les poussait à faire de grandes choses. Le plus beau moment de sa vie, c'est quand il a défilé dans les rues d'Alger avec les frères et les sœurs qui venaient de toute l'Algérie, ils étaient plus d'un million, paraît-il ! L'armée, la police, les gendarmes, les gens des beaux quartiers, tous les impies les regardaicnt bouche ouverte, effrayés. Les milliardaires alcooliques tremblaient dans leurs villas des hauteurs. J'ai vu des images d'archives à la télé, c'était fantastique, une mer humaine et toutes les filles en hidjab au premier rang, belles comme des saintes chrétiennes. Alger vibrait aux cris de : « Dieu est le plus grand, il n'y a de Dieu que Dieu et Mohamed est son prophète ! »

J'aurais aimé connaître tout ça ! À l'époque, on ne donnait pas cher de l'armée et de la racaille au pouvoir. Malheureusement, le diable a été le plus fort et la fête s'est terminée dans le sang.

Je me sens mieux, le prêche de l'imam, la prière et tous ces frères autour de moi m'ont redonné de la force, la force de résister, la force d'avancer.

Louise

Je relis mon journal, je le tiens depuis l'âge de seize ans.

Je l'ai commencé à Bougie, à peine revenue de la plage des Aiguades où Paul avait tenté de m'embrasser. Je me suis enfermée dans ma chambre, je me souviens d'une lumière crue d'après-midi d'été, d'une mer blanche de soleil, de montagnes grises dans la brume de chaleur, de la chaleur pesante et visqueuse, de l'odeur de café turc et de pain grillé, des appels de ma sœur, de mes refus excédés, de la bouteille d'encre Waterman que l'on pouvait pencher de tous côtés, du bouchon de Bakélite vissé sur le large goulot, du parfum froid de l'encre noire, du stylo rempli en pressant sur le caoutchouc de la réserve, du désir qui brûlait mon ventre et mes seins et qu'il fallait combattre, du crissement de la plume sur le papier.

J'ai écrit jusqu'à la nuit.

Les cahiers de ma vie sont là, il y en a huit dans une boîte de carton dissimulée sous le lit. Dans le premier je parle d'un amour impossible. Je ne pouvais pas l'aimer, j'essaie de me justifier. Au fil des pages, j'essaie de me convaincre. Pauvre folle : il en est mort.

J'ai mal démarré ma vie.

Le deuxième cahier parle aussi d'amour, de mon amour pour Kader, celui que je n'ai pas laissé passer. Je m'étais débarrassée de toutes mes préventions, de toutes mes réticences. J'avais brisé Paul, il ne fallait pas recommencer. Mon père, ma mère, ma sœur, mon beau-frère, la France bien-pensante, je n'en avais plus rien à faire, à cause d'eux, probablement, Paul était mort.

Suivent deux cahiers de bonheur, la Suisse, les premières années de l'Algérie nouvelle et tous nos voyages, Amérique, Russie, Finlande, Norvège. Mes années de bonheur tiennent en trois cahiers. Le lent naufrage de l'Algérie, de mon corps et de ma relation avec Kader occupe les quatre derniers.

Comme elle m'est étrangère, la jeune fille des années cinquante ! Quand je feuillette ses écrits, j'ai un sentiment honteux de profanation. Je m'approprie les souvenirs, le corps, les sensations d'une morte.

Mourir à soi-même, c'est cela vieillir.

Sofiane a téléphoné hier de Tanger, il était pressé, il dînait avec Marc. Il m'a juste dit que tout allait bien. À Alger, il avait le temps de parler.

La dernière marionnette de mon Guignol est passée en coulisse. Jadis une foule m'entourait, un à un les personnages ont disparu et je n'entends plus jamais frapper les trois coups. Aujourd'hui la scène est vide mais le rideau tarde à tomber.

Une cigarette et un whisky, la *Petite Musique*

de nuit de Mozart, rien de tel pour retrouver une illusion de bien-être. Depuis quelques semaines je bois mon whisky sans glace, le froid me donne d'atroces coliques et gâche mes derniers plaisirs.

Sofiane

J'écoute Medi 1, je n'aime pas cette radio mais c'est la seule qu'on capte bien de l'hôtel. Ses journalistes tapent toujours sur l'Algérie, ils disent que tout est mauvais là-bas, qu'on n'arrête pas de se faire assassiner. Si un mouton se fait égorger, ils font une édition spéciale. Ils ont quand même de la bonne musique, pas mal de raï. Ils peuvent dire ce qu'ils veulent mais le raï, c'est algérien !

Là, c'est Khaled qui chante *Ya Dzayer*, il parle d'Alger la belle qui a lui volé son âme, de Sidi Abderahmane le marabout... Maman m'avait emmené voir sa *qouba*, dans la Casbah. J'étais tout petit, c'était plein de monde, quelqu'un nous a bousculés, j'ai lâché sa main, elle a disparu, je n'ai jamais eu aussi peur, autour de moi il y avait des hommes, des femmes, des odeurs que je ne connaissais pas, je me suis mis à hurler et courir. Elle m'a suivi, m'a rattrapé et pris dans ses bras, son *haïk* était lisse et frais, il faisait un bruit de papier froissé, j'ai mis la tête sur son cou, elle sentait bon, un parfum bien à elle. Elle m'a dit : « Calme-toi, calme-toi, je suis là. » J'ai arrêté de pleurer. Je crois que c'est le plus beau souvenir que j'ai d'elle.

Maintenant Barbara chante *Göttingen,* Louise aime cette chanson. D'après elle, c'est une chanson d'amour, moi je ne trouve pas. Elle dit que je ne peux pas comprendre, je n'ai pas connu la guerre mondiale. En ce temps-là, les Allemands et les Français se haïssaient.

« Faites que jamais ne revienne le temps du sang et de la haine… »

Elle pleure chaque fois qu'elle entend ces paroles.

Aziz apporte mon petit déjeuner.

— Dis, ça coûte cher le passage pour l'Espagne ?

— Avec ou sans visa ?

— Sans.

— Tu veux être sûr d'arriver ?

— Ne te moque pas de moi.

— C'est comme pour tout, si t'as beaucoup d'argent, tu es sûr du résultat, sinon c'est à la grâce de Dieu… tu veux vraiment aller en Espagne ?

— Non… je me renseigne.

— Cinquante mille dirhams si t'es riche, vingt mille pour une *patera*.

— C'est quoi une *patera* ?

— Un bateau de merde qui coule pour un oui pour un non.

Finalement, Marc m'a trouvé un rôle dans le film. Un petit : celui de Paul, son frère. Il meurt vite, on ne me verra pas longtemps. Tournage sur la plage. Je suis seul avec Patricia. Il fait beau, il fait chaud, le sable et la mer fument. Elle est en maillot une pièce rouge et moi en bermuda noir.

Je n'ai pas travaillé cette scène avec Marc. Il n'a pas voulu me donner le scénario définitif, alors je ne sais pas ce qui va se passer.

— Ne t'inquiète pas, je te guiderai.

Patricia est à peine maquillée, on dirait une gamine. Sans khôl ses yeux sont encore plus bleus.

— Sofiane, c'est la scène de l'amour impossible entre Louise et Paul, vas-y au feeling…

La caméra tourne, Patricia prend ma main, on entre dans l'eau, elle est si claire qu'on voit des petits poissons argent tourner autour de nous. Elle me regarde, embrasse mon cou, caresse mon dos du bout de ses doigts, ils sont glacés. J'ai la chair de poule, ça la fait rire. Marc a parlé d'amour impossible, pourquoi ?

Des gens crient sur la plage. Marc est furieux, il gueule :

— Qu'est-ce qui se passe, merde ? Coupez !

Un attroupement un peu plus loin, un homme est allongé sur le sable, tout habillé. Sa figure est bleue, bouffie, son ventre gonflé, il a perdu une chaussure, son pied nu est énorme. Patricia mord sa main, je sens qu'elle va s'évanouir, je la serre dans mes bras.

Quelqu'un dit :

— C'est un clandestin, il est tombé de sa *patera* ou bien elle a coulé, ça arrive toutes les semaines…

Louise

Je ne suis pas descendue en ville depuis si longtemps.

J'ai décidé de marcher jusqu'à l'hôpital Mustapha ; le père de Sofiane m'a pris rendez-vous avec deux gynécologues, le premier pour une échographie et le second, son patron, pour l'examen clinique et, peut-être, un diagnostic. Je pensais en avoir terminé avec eux, j'ai tellement donné !

Que de touchers vaginaux, d'hystéroscopies, de salpingographies, de cœlioscopies. Je détestais ces moments. Il fallait grimper nue sur la table gynécologique, écarter les cuisses, supporter des doigts étrangers souvent brutaux et le froid métallique du spéculum.

Quand j'ai été ménopausée, j'ai perçu ce que sentent toutes les femmes, un basculement. J'ai lu dans une revue un article terrible : nous sommes tous programmés pour la pérennité de l'espèce, une fois cette fonction remplie ou passé le temps imparti, la nature se désintéresse de nous et nous abandonne à la déchéance. Nous sommes des machines à reproduire. Des photocopieuses.

Ma belle-mère, ses sœurs, mes belles-sœurs,

mes femmes de ménage arabes ou kabyles ont vécu leur ménopause comme une délivrance, enfin débarrassées des règles et du risque d'enfant tardif. Moi aussi, j'ai été soulagée, c'en était fini de cette impossible maternité. J'allais pouvoir en faire le deuil.

Il y a quinze jours en faisant mon lit, j'ai trouvé du sang sur les draps, j'ai reconnu cette odeur forte et animale de sang séché, de sang menstruel. J'ai paniqué : tout allait recommencer. Très vite, je me suis raisonnée.

Mais j'avais tort, tout va recommencer !

La cour de l'immeuble est pleine de gamins qui jouent au foot, jamais ils n'auraient pu il y a vingt ans, quand il y avait encore un semblant d'autorité dans ce pays. Je passe devant l'épicerie des Gervais, un couple de Bretons de Lorient aussi gros et aussi peu aimables l'un que l'autre. Ils sont partis quatre ans après l'indépendance laissant la place à Doudou, un Mozabite, un *moutchou*, comme nous disions en langage pied-noir. Tellement peu avisé qu'il fit faillite. Un garage puis un cybercafé lui ont succédé. Sofiane y passait toutes ses soirées avec Marc, il me l'a avoué avant son départ. Voilà bientôt deux semaines que je suis sans nouvelles de lui. D'après son père il va bien. J'en doute, son silence n'augure rien de bon. Avec Marc, il faut s'attendre au pire.

Ils ont réparé les escaliers et le chemin qui mènent rue Desfontaines, planté des arbres et des fleurs de part et d'autre de l'étroite chaussée en zigzag, c'est joli. La villa des Clévenot est toujours là, elle s'appelle toujours villa Marie, de grands arbres la couvrent d'ombre été comme hiver.

Le boulevard Saint-Saëns, bordé de grands palmiers, est toujours aussi encombré, je dois patienter dix minutes avant de pouvoir le traverser entre deux bus essoufflés. Je fatigue, je peine à porter mon poids. Alger est la ville des escaliers, il y en a des quantités. Les Algéroises, disait-on, leur devaient leurs jolies jambes. Des escaliers mécaniques étaient en construction, entre le boulevard Saint-Saëns et la rue Burdeau, l'indépendance a mis brutalement fin aux travaux. Des blocs de béton couverts d'immondices encadrent des marches souillées d'urine. Je déteste cet endroit, une puissante odeur d'ammoniaque saisit à la gorge et, de temps à autre, un rat surgit.

Rue Burdeau. J'aimais cette petite rue calme, très province.

Elle s'est clochardisée. Envahie de papiers gras, d'enfants bruns, d'hommes négligés, de barbus en djellaba, c'est une rue du tiers-monde. J'ai le même sentiment rue Michelet, elle flamboyait dans les années cinquante. Ses trottoirs, ses magasins, ses immeubles se sont appauvris, elle est l'ombre d'elle-même. Un figuier pousse sur la façade du 76.

La rue Meissonnier est méconnaissable, bourrée de vendeurs à la sauvette, une foule si compacte qu'il est presque impossible d'avancer. Je suis dans les souks de Marrakech, le pittoresque et l'artisanat en moins. Sur les étals, des breloques asiatiques et inutiles.

Partout du linge aux fenêtres, des antennes paraboliques, « paradiaboliques », comme disent les islamistes. Sur ce seul point, nous sommes d'accord.

Ce n'est plus ma ville, j'ai envie de courir, de fuir. Mais où ?

J'entre dans l'hôpital par la porte supérieure, le service de gynécologie est tout en bas. Dans les allées, des malades pauvres, des médecins aux blouses douteuses, des infirmiers mal rasés, plus de femmes qu'en ville mais beaucoup en tenue islamique.

Dans quel monde suis-je ?

Quand j'étais avec Kader, je ne me déplaçais qu'en voiture, mon regard ne s'attardait ni sur les gens, ni sur les rues, je ne me sentais pas concernée, j'appartenais à la nomenklatura, j'étais intouchable, les miasmes de la ville ne m'atteignaient pas.

La salle d'attente est bondée, sale, des femmes, des ribambelles de mioches, des cris, des odeurs, l'Afrique ! Deux infirmières arrogantes tentent de faire régner un peu d'ordre, une vieille hurle qu'on lui a volé son tour, elle en vient presque aux mains avec celle qu'elle accuse. Aucun siège libre, je suis en nage, épuisée.

Mon Dieu, faites que je ne sois pas malade !

Sofiane

Les gens du tournage ne respectent pas le personnel de l'hôtel. Patricia crie tous les matins parce que les croissants ne sont pas bons et le jus d'orange chaud. Lionel est le plus dégueulasse, il fait revenir Aziz dix fois dans sa chambre, d'abord pour le beurre, ensuite pour la confiture ou le café trop froid. Le pauvre, je le vois courir à la cuisine qui est très loin, tout rouge et en sueur.

Les jours passent, je m'ennuie, depuis que Paul est mort dans le film, je suis mort aussi. Le soir, on prépare les scènes du lendemain avec Marc, je lui donne des indications, des conseils. Dans ces moments-là, il est gentil. De temps en temps il me regarde les yeux dans les yeux d'un air triste ; il s'étonne de ce que je sais.

Dans la journée, je n'existe plus. Au début j'allais sur le tournage. Mais c'est chiant, Marc fait recommencer dix fois le même plan, la lumière n'est pas assez bonne, les maquillages trop brillants, il y a toujours quelque chose qui ne va pas. Un jour il a engueulé Patricia parce qu'elle ne connaissait pas son texte :

— Au prix où je te paye, je ne peux pas accepter ça !

Elle a pleuré, je l'ai prise dans mes bras et c'est après moi qu'il en a eu :

— Ne te mêle pas de ça, Sofiane !

Lionel en a profité pour me dire de dégager, que je n'avais rien à foutre là. Alors je l'ai attrapé par le cou, j'étais prêt à lui flanquer un coup de boule, il était mort de trouille, le con, heureusement qu'on nous a séparés sinon je l'aurais massacré :

— Je ne suis pas Aziz, fils de pute !

Depuis ce jour-là, je ne fous plus les pieds sur le tournage et il se tient à carreau. Mais ce n'est pas la seule raison, Patricia vient de rencontrer Kader et ça me fait mal. Je ne veux pas les voir s'embrasser. S'ils recommencent la scène vingt fois, ça doit bien finir par leur faire quelque chose. Alors, je passe mes journées à marcher sur la plage, à faire de la muscu dans la salle de sport ou à nager dans la piscine. L'eau est encore froide mais je m'en fous, je serre les dents en pensant à cette merde de Lionel et je fais mon kilomètre et demi. Elle est chiante, cette piscine, pas assez profonde, les mains frottent le carrelage quand je nage le crawl. De temps en temps, je vais à Tanger avec Aziz, au petit Socco ou au café Hafa prendre un thé à la menthe et jouer aux dominos. Je suis dingue de cet endroit, il me fait penser au jardin de mon grand-père à Alger. Un jardin en gradins d'où l'on voit la mer.

Dans cette ville, les gens sont fascinés par l'Espagne. Ils donneraient n'importe quoi pour traverser le détroit. Chez nous on a envie de partir aussi, mais c'est moins douloureux parce que la France est très loin. Là, on voit les lumières de Tarifa, les voitures qui roulent la nuit, le paradis à portée de main et c'est ça qui est dur. C'est trop près !

Tous les soirs on sort, on va dans des restos à Tanger. Mon préféré, c'est Casa Italia, on y mange de bonnes pizzas et des pâtes super. Je m'arrange toujours pour être à côté de Patricia, souvent elle me prend par le bras et m'embrasse dans le cou, ça me rend fou. Elle parle du temps où elle était pauvre et malheureuse, elle dit qu'elle ne veut plus connaître la misère et qu'elle fait tout pour : « Ne pas avoir d'argent c'est terrible, c'est comme si tu étais en prison ! »

Moi, j'ai soixante mille euros et j'ai quand même l'impression d'être en prison. Souvent il y a Malika avec nous, une actrice marocaine, belle et grosse, avec des cheveux noirs frisés, elle rigole tout le temps, la tête en arrière et la poitrine qui bouge. Elle a un rouge à lèvres brillant qui laisse des marques quand elle t'embrasse. Elle fait la fête en permanence, pour elle la vie, c'est une partie de rigolade. J'aimerais bien être comme elle.

Patricia est saoule, elle a du mal à marcher, je la raccompagne dans sa chambre, elle a la tête sur mon épaule, je la serre contre moi, c'est fou ce que ça sent le *mesk-el-lil*, les Français appellent ça le galant de nuit, je trouve que c'est moins poétique que le musc de la nuit. Elle dort à moitié, je l'allonge sur son lit, elle est belle comme c'est pas permis. Elle s'endort instantanément, j'enlève ses chaussures, elle a de jolis pieds, je les caresse. Elle sourit, les yeux fermés. Elle ne dort pas vraiment. Je ne sais pas quoi faire.

J'ai la plus belle femme du monde à mes côtés, je l'aime et je ne sais pas quoi faire…

Patricia

Je suis fragile, mais on ne pense pas ça de moi. Ils ne voient pas plus loin que l'image glacée des magazines people, pas plus loin que les robes des grands couturiers, pas plus loin que les bijoux, pas plus loin que mes amants réels ou supposés.

Pourtant, je suis si loin de mon présent et de mon personnage. Seul Marc s'en rend compte, c'est le seul à voir mes yeux partir quand le passé revient, quand ma mère est là, étendue morte sur le carrelage et que mon père hagard, dessaoulé d'un coup, me pousse violemment et court vers la porte.

Je déteste mon enfance, la DDASS et ses foyers, le manque de fric qui pousse à voler dans les supermarchés, les habits crades parce que c'est les seuls qu'on a et qu'on ne peut pas les laver. Toutes les nuits, j'ai serré les dents en disant que j'y arriverais, qu'un jour je serais riche et célèbre. J'ai rencontré Jean-Pierre, il était tout pour moi, l'amant, le frère, le père. C'était mon mari. Quand il est mort, je suis morte avec lui. J'avais appris à rire. Quand mon portable a sonné pour m'apprendre la nouvelle, j'ai hurlé :

— Veuve, je suis veuve à trente-deux ans !

Quand ils ont ouvert le tiroir à Venise, Jean-Pierre était bleu. Tous les soleils du monde ne me feront jamais oublier le froid de la morgue.

Qui pense qu'il puisse exister une morgue à Venise ?

Je ne connaissais pas cette ville. Étrange destinée, nous nous étions promis, Jean-Pierre et moi, d'y aller en amoureux.

Promesse tenue, pour un dernier baiser.

Les enfants arrivent demain pour les vacances scolaires. Marc est furieux, il dit que ça va me perturber et que je n'ai pas intérêt à retarder le tournage. Marc est un deuxième frère, il a toujours été là. Quand Jean-Pierre est mort il a passé toute une semaine avec moi. Sans lui, je me serais flinguée.

Quand je disparais des semaines sans donner de nouvelles, ça le rend dingue. Il ne comprend pas que j'essaie d'oublier.

Je pense tout le temps à lui mais j'ai besoin d'air, besoin de voir des gens qui n'évoquent rien, qui ne me rappellent rien, que j'oublie à peine quittés.

J'ai un problème, Tom est en tournage à Ouarzazate depuis une semaine, ça fait des mois qu'il me drague, il est d'un compliqué ! Il téléphone tous les jours en disant qu'il ne sait pas s'il m'aime, qu'il a peur de s'engager, de me perdre quand il aura couché avec moi, tout un fatras de conneries. Enfin, là, il s'est décidé à venir me rejoindre en avion privé pour le week-end.

Juste la semaine où les enfants seront là !

C'est chiant, je n'ai pas osé refuser mais l'hôtel est plein et les enfants couchent dans ma suite.

J'ai supplié le directeur, en vain. Il dit qu'il ne peut pas pousser les murs. Il faut que quelqu'un me file sa chambre pour le week-end.

J'ai demandé à Lionel mais il m'a envoyée balader.

La maquilleuse pourrait dormir avec la coiffeuse mais l'une est lesbienne et l'autre pas. Sofiane pourrait me rendre service, Marc sera ravi de l'héberger deux jours. Sofiane a un faible pour moi, il ne me refusera pas sa chambre et, s'il hésite, je saurai bien le convaincre.

J'ai appelé Christian, mon copain photographe, il viendra faire des photos pour *Match*.

J'espère que mes maux de tête auront cessé, j'ai une migraine terrible depuis quinze jours, je suis en permanence sous paracétamol et aspirine.

Sofiane

J'ai prêté ma chambre à un ami de Patricia, Tom, un acteur américain. L'hôtel est plein, il n'avait pas d'endroit où dormir. Je vais passer deux nuits chez Marc, ça ne m'emballe pas, j'aime bien être tranquille et puis il est bizarre en ce moment, tantôt gentil, tantôt agressif. Je crois que le tournage l'énerve. C'est un enfant gâté, personne n'ose rien lui dire, il fait ce qu'il veut des hommes et des femmes, il les engueule sans raison et malgré ça ils sont à quatre pattes. Jamais je n'accepterais qu'il me parle comme il leur parle.

On va tous dîner à Asilah, chez Garcia, un resto espagnol tenu par un Espagnol. C'est vachement bon, ça me rappelle la Madrague à Alger, on mange des crevettes, des calmars, du poisson très frais. On est assis en terrasse, toujours à la même table, et on regarde la foule passer. C'est bizarre cette ville, les gens défilent sur la route à partir de huit heures, des filles en jean, des femmes en hidjab, des jeunes les cheveux couverts de gel, des barbus en *kamis*, des étrangers en claquettes, tous se mélangent, ils sont heureux, ça plaisante, ça rigole et puis à onze heures tout le monde rentre, d'un seul coup plus personne.

Je ne me sens pas bien. J'ai compris que Tom et Patricia sont plus que copains. Il la prend par la taille, lui caresse le bras, il l'a même embrassée sur l'épaule. Ils sont assis côte à côte, d'habitude c'est moi qui suis près d'elle. Je ne mange rien, je n'ai pas faim, la boule dans la gorge est revenue. Les Occidentaux sont bizarres, ils sont tout le temps en train de se sucer la poire, même s'ils ne couchent pas ensemble. Les filles n'arrêtent pas d'embrasser Marc, parfois même sur la bouche et pourtant il n'aime pas les femmes.

Marc a beaucoup bu, il est saoul, il tend les clés de la voiture à Patricia : « Vas-y, ramène-nous, je suis incapable de conduire ». Il fume pendant tout le trajet, on étouffe dans la voiture. Dès qu'on ouvre les fenêtres, le vent s'engouffre et on est obligés de refermer tout de suite. Le chergui s'est levé au moment de partir, les arbres sont courbés tout au long de la route. J'ai les yeux qui piquent à cause de la fumée dans la voiture mais personne n'ose rien dire, pas même l'Américain. On est enfin arrivés, mes habits puent le tabac, il faudra que je les donne demain à laver. On a du mal à marcher tellement le vent est fort. Je retiens Marc par le bras, il a failli tomber trois fois, chaque fois que je le rattrape, il se marre, à croire qu'il fait exprès.

— Tu vois Sofiane, dit-il, je suis très heureux d'être avec toi, tu ne te rends pas compte mais tu es quelqu'un qui compte beaucoup pour moi.

Il est assis sur le canapé du salon, il se verse un whisky et allume une nouvelle cigarette. C'est fou ce qu'il ressemble à Louise, la même façon de rejeter la fumée vers le plafond en étendant la tête.

— Viens t'asseoir près de moi !

Je m'exécute et il me prend par les épaules :

— Tu comptes vraiment beaucoup pour moi, j'aimerais qu'on soit plus proches.

Je ne vois pas comment on pourrait être plus proches, on est l'un contre l'autre, il malaxe mon épaule droite et met sa tête sur mon épaule gauche. Je me lève.

— Où vas-tu ?

— Dans la salle de bains.

— OK, reviens vite.

— Je suis fatigué, j'aimerais dormir.

— Déjà ? Pour une fois qu'on est seuls et qu'on peut discuter.

Sa voix est pâteuse, il est complètement pété, il me suit. Dans la salle de bains, il attrape mes poignets et m'attire vers lui, il veut m'embrasser.

— Marc, arrête !

Je me dégage, il me poursuit dans le salon. Il se jette sur moi, on tombe sur le canapé, l'un sur l'autre, il m'embrasse.

— Marc, ça suffit, tu es saoul.

Je le repousse, il tombe à terre. Il se relève, furieux, il a les yeux exorbités, je me sauve dans le couloir qui va vers la chambre, je décroche un poignard marocain suspendu au mur, nous sommes face à face :

— Marc, calme-toi !

Le couteau est tendu, il saisit la lame de la main droite et de la gauche attrape ma tête :

— Marc !

Il approche sa bouche de la mienne, au moment où elles vont se toucher, je donne un coup de tête, il tombe, la main droite agrippée au couteau, du sang coule de sa main, du sang coule de son nez.

Il est allongé inconscient, sa chemise blanche est tachée de rouge.

Partir, il faut partir !

Je cours vers ma chambre, Dieu merci la porte n'est pas fermée à clé, Patricia et Tom sont endormis dans les bras l'un de l'autre.

La salope, lorsqu'elle m'a embrassé et caressé la dernière fois, c'était seulement pour avoir ma chambre, pour pouvoir baiser tranquillement avec son connard d'Américain. Tous ces gens me dégoûtent, ce n'est pas mon milieu, ce n'est pas avec eux que je veux vivre. Je retire du coffre mon fric, mes dinars, mes dirhams, les cent euros que Louise m'a donnés avant de partir, ma carte Visa et mon passeport. Je remplis un sac avec mes affaires de toilette et quelques habits.

Partir, il faut partir, loin, le plus loin possible…

Et ce vent qui souffle de plus en plus fort, j'arrive à peine à avancer, on dit qu'il rend fou, c'est peut-être pour ça que Marc m'a sauté dessus, c'est peut-être à cause de ça que je l'ai blessé. Je reçois des paquets de sable dans la gueule. Aziz ouvre tout endormi la porte de sa chambre.

— Laisse-moi entrer, il faut que tu m'aides, je veux plus rester avec eux, ils me dégoûtent tous, il faut que je parte. Trouve-moi un hôtel à Tanger.

— Calme-toi, qu'est-ce qui s'est passé ?

— Jure sur le Coran que tu ne me trahiras pas !

— *Wallah*, je ne te trahirai pas.

— Marc voulait coucher avec moi, je l'ai assommé et il s'est blessé avec un couteau.

Il prend son téléphone :

— Aziz, tu as juré !

Il hésite à le reposer.

— Rien de grave ? Tu es sûr ?

— Non, que des blessures superficielles, tu peux me faire confiance, tu sais que je ne mens jamais. Quand je serai parti, tu pourras appeler un docteur, mais pas avant s'il te plaît.

— OK, on va quitter l'hôtel par la plage, tu ne peux pas sortir par l'entrée principale, c'est plein de flics qui surveillent. J'ai mon frère qui habite pas loin, tu vas dormir chez lui cette nuit et demain on te trouvera un autre endroit, surtout pas un hôtel… dès qu'on saura que tu as blessé Marc Sylvaner, tu seras recherché par la police. Ici, on ne plaisante pas avec ceux qui s'attaquent aux étrangers et en plus t'es algérien.

— Aziz, il faudra que tu m'aides encore, je veux passer en Espagne, j'ai de l'argent et tu auras ta part.

— On verra… Sors, laisse-moi m'habiller.

Patricia

Aziz est venu frapper à ma porte au petit matin, j'ai failli crier quand j'ai ouvert : il était couvert de sang. Il a posé son index sur ma bouche et m'a demandé de l'accompagner dans la chambre de Marc.

— Qu'est-ce qui t'arrive ?

— C'est monsieur Sylvaner, madame Patricia, il a été blessé. Comme tous les jours, j'ai apporté son petit déjeuner à sept heures, je l'ai trouvé par terre, il pleurait et il y avait du sang partout. Il m'a envoyé vous chercher.

C'est plein de flics dans la suite, Marc répète les yeux hagards :

— Je ne me souviens de rien, je ne me souviens de rien !

Après avoir pris des empreintes, des photos, inspecté balcons et jardins, les policiers s'en vont.

Je prends Marc dans mes bras :

— Qu'est-ce qui s'est passé ?

— Je ne sais pas, je ne me souviens de rien, j'ai dû me battre avec Sofiane… il a disparu. Quand je me suis réveillé ce matin, je baignais dans mon sang, ce poignard à côté de moi, la main entaillée et un terrible mal de tête... Je ne sais vraiment pas ce qui a pu se passer, j'étais complètement saoul, j'ai peut-être essayé de l'embrasser et il s'est défendu, c'est la seule explication, je suis dingue de ce gamin, je pense à lui constamment... Il ne faut surtout rien dire à la police... Je ne veux pas qu'on l'emmerde.

Tout ça m'a beaucoup contrariée, j'ai encore la migraine. J'ai avalé deux sachets d'Aspégic. On a filé à l'hôpital, Marc chialait comme un bébé en disant : « J'ai tout gâché, j'ai tout gâché. »

Les blessures étaient superficielles, ils ont juste désinfecté la plaie, fait un bandage et un vaccin antitétanique. Les flics sont revenus, ils ont fouillé la chambre de Sofiane, sa disparition en fait le principal suspect : « Et puis, vous voyez, avec les Algériens on ne sait jamais, on a toujours beaucoup de problèmes avec eux. »

Ils sont partis en disant qu'ils étaient sûrs de sa culpabilité : « Il a vidé son coffre, emporté son passeport, son rasoir et sa brosse à dents... »

Marc a refusé de porter plainte. Le lendemain, dans un journal local, on pouvait lire : « Le célèbre metteur en scène Marc Sylvaner, en tournage à Tanger, a été victime d'une agression dans sa chambre d'hôtel. Il a été soigné au CHU pour des blessures de la main droite à l'ame blanche *(sic)*. Le suspect est un jeune Algérien de dix-neuf ans qui travaille sur le tournage comme assistant. Le jeune homme a disparu, il est activement recherché par la police... »

Blessure à « l'âme blanche », j'ai adoré la coquille...

Marc

« Désir, désir, tous ces désirs qui font courir dans tous les sens pour que l'existence ait un sens… » Chante Véronique, chante ! Remue le couteau dans la plaie. Comme elles brûlent, ces blessures à l'âme blanche ! Putain de désir, j'étais si bien quand tu n'étais plus là. Anesthésié, sans violence ni passion, je posais un regard froid et détaché sur les choses et les gens, un regard mécanique incapable d'émouvoir la pellicule, lisse comme un documentaire industriel. Et ces connards de critiques qui prenaient ça pour de la maîtrise. J'étais bien sans amour, sans cet amour de collégien qui se nourrit de l'impossible. Marc Sylvaner amoureux d'un gamin, d'un bicot, moi le fils d'un homme mort en héros pour l'Algérie française.

Risible, non ?

Qu'est-ce qui a bien pu m'arriver ? Je me suis engouffré dans cette aventure comme un bleu. Ma caméra ne vibrait plus, c'est vrai. Depuis la disparition de Sofiane, elle tremble, elle s'agite sous l'emprise de l'alcool, du Deroxat, du Lexomil, des clopes. Plus personne n'ose me parler. Je n'ai plus sommeil, alors on tourne la nuit. Prises désespérées, Tanger éclatante, les murs blancs avalent toute la lumière, Patricia et Bachir décalqués, spectres flamboyants d'une Algérie disparue. Patricia dit qu'elle est épuisée, qu'elle a des maux de tête épouvantables, qu'elle ne dort pas assez.

— S'il te plaît, je n'en peux plus, laisse-moi me reposer.

— Je n'en ai rien à foutre de tes migraines, garde-les pour tes amants. Avec moi, ça ne marche pas, tu as intérêt à être à l'heure.

On se lève à deux heures du mat, pour la lumière de la lune. Je leur dis que c'est à ce moment précis qu'elle est la plus belle. Même si c'est pas vrai. La prod m'a acheté une caméra pour filmer la nuit. Une caméra spéciale, une caméra spatiale. Une fortune. Carlo a hurlé.

C'est à deux heures du matin que Sofiane m'a menacé. Je le sais, j'ai regardé ma montre, pour connaître l'heure exacte de ma mort. Je pensais vraiment qu'il allait me buter. Pourtant, nous n'avions jamais été si proches. J'ai un souvenir très précis de son cou, de son corps tendu, de son parfum, de ses lèvres sous les miennes, dures, contractées, apeurées. Dégoûtées ?

Je me réveille toutes les nuits à deux heures, en sueur, en douleur. La douleur de l'absence, la douleur de la rupture irrémédiable, cette douleur lancinante et asphyxiante, ma caméra ne parvient pas à l'apaiser. Son œil de cyclope cherche Sofiane partout, son regard borgne le trouve partout.

L'auréole de Sofiane embrase la pellicule.

Quand je ne tourne pas parce qu'il pleut ou qu'ils sont trop crevés, je prends la bagnole, je roule comme un fou jusqu'au détroit, en quête de son image et d'images. Je m'assois sur le bord d'une tombe phénicienne pleine d'ordures et regarde l'Espagne qui clignote, espérant qu'il a fui là-bas et qu'au même instant, il fixe plein de remords les lumières de Tanger, assis sur une pierre quelque part entre Tarifa et Algésiras.

Je n'ose plus appeler Louise, je ne saurais pas quoi dire. Depuis qu'il a foutu le camp, aucune nouvelle, aucun indice.

Je passe tous les deux jours au commissariat central de Tanger mais rien : les policiers me regardent d'un air indifférent en hochant la tête.

Alors, j'imagine le pire…

Patricia

Un commissaire de Tanger attend à la réception, je me demande bien ce qu'il veut. Je suis furieuse, je vais rater mon massage avec Houari, c'est la première fois que je décroche un rendez-vous ; il est tellement bon qu'elles se l'arrachent toutes. J'ai moins mal à la tête, Marc nous a enfin foutu la paix cette nuit.

Le flic est plutôt beau mec, grand, le teint clair, pas de moustaches. J'ai horreur des poils et des moustaches, la plupart des hommes ici sont bruns et moustachus.

— Bonjour madame, peut-on aller dans un endroit plus discret ?

Je l'emmène au bar décoré comme un manoir du Sussex, il n'y a jamais personne.

— On a retrouvé ça sur le cadavre d'un clandestin, dit-il en sortant d'une de ses poches un portefeuille de cuir noir gondolé.

J'ai un mouvement de recul, je n'aime pas ce qui touche à la mort et je ne comprends pas pourquoi ce type vient me polluer avec un truc macabre.

— Je ne vois pas en quoi cela me concerne.

— Vous allez comprendre.

Il ouvre le portefeuille pour en sortir des photos d'identité :

— Elles vous disent quelque chose ?

— Mais oui, c'est moi... vous avez identifié le propriétaire ?

— C'est un Africain, son bateau a dû couler, on l'a retrouvé sur une plage près de Tanger sur la côte méditerranéenne. Vous avez une idée de qui ça peut être ?

— Je n'ai pas de clandestin dans mes relations.

— Vous trouvez normal qu'il ait vos photos sur lui ?

— Monsieur, enfin, je suis suffisamment connue pour que des dizaines d'inconnus aient des photos de moi.

— Je suis d'accord... mais quand même des photos d'identité, et pas n'importe lesquelles...

Il a raison, c'est plutôt bizarre. Je me lève brusquement :

— Désolée de ne pouvoir vous aider, je dois y aller, j'ai un rendez-vous...

Il se lève aussi :

— Madame, je vous confie le portefeuille et les photos, faites votre enquête. Si vous avez une idée, appelez-moi, je laisserai mes coordonnées à la réception.

Je retrouve Marc allongé sur son canapé, pas rasé, pas lavé. Il fume, ses yeux sont rouges, il n'a pas dû beaucoup dormir cette nuit, Dieu sait où il a été rôder. Sa chambre est un vrai foutoir, des fringues partout, des journaux, deux bouteilles de whisky à moitié vides.

— Tu deviens alcoolique comme ta tante, dis-je en lui tendant les photos à moitié bouffées par l'eau et le sel, elles ne te rappellent rien ?

Il se relève et détaille attentivement les photos, les sourcils froncés :

— Mais… c'est toi…

— Tu ne te souviens pas de ces photos ?

— Non, ça ne me dit rien du tout.

— J'avais fait des essais de coiffure pour Ozon et je voulais ton avis… Tu es parti en Algérie et, à ton retour, tu m'as avoué les avoir perdues. Je n'en avais pas d'autres.

— D'où les sors-tu ?

— La police marocaine les a trouvées sur une plage près de Tanger. Je me demande comment elles sont arrivées là…

J'extirpe de mon petit sac le portefeuille de cuir noir :

— Elles étaient là-dedans, dis-je.

Il crie en me l'arrachant des mains :

— Ce n'est pas possible, putain, ce n'est pas possible !

Marc

Je ne supporte plus Lionel. Quand Sofiane s'est barré, il était triomphant, il m'a déclaré :

— J'étais sûr que ça finirait mal cette histoire, la seule chose qui intéresse ce gamin, c'est le fric. C'est une pute mais, à la différence des autres, il a compris qu'il ne fallait pas coucher pour mieux ferrer le poisson.

J'étais trop mal pour répondre, j'ai tourné les talons. Depuis, je ne lui adresse plus la parole. Il est odieux avec le personnel de l'hôtel, il s'acharne sur Aziz qu'il fait venir vingt fois par jour dans sa chambre. Il a trouvé une petite chienne à Tanger, Lolita, elle chie et pisse partout et Aziz nettoie. J'ai horreur des chiens, il le sait. Heureusement, elle n'aboie jamais sinon je l'aurais éjectée. Sur le tournage, il emmerde tout le monde, surtout Patricia. Il déteste les gens que j'aime. Ce matin, elle est en retard, encore ses maux de tête, il l'agresse :

— Patricia, tu nous gonfles avec tes humeurs, au prix où on te paye, tu pourrais faire profil bas.

Elle n'est pas du genre à se laisser faire :

— De quoi tu te mêles, connard ? Fais ton métier de bonniche et ferme ta gueule.

Il la gifle. Elle hurle : « Marc, c'est lui ou moi ! » Et elle se barre.

Je l'interdis de tournage, il s'agite comme un insecte pris au piège. Il n'aime pas les enfants et se dispute avec les parents parce que leurs rejetons font trop de bruit. Il en est plusieurs fois venu aux mains, le directeur de l'hôtel menace de nous virer s'il ne se calme pas.

Je me décide à lui parler :

— Lionel, tu vas rentrer à Paris.

— Pourquoi ?

— Je n'ai plus besoin de toi, ici. Tu es insupportable.

— Tout le monde s'est ligué contre moi parce que tu l'as décidé. Si tu me respectais, les gens me respecteraient aussi. C'est à cause du petit bougnoule, tu n'as jamais voulu admettre que mon analyse était bonne. Ça te fout les boules que j'aie vu juste dans son jeu, c'est pour ça que tu m'en veux…

— Lionel, tu pars vendredi. Je ne veux plus te voir, tu passeras récupérer tes affaires chez la concierge. J'ai fait changer les serrures et donné des instructions à la femme de ménage… Tu seras payé comme prévu jusqu'à la fin du tournage.

— Et après ?

— Après rien, pour moi tu es mort.

Sofiane

Je n'ai pas eu de problème pour passer en Espagne.

Le frère d'Aziz m'a conduit au port, il est policier, son collègue de la police des frontières a regardé mes papiers et m'a fait passer. Les Espagnols n'ont pas ouvert mon faux passeport bordeaux. Ce jour-là, ils ne contrôlaient pas ceux de l'Union européenne. J'ai eu de la chance, d'habitude ils épluchent tout.

Un cousin d'Aziz m'attendait à Tarifa, il a dit que je pouvais rester une semaine chez lui à Marbella, le temps de trouver du travail. « Après, tu loueras une chambre dans une pension ou un hôtel. »

Il est jardinier.

— En été, dit-il, pas de problème pour se faire embaucher, les gens d'ici sont pleins de fric et tu présentes bien. Qu'est-ce que tu sais faire ?

— Pas grand-chose…

— Tu pourrais travailler dans un restaurant.

C'est très riche l'Espagne, beaucoup plus que l'Algérie ou le Maroc, des voitures de luxe sont garées à chaque coin de rue, les gens sont bien habillés et les magasins remplis de belles choses. J'aime bien me promener dans Marbella. C'est incroyable, les femmes sont couvertes de bijoux, les hommes ont des montres en or, des gourmettes en or et des chaînes en or. Il n'y a pas de pauvres comme en Algérie ou au Maroc, pas de mendiants. Les boutiques de bouffe sont magnifiques, tu as envie de goûter à tout. Hier à midi, je me suis attablé chez Sémon, j'ai commandé un jus d'orange et un morceau de tortilla, j'ai failli m'évanouir quand j'ai vu la note. Tous les jours, Madjid demande si j'ai trouvé un job, je réponds que je cherche mais c'est faux, je n'ai pas envie de laver la vaisselle d'un resto ou de tondre la pelouse d'une villa. Je veux être quelqu'un, pas un esclave.

J'ai vu une mosquée. Avant l'Espagne était arabe, c'est peut-être en souvenir de cette époque. Des Arabes, on en voit partout, surtout des friqués, ils s'habillent en tenue traditionnelle. Leurs enfants obèses courent partout en bouffant des gâteaux, des glaces ou des bonbons.

En Algérie on n'aime pas les gens des Émirats, on les trouve arrogants et prétentieux. D'ailleurs ils ne viennent pas beaucoup chez nous, ils ne pourraient pas se comporter comme ici, on les remettrait vite à leur place, fric ou pas fric.

Ça fait cinq jours que je suis là, je n'ai toujours pas de travail. Je ne dors pas bien, je pense toujours à Tanger, à Patricia, à Marc et ça me fait mal. Je n'arrive pas à leur en vouloir, j'ai manqué de finesse ; je voulais qu'ils soient comme je les avais imaginés. Maintenant, c'est fini, il faut passer à autre chose. J'essaie de les sortir de ma tête mais ce n'est pas facile.

Madjid m'a proposé de rester une semaine de plus, sa copine devait arriver de Tétouan mais elle a retardé son voyage, à cause du visa. Elle est institutrice là-bas, lui était prof d'espagnol.

— Le Maroc ne te manque pas ? Le lycée, les élèves ?

— Pas du tout, ici je gagne bien ma vie, j'ai un endroit à moi. J'en avais assez d'être chez les parents et payé une misère. Dans trois ans, je pourrai construire une maison au pays.

— Quand même, jardinier, c'est pas vraiment ton métier.

— Qu'est-ce que ça peut faire ? Du moment que j'ai de l'argent et que mes patrons sont sympas.

Je n'ai pas insisté et je lui ai filé les cent euros de Louise pour le remercier de m'héberger. Je ne veux pas rester trop longtemps chez lui, il habite un tout petit appartement sur les hauteurs de Marbella. La journée, il fait très chaud, impossible de rester. La nuit, je dors sur un matelas en mousse dans l'entrée, ce n'est pas confortable. Ça me change de Tanger où j'avais une chambre quatre fois plus grande que son appartement pour moi seul.

En sortant de la mosquée, après la prière du vendredi, j'ai découvert une boutique de vieux meubles, Tipaza Antics. Je me demande bien à qui elle peut appartenir. Sûrement à un Algérien, avec un nom pareil. Après avoir beaucoup hésité, je me décide à entrer.

Marc

J'ai passé une sale nuit : cauchemars, brûlures d'estomac. Je bois trop. J'ai rêvé de Sofiane, il me poignardait, se sauvait, je n'arrivais pas à le rattraper. On le repêchait dans l'Atlantique, à moitié dévoré par les requins. Je me suis réveillé en sursaut, j'ai pensé : Tu es con, il n'y a pas de requins ici, ça m'a rassuré et je me suis rendormi.

Le jour se lève à peine, un chien aboie devant ma porte, il est cinq heures. Furieux, j'écarte le rideau, c'est Lolita qui fait ce raffut, sale bête ! C'est quand même curieux, d'ordinaire elle n'aboie jamais.

Elle est au pied de l'araucaria qui fait face à ma chambre. Elle se calme en me voyant sortir et pousse de petits cris, des cris d'enfant. Lionel est adossé au tronc de l'arbre, j'ai du mal à voir, il fait encore sombre. Il dort, la tête posée sur l'épaule gauche. Quelle idée, dormir debout contre un arbre !

À droite, une chaise renversée sur la pelouse.

Une corde tendue, de la première branche à son cou.

Ses pieds nus sont à deux centimètres du sol.

Deux centimètres, la différence entre la vie et la mort.

Sofiane

C'est plein de vieilleries dans la boutique et ça sent le moisi. Les meubles sont complètement pourris, je me demande qui peut acheter ces conneries. Une femme me sourit derrière son bureau :

— *Good morning, may I help you ?*

Elle est belle, elle ressemble à Patricia en plus vieille, elle a les mêmes yeux bleus.

— Vous connaissez l'Algérie ?

Elle me regarde étonnée :

— Mais non, quelle idée !

— Pourquoi votre magasin s'appelle Tipaza ?

— C'est une ville romaine quelque part au Maroc... ça sonne bien, vous ne trouvez pas ?

— Tipaza est en Algérie, pas au Maroc.

— Oh, pardon... vous êtes algérien ?

— Oui... enfin, je suis né là-bas... j'ai un passeport français.

Elle a l'air triste et fatiguée.

— Vous êtes en vacances à Marbella ?

— Non, je cherche du travail mais c'est difficile, je ne sais rien faire, juste baratiner...

Elle rit :

— Vous parlez d'autres langues que l'anglais…
— Je parle arabe, français, anglais et quelques mots d'espagnol.
— Pas mal… j'ai besoin d'un aide.
— Pour faire quoi ?
— Garder la boutique quand je ne suis pas là, recevoir les clients, m'aider à bouger les meubles. Je ne pourrai pas vous payer très cher, les affaires ne marchent pas bien, cent euros non déclarés par semaine pour commencer et, en plus, je vous loge.

C'est drôle, on se connaît à peine et elle me propose de bosser avec elle. Elle me regarde comme Marc ou mon prof d'arabe, je crois que je lui ai tapé dans l'œil.

— Il faut que je réfléchisse.
— Réfléchissez vite, deux autres personnes sont intéressées.
— Je vous donne la réponse demain.

Madjid est tout énervé :
— Tu es cinglé ! Cent euros par semaine et en plus non déclarés, c'est une misère.
— Elle me loge.
— Et alors, demande le double.
— Je suis sûr qu'elle ne pourra pas, elle ne vend rien, je n'ai jamais vu personne entrer chez elle.
— Elle s'appelle comment ?
— Paula Smith.
— Je vais me renseigner, pour l'instant tu ne bouges pas.

Trois jours passent.

Madjid revient du boulot avec un grand sourire.
— Ça y est… je sais tout, ma patronne la connaît. Elle est anglaise, elle était mariée à un

type très riche qui l'a laissée tomber pour sa secrétaire. Elle a fait une grave dépression, on l'a même hospitalisée... depuis elle boit un peu. Elle a ouvert un magasin d'antiquités mais ses meubles ne plaisent pas aux gens d'ici... c'est une femme bien à ce qu'il paraît, elle habite une très belle villa sur la plage à cinq kilomètres de Marbella. En attendant de trouver autre chose, tu peux essayer de travailler pour elle, ce n'est pas une salope, elle ne te fera pas d'ennuis. Il faut quand même que tu demandes deux cents euros.

Le lendemain, je retourne à Tipaza Antics.

Qu'est-ce qu'il fait sombre dans cette boutique ! Elle boit un whisky, l'air encore plus triste que la dernière fois. Quand elle me voit, ses yeux se mettent à briller. Je pense à Louise, à sa joie quand j'arrive chez elle. C'est drôle comme je plais aux vieilles !

— Madame Smith, d'accord pour le job. Ce sera cent cinquante euros par semaine au début et dix pour cent sur tout ce que je vendrai.

— *OK, you win !*

Marc

La police enquêta une semaine sur le suicide de Lionel. Deux événements tragiques autour de Marc Sylvaner, ça semblait louche. L'inspecteur, lors des interrogatoires, me dévisageait d'un drôle d'air, comme s'il sentait que je portais malheur. Il conclut finalement à une mort volontaire par pendaison et signa l'autorisation de transfert du corps à Paris. J'appelai la mère de Lionel, elle était saoule. Après dix minutes d'explications, elle finit par comprendre et baragouina d'une voix embuée par l'alcool :

— Vous savez, je ne le voyais jamais, pour moi il était déjà mort.

Et elle raccrocha.

Carlo, mon producteur, fit semblant de compatir. Je l'imaginai vaguement ennuyé, ôtant ses lunettes pour fixer le plafond de son regard fourbe et myope. Il toussota légèrement et me prévint qu'il n'accepterait aucun retard :

— Tu comprends, les temps sont durs…

Je n'interrompis pas le tournage.

Lionel était unanimement détesté mais tous

furent émus par son suicide : la mort l'avait sublimé. J'interdis, même à Patricia, qu'on cite son nom ou celui de Sofiane en ma présence.

La vie sur le plateau reprit vite son cours normal. L'atmosphère s'était alourdie. Mon humeur était épouvantable, je ne supportais pas la moindre erreur de jeu, je m'acharnais sur Patricia qui oubliait régulièrement son texte. Elle était à bout, mais j'en tirais le meilleur. Je tyrannisais scriptes, assistants, doublures. Sitôt les dernières prises réalisées, je m'enfermais dans ma chambre et, ne voulant voir personne, je dînais seul.

L'indifférence de la mère de Lionel m'avait bouleversé.

Au fil du temps, ce garçon était devenu mon double, je lui avais inculqué mon cynisme, ma froideur, mon indifférence et il était mort comme un animal. Seule Lolita, sa chienne, l'avait accompagné.

J'avais déshumanisé, désocialisé Lionel, je l'avais asservi.

Il était un double, un appendice, un ersatz, presque un fantôme.

Il était mon ombre, j'étais son seul univers.

Il méritait un peu de reconnaissance et le respect dû aux morts. Bravant ma terreur des avions, je décidai de l'accompagner et pris le vol Atlas Blue Tanger-Paris un vendredi soir, afin d'être sur le tournage lundi matin. J'avais planifié une inhumation sans office religieux le dimanche à onze heures au cimetière de Villeneuve-la-Garenne, la ville où il avait grandi. L'avion eut un problème technique et nous ne pûmes embarquer que le lendemain avec quatorze heures de retard.

Insupportable attente, j'imaginai son cercueil abandonné sur le tarmac au milieu des valises et des containers.

Ce fut notre dernier voyage, l'Espagne et ses terres brûlées par un été précoce défilèrent, l'appareil trembla à peine au-dessus des Pyrénées.

Des sommets semés de langues de neige émergeaient des nuages.

Je pensai au mont Fuji suspendu entre terre et ciel, au voyage que nous fîmes au Japon au début de notre relation. Nous étions assis côte à côte dans le Shinkansen qui nous menait de Tokyo à Kyoto, son bras était au contact du mien, je sentais la chaleur de son corps.

Dans la soute de l'avion, il était deux mètres plus bas et je perçus le froid de son corps.

Deux mètres, deux centimètres.

La différence entre la vie et la mort.

Louise

J'ai revu le gynécologue ce matin.

L'air est très pur aujourd'hui, on voit l'Atlas et, au-delà, le Djurdjura couvert de neige. Il a beaucoup plu cette année, les récoltes seront bonnes. Je suis assise dans la bibliothèque, j'ai le huitième cahier de mon journal entre les mains, je ne sais pas quoi écrire. Je n'ai pas retrouvé mon stylo Parker plume en or offert par Kader pour mes cinquante ans, une femme de ménage ou un ouvrier l'aura volé, j'ai entre les doigts un stylo-bille Sonelgaz, de la Société nationale de l'énergie et du gaz.

Sur les rayons, des manuscrits arabes, des traités du dix-neuvième siècle sur les mœurs et coutumes des nouvelles colonies, *Les Voyages d'Ibn Batouta*, quelques volumes au titre rebutant, *Chrestomathie arabe*, je n'ai jamais eu le courage de les ouvrir. À la fin des années quatre-vingt, je n'ai plus acheté de livres, on ne trouvait plus grand-chose dans les librairies d'Alger : baisse des prix du pétrole, crise économique. La littérature française des années quarante jusqu'aux années soixante-dix est très bien représentée, après, plus rien... Avec le temps, j'ai perdu le goût de lire.

Christine aurait pu m'envoyer ce que je voulais de Paris, mais c'est ça aussi vieillir : se désintéresser, rétrécir. Ces livres sont familiers, ils font partie de ma vie comme les immeubles aux noms désuets qui m'entourent : Lafayette, Aérohabitat, Algéria, Maurétania, Foyer universitaire algérois.

Ils me rassurent ces bouquins, ils ont tous une histoire… *Les Raisins de la colère, J'irai cracher sur vos tombes*, offerts par Kader avant l'indépendance, des revanches par procuration sur la société coloniale. *Siegfried et le Limousin*, j'ai adoré l'histoire d'amitié entre deux adolescents à la veille de la Grande Guerre. L'Allemand offrant au Français de temps à autre, en gage d'amitié, les cantons de l'Alsace perdue. Rapolstwiller, Ribeauvillé… Moi, j'ai tout donné à Kader par amour, jusqu'au plus petit douar de l'Algérie française.

Les Mille et Une Nuits. J'ai surpris Marc, enfant, plongé dans sa lecture, j'ai arraché l'énorme pavé de ses mains au risque de le déchirer. Il m'a regardé, effrayé, j'ai hurlé :

— C'est une version non expurgée ! Tu n'as pas le droit de la lire, regarde, il y a des femmes nues partout…

J'étais folle !

Kader m'exaspérait, mes réactions étaient disproportionnées. Elles le sont toujours et pourtant il n'est plus là. C'est sûrement l'Algérie qui m'exaspère.

L'intégrale de Bataille, tout Sartre, Simone de Beauvoir, Violette Leduc… je la détestais, elle était d'une laideur affreuse et ce qu'elle écrivait m'était insupportable, je n'ai pas pu aller au-delà des cinquante premières pages de *La Bâtarde*. Elle a dû mourir, elle était déjà si vieille.

Voronej de Nella Bielski. J'ai dégusté cette histoire d'amour. Une assiette pleine de fraises embaume un appartement moscovite, j'ai toujours en tête leur parfum et la scène finale... un train s'ébranle... le mari français assis dans un compartiment comprend brusquement que le KGB a retenu sa femme russe à la frontière polonaise et qu'il ne la reverra jamais. Je ressens encore son désespoir.

Les histoires de couples séparés par la politique, la maladie ou la mort me déchiraient. Kader souffrait alors de la mâchoire, ses collègues avaient diagnostiqué un cancer de l'os. J'étais effondrée à l'idée de le perdre, c'était l'année de *Love Story*, je pleurais sans arrêt sur la musique de Francis Lai. Nous n'avions jamais été si proches. Nous partîmes à Paris, on l'opéra à la Pitié-Salpêtrière. Ce n'était qu'une dysplasie osseuse.

Après quelques semaines d'intense bonheur, notre relation reprit son cours normal et le temps son ouvrage de corrosion.

Ce matin, j'ai reçu une lettre de Sofiane. J'ai immédiatement reconnu sa grosse écriture enfantine. Quand il passait me voir et que je n'ouvrais pas, il glissait sous la porte un mot sur lequel il gribouillait qu'il m'aimait comme cinq ou comme six.

Je ne l'ai pas ouverte, comme si elle appartenait à mon passé, à ces choses mortes dont on a fait le deuil et dont l'évocation inopinée vous déchire inutilement. À quoi bon ?

Je n'avais pas remarqué le timbre espagnol, il n'est donc plus au Maroc. J'ouvre :

« Marbella, le…

Ma chère Louisa,

Tu vas être étonnée de voir arriver une lettre d'Espagne. Je suis là depuis quinze jours. Je ne sais pas ce que t'a raconté Marc mais je te jure que c'était un accident, tu sais que je n'ai jamais fait de mal à personne. Un soir, j'ai honte d'écrire ça, il a essayé de m'embrasser, il voulait coucher avec moi, il était saoul. Je ne savais pas comment faire pour le calmer, alors j'ai pris un poignard pour lui faire peur. Il l'a attrapé avec sa main et s'est blessé tout seul. Je te jure sur ce que j'ai de plus cher que jamais je n'ai voulu lui faire de mal. En plus, c'est ton neveu et tu sais qu'avec mon père, c'est toi que j'aime le plus au monde, donc jamais je n'aurais pu faire une chose pareille. Après ça, j'ai eu peur qu'on me mette en prison, je me suis sauvé, les parents d'un ami m'ont donné une chambre et j'ai acheté un faux passeport français. J'ai donné beaucoup d'argent pour l'avoir, j'ai pris le bateau jusqu'à Tarifa, là un cousin d'Aziz, mon copain marocain, m'attendait. Je suis à Marbella, je ne regrette pas d'être parti de Tanger, ça s'est mal passé là-bas. Marc m'avait promis de me faire tourner dans son film mais il n'a pas vraiment tenu parole, tu avais raison, ce n'est pas un ami. Il voulait me séduire, alors il m'a fait croire que j'allais devenir célèbre. Je suis très déçu, je ne sais pas quoi faire. En tout cas, pour le moment, je ne veux pas rentrer. J'irai peut-être à Paris, j'ai toujours rêvé de visiter cette ville et puis tu m'en as tellement parlé. Tu me manques énormément, je reviendrai bientôt, j'ai trop envie de te revoir mais avant je veux vous prouver à tous que je suis quelqu'un de capable et que je peux réussir seul. Surtout ne dis rien à Marc, il pense que je suis toujours au Maroc ou même que je suis mort. Aziz m'a raconté qu'ils ont retrouvé mon portefeuille sur un Africain noyé et les photos de Patricia à l'intérieur. Je l'avais jeté dans la rue parce que Marc me l'avait offert, que je ne voulais plus rien avoir de lui et que je ne voulais plus penser à Patricia. Je suis recherché alors, s'il te plaît, ne dis rien, préviens juste mon père que je vais bien et dis-lui que je téléphonerai dès que je pourrai. Peut-être nous reverrons-nous à Paris ? Dès que je trouve un boulot, je t'envoie un billet pour que tu me rejoignes.

Ton Sofiane qui t'aime. »

Sur la dernière étagère, le portrait de mon père, il me fixe de son regard bleu bienveillant. À la date d'aujourd'hui, j'écris sur la dernière page du huitième cahier de mon journal :

« *Reçu une lettre de Kader… non ! ! ! de Sofiane…*

Ai vu le gynéco : cancer de l'utérus avec extension colique. Intervention chirurgicale indispensable. »

Marc

J'ai fini le tournage comme un fantôme.

Depuis mon retour à Paris, je ne peux plus vivre dans le silence et le noir. La télé, la radio, la lumière sont allumées en permanence, je bosse comme un malade, j'écris des articles qui ne paraîtront jamais, je réponds tout haut à des interviews imaginaires. Je ne dors plus, le bruit est partout.

Les voisins râlent mais je n'en ai rien à foutre. Je remplis l'espace et le temps, le silence et le vide. Patricia trouve que je vais mieux.

Je fais trois heures de sport par jour, prends un soin maniaque de mon look et bouffe protéines, vitamines, androgènes. Je ne fume plus, je ne bois plus. Les mecs, les nanas me regardent avec gourmandise sans imaginer que le corps qui s'acharne sur les machines n'est qu'une boîte vide, un Lego de muscles assemblé autour de rien.

Quand je ferme les yeux, je vois Lionel se balancer au bout d'une corde ou Sofiane entre deux eaux, le corps boursouflé et bleui. Je les ai détruits tous les deux. À Tanger, le commissaire a tenté de me rassurer : la police a trouvé le portefeuille de Sofiane sur le corps d'un Ghanéen.

Pourquoi Patricia ne m'a-t-elle jamais dit qu'il était dans la poche d'un Africain ?

Sofiane est mort, ces trois mots m'anéantissent.

Il est mort, j'en suis sûr.

Vivant, il n'aurait pas laissé Louise et son père sans nouvelles.

Lionel est mort par ma faute. J'étais sa vie, sans moi il n'était plus rien. Il m'aimait, à sa manière. Sofiane m'aimait aussi. Je n'ai pas su les protéger.

J'ai ma tante toutes les semaines au téléphone et toutes les semaines, la même voix mourante qui s'affermit au fil des conversations et qui, brusquement, s'éteint dans un flot de larmes.

Elle m'abreuve de reproches et d'injures. Pervers, assassin, voleur, salaud. J'écoute sans répondre et ces mots me font du bien.

Et puis un beau jour, plus rien : insultes, récriminations, terminé. Dès que je la branche sur Sofiane, elle change de sujet, elle n'a plus à la bouche que douleurs au ventre, pannes d'électricité, aliments décongelés, pourris, coupures d'eau, vent du sud chargé de poussière et merdes de pigeons qui décolorent le carrelage. Sofiane est brusquement sorti de sa vie, le rideau est tombé, il n'existe plus, elle ne veut plus souffrir que d'elle-même. Elle aussi est entrée dans l'indifférence.

Je n'ai plus personne à qui parler de Lionel et Sofiane, ils meurent une seconde fois. Patricia élude, les morts ne l'intéressent pas, elle les a trop fréquentés. Les vivants se sont ligués contre les morts, contre moi, c'est l'*omerta*.

Après avoir négligé le film pendant plusieurs semaines, au grand dam de Carlo, je me plonge dans la postproduction. Comme d'habitude, Philippe m'a proposé une musique avant d'avoir vu la moindre image, je lui ai balancé sa cassette à la gueule.

Je te jure Sofiane, je te promets Lionel, je n'ai plus que nos images et c'est par notre film que vous vivrez.

Sofiane

Paula est très gentille avec moi, elle m'apprend tous les termes du métier en anglais, en français et en espagnol. Méridienne, cosy, lit à baldaquin, desserte, miroir de sorcière…

Je comprends que personne n'achète avec des noms pareils. Fauteuil crapaud par exemple, t'as l'impression qu'il va te sauter à la figure… ça fait peur. Tout est bancal, quand je m'assois sur une chaise, j'ai peur de passer au travers, ça fait penser aux meubles de Louise, en pire. Je m'ennuie à attendre les clients toute la journée. Je repense à Tanger, je suis triste, mais ça ne dure pas. Ceux qui passent la porte regardent un peu partout, touchent en secouant la tête, l'air dégoûté. Quand on leur annonce les prix, ils sortent en courant.

— Paula, tu veux vraiment vendre ce fauteuil cinq mille euros ?

— Oui, c'est une pièce exceptionnelle.

— On sent les ressorts et il est tout déchiré.

— Je l'ai payé trois mille…

— Il faut être fou ou maso pour acheter un truc pareil.

En une semaine, on a juste vendu un portemanteau et encore, c'était ce qu'il y avait de moins pourri.

Le soir, Paula cuisine pour moi. C'est pas terrible, la cuisine anglaise. La viande bouillie et les patates à l'eau, je n'aime pas trop ça, je préfère les McDo. Au Maroc, je mangeais tout le temps des McArabia. Quand j'en ai demandé ici, la serveuse m'a regardé bizarrement en disant *no McArabia, no !* Je pensais qu'on trouvait partout la même chose chez McDo. Ils ont su s'adapter, eux !

Aujourd'hui, pour me faire plaisir, Paula est passée prendre du saumon fumé chez Sémon et de la salade russe. C'est meilleur que son rosbif à moitié cru et ses légumes en boîte. J'essaie de ne pas parler la bouche pleine, pour faire chic. Paula est une vraie dame, et je ne veux pas la décevoir. Elle ressemble à ces riches Américaines qu'on voit dans les séries télé, toujours bien habillées, bien coiffées, bien maquillées, même quand elles sortent du lit. J'ai toujours les conseils de Louise dans la tête : « Ne mets pas les coudes sur la table, mange lentement, ferme la bouche, ne fais pas de bruit, tiens-toi droit. »

Au début ça m'énervait mais je sais maintenant qu'elle avait raison, c'est moche d'avoir quelqu'un en face de toi qui bouffe comme un *halouf*. J'avais beaucoup de mal avec les cousins, surtout quand ils mangeaient avec le couteau et qu'ils suçaient la lame. J'avale la dernière bouchée et je parle :

— Paula, j'ai fait un tour chez tes confrères, leurs locaux sont propres, bien éclairés et leurs meubles nickel. Ils ont des clients toute la journée. J'en ai vu un dans le centre… que des clients arabes. Il fait des super trucs dorés recouverts de tissus très colorés. Chez toi… tout est gris, marron ou noir.

Elle réagit à la manière de Louise quand je dis une connerie :

— Tu ne vas pas me comparer à eux. Je ne fais pas le même métier, je suis antiquaire pas vendeuse de meubles de supermarché !

— C'est quoi la différence ?

— Je vends des choses qui ont une âme, un passé, pas des machins fabriqués hier. Tu ne te rends pas compte de ça ? Tu préfères des horreurs dorées et torsadées à mes fauteuils années trente ?

— Ce sont tes clients qui doivent aimer, pas moi. Tu as des trucs dont personne n'a envie, c'est ça le problème. Il faut vendre pour vivre, non ? Une amie en Algérie disait qu'il fallait être adapté à son milieu pour réussir… toi, tu ne l'es pas.

— Je suis incapable d'exposer des saloperies industrielles.

— Je ne te demande pas de faire ça, juste de réfléchir et de trouver un moyen de plaire aux gens. Ils ne veulent que ça, ils sont pleins aux as, il faut voir comme ils dépensent. Regarde chez McDo, au Maroc, pour attirer les Marocains ils ont inventé un Mac spécialement conçu pour eux. Toi, il faudrait que tu fasses pareil, des meubles spéciaux pour Marbella, que tu trouves un style.

Elle boit beaucoup de champagne, elle fait oui de la tête à tout ce que je dis, je ne sais pas si elle comprend vraiment. Elle a les yeux de Louise et de Marc quand ils sont saouls. Je suis un expert, je détecte ça instantanément.

Elle tend la main pour caresser mes cheveux, je me lève :

— *Paula… we are friends, just friends !*

Marc

Trois heures du matin… Lionel… Sofiane… Impossible de fermer l'œil. J'enfile une chemise, un jean, un blouson de cuir, des santiags et je sors. Je passe la porte du Keller, *Orphée et Eurydice* aux oreilles. Génial l'iPod ! Gluck, c'est quand même mieux que du heavy metal. Mes yeux naviguent comme une caméra. Une bande de barbus, crânes rasés – les mêmes qu'au Mineshaft ? –, s'affaire autour d'un pauvre mec nu, cuisses écartées. C'est vrai que la musique donne de la densité au dérisoire…

Sa beauté peut travestir le pire. Si je coupe le son, tout s'écroule. J'aime bien la chanson de Souchon qui parle de psaumes et d'angélus, de peuples à genoux et d'Inquisition.

En fait le beau, ça sert à ça : faire gober l'immonde. Mes frissons d'enfant dans les églises, mes extases musicales lors des concerts de Bach ou Mozart n'avaient en fait qu'un seul but : m'assoupir et m'asservir.

L'horreur des bûchers ? Gommée par les cantates.

Les guerres de Religion ? Justifiées par la poésie des Évangiles.

Devant cet homme béant torturé par des mains et des bras gantés, je ne retrouve pas le dégoût de mes dix-huit ans. Je ne m'émeus plus de rien. Le garçon est beau, quel plaisir peut-il ressentir à se faire pétrir par ces horreurs ? Il renifle du poppers en permanence. Il me regarde, me fait comprendre que je lui plais. Il sourit, je caresse son visage d'adolescent. Si jeune et tant de désespoir !

Comment peut-on se mépriser à ce point ?

Comment peut-on se livrer sans retenue à n'importe quels hommes de passage ?

Je caresse son torse. Étrange sensation, je perçois les battements de son cœur exacerbés par la drogue du bout de mes phalanges, j'effleure son ventre, il ferme les yeux. L'*Ave Maria* de Bach... je ferme les miens.

Si je le détachais, nous pourrions sortir de l'enfer, prendre un chocolat chaud, parler de son enfance brisée ou de son adolescence fracassée, et moi de Michele, du Mineshaft, loin de l'usine de mort, loin de mes illusions cramées, de ma vie en poussière.

— Tu sais, l'amour existe, dirais-je, j'ai failli le rencontrer trois fois.

Peut-être pourrais-je le sauver ? À défaut d'avoir sauvé Michele, Sofiane et Lionel. Je m'approche de sa bouche pour l'embrasser, il me fixe étonné, agrippe ma main et me fait signe d'enfiler un gant. Il n'est pas là pour l'amour mais pour les sensations dures.

Je m'exécute, retrousse une manche de ma chemise et passe un gant de latex. Je n'ai jamais eu ces pratiques, la seule idée me faisait vomir il n'y a pas si longtemps. Et là, brusquement, je m'apprête à le faire, poussé par le désespoir, porté par la beauté des *Variations Goldberg* de Glenn Gould, séduit par la beauté d'un ange en déchéance.

Voyant le gant translucide sur mon poing dressé, le gamin gémit.

Il ouvre les yeux de temps en temps et me fixe en mordant sa lèvre. Il attend son plaisir, impatiemment ; il donne des coups de reins de plus en plus rapides. Les notes extirpées du pianoforte par Glenn Gould martèlent ma tête : dans quel abîme suis-je tombé ?

Je retire le gant et sors sans un regard pour l'ange des enfers.

Le jour se lève sur Paris.

Sofiane

J'ai trouvé, il faut mélanger le vieux et le neuf : vendre de l'ancien confortable comme le mobilier d'aujourd'hui mais pas trop cher. Mille euros une chaise, c'est de la folie. Il faut garder l'âme des choses, comme dit Paula, mais sans casser les reins du client. L'idée est bonne, j'en suis sûr. Le copain menuisier de Madjid, dans la vieille ville, saura m'aider :

— Tu comprends, je voudrais des antiquités sur lesquelles on peut manger, s'asseoir sans avoir peur de se casser la figure, des trucs jolis et solides, pas des nids à poussière abandonnés dans un coin parce qu'on craint de les abîmer. Des trucs fonctionnels qui épatent.

— Il te faut des meubles vieillis !

— Je ne sais pas ce que c'est.

— Des meubles neufs qu'on rend artificiellement vieux. On copie des pièces anciennes et on les trafique, c'est solide, ça a de la gueule et c'est mieux que du moderne.

— Comment ça se passe ?

— On remplace les clous neufs par des clous rouillés, des clous trempés dans l'acide qui ont pris quatre siècles en cinq minutes. On patine les surfaces en les abrasant, on fait des trous avec une chignole très fine pour faire croire que le bois est piqué par des vers… Regarde cette chaise, tu découpes le tissu à un endroit où ça ne gêne pas, le dossier par exemple, et tu fais sortir la paille… elle a l'air d'avoir cent ans. Tu passes du cirage vert sur du régule et tu le transformes en bronze, du yaourt sur du béton et tu as une statue romaine vieille de deux mille ans… je pourrais te donner cinq cents recettes.

— Qui fait ça ici ?

— Pas grand monde. Au Maroc, les antiquaires de Fès et de Marrakech me passaient des commandes, à Marbella les gens aiment le clinquant, le tape-à-l'œil.

— Tu pourrais me faire une ou deux pièces, pour voir.

— Ça dépend quoi et combien tu payes.

J'ai commandé une armoire et un buffet style espagnol. Mohamed les a livrés ce matin, ils sont beaux et solides. J'ai payé deux mille euros de ma poche sans rien dire à Paula.

Quand elle les a vus, elle a crié :

— Mon Dieu, c'est quoi ces horreurs ?

— Un ami les a laissés en dépôt, je vais essayer de les vendre. C'est exactement ce que je cherchais.

— Ne compte pas sur moi pour les proposer à mes clients…

— Je m'en occuperai.

— Je t'interdis de dire que ce sont des antiquités.

J'ai vendu les deux pièces en quarante-huit heures, deux mille euros chacune.

Louise

Christine a tenu parole, elle a activé tous ses réseaux pour que je me soigne à Paris. L'ambassadeur de France a téléphoné ce matin, mon passeport est prêt, je peux partir demain, réintégrée dans une nationalité que je n'avais jamais perdue !

— On reste français jusqu'à la mort, vous savez.

— Vraiment, Excellence ?

— Absolument.

J'aurais pu parler des harkis massacrés, méprisés, des pieds-noirs abandonnés comme des chiens, des combattants indigènes oubliés, des enfants interdits de séjour sur un sol jadis défendu par leur père, de la jeunesse de Dresde ou de Berlin qui déferle insouciante et heureuse sur les Champs-Élysées : les fils et petits-fils des Waffen SS plus légitimes que les fils et petits-fils des soldats basanés des colonies morts pour la France.

Le droit du sang, seul vrai passeport !

Mais je me suis tue, l'histoire nous a tous broyés et ce maudit cancer me dévore, je n'ai plus la verve d'antan et je n'ai plus de temps. J'ai juste dit : « Merci » et j'ai raccroché. Pour la première fois, je vais trahir l'Algérie, abandonner son destin pour le mien et bénéficier d'un passe-droit lié à mes gènes. Je ne veux pas me faire opérer ici, les hôpitaux sont terribles. Je veux revoir Sofiane, je veux revoir Marc, je veux revoir ma sœur. Je ne veux pas mourir seule à Mustapha, comme mon beau-frère Gérard, clinique chirurgicale A.

Je veux aussi revoir Kader.

Le père de Sofiane me conduit rue Michelet. Il est triste, son fils lui manque, je le trouve vieilli. Absence, maudite absence.

Quelle circulation ! Les rues sont envahies de véhicules, les trottoirs vomissent leurs passants sur la chaussée. Quarante minutes, du Telemly à la Grande Poste.

Je m'attable à la terrasse de l'ancien Coq hardi près du cabinet de Kader, j'y venais avec mon père quand j'étais enfant, il palabrait des heures durant avec ses amis. Je buvais un Crush avec une paille. Je m'ennuyais à mourir, je dévorais toutes les cacahuètes, des pigeons picoraient les coques vides jetées sur le trottoir. Quand il n'y en avait plus, je demandais dix francs à mon père et courais acheter un paquet de bliblis chez Ali, le vendeur à la sauvette. Son étal en bois de caisse était couvert de friandises : cacahuètes non décortiquées, cacahuètes salées, bliblis blancs ou roses, bonbons ; on trouvait aussi des allumettes Caussemille, un jockey au galop ornait la boîte, des cigarettes Bastos à l'unité et des boîtes de tabac à chiquer. Je me saisissais du paquet de pois chiches grillés enrobés de sucre coloré et demandais en arabe : « *Ch'hal* les bliblis, combien ? » L'homme répondait en souriant : « *Zoudj douros*, dix francs. »

Il fait doux, une lumière sucrée de fin d'après-midi de printemps baigne les mêmes pigeons aux prises avec les mêmes épluchures. Toute ma jeunesse défile sous les ficus : Marie-Lise, Jeanne, mes tantes, mes cousines, mes amoureux. Sur le pavé désormais couvert de bitume, je revois mademoiselle Corcelet, l'impitoyable professeur de maths et son sempiternel vélo usé.

Seize heures, des nuées d'étudiants et de lycéennes sortent de l'université et du lycée Delacroix, présent et passé se superposent. La vie est là et moi en marge. Il est un mot grec qui signifie à la fois joie et tristesse, *Harmolypi*, j'en comprends aujourd'hui le sens. Un serveur s'approche :

— Un Crush, s'il vous plaît !

— Un quoi ?

Trop jeune, il n'a pas connu.

— Un Coca light, avec une paille.

Je ferme les yeux, je suis une petite fille qui s'ennuie dans la douceur du printemps naissant. Quel plaisir de s'ennuyer, d'ignorer le futur, de vivre l'instant avec ce père adoré qu'on voudrait bousculer.

— S'il te plaît, un tour de manège au Champ de Manœuvre !

Le bonheur de ne pas être plombée par le temps et les douleurs. J'aspire le soda glacé, un pincement brûlant déchire mon ventre, la pince du cancer. Je ne devrais plus boire de boissons froides : mon bébé bouge, il n'apprécie pas. C'est le seul bébé que j'aurai été capable de concevoir. Il fait bon, une légère brise. Les immeubles sont blancs comme ceux de l'enfance ; les jardins suspendus de la faculté, vert tendre. Le cabinet de Kader est à deux pas. C'était le plus beau d'Alger.

J'ai choisi tous les tableaux : trois Baya, un

Benisti, deux Diaz Ojeda. Au-dessus de son bureau en acajou, j'ai accroché un somptueux Dinet : deux Ouled Naïl au bord d'un oued. L'une, jeune, effrontée, et l'autre, plus âgée, le bas du visage caché par un voile, probablement édentée. Prémonitoire ! Ce sont les deux femmes de sa vie, elles le surveillent.

Il était fier de son premier électrocardiographe :

— Douze dérivations, tu te rends compte, le *nec plus ultra* !

Il l'avait étrenné sur moi.

— Tiens, tu as un bloc de branche.

— C'est grave docteur ?

— Très ! Et il n'y a qu'un remède, avait-il répondu en m'embrassant, l'Amour.

Je fixe le balcon d'où j'observais la rue en attendant Kader. J'avais mis des bacs à fleurs colorés. Ils sont toujours là, vides et desséchés. La peinture des murs s'écaille, des fissures lézardent les façades, sur la porte d'entrée trois lettres gravées dans le bois : FIS.

Un homme sort de l'immeuble, à son bras une femme au pas incertain. Son visage est maigre et pâle, on ne voit que deux yeux trop fardés. Sa chevelure est abondante, très blonde, de travers... Elle porte une perruque !

La démarche de l'homme m'est familière. Mais non, ce vieux monsieur voûté, à la silhouette alourdie, ça ne peut pas être lui ; cette femme malade, ça ne peut pas être elle, ça ne peut pas être l'Autre. Nos regards se croisent. Dans les yeux de Kader, un monde de détresse. Le temps n'épargne personne. Je détourne la tête, le soleil tremble sur les feuilles tendres des arbres de la rue Michelet, comme avant.

Sofiane

Les mois ont passé, c'est amusant de gagner de l'argent avec mes idées. Les meubles vieillis marchent très fort, il a fallu embaucher d'autres menuisiers tant la demande est importante, le bouche à oreille nous apporte de plus en plus de clients. Je ne leur dis pas que ce sont des antiquités, je ne leur dis pas le contraire non plus. Quand ils posent la question, je raconte que les pièces viennent d'une *finca* près de Ronda, Malaga ou Huelva et que je ne peux pas les dater avec précision :

— Sûrement très ancien !

Ça fait rigoler Paula quand elle m'entend.

— Comment dit-on faux en anglais ?

— *Fake...*

Je l'ai bluffée, elle ne s'attendait pas à ce que je réussisse à ce point. Elle me traite de brigand et demande si tous les Algériens sont comme moi.

— Certainement pas, je suis unique !

Elle le pense tellement qu'elle est amoureuse de moi, je le sens bien à la façon dont elle me regarde. Pour moi, c'est une amie, rien de plus. Quand je lui dis ça, elle devient triste et boit du champagne ou du whisky. C'est curieux cette manie qu'ont les Occidentaux de prendre de l'alcool quand ils ne se sentent pas bien. Je lui avoue que je suis toujours amoureux de Patricia, même si ce n'est pas vrai. Ça la calme.

Tanger est loin, le tournage est sûrement terminé. De temps à autre, je pense à Marc, il me manque, c'est un vrai créateur. J'aimerais être comme lui, vivre de mon talent.

— Mais toi aussi, tu vis de ton talent ! dit Paula quand je parle de Marc.

Vendre des meubles à des riches, ce n'est pas du talent, c'est du savoir-faire. Marc fait rêver des millions de gens avec sa caméra ; moi, personne avec mes fausses antiquités. La magie c'était de voir nos idées prendre forme et notre scénario se transformer en images.

Paula reçoit des amis anglais à dîner. Ils sont riches et fiers de l'être.

— Nous sommes une élite, dit John qui a fait fortune en vendant des bidets.

— Plus qu'une élite, la nouvelle aristocratie, réplique le propriétaire d'une chaîne de supermarchés.

Ils ressemblent à tous les hommes vite enrichis que j'ai rencontrés en Algérie ou au Maroc. Ils boivent, parlent de fric, de voitures, des maisons qu'ils construisent, de leurs enfants forcément surdoués. Ils tentent de s'impressionner les uns les autres, et moi je m'emmerde. Avec Marc je ne m'ennuyais jamais. Maintenant, ils critiquent les Espagnols :

— *I tell you, Paula, they don't like us... I'm sure of that, they don't like us !*

Pas étonnant vu leur comportement. Ils sont arrogants, méprisants ! Ma voisine aime la peinture :

— J'ai découvert un peintre fantastique, Alfredo R., pour l'instant il n'est connu qu'à Marbella, mais il aura un succès mondial. Dans ses toiles, il y a tout : Picasso, Miró, Modigliani, Dalí... Quand vous achetez une de ses toiles, vous achetez toute la peinture. Paula, tu devrais l'exposer dans ton magasin, ça ira si bien avec ton nouveau style de meubles.

— *Why not ? Fake for the fakes*, répond Paula ironique.

Je suis content, j'ai suivi les conseils de Louise, je voulais que Paula soit adaptée à son milieu, je crois que j'ai réussi. Mais moi, ce milieu n'est pas le mien, il ne le sera jamais.

Fake for the fakes !

Je crois qu'il est temps de partir.

Louise

Minuit, le sirocco après un froid glacial, les neiges de l'Atlas vont fondre. Je pars dans quelques heures. Du balcon, j'embrasse Alger, probablement pour la dernière fois. Sur la chaîne stéréo, un disque cubain offert par Che Guevara. J'étais assise face à lui lors d'un dîner officiel.

— Une Française révolutionnaire algérienne ?

— Un Argentin révolutionnaire cubain ?

Il avait ri puis nous avions parlé peinture, musique et poésie. Le lendemain, un chauffeur de l'ambassade déposait un album de chansons cubaines au cabinet de Kader.

Entre Tu y Yo vamos a fusionar el sentimiento y l'esperanza
Entre Tu y Yo vamos armonizar la libertad y la confianza
Entre Tu y Yo vamos a construir un paraíso de ternuras…

Dieu, qu'il fait chaud ! Demain, la neige aura disparu ; de mon hublot, je ne verrai pas le Djurdjura étinceler. Les lumières de la ville vacillent sous le vent du sud, et pourtant elles ne s'éteindront pas, elles brillent depuis des millénaires, elles ont vu huit conquérants s'installer puis partir.

Ici j'ai été heureuse et malheureuse comme tant d'autres, peut-être plus, la jeune Noire d'Ima Gouraya l'avait prédit. Ce soir, je veux me souvenir des beaux jours de ma belle histoire d'amour, des dimanches, des églises pleines à craquer, des femmes fardées et des hommes endimanchés ; de mes déceptions quand, franchies les dunes de Moretti, je découvrais la mer festonnée de moutons.

— Zut, il fait mauvais, maugréait mon père.

Et pourtant, le soleil noyait tout !

Nous étions des enfants gâtés.

Maintenant, la nuit est noire, le silence a recouvert la ville.

J'ai été gâtée longtemps, trop gâtée ? Je n'aime pas ce verbe ambivalent qui fait payer les joies du passé en détruisant sournoisement ce qu'il a donné.

J'ai vécu cent fois la même nuit, Kader venait me rejoindre, il se lovait contre moi et nous regardions les étoiles, il les connaissait toutes. Je n'arrivais jamais à distinguer la Petite Ourse de la grande. Patient, il expliquait encore et encore. Quand l'a-t-il fait pour la dernière fois ?

Entre Tu y Yo vamos a fusionar el sentimiento y l'esperanza
Entre Tu y Yo vamos armonizar la libertad y la confianza
Entre Tu y Yo vamos a construir un paraíso de ternuras...

La semaine dernière, j'ai voulu ranger. Au fil des armoires et des tiroirs, le passé a défilé, insupportable. Mon passé avec son cortège de photos impitoyables, de lettres périmées, de vêtements obsolètes. J'ai vite renoncé ; à quoi bon ? Je laisserai tout ouvert, toute ma vie offerte aux déménageurs et aux charognards.

J'ai retrouvé au fond d'une boîte à chaussures une attestation défraîchie du FLN prouvant ma participation à la guerre de libération avec mention des services rendus : livraisons de médicaments divers, de flacons d'alcool, de compresses, de petit matériel chirurgical...

Au bas, le tampon de la Wilaya IV.

Quand, pour la première fois, en 1959, je passai un contrôle de parachutistes, mon sac de plage en bandoulière bourré de gaze, de pénicilline, d'éther, je pensai aux jeunes femmes du FLN, qui en 1956, souriantes et belles dans la calme douceur de septembre, franchissaient les barrages militaires poussées par un désir de mort et de sang.

Je les avais haïes.

Un an plus tard, une jeune Française, Danièle Minne, posa sa bombe à l'Otomatic.

Comment avait-elle pu ?

Cet acte me parut odieux, monstrueux, contre nature.

Je pouvais entrevoir, sans toutefois les admettre, les motivations nationalistes d'une Zohra Drif, d'une Djamila Bouhired mais non celles d'une Française d'à peine dix-sept ans, fille d'institutrice et de prof de philo.

Sa photo d'enfant sage fit la une des journaux, je m'attardai sur l'ovale parfait de son visage si pâle, si *virginal*, sur ses yeux baissés et son regard distant, absent malgré la foule en arrière-plan, sur ses lèvres serrées, déterminées. *Je suis hors de votre monde et je ne regrette rien*, tel était le message qu'elle nous jetait à la figure. C'était une chrétienne de l'Antiquité tardive, une sainte prête au martyre.

Mais quel martyre serait assez violent pour la faire expier, pour extirper de ce visage indifférent un peu de compassion et de douleur ?

Elle est assise. Derrière elle, des policiers, des journalistes, des juges ou des avocats, sans tête, le photographe les a volontairement décapités. Allusion à la décapitation future d'une terroriste ? Les guillotines armées par François Mitterrand, le garde des Sceaux du moment, tournaient à plein régime… Une femme prend des notes sur un calepin, elle est dans l'action, Danièle Minne entre dans l'histoire.

L'adolescente porte un duffle-coat, j'avais presque le même, c'était la mode. Je m'étais alors demandé si le premier bouton de bois du manteau était, comme le mien, muni d'un sifflet. La nuit d'après, j'avais rêvé avant de m'assoupir : tous ces attentats n'étaient qu'un cauchemar, Danièle allait se lever et siffler dans le dernier bouton du duffle-coat gris la fin de cette mauvaise comédie. Et les lecteurs du monde entier qui détaillaient, atterrés, sa candeur en première page des quotidiens applaudiraient, soulagés, la fin du spectacle.

La Louise de 1957 qui stigmatisait la criminelle ne se doutait pas qu'un jour elle aiderait le FLN honni. Elle passait à présent les contrôles policiers sourire aux lèvres et démarche aguicheuse. Elle ne portait ni armes ni bombes mais, pensait-elle pour se donner bonne conscience, seulement des armes de vie, des antibiotiques, des sérums antitétaniques, des sparadraps. Elle ne voulait pas voir que ces armes *inoffensives* en apparence sauveraient des vies de terroristes et que ces vies de terroristes anéantiraient celles de son peuple, du peuple pied-noir, celles des hommes, des femmes et des enfants qui se dressaient protecteurs autour d'elle.

Elle pensait avoir eu tous les courages, mais à la réflexion, le vrai courage, c'est à Djamila Boupacha, Djamila Bouhired ou Danièle Minne qu'il revenait. Portées par la foi, ces femmes s'étaient mises au ban par un acte éclatant.

Moi, Louise, je pris le parti de l'autre peuple, portée par l'amour d'un homme, un parti en demi-teinte, ménageant les uns et les autres.

J'ignorais qu'on ne peut être de deux bords à la fois, qu'il faut choisir ou risquer d'être rejetée par les deux rives.

Je pris le parti de l'autre peuple pour l'amour d'un homme que je n'aime plus.

C'était vain, c'était dérisoire.

Guidée par le hasard – mais quel hasard ? – je prends un livre dans la bibliothèque de papa : *Quoi ? L'Éternité* de Marguerite Yourcenar. Je l'ouvre et tombe sur la page seize, mon père y a souligné un passage au crayon de papier : « *Les événements politiques qui nous ont fait horreur et ont failli nous entraîner dans leur ressac se succèdent et s'annulent comme les brisants sur une plage. On finit par se rendre compte qu'on a affaire au rythme des choses.* »

Allahou Akbar, l'appel à la prière de l'aube. Vous allez me manquer muezzins, Dieu sait combien je vous ai maudits. Et puis, avec le temps, je me suis faite à vous, braves compagnons des nuits d'insomnie. Je vous écoutais psalmodier sur Bach, Haydn ou Mozart.

À l'est, par-delà les montagnes, les lueurs du levant. *La ila ila Allah*, il n'y a d'autre Dieu que Dieu. Il naît un jour nouveau, j'ajoute à voix haute : « *Ili, Ili lama tabahtani ?* Mon Dieu, mon Dieu pourquoi m'as-tu abandonnée ? »

Quand Sofiane m'entendait parler seule, il savait que je n'allais pas bien, il sortait sur son balcon et criait : « Coucou, Louise ! » Il parlait d'une voix joyeuse de choses graves ou insignifiantes. Il avait la voix des adolescents qui ont l'éternité devant eux. Il trouvait toujours les mots qui réconfortent. Lui aussi m'a abandonnée, le reverrai-je un jour ?

Alger s'éveille, les chiens aboient, les coqs lancent leur premier chant. Ils exaspéraient Kader, les boules Quies devinrent ses meilleures compagnes. Ultime rempart à mes récriminations, dernier outil de communication.

La baie sort de l'ombre.

Un ciel sans nuages, la mer reflète des couleurs incertaines : violet, rose et bleu pâle.

Les neiges du Djurdjura et de l'Atlas ont fondu dans la nuit.

Sofiane

Je viens de parler avec Louise, sa voix était faible, elle souffre, elle n'a pas voulu dire de quoi. Je sais simplement qu'elle part à Paris la semaine prochaine pour se faire opérer. En attendant, elle habitera chez sa sœur, la mère de Marc. Elle espère bien me voir une dernière fois avant de mourir. J'essaie de plaisanter :

— Tu ne mourras jamais, tu es indestructible !

— Ne te moque pas de moi, j'ai un cancer évolué, je ne vais vraiment pas bien... sinon, je n'aurais pas quitté l'Algérie.

— Je viendrai te voir à Paris, promis !

— Je te demande pardon, je t'ai présenté Marc, je n'aurais jamais dû.

— Tu plaisantes... après toi, c'est la rencontre la plus importante de ma vie.

— Tu n'es pas rancunier !

— Je ne peux pas lui reprocher de m'aimer... Je n'ai rien contre sa musique mais je ne jouerai jamais dans son orchestre.

À l'aéroport de Malaga, Paula est triste, je la réconforte :

— Ne t'inquiète pas, tout ira bien.

— Je sais, avec toi tout se passe toujours bien mais j'ai peur que tu ne reviennes pas, je sens que tu n'es pas heureux à Marbella.

— Un jour, j'ai vu un film russe à la télé, le héros, un gamin, disait : « Le bonheur, c'est quand on vous comprend. »

Elle caresse ma joue en essayant de sourire. Elle part sans se retourner. L'hôtesse glisse la carte d'embarquement dans mon passeport :

— Paris-Orly, porte cinquante-deux.

Marc

Cannes…

J'y venais le cœur battant, au comble de l'excitation et de l'espoir, sourire candide aux lèvres, prêt à conquérir le monde. Le tourbillon des stars, les petits qui se précipitent dans votre sillage, les photographes qui vous hèlent au sortir des limousines m'exaltaient. Au fil du temps, l'exaltation s'est émoussée. Le sourire n'est plus qu'un rictus carnassier et les paparazzi des sparadraps indécollables, comme dans les *Tintin* de Louise. Conférence de presse : salle neutre et froide, Patricia à ma droite, enveloppée dans son nuage de Datura noir. Bachir qui joue Kader s'est défilé, comme d'habitude. Les journalistes s'alignent face à nous, certains m'aiment, d'autre pas ; quelques petits nouveaux, ils oseront à peine lever le doigt. Éternel recommencement. D'habitude, ça m'exaspère de parler cinéma, de faire la promo de mes films, d'expliquer, de livrer les clés comme si tout n'était pas sur la pellicule, évident et clair. Ce soir, c'est différent, je présente un enfant aux gènes entremêlés. Gènes du nord, gènes du sud. Je défends ceux qui m'ont fait, je me bats pour qu'ils vivent encore.

Ces derniers mois ont été un cauchemar, il est des périodes dans la vie où tout fout le camp. Je planais avant le tournage, j'avais retrouvé ma créativité, j'allais retrouver Sofiane. J'étais porté, j'étais heureux. Pourquoi faut-il toujours payer le bonheur ? Un jour quelqu'un, quelque part, décide que tout cela n'a que trop duré et présente l'addition. Pour moi, elle est exorbitante : le suicide de Lionel, Sofiane disparu, mort peut-être, le cancer de Louise, la tumeur de Patricia.

Martine Lefort me déteste, elle a toujours descendu mes films, c'est elle qui pose la première question :

— Pourquoi *Nord d'Afrique* ?

— L'Algérie est une blessure qu'on ne veut plus nommer… nos parents l'ont repoussée loin dans l'inconscient, aux frontières du souvenir. *Nord d'Afrique*, explicite et vague à la fois, exprime ce refoulement.

C'est une catho réac et homophobe :

— Pour une fois, votre film ne traite pas d'homosexualité, c'est un tournant dans votre filmographie ?

Putain, elle est nulle ! J'ai envie de me barrer, Patricia pose sa main sur la mienne et me sourit. La maladie l'a changée, elle est encore plus belle : elle a dans les yeux une détresse, de la frayeur presque. Je me bats aussi pour elle, je me force à répondre :

— Il se trouve que je raconte l'histoire de ma tante et qu'elle n'est pas lesbienne… On dirait que ça vous contrarie.

La journaliste est au premier rang, face à moi, ses confrères éclatent de rire, elle rougit.

— Pas du tout, réplique-t-elle, juste étonnée… voire même agréablement surprise.

— C'est un compliment ?

— Venant de moi, certainement, affirme-t-elle ressaisie.

— Vous n'êtes pas au bout de vos surprises, dis-je, la version que vous avez vue n'est pas définitive, j'ai tourné une scène que j'intégrerai peut-être avant la projection officielle…

Patricia serre le bout de mes doigts. Elle a rasé son crâne. La radiothérapie faisait tomber ses cheveux par poignées, à chaque touffe dans le lavabo elle m'appelait en larmes. Elle porte un turban, son visage amaigri souligne des yeux plus grands, plus bleus. Elle est belle comme une statue mutilée. Martine Lefort poursuit :

— Vos précédents films tournent toujours autour des mêmes thèmes, l'homosexualité, le désir contrarié, les sentiments épurés. Vos personnages jouent constamment au chat et à la souris… Je t'aime, je te veux, je te repousse, je te retrouve. Un va-et-vient parfois caricatural, un peu lassant. *Nord d'Afrique* est en complète rupture, un souffle différent l'habite, pourquoi ?

— J'ai retrouvé l'Algérie, mes émotions d'enfant, les premières émotions, celles d'un être qui s'éveille à la vie… des sensations intactes.

— On dit que vous avez été… comment dire… ému et inspiré par un jeune Algérien.

— Ah je vois… vous faites complètement fausse route, Martine… je ne suis pas Gide. Je n'ai pas découvert l'Algérie, j'ai rejoint le pays de l'enfance et des parfums oubliés. Sofiane, mon coscénariste, m'a donné sa vision du pays, de son histoire et de ma tante. Notre film est le fruit d'une vraie collaboration, d'un vrai dialogue Nord-Sud, pour utiliser un vocable à la mode, et non pas l'expression d'un exotisme, d'une sensualité de pacotille. Pour faire court, Sofiane n'est pas au générique parce qu'il est mon amant.

— Pourquoi n'est-il pas là ?

— Demandez-lui.

Louis Richard prend la parole, c'est un vrai fan, ses critiques sont excellentes quoi que je fasse. Il est assez mignon, il aurait bien couché avec moi mais je le trouve un peu bête. Il a un côté midinette qui m'agace. Quand je l'ai rencontré pour la première fois, il m'a déclaré, le regard bovin, que son vœu le plus cher venait d'être exaucé.

— Qu'est-ce qui vous a amené au cinéma ?

— Nous avons tous en tête des images fondatrices qui inspirent nos vies : un tableau, un film, une musique. Des sensations qui, enfant, nous ont tellement marqués qu'elles nous ont déterminés. Moi, c'est le cinéma qui a orienté la mienne. *Ben Hur* m'a bouleversé. Rappelez-vous du contexte de l'époque, la chasse aux sorcières, l'homosexualité bannie des écrans… et pourtant, dans ce film, elle flamboie. Le scénario de Gore Vidal est d'une extrême subtilité, il suggère sans jamais dire… si vous n'êtes pas à l'affût, vous ne voyez que les scènes viriles de galères, de courses de chars… mais si votre sensibilité tend l'oreille, c'est autre chose. Quand vous êtes prisonnier de l'enfance, que vous vous sentez différent et anormal, que le regard des autres conforte ce sentiment, votre solitude est effroyable. *Ben Hur* a été ma bouée de sauvetage : je n'étais pas seul au monde, d'autres me ressemblaient. Ce message m'était envoyé d'une planète que je n'ai eu de cesse de découvrir, la planète qui éclaire nos vies par la magie des salles obscures et qui nous révèle à nous-mêmes.

Pierre, critique à la dent dure mais juste, prend le relais :

— Vous nous aviez habitués à des films maîtrisés, sans pathos ni émotion excessive, des œuvres sans taches ni bavures, glaçantes parfois.

— Avec l'âge et l'expérience, on gagne en technique, en savoir-faire, au détriment de l'émotion, de l'ingénuité. Ma caméra ne tremblait plus, le retour en Algérie m'a sans doute rendu le vibrato des débuts.

— Vous parlez souvent de ce voyage…

— Les morts et le passé sont en nous, il faut les écouter si on veut continuer à vivre, à sentir, à vibrer. Je les ai retrouvés là-bas. L'Algérie m'a rendu la douleur, celle des nouveau-nés au sortir de leur mère. Les parfums de nos vies sont les mots d'amour de nos morts.

— Votre film n'est pas politiquement correct.

— Vous trouvez ?

— À aucun moment vous ne stigmatisez la colonisation, on en arrive même à penser qu'elle a été bénéfique…

— Je ne suis pas manichéen, je ne suis pas historien. Pourquoi faut-il un vainqueur et un vaincu, quand la vie et la mort se partagent équitablement le territoire ? Je montre des images sans juger, je décris des vies. Les politiques ont une fâcheuse tendance à caricaturer, à simplifier. La loi sur les bienfaits de la colonisation était stupide… Allez donc vanter la présence française aux Algériens qui ont perdu des membres de leur famille avant ou pendant la guerre de libération. Par ailleurs, peut-on dire que tout dans le fait colonial est à rejeter ? Des hommes, des femmes sont venus d'Europe, ils ont travaillé, aimé, remodelé une terre, ils ont semé les idées du siècle des Lumières, tracé des routes, ouvert des universités... doit-on nier leur apport ? Dans *Nord d'Afrique*, j'ai voulu montrer à quel point il est difficile de juger, de trancher et de prendre parti. Le bon droit est partout et ce n'est sûrement pas en légiférant qu'on fait jaillir la lumière... comme toujours, une part de la vérité viendra des artistes, certainement pas des politiques, englués dans leur langue de bois.

— Comment résumeriez-vous votre film ?

— C'est l'histoire d'une jeune femme aux prises avec l'histoire, qui est broyée par elle. Louise, ma tante, va jusqu'au bout de ses convictions. Par amour, elle renie ses racines puis se rend compte qu'on ne peut le faire impunément...

Patricia lâche ma main et prend la parole :

— C'est plus que ça, c'est une histoire d'amour trahi... une histoire d'amour et de haine entre un homme et une femme, entre une femme et sa terre, entre l'Algérie et la France... l'histoire de la colonisation et de la décolonisation au travers de plusieurs destins, l'Histoire avec un grand H écrite avec le sang des personnages.

— Vous aimez Louise ?

— Je ne la connais pas, Marc n'a pas voulu. Mais c'est la première fois que je souffre autant avec un personnage, je veux dire physiquement. Très vite, j'ai été habitée par cette femme. Elle s'est insinuée en moi et m'a donné une folie, une violence que je ne me connaissais pas. Quand mon jeu ne lui plaisait pas, qu'elle le trouvait faux, sa voix me rappelait à l'ordre, une douleur me traversait le crâne... cette douleur durcissait mon expression, rendait ma voix plus cassante, me remettait sur les rails, sur ses rails…

Patricia a minimisé ses maux de tête, elle ne voulait pas interrompre le tournage et porter préjudice au film. Elle sentait bien que quelque chose n'allait pas, quelque chose de grave mais elle a tenu bon. Je l'ai engueulée plusieurs fois parce qu'elle refusait de tourner la nuit. Je pensais que ses migraines étaient un prétexte. Je la trouvais fantastique au petit matin, une densité, des expressions du visage inconnues, une présence désespérée. C'était donc ça : une tumeur au cerveau !

À peine le tournage terminé, elle me demanda de passer un week-end à la campagne avec elle, en amoureux :

— Catherine nous prête sa maison… s'il te plaît, Marc.

Une splendide journée d'octobre, l'air était d'une légèreté irréelle. Nous prîmes des vélos pour flâner dans la campagne du nord-est de Paris. Nous nous arrêtâmes au bord du canal de l'Ourcq, elle s'allongea sur l'herbe et me demanda de m'étendre près d'elle. Sur l'autre rive, un champ de colchiques, nappe immense jetée sur la colline, *couleur de cerne et de lilas*. Je me souvins du poème d'Apollinaire et lui murmurai à l'oreille :

« *Le pré est vénéneux mais joli en automne*
Les vaches y paissant lentement s'empoisonnent
Le colchique couleur de cerne et de lilas
Y fleurit tes yeux sont comme cette fleur-là
Violâtres comme leur cerne et comme cet automne
Et ma vie pour tes yeux lentement s'empoisonne »

Elle répondit les yeux embués :

— J'aimerais que cette journée ne finisse jamais, jamais...

— Pourquoi ?

Elle se recroquevilla contre moi :

— J'ai peur... on m'opère la semaine prochaine d'une tumeur au cerveau, ils ont dit que j'avais cinq pour cent de chances d'y rester ou de finir ma vie en chaise roulante... promets-moi de t'occuper des enfants, Marc... je ne veux pas qu'ils soient orphelins comme moi, je ne veux pas qu'ils aillent à la DDASS...

Sur son lit d'hôpital, elle n'était plus qu'une petite chose pitoyable, transpercée de tuyaux ; seuls les orteils, impeccablement soignés, révélaient la star régie par l'apparence. Elle a traversé l'épreuve, la voilà face aux journalistes, plus éclatante que jamais.

Elle poursuit :

— Ce que j'ai vécu ces dernières semaines m'a changée, j'ai poussé Marc à tourner une dernière scène. On y voit Louise, vieillie, malade, sur son lit d'hôpital. Marc ne voulait pas aller jusqu'à l'imparfait, pour me ménager. J'ai exigé de m'enlaidir, de vieillir en ultime hommage à cette femme. Tronquer sa vie affaiblissait l'histoire. Peut-on imaginer une journée sans crépuscule ?

Elle prend ma main et me fixe de ses yeux impossibles :

— Et cette scène que vous n'avez pas vue, il l'intégrera quoi qu'il dise !

Un petit jeune lève timidement le doigt :

— Monsieur Sylvaner, que pensez-vous des stars ?

Je me tourne vers Patricia, je devine son crâne couvert d'un fin duvet blond sous le turban :

— Les stars sont des vampires qui pensent pouvoir défier la lumière.

Louise

Elle ne m'a pas reconnue, quand j'ai touché son épaule elle m'a regardée, effarée.

— J'ai beaucoup changé, n'est-ce pas ?

Elle n'a rien répondu. Elle a changé aussi, c'est une vieillarde, une vieillarde trafiquée, elle a gardé sa silhouette, de loin et de dos elle paraît vingt-cinq ans, de face c'est une caricature, le visage tiré, les lèvres boursouflées, un cou de dindon, les doigts déformés par l'arthrose, la peau des mains froissée, couverte de violettes de cimetière. Face à face, dans l'aéroport d'Orly, nous sommes deux prototypes de vieilles, l'une du nord friquée, l'autre du sud édentée, sans le sou. Nous n'avons rien à nous envier, la vie nous a esquintées toutes les deux.

Je ne sais pas quoi lui raconter, Christine hait l'Algérie et déteste Kader, je n'aime pas son mari et elle a toujours été jalouse de l'affection que Marc me portait. Nous pourrions parler culture mais ce n'est pas une intellectuelle. Poussée par un mari américain qui rêvait d'une vraie Parisienne, elle s'est réfugiée dans l'apparence et le superficiel. Elle a gommé tout ce qu'il y avait d'Algérie en elle. Il ne lui reste qu'un vague accent pied-noir, indétectable pour un anglo-saxon.

Marc est à Cannes, ça tombe bien, après ce qu'il a fait à Sofiane, je n'ai aucune envie de le voir. William est aux États-Unis. « Nous serons seules, nous pourrons évoquer le bon vieux temps en toute tranquillité », susurre Christine. Je ne vois pas de quel bon vieux temps elle veut parler, pour moi les *bons* souvenirs sont aussi douloureux que les mauvais.

Mon cancer, affirme le gynécologue, est une maladie sexuellement transmissible. Un virus en est responsable, il m'a donné son nom, papillomavirus. Comme si nommer l'ennemi le rendait plus humain. Kader m'a fait ce dernier cadeau. Le papillomavirus ternit désormais mes plus beaux moments d'amour. Je ne souhaite qu'une chose, tuer la douleur ancrée au bas de mon ventre et dormir.

Paris a changé. La ville est plus riche. Les automobilistes, les piétons sont policés, ils respectent les feux, les rues sont propres, les magasins d'une richesse inouïe. Les gens, les jeunes surtout, sont moins bien vêtus qu'avant, jeans et baskets sont la règle comme à Alger. Des femmes en hidjab, quelques-unes en burqa arpentent les rues. Le virus a gagné l'Europe !

Christine habite l'île de la Cité, je n'imaginais pas une vue si spectaculaire à Paris. Je pensais avoir la plus belle du monde, je me trompais. Dans le séjour, trois immenses fenêtres donnent sur la Seine, je passe des heures sur une méridienne à regarder les reflets changeants de l'eau en écoutant de la musique. Je suis dans un Paris rêvé, un Paris de carte postale, un Paris d'Américains.

Sur la passerelle qui relie les deux îles, un ballet incessant de touristes, des musiciens de jour comme de nuit, des pantomimes, des cracheurs de feu, je ne me lasse pas du spectacle. Mon musicien préféré est un accordéoniste, il est triste et vieux et joue tous les jours jusqu'à minuit, les yeux fermés comme dans la chanson de Piaf, indifférent aux pièces qu'on lui jette.

Aujourd'hui un couple d'amoureux danse sur sa musique.

« Domino, Domino, le printemps tourne encore dans ta tête… »

Ils tournent sur le pont, joue contre joue, et puis s'embrassent.

Il a plu toute la journée, Mozart ne m'a pas quittée. Sa musique humanise mes douleurs. Je regarde les péniches avancer sur une Seine couleur de nuage. L'accordéoniste roumain essouffle au fil des heures son accordéon rouge, seule tache de couleur sur le pont gris métal.

Christine ouvre ses placards et vide leur mémoire.

Elle exhume l'album photo de nos parents.

Je le feuillette comme une extraterrestre.

Très vite.

Ces images écornées du passé saignent et avivent mes plaies.

Je referme l'album.

Une trouée libère le soleil, un arc-en-ciel illumine l'horizon. Promesse de bonheur quand j'étais enfant.

Quand une vie touche à sa fin, que promettent encore les signes ?

À la veille de partir, je veux retrouver Notre-Dame.

Je veux retrouver la foi qui m'a édifiée comme cette cathédrale.

Je veux retrouver Dieu.

Dans le confessionnal, ma voix s'affirme :

— Mon père, à quoi ai-je servi ?

— À transmettre et témoigner. Transmettre la vie pour certains, le savoir pour d'autres, l'amour du Sauveur pour nous, hommes d'église. Nous sommes une longue chaîne venue du fond des âges, nous sommes des témoins… Dieu seul est éternel. Chacun de nous est tesselle sur sa grande mosaïque.

L'hostie colle à ma langue, j'en avais oublié le goût.

Le goût du Christ, le goût de la France.

J'entre à l'hôpital Bichat demain.
C'est là que maman est morte.
Seule.
Christine était à New York, moi à Alger.
Je ne m'étais pas déplacée pour l'enterrement.
J'ai demandé au chirurgien de m'opérer au plus vite, je ne veux pas garder plus longtemps le bébé empoisonné de Kader.

Sofiane

Je n'ai rien vu de Paris, j'habite chez un cousin de papa, à Billancourt. À peine arrivé, j'ai pris le métro pour aller voir Louise. Rabah a écrit sur un papier ce que je devais faire : direction Mairie de Montreuil, changement à Havre-Caumartin, direction Saint-Denis Basilique. Attention, ne pas prendre le train Asnières-Gennevilliers ! Descendre Porte de Saint-Ouen. C'est drôle, tous ces noms, je n'arrive pas à imaginer ce qu'ils représentent. Chez Louise, il y avait un globe terrestre, je le faisais tourner en fermant les yeux et posais mon doigt quelque part, souvent il tombait dans la mer, parfois sur une ville : Recife, Van ou Vladivostok ; ces noms ne m'évoquaient rien, comme ces stations de métro.

L'immeuble des cousins est moche, ça sent la pisse dans les escaliers, la rue n'est pas terrible avec de vieilles maisons aux murs gris. Il pleut, il fait froid, ça change de Marbella. Porte de Saint-Ouen, c'est moche aussi. Sur un panneau, Hôpital Bichat, Assistance publique de Paris. Cet hôpital est énorme, il ressemble à l'hôtel Aurassi d'Alger en moins bien. C'est propre, bourré de monde comme un aéroport.

— Madame Louise Baraka, s'il vous plaît.

— Chambre 901, au neuvième.

J'attends dix minutes les ascenseurs.

— La chambre 901, s'il vous plaît mademoiselle.

— Vous êtes le neveu de madame Baraka ?

— Oui.

— Elle vous réclame depuis son retour de salle de réveil.

— L'opération s'est bien passée ?

— Attendez, voilà son chirurgien… Monsieur Olivier, vous vouliez parler à la famille de madame Baraka, son neveu est là.

— Bonjour, Olivier, chirurgien.

Il serre ma main en souriant, sourire commerçant :

— Vous savez ce qu'elle a ?

— Oui… un cancer.

— Tout est envahi, j'ai ouvert et refermé… désolé.

Marc

Les limousines, pare-chocs contre pare-chocs.

Le monde entier déferle sur Cannes. Il pleut, je déteste cette ville sous la pluie et, surtout, gravir les marches flanqué d'un parapluie de majordome. Putain, ça n'avance pas ! Une femme et son enfant se faufilent entre les voitures, le petit apeuré s'agrippe aux jupes de sa mère, elle caresse sa tête pour le rassurer. Dernière scène de vie avant le monde de l'illusion et du factice. Je serre la main de Patricia assise près de moi. Devant, Carlo et ses lunettes loupes. On nous sort de voiture, la pluie s'est arrêtée laissant place aux soleils des flashs.

— Marc, Marc ! Patricia, Patricia !

Les photographes mitraillent.

— Marc, par ici, Marc... Patricia, Carlo, hé Carlo !

La première année, je pensais qu'ils me connaissaient, mon producteur avait ricané :

— J'étais comme toi au début, je croyais être célèbre. En fait, après t'avoir pris sous tous les angles, ils te donnent leur carte de visite pour que tu achètes les clichés dans leur boutique minable derrière la rue d'Antibes.

La montée des marches fait rêver des millions de gens, elle me faisait rêver aussi, maintenant je n'en ai plus rien à faire. Des grappes de badauds installés depuis le matin sur des escabeaux applaudissent. Les paparazzi sont très excités ce soir :

— Marc, Marc... la palme, elle est pour toi ? Patricia, s'il te plaît, tourne la tête.

Gilles, Véronique et Thierry nous embrassent en haut des marches. Gilles, le président du festival, saisit Patricia par la taille et lui chuchote quelques mots. Il mérite bien son surnom d'homme qui murmure à l'oreille des stars. Un copain, Bruno, à qui un journaliste avait demandé d'imaginer Cannes dans cinquante ans avait répondu : « La momie de Gilles sera exposée en haut des marches, la main tendue... le sourire un peu figé peut-être... pendant ce temps-là, en bas des marches, 2 763 cameramen connectés à leur satellite individuel observeront les somptueuses publicités vivantes pour grands couturiers, fabricants de bijoux, lunettes, chaussures, portables, implants et prothèses en tout genre. »

Sous l'œil des caméras, Jeanne, la vieille star des années cinquante, saisit le meilleur angle et se précipite sur Patricia bras ouverts :

— Ma chérie, ce qui t'est arrivé est terrible, mais tu as surmonté l'épreuve, tu es plus belle que jamais !

D'ordinaire elle colporte le pire sur Patricia, aujourd'hui elle s'agrippe à elle et lui vole un peu d'éclat.

Nous sommes au troisième rang. Sur l'écran géant, le ballet des dernières stars, elles sortent scintillantes des limousines pour gravir la moquette rouge et pénétrer dans le saint des saints. Sans ce battage infernal, cet endroit ne serait qu'une banale salle provinciale.

Je quitte la réalité et me réfugie dans le cinéma de quartier de mon adolescence. Je rejoins les sources de ma passion : la colère subite de Jack Palance face à Fritz Lang dans *Le Mépris*, le bonheur factice d'Alain Cuny avant son suicide dans *La Dolce Vita*, les tourments d'Alida Valli dans *Senso*, les facéties de Louis de Funès dans *Oscar*. Ces films m'ont fait rêver, ils m'ont poussé à créer, ils m'ont conduit à cette salle de torture. Ce soir, c'est *Nord d'Afrique* de Marc Sylvaner qu'on projette et le supplice va commencer.

Le générique va trop vite, à peine le temps de déchiffrer les cartons et encore, je peux les lire car je les connais par cœur. Putain, ce plan est beaucoup trop long, on aurait dû le couper, Monique a insisté pour le monter tel quel, il ne fallait pas céder. À présent, c'est la lumière qui est mauvaise, Patricia est blafarde. J'aurais dû prendre un acteur moins basané pour le personnage de Kader, les éclairages auraient posé moins de problèmes. Sofiane joue comme un pied. Heureusement, la scène de la plage est courte. Je ne vois que les défauts, je finis la projection la tête entre les mains.

Mon film est nul, nul à chier !

Générique de fin. Le silence en moi, le silence abyssal de la salle et l'angoisse de ne pas avoir touché le public. Le silence se prolonge, le silence interminable de l'émotion, de la déception ?

Quelques applaudissements timides, clairsemés, ils s'affirment peu à peu et soudain, c'est une marée, une déferlante qui balaie ma terreur. Les spectateurs, sous l'emprise de l'histoire, refusaient d'abandonner Louise sur son lit d'hôpital. Les applaudissements ne faiblissent pas, tout le monde est debout, je baisse la tête : « Bravo, bravo ! » Les visages se tournent vers moi, Carlo prend mon bras et me tire de mon siège, Patricia m'embrasse. Dix, quinze, vingt minutes d'ovation, je ne sais plus. Des gens connus ou inconnus m'embrassent, me félicitent, me tapent sur l'épaule. *Tous les regards de tous les yeux* sont braqués sur moi. Toutes les caméras du monde transmettent mon image aux quatre coins du globe.

Je me sens mal, j'étouffe.

— Tu n'es pas bien mon amour ? s'inquiète Patricia.

— Non, ça ne va pas du tout, je dois sortir. J'ai une attaque de panique.

— Tu es cinglé, ce n'est pas le moment. Je t'ai tout donné, je suis Louise, tu ne peux pas nous faire ça. Respire à fond et prends ma main.

Elle s'accroche à moi et m'embrasse sur la bouche, nous sommes perdus dans la solitude de tous les regards. Elle dit vrai, le soleil et la lumière m'ont attiré, je dois en payer le prix.

Je brûle, aveuglé mais vivant.

Louise

Mon neveu... où est mon neveu ?

Bouche pâteuse, tête lourde.

Alourdie par quoi ?

Le whisky d'hier soir ?

Non, ni vin, ni whisky, ni vodka, je n'ai pas mal à la tête.

Valium plus Gardénal plus Equanil ?

Oui, c'est ça, engourdie par les pilules avalées après dîner.

Dans la bouche, un goût salé, métallique.

Est-ce bien ma bouche ?

Et si c'est ma bouche, je vis !

Ratée... merde, je me suis ratée.

Un goût de sang.

Mes dents de devant se sont brisées sur le plateau de cuivre du salon.

J'explore ma bouche.

Les incisives ont disparu, les canines, les molaires aussi.

Trois dents, je n'ai plus que trois dents.

Mes lèvres sont intactes.

Non, le suicide n'était pas hier.

Où suis-je ?

Murs nus, lumière blanche.

Hôpital… je suis à l'hôpital.

Pourquoi et lequel ?

Mustapha… réanimation… Alger ?

Non, je ne me suis pas suicidée hier.

Hôpital Cantonal… Lausanne, peut-être ?

J'ai mal au ventre, une douleur sourde.

Cœlioscopie ?

Où est le chirurgien ?

Mademoiselle, puis-je avoir des enfants ?

Où est mon neveu ?

Pourquoi Marc devrait-il être là ?

Il n'était pas à Lausanne, trop jeune.

Ce n'est pas Lausanne.

C'est Bichat, l'hôpital Bichat… cancer de l'utérus !

Ces trois mots gommés par l'anesthésie me reviennent en pleine figure.

J'ai mal.

On frappe à la porte.

J'ai sommeil.

On frappe encore…

Gérard ? Kader ?

— Entrez !

Françoise, l'infirmière sourit :

— Votre neveu est là.

Derrière elle, un jeune homme brun.

Intérieur soir

Louise a mal.

Elle cherche en vain une position confortable.

Elle aimerait avoir la tête un peu plus haute, elle prie le jeune homme brun d'actionner la télécommande. Comme elle déteste cette chambre ! Les fenêtres sont bloquées, elle se sent prisonnière, loin des horizons immenses d'Alger.

Le jeune homme l'aide à se redresser. Elle ne pensait pas qu'il viendrait si vite. Il est ému, il tente de n'en rien laisser paraître mais la caméra capte, impudique, le froncement de sourcil, le frémissement de lèvre qui trahissent.

Dès qu'il a su qu'on opérait Louise, il a pris son billet pour Paris, il tenait à être présent le jour de l'intervention.

Sa voix a tremblé, Louise a perçu ce tremblement, elle le rassure. Selon l'infirmière, le chirurgien est satisfait, il a tout extirpé. Son bébé trempe désormais dans un bocal de formol, il a cessé de la tourmenter. Elle sera vite sur pied. Dieu merci il est là, il l'aidera à guérir !

Il promet de venir chaque jour. Louise soulève la tête et demande s'il l'accompagnera à Alger.

Bien sûr, ils rentreront ensemble. Elle a pris de grandes résolutions, elle fera un régime draconien, plus encore que celui d'Abano puis elle ira chez le dentiste. Dans six mois, il ne la reconnaîtra pas.

Il regarde au-dehors, la pluie mouille les baies vitrées, il n'imaginait pas Paris ainsi, la ville des lumières, sinistre et sombre. Sur le périphérique, un flot ininterrompu de voitures, plus loin un amas de barres et de cubes sans couleurs : Saint-Ouen. Le jeune homme brun répond *Inch Allah* aux promesses de Louise.

La caméra amorce un lent travelling sur la banlieue morose et grise, le ciel s'y effondre en pluie serrée, les immeubles sales happent les dernières lueurs du jour.

Plan sur Louise, plan sur l'espoir : ils recommenceront leur vie d'avant, leurs déjeuners du vendredi. Elle a décidé d'écrire, de reprendre les travaux de son père et de publier son journal. Il ne l'a jamais lu, c'est une mine ! Elle a tout consigné depuis l'âge de seize ans, depuis les terribles prédictions de la Cassandre noire.

Il l'aidera, bien sûr, désormais il a du savoir-faire.

L'espérance de Louise est contagieuse, elle éclaire un instant le visage du jeune homme. Il parle vite, la main de Louise dans les siennes, ça lui plairait beaucoup de travailler avec elle, de l'aider à écrire le roman de sa vie. Depuis son départ d'Alger, il a pensé à elle tous les jours, à ses conseils, aux erreurs à ne pas commettre. Il entendait sa voix : « Ne jamais laisser passer sa chance, être en harmonie avec son milieu, savoir partir. » Ça l'a soutenu.

Maintenant, c'est elle qui a besoin de lui, pas longtemps, juste un peu, pour passer le cap.

Il a un cadeau pour elle, un iPod, il a téléchargé du Mozart, tout ce qu'il a pu trouver. Elle regarde intriguée le rectangle laqué de noir, il pose le petit appareil sur son support, *Don Giovanni* s'échappe des haut-parleurs et envahit la pièce.

Le jeune homme brun regarde la vieille femme.

Intensément.

— Comme toi, confie-t-il, je ne pourrais pas vivre à Alger sans Mozart...

Lève-toi, jeune homme, va vers la fenêtre, pose ton front sur le verre et que se mêlent les gouttes de part et d'autre de la vitre.

Une voix off, celle de Louise, portée par la musique :

— Finalement, il n'y a rien de plus beau que ma vie ratée...

La prise est bonne.

Coupez !

DES MÊMES AUTEURS

Aux Éditions du Rocher

LE SYNDROME DE LAZARE, 2006.

Aux Éditions Phébus

LA DOULEUR DU FANTÔME, 2010.

Aux Éditions Naïve

ALGER SANS MOZART, 2012 (Folio n° 6536). Prix Lorientales 2013.

SIAMOISES, 2013.

Aux Éditions Anne Carrière

VILLA TAYLOR, 2017.

Aux Éditions JC Lattès

BIEN PORTANT AVEC LA MÉDECINE DU PROPHÈTE, 2018.

COLLECTION FOLIO

Dernières parutions

6305. Henry David Thoreau	*De la simplicité !*
6306. Érasme	*Complainte de la paix*
6307. Vincent Delecroix/ Philippe Forest	*Le deuil. Entre le chagrin et le néant*
6308. Olivier Bourdeaut	*En attendant Bojangles*
6309. Astrid Éliard	*Danser*
6310. Romain Gary	*Le Vin des morts*
6311. Ernest Hemingway	*Les aventures de Nick Adams*
6312. Ernest Hemingway	*Un chat sous la pluie*
6313. Vénus Khoury-Ghata	*La femme qui ne savait pas garder les hommes*
6314. Camille Laurens	*Celle que vous croyez*
6315. Agnès Mathieu-Daudé	*Un marin chilien*
6316. Alice McDermott	*Somenone*
6317. Marisha Pessl	*Intérieur nuit*
6318. Mario Vargas Llosa	*Le héros discret*
6319. Emmanuel Bove	*Bécon-les-Bruyères* suivi du *Retour de l'enfant*
6320. Dashiell Hammett	*Tulip*
6321. Stendhal	*L'abbesse de Castro*
6322. Marie-Catherine Hecquet	*Histoire d'une jeune fille sauvage trouvée dans les bois à l'âge de dix ans*
6323. Gustave Flaubert	*Le Dictionnaire des idées reçues*
6324. F. Scott Fitzgerald	*Le réconciliateur* suivi de *Gretchen au bois dormant*
6325. Madame de Staël	*Delphine*
6326. John Green	*Qui es-tu Alaska ?*

6327. Pierre Assouline — *Golem*
6328. Alessandro Baricco — *La Jeune Épouse*
6329. Amélie de Bourbon Parme — *Le secret de l'empereur*
6330. Dave Eggers — *Le Cercle*
6331. Tristan Garcia — *7. romans*
6332. Mambou Aimée Gnali — *L'or des femmes*
6333. Marie Nimier — *La plage*
6334. Pajtim Statovci — *Mon chat Yugoslavia*
6335. Antonio Tabucchi — *Nocturne indien*
6336. Antonio Tabucchi — *Pour Isabel*
6337. Iouri Tynianov — *La mort du Vazir-Moukhtar*
6338. Raphaël Confiant — *Madame St-Clair. Reine de Harlem*
6339. Fabrice Loi — *Pirates*
6340. Anthony Trollope — *Les Tours de Barchester*
6341. Christian Bobin — *L'homme-joie*
6342. Emmanuel Carrère — *Il est avantageux d'avoir où aller*
6343. Laurence Cossé — *La Grande Arche*
6344. Jean-Paul Didierlaurent — *Le reste de leur vie*
6345. Timothée de Fombelle — *Vango, II. Un prince sans royaume*
6346. Karl Ove Knausgaard — *Jeune homme, Mon combat III*
6347. Martin Winckler — *Abraham et fils*
6348. Paule Constant — *Des chauves-souris, des singes et des hommes*
6349. Marie Darrieussecq — *Être ici est une splendeur*
6350. Pierre Deram — *Djibouti*
6351. Elena Ferrante — *Poupée volée*
6352. Jean Hatzfeld — *Un papa de sang*
6353. Anna Hope — *Le chagrin des vivants*
6354. Eka Kurniawan — *L'homme-tigre*
6355. Marcus Malte — *Cannisses* suivi de *Far west*
6356. Yasmina Reza — *Théâtre : Trois versions de la vie / Une pièce espagnole / Le dieu*

du carnage / Comment vous racontez la partie

6357. Pramoedya Ananta Toer — *La Fille du Rivage. Gadis Pantai*

6358. Sébastien Raizer — *Petit éloge du zen*

6359. Pef — *Petit éloge de lecteurs*

6360. Marcel Aymé — *Traversée de Paris*

6361. Virginia Woolf — *En compagnie de Mrs Dalloway*

6362. Fédor Dostoïevski — *Un petit héros. Extrait de mémoires anonymes*

6363. Léon Tolstoï — *Les Insurgés. Cinq récits sur le tsar et la révolution*

6364. Cioran — *Pensées étranglées* précédé du *Mauvais démiurge*

6365. Saint Augustin — *L'aventure de l'esprit et autres confessions*

6366. Simone Weil — *Pensées sans ordre concernant l'amour de Dieu et autres textes*

6367. Cicéron — *Comme il doit en être entre honnêtes hommes...*

6368. Victor Hugo — *Les Misérables*

6369. Patrick Autréaux — *Dans la vallée des larmes* suivi de *Soigner*

6370. Marcel Aymé — *Les contes du chat perché*

6371. Olivier Cadiot — *Histoire de la littérature récente (tome 1)*

6372. Albert Camus — *Conférences et discours 1936-1958*

6373. Pierre Raufast — *La variante chilienne*

6374. Philip Roth — *Laisser courir*

6375. Jérôme Garcin — *Nos dimanches soir*

6376. Alfred Hayes — *Une jolie fille comme ça*

6377. Hédi Kaddour — *Les Prépondérants*

6378. Jean-Marie Laclavetine — *Et j'ai su que ce trésor était pour moi*

6379. Patrick Lapeyre — *La Splendeur dans l'herbe*

6380. J.M.G. Le Clézio	*Tempête*
6381. Garance Meillon	*Une famille normale*
6382. Benjamin Constant	*Journaux intimes*
6383. Soledad Bravi	*Bart is back*
6384. Stephanie Blake	*Comment sauver son couple en 10 leçons (ou pas)*
6385. Tahar Ben Jelloun	*Le mariage de plaisir*
6386. Didier Blonde	*Leïlah Mahi 1932*
6387. Velibor Čolić	*Manuel d'exil. Comment réussir son exil en trente-cinq leçons*
6388. David Cronenberg	*Consumés*
6389. Éric Fottorino	*Trois jours avec Norman Jail*
6390. René Frégni	*Je me souviens de tous vos rêves*
6391. Jens Christian Grøndahl	*Les Portes de Fer*
6392. Philippe Le Guillou	*Géographies de la mémoire*
6393. Joydeep Roy-Bhattacharya	*Une Antigone à Kandahar*
6394. Jean-Noël Schifano	*Le corps de Naples. Nouvelles chroniques napolitaines*
6395. Truman Capote	*New York, Haïti, Tanger et autres lieux*
6396. Jim Harrison	*La fille du fermier*
6397. J.-K. Huysmans	*La Cathédrale*
6398. Simone de Beauvoir	*Idéalisme moral et réalisme politique*
6399. Paul Baldenberger	*À la place du mort*
6400. Yves Bonnefoy	*L'écharpe rouge* suivi de *Deux scènes et notes conjointes*
6401. Catherine Cusset	*L'autre qu'on adorait*
6402. Elena Ferrante	*Celle qui fuit et celle qui reste. L'amie prodigieuse III*
6403. David Foenkinos	*Le mystère Henri Pick*
6404. Philippe Forest	*Crue*
6405. Jack London	*Croc-Blanc*
6406. Luc Lang	*Au commencement du septième jour*

6407. Luc Lang	*L'autoroute*
6408. Jean Rolin	*Savannah*
6409. Robert Seethaler	*Une vie entière*
6410. François Sureau	*Le chemin des morts*
6411. Emmanuel Villin	*Sporting Club*
6412. Léon-Paul Fargue	*Mon quartier et autres lieux parisiens*
6413. Washington Irving	*La Légende de Sleepy Hollow*
6414. Henry James	*Le Motif dans le tapis*
6415. Marivaux	*Arlequin poli par l'amour et autres pièces en un acte*
6417. Vivant Denon	*Point de lendemain*
6418. Stefan Zweig	*Brûlant secret*
6419. Honoré de Balzac	*La Femme abandonnée*
6420. Jules Barbey d'Aurevilly	*Le Rideau cramoisi*
6421. Charles Baudelaire	*La Fanfarlo*
6422. Pierre Loti	*Les Désenchantées*
6423. Stendhal	*Mina de Vanghel*
6424. Virginia Woolf	*Rêves de femmes. Six nouvelles*
6425. Charles Dickens	*Bleak House*
6426. Julian Barnes	*Le fracas du temps*
6427. Tonino Benacquista	*Romanesque*
6428. Pierre Bergounioux	*La Toussaint*
6429. Alain Blottière	*Comment Baptiste est mort*
6430. Guy Boley	*Fils du feu*
6431. Italo Calvino	*Pourquoi lire les classiques*
6432. Françoise Frenkel	*Rien où poser sa tête*
6433. François Garde	*L'effroi*
6434. Franz-Olivier Giesbert	*L'arracheuse de dents*
6435. Scholastique Mukasonga	*Cœur tambour*
6436. Herta Müller	*Dépressions*
6437. Alexandre Postel	*Les deux pigeons*
6438. Patti Smith	*M Train*
6439. Marcel Proust	*Un amour de Swann*
6440. Stefan Zweig	*Lettre d'une inconnue*